Das Buch:

Zweiundzwanzig unterhaltsame, witzige und kluge Geschichten für herrlich faule Ferientage von international bekannten Autorinnen und Autoren: Marian Keyes erzählt von ihrem ersten und letzten Last Minute Urlaub in Griechenland, Amelie Fried kennt die Symptome von Reisefieber aus ihrem Familienkreis nur allzu gut, Umberto Eco weiß ein Lied davon zu singen, wie man »im Flugzeug speist«. Wenn Binnie Kirshenbaum schließlich von einer wahnwitzigen Reise in die Karpaten berichtet und Robert Gernhardt seine Helden in die Toskana schickt, dann wird es im Liegestuhl so richtig gemütlich. Ingrid Noll packt dann ihre hundertprozentig weibliche Rachegeschichte aus, Mario Adorf führt in die italienische Unterwelt ein und T. C. Boyle lädt zur pseudoafrikanischen Großwildjagd nach Bakersfield ein. Wenn Axel Hacke schließlich das Halali zu einer Großwildjagd der anderen Art bläst – der Jagd auf Schnecken im heimischen Garten –, dann hat man im Liegestuhl längst die ganze Welt umrundet zusammen mit Italo Calvino, Tessa de Loo, Doris Dörrie, Isabel Allende und vielen anderen.

Die Herausgeberin:

Petra Neumann, Jahrgang 1962, lebt als Autorin und Übersetzerin in München. Von ihr sind zahlreiche Bände im Heyne Verlag erschienen, zum Beispiel Wien und seine Kaffeehäuser. Ein literarischer Streifzug durch die berühmtesten Cafés der Donaumetropole (01/10434).

Ferienlesebuch

Geschichten für sonnige Stunden

Herausgegeben
von Petra Neumann

WILHELM HEYNE VERLAG
MÜNCHEN

HEYNE ALLGEMEINE REIHE
Nr. 01/13966

Originalausgabe 05/2004
Copyright © 2004 by Wilhelm Heyne Verlag, München,
in der Verlagsgruppe Random House GmbH
Printed in Germany 2004
Umschlagillustration: mauritius-images / ACE
Umschlaggestaltung: Hauptmann und Kampa Werbeagentur,
München – Zürich
Satz: Buch-Werkstatt GmbH, Bad Aibling
Gesetzt aus der Minion
Druck und Bindung: GGP Media, Pößneck
http://www.heyne.de

ISBN: 3-453-87759-4

Inhalt

Marian Keyes • *Die glückliche Reisetasche* • 7

Amelie Fried • *Reisefieber* • 13

Binnie Kirshenbaum • *Die Tortur* • 17

Umberto Eco • *Wie man im Flugzeug speist* • 29

Robert Gernhardt • *Die Flucht in die Falle* • 33

Italo Calvino • *Der nackte Busen* • 81

Ingrid Noll • *Die Sekretärin* • 85

Tessa de Loo • *Die Mädchen von der Süßwarenfabrik* • 93

John Irving • *Brennbars Fluch* • 133

Barbara Gowdy • *Dreiundneunzig Millionen Meilen weit weg* • 145

Rafik Schami • *Kebab ist Kultur* • 171

Mario Adorf • *Römische Geschichten** • 181

Jeffrey Archer • *Ein echter Gentleman* • 193

Isabel Allende • *Geschenk für eine Braut* • 209

Margaret Atwood • *Der Mann vom Mars* • 227

Doris Dörrie • *Trinidad* • 259

Jeffrey Eugenides • *Die Bratenspritze* • 289

Milena Moser • *Der Ausflug* • 315

Martin Grzimek • *Ein Meer ohne Klippen* • 321

T. C. Boyle • *Großwildjagd* • 339

Herbert Rosendorfer • *Gehehe, der sehr große Vogel* • 373

Axel Hacke • *Schnägg! Schnägg!* • 389

Quellenverzeichnis • 397

Marian Keyes

Die glückliche Reisetasche

Last-Minute-Urlaub? Lassen Sie mich bloß damit in Ruhe! Vor ein paar Jahren brachen mein Herzallerliebster und ich zu so einer Last-Minute-Geschichte nach Griechenland auf. Wir hatten kaum Geld, also buchten wir eines dieser Billigangebote, bei denen man nicht weiß, wo man landet. »Was kümmert's uns, wo wir hinkommen?«, lachten wir, während wir die Gläser, mit denen wir den Beginn der Ferien feierten, klingen ließen. »Solange die Sonne scheint, wird es auf jeden Fall gut.«

Der Haken an der Sache war die obligatorische Reiseversicherung, die die Reisekosten beinahe verdoppelte und dadurch fast unser ganzes Urlaubstaschengeld auffraß, aber wir trugen es mit Fassung.

Wir landeten bei herrlicher Nachmittagshitze und gingen zusammen mit den anderen Urlaubern in ausgelassener Ferienstimmung zum Karussell hinüber, um unser Gepäck in Empfang zu nehmen. Gut gelaunt warteten wir. Und warteten. Und warteten … Die Stimmung war nicht mehr ganz so gut, besonders unsere nicht, als klar wurde, dass alle anderen Mitreisenden schon im Bus saßen, als die Reisetasche meines Herzallerliebsten immer noch nicht auf dem Gepäckband erschienen war.

Es war wenig hilfreich, dass Warren, unser Reiseleiter, ein waschechter Londoner mit großer Klappe, in Panik geriet, als er Gerüchte über eine Meuterei unter unseren Mitreisenden hörte. Alle hatten Urlaub und waren natürlich nicht gerade glücklich darüber, in einem heißen, stickigen Bus zu sitzen und auf irgendjemandes Tasche zu warten, anstatt den ersten Retsina zu trinken. Warren verließ uns, um sie bei Laune zu halten, indem er sich vorn in den Bus stellte und herablassende Geschichten über die Griechen und ihre Produkte erzählte. (»Sie nennen es Wein, aber ich sage euch, wir werden es gut gebrauchen können, wenn dem Bus der Sprit ausgeht! Hahaha!«)

In der Zwischenzeit waren wir in ein kleines, dunkles, stickiges Büro geführt worden, wo unablässig die Telefone klingelten und schwitzende Bedienstete in militärisch anmutenden Uniformen sich in einer fremden Sprache anbrüllten, von der ich nur vermuten konnte, dass es Griechisch war. Ständig kamen welche herein, gingen zum Telefon, brüllten, schwitzten, brüllten, starrten uns an, brüllten und gingen wieder hinaus. Kamen dann wieder herein, um kurz etwas zu brüllen. Irgendwie erinnerte mich das Ganze an den Film *Midnight Express*. Das einzige Mal, dass man uns Aufmerksamkeit widmete, war, als man uns die Pässe abknöpfte. Sonderbarerweise trug das nicht zu meiner Beruhigung bei.

Lange Zeit später, nachdem man ein paar dürftige Einzelheiten zu Protokoll genommen und nichts getan hatte, was uns davon überzeugt hätte, dass wir die Reisetasche jemals wiedersehen würden, durften wir gehen. Wir standen auf einer Treppe und atmeten gierig die saubere Luft der Freiheit ein. Unsere Hochstimmung fand ein jähes Ende, als wir die wütenden Gesichter sahen, die uns aus den Fenstern des Busses heraus anstarrten. Verlegen und kleinlaut kletterten wir hinein, und los ging es.

Jedes Mal, wenn der Bus vor einem Hotel anhielt, war ich gespannt, ob ich wohl in diesem wundervollen Palast mit dem Swimmingpool meinen Urlaub verbringen würde. Jedes Mal wurde ich enttäuscht.

Endlich wurden unsere Namen aufgerufen, und es sah gar nicht so schlecht aus. Zwar war nirgendwo ein Pool zu entdecken, aber wir wurden zu strahlend weißen, modernen Apartments geführt – und dann an ihnen vorbei … Endlich hielt der Reiseleiter vor etwas an, das man nur als Hütte bezeichnen konnte. Sie war düster, schmutzig und deprimierend, und das Badezimmer sah aus, als lebte dort eine ganze Kolonie Spinnen. »Home sweet home, Leute!«, grölte Warren und lachte schallend. Dann ging er.

Auf einem kurzen Erkundungsgang durch das Dorf stellte sich heraus, dass man den Strand in einem fünfundzwanzigminütigen Fußmarsch erreichen konnte und dass es keine Restaurants, dafür aber jede Menge Imbissstuben gab, die von Engländerinnen aus Yorkshire geführt wurden. Als ich vorsichtig fragte, ob es vielleicht auch griechische Küche gäbe, hieß es: »Nee, Süße, hier kriegst du so was nicht. Würden die Leute gar nicht essen.«

Als wir an diesem Abend nach dem Essen, das aus einem deftigen Eintopf bestanden hatte, in das verschmutzte Bett gefallen waren, erscholl Musik. Es stellte sich heraus, dass unsere Hütte direkt neben einer Diskothek lag, in der es gegen ein Uhr nachts erst so richtig losging. Fantastisch, wenn man ein Partylöwe ist. Nicht ganz so toll, wenn man sich vorgenommen hat, sich im Urlaub richtig zu erholen. Wir taten die ganze Nacht kein Auge zu und spürten, wie unsere Eingeweide sich im Rhythmus der Basstrommel zusammenzogen und wir vom Schlafmangel zunehmend hysterisch wurden.

Am nächsten Morgen hatten wir keine Wahl, als zu dem Hotel auf dem Berg zum Treffen der Neuankömmlinge zu gehen, um zu erfahren, ob die Reisetasche mittlerweile angekommen war. Dabei wollten wir klarstellen, dass wir normalerweise *niemals* zu einem Treffen von Neuankömmlingen gehen würden. Die Vorstellung, dass die Leute denken könnten, ich hätte irgendetwas mit »Griechischen Folkloreabenden« oder Bingo-Nächten zu tun, fand ich furchtbar.

Mein Herzallerliebster hatte keine Sommerklamotten, die er hätte anziehen können, und als er jetzt in Jeans und Sweatshirt den Hügel hinaufschwitzte, überholte uns Warren auf einem Fahrrad. »Ist dir warm genug, Kumpel?«, grölte er und musste so lachen, dass er ins Schleudern geriet und beinahe in den Graben gefallen wäre.

Es gab keine Neuigkeiten von der Reisetasche. Sie hatte sich einfach in Luft aufgelöst. Was sollten wir tun? Mein Herzallerliebster konnte schließlich nicht die ganze Woche in der Jeans herumlaufen.

»Ihr müsst wohl Klamotten kaufen«, schlug Warren vor. »Hebt die Rechnungen auf und reicht sie hinterher bei der Versicherung ein.«

Eiskalte Angst ergriff mich, als ich an den mickrigen Stapel Reiseschecks dachte, den wir dabeihatten. Wir hatten kein Geld, um in diesem Urlaub irgendetwas nebenbei zu kaufen.

»Könnten Sie …« Ich brachte die Frage kaum über die Lippen. »Könnten Sie … Ich meine, könnten Sie uns in diesem Fall das Geld nicht *vorstrecken*?«

»Du machst wohl Witze, Süße!« Warren krümmte sich vor Lachen. »Was glaubst du denn, wer wir sind?«

Meine Kreditkarte bot keinen Spielraum mehr – mit

anderen Worten, sie war um ungefähr zweihundert Pfund über dem erlaubten Limit im Minus – aber ich hatte festgestellt, dass es in keinem der Läden im Ort eine elektronische Kasse gab. Also bestand eventuell die Möglichkeit, mit meinem Plastikgeld Kleider für meinen Herzallerliebsten zu kaufen, ohne dass jemand vor meinen Augen die Karte zerschneiden würde. (Es wäre nicht das erste Mal gewesen, dass mir so etwas passiert, und zweifellos auch nicht das letzte.) Auf der anderen Seite würde ich natürlich bei der Rückkehr in Gatwick von bewaffneten Wachmännern empfangen und auf der Stelle verhaftet werden, aber was sollte ich denn tun?

Also bummelten wir durch die Läden und kauften Shorts, T-Shirts, eine Sonnenbrille, eine Badehose und alles, was ein gut gekleideter Mann für einen heißen Sommerurlaub sonst noch so braucht. Allerdings hätten wir uns gar keine Sorgen zu machen brauchen. Es begann nämlich prompt zu regnen.

Mein Herzallerliebster nahm es persönlich. »Ich war schon ungefähr zwanzig Mal in Griechenland«, jammerte er, »und es hat noch *nie* geregnet.«

Daraufhin schaute er mich mit einem merkwürdigen Blick an, und mir wurde klar, dass er sich fragte, ob ich wohl eine Art Unglücksbringerin sei. Und ich fragte mich meinerseits, ob unsere Beziehung diesen Urlaub wohl heil überstehen würde.

Abgesehen von schnellen Beutezügen in die Imbissstube waren wir vier Tage lang in unserer fernseherlosen Hütte gefangen. Nachts stopften wir uns Watte in die Ohren, da wir wegen der Musik allmählich durchdrehten. Die Reisetasche tauchte nie wieder auf, und als wir schließlich abreisten, munterte uns die Vorstellung auf, dass wir die Reiseversicherung schröpfen würden und den Erlös für ein Wochenende in Barcelona verwenden würden. »Sie werden den Tag verwünschen, an dem sie uns die obligatorische Versicherung aufs Auge gedrückt haben«, lachten wir, fast schon wieder Freunde.

Als wir aus dem Flugzeug stiegen, schaute ich mich rasch um, ob ich irgendwo eine Gruppe Polizisten mit Schäferhunden entdecken konnte, die mich nach meiner Kreditkarten-Raserei festnehmen würden. Die Luft war rein. Dann wurde unser Blick sogartig von einem Stapel Reisetaschen angezogen, der sich vor einer Wand türmte. Und mitten in dem Haufen schimmerte in einer Art dynamischer Regungslosigkeit etwas, das uns bekannt vorkam. Nein, bestimmt nicht! Es konnte doch nicht sein … Aber es war so. Unsere Tasche. Unsere verdammte Tasche. Der Traum vom Trip nach Barcelona flackerte noch einmal, schwankte und schmolz schließlich dahin.

Widerwillig näherten wir uns dem Stapel verlorener Söhne und zogen die Tasche heraus. Sie war mit Stempeln und Aufklebern übersät, an denen man ablesen konnte, dass sie es sich eine Woche in Montego Bay hatte gut gehen lassen.

»Beneidenswertes Miststück«, sagte ich mit missgünstiger Bewunderung. »Na komm, lass uns nach Hause gehen.«

Amelie Fried

Reisefieber

So viel ist sicher: Es ist erblich. Und es wird im Alter schlimmer.

Mein Mann leidet darunter, und mein Sohn auch. Und ich kann nicht sagen, dass es in den letzten Jahren besser geworden wäre.

Na prima, dann campieren wir also demnächst eine Nacht vor dem Abflug auf dem Flughafen, denn schon heute müssen wir mehrere Stunden vorher da sein, wenn die beiden keine nervöse Krise erleiden sollen. Sie spüren eine nicht zu kontrollierende Aufregung vor allen Ausflügen, die weiter als bis in die nächste Ortschaft führen. Die Nacht vor der Abreise verbringen sie schlaflos, beim Frühstück kriegen sie kaum etwas runter, sie sind reizbar und nervös, bis sie endlich auf ihrem Platz im Zug oder im Flugzeug sitzen, wo sie sich dann gegenseitig Statistiken über die Gefährlichkeit des Zugfahrens beziehungsweise Fliegens vorrechnen.

Also, ich leide nicht unter Reisefieber. Mehr als einmal bin ich mit wehenden Mantelschößen als Letzte über die Gangway gerast, hinter mir wurden die Flugzeugtüren geschlossen und los ging's. Meist musste die Stewardess am Check-in-Schalter vorher kurz durchrufen, ob die Maschine mich überhaupt noch mitnimmt.

Ich mag es, im letzten Moment auf den bereits anfahrenden Zug aufzuspringen, und ich liebe die Adrenalin-ausschüttung, die entsteht, wenn man eh schon knapp dran ist und dann in den Stau gerät. Oder die S-Bahn drei Stationen vor dem Bahnhof eine Panne hat. Das bange »Schaffe-ich's-oder-schaffe-ich's-nicht« bringt ein herrliches Prickeln in meinen Alltag, der sonst so prächtig durchorganisiert ist, dass eigentlich selten was Unvorhergesehenes passiert.

In aller Bescheidenheit: Ich habe noch nie ein Flugzeug oder einen Zug verpasst, ich habe es nämlich im Auf-den-letzten-Drücker-Kommen zu einer gewissen Meisterschaft gebracht.

Das ist nur ein schwacher Trost für meinen Mann, denn was für mich eine Art Sport ist, verursacht bei ihm Schweißausbrüche und Übelkeit. Ich glaube, er erwägt jedes Mal die Scheidung, wenn ich kurz vor dem Start noch mal eben die Koffer umpacke oder ihn frage, ob wir nicht vielleicht ein Viertelstündchen später losfahren könnten, weil ich das Herumsitzen am Flughafen so langweilig finde.

Er behauptet, er liebe das Herumsitzen am Flughafen, er beobachte gerne die Menschen, trinke mit Vergnügen den schlechten und überteuerten Kaffee und genieße die Vorfreude auf die Reise. Er schätzt es, möglichst früh am Check-in zu sein, weil er dann die Auswahl zwischen den Sitzplätzen hat, er flaniert gerne vom Flughafencafé zum Zeitungsstand, vom Reiseshop zu den Imbissständen. Für ihn ist Unterwegs-Sein ein Zustand, der ihn anregt und zufrieden macht. Für mich hingegen zählt nur die Ankunft.

Natürlich schäme ich mich dafür, dass ich so eine rastlos getriebene, ungeduldige und hektische Person bin, dass meinen Reisen gar nichts Philosophisches anhaftet, und dass schlechter Kaffee für mich schlechter Kaffee bleibt, auch wenn ich ihn mit Blick auf startende Flugzeuge schlürfe. Meine Ungeduld ist – ich habe es Ihnen an dieser Stelle ja schon gestanden – leider pathologisch.

Aber Reisefieber wird nicht nur im Alter schlimmer, es scheint sogar – wenn auch sehr langsam – ansteckend zu wirken. Kürzlich habe ich doch tatsächlich von mir aus vorgeschlagen, eine S-Bahn früher zum Flughafen zu nehmen, um nicht in Stress zu geraten. Den dankbaren Blick, den mein Mann mir zuwarf, werde ich so schnell nicht vergessen. Ich selbst war ein wenig besorgt. Ob das schon eine Alterserscheinung ist?

Binnie Kirshenbaum

Die Tortur

Da standen, um mich zu begrüßen, als ich in Bustani aus dem Zug stieg, drei Ziegen. Tot, ausgestopft und mit rosa Ballettröckchen bekleidet tanzten die zwei großen Ziegen und ein Zicklein einen Pas des trois, der in alle Ewigkeit andauern würde. »Möchtest du dir diese Ziegen anschauen?« fragte ich Peter. »Ich kann hier nicht bleiben.« Ich wollte wieder in den Zug zurück und eine andere Stadt ausprobieren, aber das war unmöglich, wie mir Peter sagte. Reisen in Rumänien unterlag Einschränkungen. Spaßeshalber mit dem Zug durch die Gegend zu fahren ging nicht. Alle Fahrkarten müssen im voraus gekauft werden. Alle nötigen Papiere vorgelegt werden. Und man muß sich beim Kauf der Fahrkarte auf den genauen Ankunftsort festlegen. Wir fuhren auf Empfehlung einer Frau aus dem Reisebüro in Bukarest nach Bustani. Sie versprach Atmosphäre, Berge, erquickende warme Quellen, murmelnde Bäche, einen Jungbrunnen und die Heilung von allen Gebrechen. Sie sagte nichts von ausgestopften Ziegen.

»Wir werden es hier wunderbar finden«, sagte Peter. »Schau dir diese Berge an.«

Die Karpaten waren schwarz, hoch und schroff. Auf dem höchsten Gipfel des schwärzesten Berges hatte man ein Kreuz errichtet. Es dräute zu uns herab. Ich drehte mich weg und sagte: »Na gut, schlimmer als Bukarest wird es nicht werden.« Die Frau im Reisebüro in New York hatte uns erzählt, daß Bukarest das Paris des Ostens sei. Sie muß an das Paris von 1942 gedacht haben.

Das Reisebüro in Bustani war ganz in der Nähe des Bahnhofs. Peter trug unsere Taschen. Ich stapfte lustlos neben ihm her.

Diese Reise nach Rumänien war als romantisches Abenteuer geplant und sollte die Beziehung zwischen Peter und mir retten. Unsere letzte Tankstelle. Er wollte, daß wir nach Venedig gehen, und ließ sich wochenlang über die Kanäle von Venedig aus. Aber ich blieb dabei, daß die Kanäle von Venedig Kloaken seien. Rumänien war meine fixe Idee. Ich wollte, Peter hätte mir meine eigene lausige Entscheidung unter die Nase gerieben. Dann hätten wir wenigstens einen ordentlichen Streit gehabt. Aber Peter machte das nicht, weil er sich verzweifelt darum bemühte, schöne Tage mit mir zu verleben. Ich hatte keinen Sinn für seinen Optimismus.

Taxidermie muß in Bustani das Kunsthandwerk Nummer eins gewesen sein. Ein ausgestopfter Pelikan winkte uns aus dem Fenster des Reisebüros zu. Er trug eine Baskenmütze. »Wenigstens tanzt er keinen Cancan.« Peter versuchte, das Beste daraus zu machen.

Das Reisebüro bestand aus einem Raum mit einem Tisch, der aus einer Kantine hätte stammen können, einem Telefon und einer Frau. Sie hob ihre Augen und sah uns an, begrüßte uns jedoch nicht und fragte auch nicht, ob sie uns helfen könne.

»Sprechen Sie ein wenig Englisch?« fragte Peter sie.

»Ein bißchen«, sagte sie.

»Wir brauchen ein Hotelzimmer«, sagte Peter. In Bukarest hatte man uns gesagt, daß wir von dort aus keine Hotelreservierungen für andere Orte vornehmen könnten. Mit den Telefonleitungen war irgend etwas nicht in Ordnung. »Aber das ist gar kein Problem«, hatte uns die Frau versichert. »Viele Hotels in Bustani. Schöne Hotels in Bustani.«

Diese hier sagte: »Es gibt hier keine Hotels.«

Ich trat einen Koffer quer durch den Raum. Peter ging, um ihn zurückzuholen. »Hören Sie zu«, sagte ich. »In Bukarest sagte man uns, daß es keine Probleme gäbe, hier ein Hotelzimmer zu kriegen. Ich habe gerade eine vierstündige Zugfahrt hinter mir, auf der uns unsere Fahrkarten für die erste Klasse einen Stehplatz in den Klos einbrachten. Treiben Sie keine Späße mit mir. Besorgen Sie mir ein Hotelzimmer.«

»Es gibt hier keine Hotels«, wiederholte sie wie ein schwachsinniger Papagei.

In Bukarest hatten wir gelernt, wie man besticht. Es funktioniert anders als in New York. Hier gibt man kein Geld. Das rumänische Geld war ungefähr soviel wert wie der Dollar der Konföderierten. Den Rumänen mußte man eine Jeans oder so etwas geben. Ich nahm meine Armbanduhr ab und gab sie diesem Miststück. »Und, haben Sie jetzt ein Hotelzimmer?«

»Nicht deine Uhr«, sagte Peter. Peter hatte mir die Uhr zum Geburtstag geschenkt, aber ich war zu schlecht gelaunt, um sentimental zu sein. »Du wirst mir eine andere kaufen«, sagte ich.

Die Frau kam vor. Sie sagte, daß sie uns vielleicht ein Zimmer besorgen könnte. Sie telefonierte. Ja, da wäre ein Zimmer frei. Sie schrieb uns eine Adresse auf ein Stück Papier und sagte uns, daß wir heute ausgesprochenes Glück hätten.

»Nicht ganz so viel Glück wie Sie«, sagte ich, und wir gingen, während sie ihr frisch geschmücktes Handgelenk bewunderte.

Keine zwei Schritte später wurden wir von einem gebeugten alten Mann in Empfang genommen, der uns für den Preis von drei Kugelschreibern zu unserem Hotel bringen wollte. Ich war so dumm, zu glauben, daß er ein Auto hat. Er wuchtete unsere Koffer auf seinen buckligen Rücken und winkte uns, ihm zu folgen. Nach einem Kilometer oder so hielt er an und gestikulierte, daß dies das Hotel sei. Das Hotel sah wie eine zerbeulte Matratze aus, auf der einige Jahre zuviel geschlafen worden war. Wir gaben ihm die drei Kugelschreiber, und er hüpfte umher wie ein kleiner aufgeregter Affe. »Peter«, sagte ich. »Bitte, wirf ihm was in seine Mütze.«

»Ach komm«, sagte Peter. »Entspanne dich. Wir haben ein Zimmer, oder? Und die Stadt ist wirklich hübsch. Hast du nicht gesehen, wie hübsch sie ist?«

»Nein«, sagte ich.

Der Hotelangestellte schlief hinter dem Tresen, und ich sagte: »Vielleicht ist er auch ausgestopft.«

Peter räusperte sich höflich und weckte den Typ auf. Er zeigte uns unser Zimmer, und ich konnte nicht umhin festzustellen, daß das Hotel völlig leer war. Ich hätte gehen und mir meine Uhr wiederholen sollen.

Das ganze Hotel hatte einen muffigen Geruch, und in unserem Zimmer stank es, als ob seit Jahrhunderten keine frische Luft mehr reingelassen worden wäre. »Mach das Fenster auf«, sagte ich zu Peter. »Hier riecht es wie in einer Gruft.« Aber die Fenster waren verriegelt.

Peter schlug vor, einen Spaziergang zu machen, aber ich wollte nicht. »Ich glaube, ich bleibe hier. Ich habe

Lust, ein bißchen zu lesen. Und vielleicht schlaf ich ein bißchen.«

»Schlafen hört sich gut an«, sagte Peter und beugte sich vor, um mich zu berühren.

»Ich bin müde, Peter. Laß mich.«

Peter sagte, daß er dann doch einen Spaziergang machen würde. »Ich werde ein nettes Lokal für das Abendessen auskundschaften«, sagte er. »Schlaf gut.«

Ich las ein bißchen und döste weg. Als ich aufwachte, bekam ich sofort schlechte Laune, weil ich ohne meine Uhr nicht wußte, wie spät es war. Ich wusch mir kurz das Gesicht und sah aus dem Fenster. Ich bin nicht bei den Pfadfindern gewesen, aber ich schätzte, daß es später Nachmittag war.

Ich hinterließ Peter eine Nachricht, daß ich auch spazierengegangen sei. Ich schrieb ihm, daß er hier auf mich warten solle, falls er vor mir zurückkäme. Ich stellte fest, daß ich keinen Schlüssel hatte, um abzusperren, aber das war auch schon egal, weil wir eigentlich nichts mehr hatten, was man hätte stehlen können.

Unser Hotel lag in einer engen Seitenstraße. Ich überlegte, in welche Richtung ich losgehen sollte, und schaute dabei nach rechts. Bergauf. Ich ging nach links. Eine Prozession kam mir entgegen. Zwei Priester in schwarzen Talaren führten zwei schwarze Hengste. Die Pferde zogen eine Kutsche, die mit Blumen gefüllt war. Ich stellte mich auf die Zehenspitzen und sah inmitten dieses Blumenarrangements den Körper eines Mannes in einem Sarg liegen. Er war mit einer Plastikfolie bedeckt, wie eine kalte Platte aus einem Feinkostgeschäft. Die Trauernden folgten dem Leichenwagen. Die Witwe führte die Gruppe an. Sie war verschleiert. Alle, selbst die Kinder, trugen Schwarz. Ganz am

Ende, mit ein bißchen Abstand zu den anderen, liefen ein paar Mädchen, Teenager. Sie kicherten.

Als die Parade schließlich den Berg hinauf war, lief ich ins Zimmer zurück. Es schien eine Ewigkeit zu dauern, aber es waren wohl nur wenige Minuten, bis Peter zurückkam. »Hast du die Beerdigung gesehen?« fragte ich.

»Nein«, sagte Peter. »Wo denn?«

»Peter, die fahren die Toten in einem offenen Sarg in einer Kutsche herum. Nicht ganz offen, weil sie sie mit einer Plastikfolie bedecken. Warum bedecken sie die Toten mit einer Plastikfolie?«

Peter hatte mir einige Jahre voraus. Zwanzig, um genau zu sein. Und deshalb dachte ich immer, er wisse über solche Dinge Bescheid. Peter zuckte mit den Schultern. »Es ist billiger als Glas, nehme ich an. Und es hält die Fliegen genauso gut von dem Leichnam fern. Ich habe ein Lokal für das Abendessen gefunden«, fuhr er fort. »Hast du Hunger?«

Ich wünschte, ich hätte keinen gehabt. Aber ich hatte Hunger. Mein Körper hörte nicht auf, mich zu verraten. Ich wollte immer noch essen. Und trinken. Und schlafen. Alles, nur keinen Sex. Ich hatte Peter seit fünf Monaten nicht mehr erlaubt, mich zu berühren. Er war sehr geduldig. Und verständnisvoll. Er liebte mich sehr. Ich wünschte, er hätte mich nicht geliebt. Ich wünschte, er hätte mir ein Ultimatum gestellt: Mach die Beine breit oder kratz die Kurve. Tat er aber nicht. Er wartete darauf, daß ich nachgeben würde. Es wurde erwartet, daß ich auf dieser Reise nachgeben würde. Aber das war nicht sehr wahrscheinlich.

»Es gibt nur ein Restaurant in der Stadt. Soweit ich das feststellen konnte«, sagte Peter auf dem Weg dorthin. »Aber es scheint ein nettes Lokal zu sein.«

Die Straßen in Bustani wanden sich um die Berge. Sie waren eng und viele hatten Kopfsteinpflaster. Die Häuser, mußte ich zugeben, sahen wie furchtbar süße kleine Schlößchen aus. Und jedes hatte einen üppigen Blumengarten mit Enten auf dem Rasen. Alles in allem sah es aus wie bei ›Heidi‹. Das heißt, wenn man nicht zu genau hinsah. Denn wenn man genau hingesehen hätte, hätte man gemerkt, daß die Enten ausgestopft waren und daß die Leute, die wie Ochsen vor sich hin stapften, leere Gesichter hatten.

Das Restaurant war sehr groß. Es hatte einen königsblauen Teppichboden, aber sonst keinerlei Dekoration. Wir waren die einzigen. »Ich glaube, es ist ein bißchen zu früh fürs Abendessen«, sagte Peter. Ich schaute ihn nur an. Hier würde nie jemand sein, egal, zu welcher Uhrzeit. Wir waren die einzigen Touristen in der Stadt. Und Rumänen, erfuhren wir, gingen selten zum Essen aus. Restaurants dort waren keine besonderen Orte, an denen man köstliche Leckereien serviert bekam, es gab dort einfach nur einen Service. Es gab keine Speisekarten in rumänischen Restaurants. Was immer am selben Tag mit einem sowjetischen Transport angeliefert worden war, wurde serviert. Die Kellnerin, ein Tier in einer weißen Uniform, knallte uns einen Korb mit Sauerteigbrötchen auf den Tisch. Sie landeten mit einem dumpfen Schlag. Ein Griff sagte mir, daß sie nicht eßbar waren. »Heb eines auf«, sagte ich Peter. »Später, wenn uns langweilig wird, können wir damit eine Runde Squash spielen.«

Peter winkte die Kellnerin an den Tisch und versuchte herauszufinden, was es zum Abendessen gab. Ich erinnerte ihn daran, daß wir es, falls es Rind sein sollte, nicht haben wollten. Rindfleisch roch in diesem Land äußerst unangenehm.

Englisch, Französisch und Italienisch halfen Peter nicht weiter. Die Kellnerin verstand nichts, Peter versuchte es mit Zeichensprache, und er mußte sich verständlich gemacht haben. Sie ging und kam mit einem Tablett zurück. Auf dem Teller lag eine sehr große, rohe Leber. Aus mir nicht nachvollziehbaren Gründen hielt sie es für angebracht, den Teller mit einer ganzen Tomate zu dekorieren. Sie hielt mir die Leber unter die Nase, damit ich sie inspizieren konnte. »Peter, mach, daß sie das weg tut. Mir wird noch schlecht.« Aber diese Kellnerin war auf unsere Zustimmung zu der blutenden Leber erpicht. Sie weigerte sich zu gehen, bis Peter vor Freude begann, wild mit dem Kopf zu nicken. Sie ging, vermutlich, um die Leber auf das Feuer zu stellen.

»Peter, wenn sie diese Leber wieder herbringt, schwöre ich, daß ich mich übergebe. Kannst du ihr nicht klarmachen, daß wir einfach nur ein bißchen Käse oder so was haben wollen?«

Peter stand auf, um die Kellnerin zur Einsicht zu bringen. Dumm, daß wir nicht daran gedacht hatten, etwas mitzunehmen, um sie zu bestechen. Aber es stellte sich heraus, daß Peter einen Stift oder Büroklammern oder so was in seinen Taschen gehabt haben mußte, denn die beiden kamen mit zwei Salaten und einer traurigen Pellkartoffel zurück.

Peter war so liebenswürdig, mir die Kartoffel zu überlassen, daß ich, als er fragte, »vielleicht machen wir morgen eine Bergtour«, zustimmte, obwohl ich wußte, daß ich unter keinen Umständen in diesen Bergen rumkraxeln würde.

Nachdem wir im Hotelzimmer angekommen waren, tat ich so, als ob ich schlafen würde, als Peter meinen Rücken streichelte. Es dauerte nicht lange, bis ich hörte, was ich hören wollte. Er schnarchte leise, und ich konnte mich soweit entspannen, um auch einzuschlafen.

Ich träumte, daß wir in diesem Raum waren. Ich lag auf dem Rücken, und die Decke war zu meinen Knöcheln runtergerutscht. Ich war entblößt und hatte furchtbare Angst. Peter biß mich. Keine zärtlichen Knabbereien; er war wie ein wilder Hund mit seiner Beute. Mit grauenhaften Bissen in meinen Bauch und meine Schenkel riß er mir mit seinen Zähnen ganze Fleischstücke heraus. Ich lag blutüberströmt da, während Peter mein Fleisch auf den Boden spuckte. Er ging noch einmal auf mich los. Ich träumte, daß er mich bei lebendigem Leib auffraß. Mein Herzschlag raste. Ich wachte auf. Ich sah zu Peter hinüber. Er schlief tief und fest. Ich war unversehrt. So irgendwie.

Ich stand auf. Ich zog den Koffer vom Schrank und warf meine Sachen hinein, ohne irgend etwas zusammenzulegen oder Flaschen und Tuben in Plastiktüten zu stecken. Für solche Kinkerlitzchen hatte ich keine Zeit. Peter wachte auf. »Was machst du?« fragte er.

»Ich haue hier ab. Ich verlasse dieses Land.«

»Du kannst jetzt nicht gehen«, sagte er.

»Doch. Du kannst mich nicht aufhalten. Niemand kann mich aufhalten. Ich werde fliehen. Ich werde über die Grenze fliehen. Das wird dauernd gemacht.«

»Wir sind Hunderte von Kilometern von der Grenze entfernt«, sagte Peter. »Laß uns bis morgen warten und den Zug zurück nehmen. Wir werden den Orientexpress nach Italien nehmen.«

»Ich kann hier nicht bleiben. Ich kann nicht in diesem Zimmer bleiben. Ich kann nicht. Ich kann nicht.« Ich saß auf dem Boden.

Peter stieg aus dem Bett und setzte sich neben mich. Er nahm meine Hand. »Es ist das erste, was wir morgen machen. Wir werden uns Fahrkarten besorgen. Und dann fahren wir nach Italien.«

Ich schüttelte den Kopf. »Ich will nicht nach Italien. Ich hasse es. Ich hasse alles. Es ist vorbei, Peter. Es ist alles vorbei. Ich will nach Hause.«

»Dann werden wir nach Hause fahren«, sagte Peter. »Es hat keinen Sinn, hier zu bleiben, wenn du unglücklich bist.«

»Ich dachte, Rumänien sei romantisch«, entschuldigte ich mich. »Es hört sich doch romantisch an, oder?«

»Das tut es«, sagte Peter. »Es ist fast dasselbe Wort. Rumänien. Romantisch.«

»Aber es ist nicht romantisch, Peter. Es ist ein grauenhaftes Land. Alles ist grauenhaft.«

»Gut, jetzt wissen wir, daß wir nicht wieder herkommen werden.«

»Peter, warum mußt du so scheißnett zu mir sein.«

»Weil ich dich liebe«, sagte Peter.

»Ich liebe dich nicht«, sagte ich.

»Das weiß ich«, sagte Peter.

»Ich habe es versucht«, sagte ich.

»Das weiß ich auch.«

»Früher liebte ich dich. Wirklich. Ich liebte dich. Peter? Bitte halt mich und beruhige mich.«

Peter legte seine Arme um mich und erzählte mir leise davon, daß wir den ersten Zug nach Bukarest nehmen würden. »Und dann sofort zum Flughafen, keine Umwege«, versprach er mir.

Ich küßte ihn.

Wir schliefen nicht und hatten deshalb vor Sonnenaufgang alles eingepackt. Wir mußten den Preis für eine ganze Woche in dieser Absteige bezahlen, obwohl wir noch nicht einmal einen ganzen Tag dageblieben waren. Peter sagte, daß wir deshalb keine Diskussion anfangen sollten, weil wir sowieso unser Geld loswerden müßten. »Wir können es ohnehin nicht mehr umtauschen. Ärgere dich nicht darüber«, sagte er.

Zum erstenmal seit New York trug ich meinen Koffer selbst. Er wog nicht mehr soviel wie damals. Fast alles, womit ich losgefahren war, hatten wir hergegeben, um Fahrkarten, Hotelzimmer und den Eintritt zu öffentlichen Badeanstalten zu erkaufen.

Peter war so taktvoll, nicht zu erwähnen, daß Bustani, wenn die Menschen noch schliefen und die Berge vom Morgennebel umhüllt waren, malerisch wie eine Ansichtskarte war.

Wir kamen am Bahnhof an, und Peter setzte mich auf eine Bank, um am Fahrkartenschalter unsere Reise nach Bukarest unter Dach und Fach zu bringen.

Ich rauchte eine rumänische Zigarette, die noch schlimmer als die französischen war. Ich versuchte, nicht daran zu denken, daß die Züge vielleicht nicht fahren würden oder daß man unsere Pässe gestohlen hätte oder daß Bustani das Land der Verlorenen war. Aber ohne Erfolg.

Peter kam zurück und winkte mit zwei Fahrkarten. Ich klatschte in die Hände, rannte zu dem Trio der gehörnten Ballerinas und rief Peter zu: »Mach ein Bild von mir und den Ziegen!«

»Das geht nicht«, sagte Peter. »Ich mußte dem Stationsvorsteher meine Kamera geben, um die Fahrkarten zu bekommen.«

Umberto Eco

Wie man im Flugzeug speist

Auf einer Flugreise vor ein paar Jahren (Amsterdam hin und zurück) habe ich zwei Krawatten von Brooks Brothers, zwei Burberry-Hemden, zwei Bardelli-Hosen, ein Tweed-Jackett aus der Bond Street und eine Krizia-Weste eingebüßt.

Denn auf internationalen Flügen herrscht bekanntlich der schöne Brauch, ein Menü zu servieren. Man kennt das, die Sitze sind eng, die Klapptischchen ebenfalls, und das Flugzeug macht gelegentlich Sprünge. Überdies sind die Servietten in Flugzeugen winzig, sie lassen den Bauch unbedeckt, wenn man sie in den Kragen schiebt, und die Brust, wenn man sie auf den Schoß legt. Der gesunde Menschenverstand geböte, kompakte und nicht schmutzende Speisen zu servieren. Es müssen nicht unbedingt Enervit-Täfelchen sein. Kompakte Speisen sind Wiener bzw. Mailänder Schnitzel, Gegrilltes, Käse, Pommes frites und Brathähnchen. Schmutzende Speisen sind Spaghetti mit Tomatensoße, Melanzane alla Parmigiana, frisch aus dem Ofen kommende Pizzen und heiße Brühen in Tassen ohne Henkel.

Nun besteht jedoch das typische Menü in einem Flugzeug aus sehr durchgebratenem Fleisch in brauner Soße, großzügigen Portionen gekochter Tomaten, feingeschnittenem und in Wein ersäuftem Gemüse, Reis und Erbsen im eigenen Saft. Erbsen sind bekanntlich ungreifbare Objekte – weshalb selbst die besten Köche unfähig sind, gefüllte Erbsen zuzubereiten –, besonders wenn man sich darauf versteift, sie mit der Gabel zu essen, wie es die Etikette verlangt, und nicht mit dem Löffel. Sage hier keiner, die Chinesen seien noch schlimmer, ich versichere, es ist leichter, eine Erbse mit zwei Stäbchen zu fassen als mit einer Gabel. Es erübrigt sich auch der Hinweis, daß man die Erbsen mit der Gabel nicht aufpikt, sondern aufliest, denn alle Gabeln sind, was ihr Design betrifft, immer nur zu dem einzigen Zweck gestaltet, die Erbsen, die sie vorgeblich auflesen, fallen zu lassen.

Hinzu kommt, daß die Erbsen im Flugzeug mit schöner Regelmäßigkeit immer nur dann serviert werden, wenn das Flugzeug gerade in eine Turbulenz gerät und der Kapitän empfiehlt, die Sicherheitsgurte anzulegen. Infolge dieser ergonomisch komplexen Operation bleibt den Erbsen mithin nur eine Wahl: Entweder sie landen im Kragen oder im Hosenlatz.

Wie die antiken Fabelerzähler lehrten, bedarf es, um einen Fuchs daran zu hindern, aus einem Becher zu trinken, eines hohen und schmalen Bechers. Die Trinkgefäße in Flugzeugen sind niedrig und breit, praktisch Schüsseln. Versteht sich, daß jedwede Flüssigkeit aufgrund physikalischer Gesetzmäßigkeiten über den Rand schwappt, auch ohne Turbulenz. Das Brot ist kein französisches Baguette, das man, auch wenn es frisch ist, mit den Zähnen zerreißen muß, sondern ein speziell angefertigtes Backwerk, das bei der geringsten Berührung in eine Wolke feinsten Pulvers zerstiebt. Gemäß dem Prinzip von Lavoisier verschwindet dieses Pulver nur scheinbar: Bei der Ankunft entdeckt man, daß es sich zur Gänze unter dem Allerwertesten versammelt hat, um einem die Hosen auch hinterrücks zu verkleben. Das Dessert ist entweder krümelig wie ein Baiser und zerstiebt mit dem Brot, oder es tropft einem sofort auf die Finger, wenn die Serviette längst voller Tomatensoße und folglich nicht mehr zu gebrauchen ist.

Bleibt das Erfrischungstüchlein, gewiß. Aber es ist nicht von den Salz- und Pfeffer- und Zuckertütchen zu unterscheiden, weshalb es, nachdem man den Zucker in den Salat gestreut hat, bereits im Kaffee gelandet ist, der kochendheiß serviert wird, in einer randvollen Tasse aus wärmeleitendem Material, die einem leicht aus den verbrühten Fingern gleitet, so daß er sich mit der nun schon geronnenen Soße rings um den Gürtel vereint. In der Business Class wird einem der Kaffee direkt in den Schoß gegossen, von einer Hostess, die sich auf Esperanto entschuldigt.

Sicher rekrutieren die Fluglinien ihre Restaurateure aus dem Kreis jener Hotelfachleute, die nur jenen Kannentyp dulden, der den Kaffee, statt ihn in die Tasse zu gießen, zu achtzig Prozent auf dem Tischtuch verschüttet. Aber warum? Höchstwahrscheinlich will man den Reisenden das Gefühl von Luxus geben und nimmt an, daß sie jene Hollywoodfilme gesehen haben, in denen Nero stets aus breitrandigen Kelchen trinkt, die ihm den Bart und die Tunika vollkleckern, und wo die Barockfürsten saftige Schenkel abnagen, von denen der Saft auf ihr Spitzenhemd trieft, während sie pralle Kurtisanen umarmen.

Doch warum werden dann in der ersten Klasse, wo der Platz geräumig ist, kompakte Speisen serviert, wie cremiger russischer Kaviar auf gebuttertem Toast, geräucherter

Lachs und Langustenscheiben in Öl und Zitrone? Vielleicht weil in den Filmen von Luchino Visconti die Nazi-Aristokraten »Erschießt ihn!« sagen, während sie sich genüßlich eine einzelne Weintraube in den Mund schieben?

Robert Gernhardt

Die Flucht in die Falle

Mangold und Witte, zwei Männer, die seit der Schulzeit miteinander befreundet waren, sich jedoch etliche Monate nicht mehr gesehen hatten, saßen einander in einem italienischen Lokal der Düsseldorfer Altstadt gegenüber.

»Und als Wein?« fragte Witte. »Was hältst du von einem Chianti classico?«

Mangold zuckte die Achseln. Er wußte so gut wie Witte, daß dies eine rhetorische Frage war, da Witte, dem Italienkenner, in allen Fragen italienischer Küche, zumal italienischer Weine, der Vorrang und das Recht der Entscheidung zustanden, doch er wußte zugleich, daß unter Freunden auch eine rhetorische Frage eine zumindest rhetorische Antwort verdiente: »Ja. Bin ich dabei.«

Während die Vorspeisen aufgetragen wurden, besprach sich Witte mit einem der Ober, der bald darauf mit einer Flasche wiederkehrte, auf deren Etikett ein Ritter zu Pferde abgebildet war.

San Felice, las Mangold, während Witte mit erhobener Stimme »San Felice« sagte und hinzufügte: »Das Weingut liegt etwa zehn Kilometer von unserem Haus entfernt. Ein sehr ordentlicher Chianti.« Er nickte dem Kellner zu, welcher umgehend die Flasche entkorkte, worauf sich das gestische Ritual des Probeschenkens, Proberiechens und Probeschmeckens anschloß, ein Vorgang, dem Mangold auch dann leicht gepeinigt beiwohnte, wenn er, was meist der Fall war, nicht als Protagonist mitzuwirken hatte. Witte dagegen, als ob er nicht nur den Wein zu kosten, sondern auch die Peinlichkeit des Vorgangs auszukosten hätte, drehte nicht nur mehrmals das Glas in der Hand, ließ nicht nur den Probeschluck eine Zeitlang im Munde hin- und herwandern, er blickte auch derart ausgedehnt und gedankenverloren vom Glas zum Etikett, daß Mangold dem Freund bereits mit einem aufmunternden »Na« zu Hilfe eilen wollte, als Witte ihm mit dem kaum überraschenden, da von Anfang an unausweichlichen »Si, si, va bene« zuvorkam.

Schon vor dem Antipasto hatten beide Männer einige jener harmloseren Fragen abhaken können, die immer dann gestellt werden, wenn gute Bekannte einander längere Zeit nicht gesehen haben, nun aßen sie schweigend, um sich für die zweite Runde zu stärken, für jene Fragen also, die zu stellen nicht ungefährlich war, da der Fragende mit manchmal unerwartet ausführlichen Antworten zu rechnen hatte. Freundespflicht freilich gebot, auch diese Fragen nicht auszusparen, offen war lediglich, wer den Anfang machte; und nachdem Witte bereits zum dritten Mal erklärt hatte, der Parmaschinken sei gar nicht so übel, glaubte sich Mangold genötigt, diesem beredten Schweigen ein Ende zu setzen. »Und mit Tanja bist du nicht mehr zusammen?« fragte er.

Witte blickte zögernd auf.

»Ich hörte so was von den Kaisers«, erklärte Mangold fast entschuldigend.

Wie alle Freunde, auch diejenigen, die einander kaum schreiben, und dann nichts über persönliche Angelegenheiten, hatten sich Witte und Mangold während der vergangenen zehn Monate nicht völlig aus den Augen verloren. Durch gemeinsame Bekannte war die eine oder andere Nachricht vom Befinden des anderen vermittelt oder weitergetragen worden, so daß Mangold in groben Zügen über die ebenso übliche wie durchsichtige Geschichte unterrichtet war, die sich zwischen Witte und Tanja zugetragen hatte: Weshalb wohl setzte ein Mann, der die Vierzig überschritten hatte, seine Ehe zugunsten einer sehr viel jüngeren Fotoassistentin der härtesten Belastung aus? Weshalb verreiste er mit der jungen Person? Und weshalb wohl löste sich diese Beziehung nach einigen, wie es hieß, stürmischen Monaten wieder auf? Die Antwort konnte kaum überraschend ausfallen, mit einem gleichwohl aufmerksamen Blick schaute Mangold den Freund an, der seine Augen bereits wieder gesenkt hatte und fast fahrig ein Stück Weißbrot zu einer Kugel formte. »Das ist eine längere Geschichte«, sagte er schließlich.

Wie ein Schatten glitt der Ausdruck unbestimmter Besorgtheit über Mangolds Gesicht, das sich freilich gleich darauf wieder in strahlender Anteilnahme zeigte. Wenn er da durch mußte, mußte er eben da durch. »Ja?« fragte er, sich leicht vorbeugend.

»Ja leider«, antwortete Witte, wurde jedoch durch den Kellner an weiteren Ausführungen gehindert, da der das von Witte empfohlene Nudelgericht auftrug. »Spaghetti al pesto«, erläuterte dieser, während er zur Gabel griff, »eine sehr einfache Salsa – Basilikum, Öl, etwas Knoblauch – doch eine der mir liebsten. Ich hoffe, du magst sie.« Für einen Moment erwog Mangold, dem Freund mitzuteilen, daß er dergleichen bereits gegessen habe, doch dann ließ er es. »Sieht gut aus«, sagte er taktvoll und begann gleichfalls zu essen.

»Also die Sache mit Tanja« – Wittes Blick glitt suchend die mit den Fotos von Gästen unterschiedlichster Prominenz vollgehängte Wand entlang, so, als ob er dort einen Hinweis darauf zu finden hoffe, wie er Mangold die Sache mit Tanja darzulegen habe – »die Sache mit Tanja also. Es war eine von diesen Geschichten, keine Frage. Und wem sie just passieret, dem bricht das Herz entzwei, Heine, aber nein, heutzutage bricht einem ja nichts mehr entzwei, jedenfalls nicht das Herz.« Witte aß halbherzig von den Spaghetti. »Zumindest nicht in unserem Alter«, fuhr er fort, »da bricht man sich höchstens das Genick … Zum Beispiel beim Drachenfliegen«, setzte er rasch hinzu, als er Mangolds abermals besorgten Blick bemerkte. »Allein gegen die Elemente! Die typische Ersatzbefriedigung der Mittvierziger. Oder man verrenkt sich den Fuß beim Jogging. Allein gegen den inneren Schweinehund! Auch so eine solipsistische Angelegenheit. Dann schon lieber zu zweit ins Bett. Das ist zwar nicht sehr originell, aber bewährt. Außerdem: Wer in unserem Alter noch an Originalität glaubt, läuft Gefahr, als Original zu enden.«

Mangold schob fast ärgerlich seinen Teller beiseite. »Ja, ja, genug«, sagte er dem Kellner. Was eigentlich brachte den Freund dazu, derart kunstreich, ja gekünstelt daherzureden? Obwohl ihnen niemand zuhörte, schämte er sich für den Redenden. Aber war nicht die Fähigkeit, für den anderen Scham empfinden zu können, der Mark- und Prüfstein jeder Freundschaft? Hätte er sich denn für einen Fremden oder einen ihm Gleichgültigen jemals geschämt? Besänftigt zündete er eine Zigarette an. »Also wie war das mit Tanja?« fragte er ergeben. Auch Witte schob den noch halbvollen Teller beiseite, dann erhob er sich plötzlich. »Bin gleich wieder da«, sagte er erklärend. Nachdenklich sah Mangold ihm nach.

»Also die Sache mit Tanja«, setzte Witte, zurückgekommen, nochmals an. »Ich will dich nicht mit dem Anfang der Geschichte langweilen, nicht mit der Geschichte selber, schon gar nicht mit den Details der Geschichte, das Ende der Geschichte freilich ist bemerkenswert. Doch das ist wie gesagt eine längere Geschichte.« Auch Witte zündete eine Zigarette an, fast schien es Mangold, als ob der Freund durch ihn hindurchsähe, so starr blickte er plötzlich. Doch er sammelte sich wohl nur.

»Also hier in Düsseldorf war das mit Tanja noch ganz gut gelaufen. Sie hatte ihre Arbeit, ich hatte meine Arbeit, sie hatte ihre Wohnung, ich hatte meine Wohnung, unseren alles in allem recht dosierten Treffen eignete immer etwas Außergewöhnliches, fast Festliches. Dabei hätte ich Tanja durchaus öfter sehen können. Ingrid drängte mich geradezu, die Sache doch richtig auszuleben, und auch Tanja bestand darauf, häufiger mit mir zusammenzusein. Ich aber hatte nicht die geringste Neigung, diesen für mich bei Licht betrachtet sehr befriedigenden Zustand zu ändern. Indem ich mich Tanja gegenüber rar machte, erstrahlte meine Aura nur um so numinoser; indem ich Ingrid zu verstehen gab, meine Zurückhaltung in Sachen Tanja sei ein Opfer, das ich dem Fortbestand unserer Ehe erbringe, band ich sie da in Fesseln der Schuld, wo sie von Rechts wegen hätte aufbegehren können – ich hatte beide Frauen voll im Griff oder glaubte das doch zumindest. Bis Ingrid dann dieses delikate Gleichgewicht mit einem Schlage ins Schwanken brachte.« Hier unterbrach sich Witte, da der Kellner die Hauptgerichte brachte, Ossobuco, Leber auf venezianische Art und eine Platte

mit Beilagen. »Un' altra« – Witte hielt die bereits fast ge-
leerte Flasche hoch, dann fuhr er fort: »Ingrid also – nein,
ich muß anders beginnen. Der Sommer nahte. Nahte?« Er
schaute grübelnd auf das Ochsenfleisch. »Naht der Sommer? Entschuldige, die Worte sind manchmal so merkwürdig.«

»Der Sommer nahte«, kam ihm Mangold zu Hilfe.

»Ja, er nahte«, bekräftigte Witte, »und mit ihm näherte
sich auch die Ferienfrage. Nicht für mich – mir war klar,
daß Ingrid und ich wie jedes Jahr in unser Haus bei Castelnuovo Berardenga fahren würden, na du kennst es ja.
Nein, du weißt lediglich davon. Wieso hast du mich in all
den acht Jahren eigentlich noch nie in unserem Haus besucht?« Mangold breitete entschuldigend die Hände aus.
»Na egal, darüber reden wir noch. Ingrid jedenfalls legte
sich quer. Sie wolle meinem Glück oder meiner Selbstfin-
dung oder wie immer man das im Moment nennt nicht
im Wege stehen. Sie werde daher mit einer Freundin in
die Bretagne fahren. Ich aber solle unser italienisches
Haus ohne Rücksicht auf persönliche Bedenken oder gemeinsame Erinnerungen so nutzen, wie es mir am besten
passe – also ruhig auch für einige Ferienwochen mit Tanja. Ein raffinierter Schachzug, der mich unversehens völlig in ihre Schuld brachte, den ich aber, wer weiß, doch
noch hätte parieren oder doch wenigstens neutralisieren
können, wäre mir Ingrid nicht mit einem weiteren zu-
tiefst gemeinen – oder, wenn du so willst, hochintelligen-
ten – Zug zuvorgekommen, indem sie, auf welchen Wegen immer, Tanja von ihrem Angebot in Kenntnis setzte.
Tanja, die, so seltsam es klingt, trotz ihrer vierundzwanzig
Jahre noch nie in Italien gewesen war.« Witte schenkte
nach, hielt nochmals zur Erinnerung die nun vollkom-

men leere Flasche in die Höhe, dann fuhr er fort: »Es gab kein Zurück mehr, und wenn ich ehrlich sein soll, dann wollte ich nach anfänglichem Schwanken auch gar nicht mehr zurück. Die Aussicht, einem zwanzig Jahre jüngeren Menschen zum ersten Mal die Wunder Italiens vorführen zu können, die Vorstellung, mit ihm die schönste Zeit des Jahres, Mitte August bis Mitte September, in einem der immer noch gesegnetsten Landstriche, dem senesischen Teil der Toskana, verbringen zu können, all das schien mir unversehens derart verlockend, daß ich mich aller Lebenserfahrung zum Trotz kopfüber in ein Abenteuer stürzte, das freilich nicht zum erhofften langanhaltenden Höhepunkt mediterran-erotischer Sommerphantasien werden sollte, sondern rasch und jäh an einem furchtbar realen Tiefpunkt ungeahnter Peinlichkeit endete.«

Mangold, der den langen Sätzen des Freundes mit bereits verträumter Gelassenheit gefolgt war, schreckte bei den letzten Worten unwillkürlich auf. »Ach ja?« fragte er wach, fast wachsam.

»O ja«, erwiderte Witte, ohne dem Ober, welcher die zweite Flasche entkorkte, Beachtung zu schenken. »Und wenn ich Peinlichkeit sage, dann meine ich auch Peinlichkeit. Ich habe die ganze Geschichte noch niemandem erzählt, schon gar nicht Ingrid, und auch dir erzähle ich sie nur deshalb, weil ich weiß, daß du sie für dich behalten wirst.« Worte, die Mangold nach raschem Überlegen nicht mit Worten, sondern dem teilnahmsvollsten Blick erwiderte, dessen er fähig war. Keine schlechte Wahl, da Witte ohnehin nicht bereit zu sein schien, sich unterbrechen zu lassen, sondern von nun an sein Reden nur dann kurzfristig einstellte, wenn er einen weiteren Schluck Rotwein zu benötigen glaubte.

»Schade, daß du das Haus nicht kennst – einiges würdest du dann rascher und besser verstehen können. Man schaut von ihm aus auf eine der lieblichsten Landschaften, die sich denken läßt, auf die Siena umgebenden Hügel; man sieht von ihm aus eine der schönsten Stadtsilhouetten, die man sich ausmalen kann, die Sienas; die unmittelbare Umgebung des Hauses jedoch ist durchaus nicht lieblich, noch ganz Chianti, also herbes Berg-, Wald-, Öl- und Weinland. Ebenso herb, auf den ersten Blick fast reizlos, das Haus. Von armen Bauern aus dem hellen Naturstein der Gegend zusammengestückelt, seit Jahrhunderten von armen Bauern bewohnt, von den ärmsten der Gegend wahrscheinlich, da es eines der entlegensten Häuser der Gegend ist – sein überlieferter Name ›La Villa‹ ist wohl als Spitzname zu verstehen. Noch heute ist das Haus nur unter Schwierigkeiten zu erreichen, es liegt am Ende einer sich den Berg hochwindenden Schotterstraße, deren letzter Teil kaum Straße genannt zu werden verdient; das nächste Dorf ist sieben, die nächste Kleinstadt zwölf, und die nächste größere Stadt, Siena, etwa fünfundzwanzig Kilometer entfernt – trotzdem habe ich mich in diesem Hause niemals einsam oder von der Welt abgeschnitten gefühlt, es liegt einem ja alles zu Füßen und vor Augen, Gehöfte, Dörfer, Städtchen, die Stadt, auf sich ständig überschneidenden Hügeln und Hügelketten, hinter welchen bei klarer Sicht auch noch jede Menge blaues Bergland zu sehen ist, ja sogar der makellose Kegel des ehemals vulkanischen Monte Amiata. Tanja freilich …« Witte drehte nachdenklich die Flasche, »Tanja war bereits bei der Ankunft von dem Haus enttäuscht, und sie gab sich auch gar keine Mühe, ihre Enttäuschung zu verbergen. Worauf ich mir die Mühe machte, die

Gründe dieser Enttäuschung herauszufinden, jedoch wenig mehr erfuhr, als daß sie sich alles anders vorgestellt habe – sie hatte wohl eine wirkliche Villa erwartet, irregeführt durch den Namen und trotz meiner vorbeugenden Beschreibungen. Ihre Enttäuschung hielt an, als ich sie am nächsten Tage durch die nähere Umgebung führte. Die Landschaft interessierte sie kaum, Castelnuovo fand sie öde, was zweifellos stimmt, der Ort ist von einer berauschenden, weil durch und durch italienischen, sprich metaphysischen Ödheit, doch da war ja immer noch Siena. Dorthin aber wollte ich nicht, jedenfalls nicht sofort und gleich, nicht schon wieder eine größere Stadt, nicht schon wieder Geschäfte, Autos und Parkprobleme, wir hatten ja gerade erst Düsseldorf verlassen. Tanja fügte sich, wenn auch widerwillig, dann, am Nachmittag des dritten Tages kamen die Bergmanns vorbei, und damit begann das Unglück. War das überhaupt schon am dritten Tag?« Unter Zuhilfenahme seiner Finger begann Witte eine offensichtlich komplizierte Rechnung in Angriff zu nehmen, ein Umstand, den Mangold nutzte, sich mal kurz zu entschuldigen. Ohne aufzublicken, ließ der Freund ihn gehen.

»Es war der dritte Tag!« Witte rief es dem Zurückkehrenden fast entgegen. »Ein Sonntag. Wir waren ja am Abend des elften angekommen!« Mißmutig setzte sich Mangold. Der dritte Tag, der vierte Tag – war das nicht alles ganz gleichgültig? Diese Sommergeschichten – waren sie nicht eine wie die andere? Aber es war doch Witte, der da seine Geschichte erzählte, besänftigte er sich, und als er aufschaute, lag wieder freundliche Erwartung in seinem Blick.

»Die Bergmanns also. Du wirst sie nicht kennen, er ist

freiberuflicher Journalist, sie war früher Texterin. Aus München, wo ich sie allerdings noch nie besucht habe, wir sehen uns lediglich in Italien, dort freilich schon seit Jahren, Sommer für Sommer. Nachbarn also, auch wenn ihr Haus – ein sehr schönes Haus – nicht in unmittelbarer Nachbarschaft liegt, etwa zehn Kilometer Richtung Siena. Ein spontaner Besuch, der sich allerdings nicht ohne Betretenheit und Stocken anließ – sie hatten natürlich erwartet, mich mit Ingrid anzutreffen, nun stellte ich ihnen Tanja vor, verlegen halb, halb stolz, so, wie eben Männer unseres Alters Gleichaltrigen die Neue vorstellen, vorausgesetzt, sie ist deutlich jung und sichtlich hübsch – und das alles war Tanja zweifellos. Doch bald schon hatten wir die Situation allesamt bestens im Griff, nicht zuletzt dank der abgeklärten Lebensart der Bergmanns, die, anstatt Fragen zu stellen, rasch ein unverfängliches, wenn auch keineswegs nur unverbindliches Gespräch in Gang zu setzen wußten, nette Leute, wirklich, an jenem Nachmittage aber nichtsahnende Handlanger der Auflösung und des Bösen. Denn sie waren es, die bei Gebäck und Rotwein den Vorschlag machten, gemeinsam den am 16. August in Siena stattfindenden Palio zu besuchen. Du weißt, was der Palio ist?«

»Ein Pferderennen?« fragte Mangold.

»Ein Wahnsinn«, erwiderte Witte fast barsch, lenkte jedoch sogleich ein: »Das weiß ich auch erst seit diesem Jahr, seit meinem ersten und letzten Palio. Denn der Palio ...« er ballte die Faust. »Der senesische Palio findet zweimal im Jahr statt, am 2. Juli und am 16. August. Er ist ein Ereignis, das mittlerweile ganz Italien zu interessieren scheint, da alle größeren italienischen Zeitungen über den Ausgang des Rennens berichten; das Palio-Fieber grassiert nicht nur in Siena selber, es erfaßt und spaltet auch regelmäßig die senesische Provinz – und dennoch hatte ich es in all den acht Jahren, die ich teils im Juli, teils im August geradezu im Bannkreis des Palio verbrachte, vermieden, mir einen Palio anzuschauen. Nicht grundlos, mein Lieber, nicht grundlos!« Witte öffnete belehrend die Hand, von nun an untermalte sein Zeigefinger die Ausführungen. »Der Palio ist ein Pferderennen, richtig, doch eines, das unter recht ungewöhnlichen Bedingungen stattfindet. Dreimal umkreisen zehn Reiter auf ungesattelten Pferden die Piazza del Campo, den Haupt- und Prachtplatz Sienas; die Masse der Zuschauer aber steht dichtgedrängt auf eben diesem muschelförmigen Platz, inmitten des Rennens also, von Absperrungen umgeben und wehrlos der Sonne ausgesetzt. Und wenn ich etwas hasse, dann ist es, in Absperrungen wehrlos der Sonne ausgesetzt zu sein. Größere Menschenansammlungen mag ich übrigens auch nicht besonders.« Verstehend nickte Mangold. »Tanja freilich … Tanja fand den Vorschlag der Bergmanns gleich toll. Je mehr ich abwehrte, desto heftiger drängte sie darauf hinzugehen. Sie könne sich doch den Bergmanns auch alleine anschließen, schlug ich vor, das aber schien ihren Wunsch, mit mir hinzugehen, nur um so nachhaltiger anzustacheln. Wie um den Bergmanns zu beweisen, wer von uns beiden der Stärkere sei, zog sie nach allen Regeln der Kunst eine dieser Bezauberndes-Mädi-bezwingt-Daddy-Brummbär-Schoten ab, alles mit reichlich Bittebitte und Geschmolle garniert …« Witte hielt einen Augenblick inne. »Ich will nicht schlecht über Tanja reden«, sagte er beinahe entschuldigend. »Sie hatte auch ihre guten Seiten, sogar sehr gute, während dieses Nachmittages allerdings war von denen wenig zu merken. Sage ich, denn die Bergmanns schien sie in der Tat bezaubert zu haben. Die unterstützten, lächelnd erst, dann lachend, ihr Bitten, und schließlich – was blieb ihm angesichts der Übermacht übrig – gab Daddy Brummbär nach, eine Entscheidung, die allgemein gefeiert und reichlich begossen wurde. Beim Abschied aber kamen wir überein, uns am 16., dem Tag des Palio, um 14 Uhr an der Fonte Gaia, dem Brunnen der Piazza del Campo, zu treffen.

In der Hausbibliothek hatte Tanja ein Buch über Siena aufgestöbert, den nächsten Tag verwandte sie darauf, sich in Sachen Siena und vor allem in puncto Palio schlau zu machen. Fortwährend teilte sie mir neue Erkenntnisse mit, Lesefrüchte, die mir in der Regel freilich nicht ganz unbekannt waren: daß man die senesischen Stadtteile Contraden nenne, daß es davon siebzehn Stück gebe, daß jede Contrade ihr Symbol habe, daß der Palio zwischen den Contraden ausgetragen werde und so weiter – doch ich muß zugeben, daß sie dank ihrer raschen, wenn auch nicht besonders organisierten Auffassungsgabe am Abend mehr über den Palio wußte, als ich in all den Jahren aufgeschnappt und behalten hatte. Ich war nämlich nicht nur nie zum Palio gegangen, ich hatte mich auch stets geweigert, jener Sorte um Siena ansässiger Fremder nachzueifern, die sich nach und nach zu Intimkennern der Palio-Geheimnisse entwickelt hatten, zum Gegenstück jener zugereisten aficionados à la Hemingway, die keine Fiesta, keinen Stierkampf und keine Gelegenheit auslassen, ihr Wissen so breit wie zäh vor den staunenden Nichteingeweihten auszubreiten. Doch ich werde wohl schon wieder ungerecht.«

Hier unterbrach sich Witte, da der Kellner fragte, ob er

abtragen könne. Er wechselte einen Blick mit Mangold, der bestätigend nickte. »Auch einen Kaffee?« Mangold nickte abermals. »Due caffè e due grappe. Auch eine Grappa?« Zum dritten Mal nickte Mangold. »Due grappe allora.« Witte schien den Faden verloren zu haben, doch nicht lange: »Ach was, ich bin die Gerechtigkeit in Person. Und da ich außerdem klaustrophob bin – nicht auffällig klaustrophob, aber doch einer von denen, die sich im Kino nie in die Mitte setzen –, widmete ich den Tag vor dem Palio gänzlich der inneren und vor allem äußerlichen Ertüchtigung, enthielt mich des Alkohols und weitgehend auch der Zigaretten, setzte mich in genauen Dosierungen der noch ungewohnten italienischen Sonne aus und fühlte mich, als am Abend ein wohltuend erfrischender Wind vom Tal wehte, derart gestärkt, daß ich mit einem nicht mehr beklommenen, sondern fast wollüstigen Schauder dem nächsten Tag entgegensah, so, wie man den Beginn eines als besonders schön gruslig gepriesenen Gruselfilms erwartet. Allerdings meide ich Gruselfilme in der Regel. Stimmt nicht, ich gehe gar nicht rein. Ich vertrage sie nicht. Leider bin ich mit den Jahren immer leichter zu beeindrucken. Geht dir das eigentlich auch so?«

Für einen Augenblick erwog Mangold die Möglichkeit einer ernstgemeinten Frage und die einer ernstzunehmenden Antwort. Doch statt dessen schüttelte er nur vage den Kopf. Je eher der Freund zum Punkt kam, desto besser für beide. Für alle, dachte er zu seinem eigenen Erstaunen, ohne daß er hätte sagen können, wen eigentlich er mit »alle« meinte. Vielleicht die ganze unglückselige Corona, die sich nun hoffentlich bald auf diesem Platz da versammeln würde. »Ja?« sagte er anspornend.

»Ja – und am nächsten Tag ging es also nach Siena. Nicht erst gegen Mittag, wie ausgemacht war, sondern bereits um zehn, da Tanja dem Siena-Führer entnommen hatte, man solle die Palio-Atmosphäre nach Möglichkeit bereits vom Vortage an auf sich einwirken lassen, mit Bestimmtheit aber den ganzen Tag des Palio über, erst so gerate man in den Sog dieses so einzigartigen wie letztlich unbeschreiblichen Ereignisses – na und so weiter. Und es ließ sich ja auch ganz gut an. Schon in den Dörfern und Vorstädten sahen wir die ersten Fahnen der Contraden – Anhänger der unterschiedlichen Stadtteile hatten damit ihre Fenster geschmückt –, und Tanja hielt mich über die jeweiligen Symbole auf dem laufenden: Da, der Panther! Da, die Giraffe! Da, die Muschel! Überraschend leicht fand ich einen Parkplatz am Rande der Stadtmauer, durch die rosige Porta Ovile betraten wir Siena. Nun ist Siena ja sehr schön. Warst du mal in Siena? Ich brauche jetzt noch eine Grappa. Willst du auch noch eine Grappa? Due altre grappe, per favore. Und Siena war auch diesmal sehr schön. Schön laut, schön voll, schön heiß. Schön blöd auch die Senesen, die sich da durch die Straßen drängten – na, eher schön weggetreten. Fast alle waren durch ein bedrucktes Tuch als Anhänger oder Mitglied irgendeiner Contrade kenntlich gemacht, fast alle schienen nur eines im Kopf zu haben: die Qualitäten der unterschiedlichen Pferde und die Interessen ihrer Reiter. Wußtest du, daß die Pferde nicht den Stadtteilen gehören, sondern vor jedem Rennen neu ausgelost werden? Und daß die Reiter, die fantini, nicht den Contraden entstammen, deren Farben sie vertreten, sondern Mietlinge sind, meist aus Sardinien oder der Maremma, Söldner also, die bezahlt werden und daher auch bestochen werden können? Und die auch bestochen werden, und das nicht zu knapp? Nun, ich wußte das alles an jenem Morgen auch noch nicht. Doch daß da etwas in der Luft lag, teilte sich mir von dem Augenblick an mit, an dem wir eine Bar auf dem Wege zur Piazza betraten, um dort das Frühstück einzuwerfen. Kaum daß die Kassiererin aufblickte, fast Zufall, daß der Barmann uns bediente, denn beide waren mit einem weiteren Kunden in ein abgründiges Gespräch vertieft, von dem ich immer nur cavallo, cavallo verstand, also Pferd, sprich Bahnhof.

Es lag was in der Luft, sagte ich, und richtig, zehn Minuten später hatten Tanja und ich bereits den ersten Streit. Den ersten dieses Tages, genauer gesagt. Die Tücher der Contraden hatten es ihr angetan; überall wurden sie feilgeboten, und sie wollte, daß ich ihr eins kaufte. Ich lehnte ab. Der Contradenwahn der Senesen sei deren Sache. Touristen sollten sich da raushalten, sie liefen sonst Gefahr, anbiedernd zu wirken. Wieso anbiedernd? Komm, kauf mir doch so ein Tuch. – Kauf dir selber eins, die sind doch billig. – Darum geht es nicht, ich will ein Tuch von dir. – Warum? – Als Test. – Was für ein Test? Der Test, erkärte sie mir, hätte darin bestanden, welches Symbol mir für sie passend erschienen wäre. Ob ich also Istrice, das Stachelschwein, Lupa, die Wölfin, Leocorno, das Einhorn, Onda, die Welle, Chiocciola, die Schnecke, oder eines der restlichen zwölf Stadtteilembleme ausgesucht hätte. Aber nun sei sie nicht mehr interessiert. Zu schade – wieso eigentlich ließ ich mich zu dieser dümmlichen Replik hinreißen? – wo ich doch so ein schönes Emblem für sie wüßte und das auch gerne zu kaufen bereit sei: Oca, die Gans. Bis zur Piazza sprach Tanja kein Wort mit mir.

Die Piazza also. Wie oft hatte ich bereits auf ihr gestanden, immer hatte ich sie bewundert, ja geliebt, nie war sie mir als Falle erschienen. Anders an diesem Tage. Noch war der Platz nur mäßig gefüllt – das Schauspiel sollte ja erst um fünf Uhr abends beginnen –, doch schon waren längs den Häusern die Tribünen aufgebaut, schon war der rund um den Platz führende Parcours mit gestampftem Lehm bedeckt, schon hatte man die steinernen Pfeiler, welche den ziegelbedeckten Teil des Platzes von der Rennbahn trennen, durch große Holztafeln zu einer nur noch hier und da durchlässigen Absperrung verbunden. Diese Vorkehrungen freilich erheiterten mich auf den ersten Blick eher, als daß sie mich bedrückten. Noch ging ja rund um den Platz das gewohnte Leben weiter, wenn auch unter ungewohnten Bedingungen: Die Tische der den Platz säumenden Cafés und Restaurants standen auf gelb gleißendem Lehm, wer die Lokale selber betreten wollte, mußte sich bücken, da die umlaufenden Tribünen so konstruiert waren, daß sie nur den allernotwendigsten Durchlaß zu den Häusern aussparten. Auch waren bestimmte Lokale und Hauseingänge bereits gänzlich durch die Sitzreihen versperrt und nur dadurch zu erreichen, daß man sich von einem der Durchlässe aus bis zum betreffenden Portal vorarbeitete, immer an der Wand lang, durch all die anderen Menschen hindurch, die sich ebenfalls im schmalen, niedrigen Tribüneninneren drängten, um irgendwelche Geschäfte oder Eingänge zu erreichen, Eingesperrte auch sie in einem Zwinger aus waagrechten Holzbrettern und senkrechten Menschenbeinen, doch ich greife vor, das war alles erst später, und diesmal war es eindeutig Tanjas Schuld, aber darauf komme ich noch.

Der Platz also. Er war so harmonisch, so weitläufig, so einzigartig wie immer. Alarmiert jedoch bemerkte ich – und es war das erste Mal, daß ich dies bemerkte –, wie abgeschnitten von der Stadt er dalag. Oder wie aus der Stadt herausgeschnitten? Paß auf!«

Mangold schrak fast zusammen, als Witte plötzlich derart direkt das Wort an ihn richtete. »Ich paß die ganze Zeit auf«, sagte er beinahe unwirsch, doch Witte, der nun endlich das passende Wort gefunden zu haben schien, redete weiter: »Hineingeschnitten! Da breitet sich also dieser prächtige Platz aus, doch keine breiten Prachtstraßen führen auf ihn zu, sondern lediglich Sträßchen, Gassen eigentlich; fast lückenlos, wie eine Mauer, umstehen ihn der Palazzo Pubblico und die anderen Palazzi, kaum daß die schmalen, dunklen Einschnitte im Ziegelrot der Fassaden zu bemerken sind – dieser Platz öffnet sich nicht, er schließt sich ab, und beim Palio tut er das gleich doppelt: Während die Gebäude die Rennbahn einschließen, wird die zuschauende Menge auf dem gepflasterten Halbrund von der Bahn eingeschlossen, und das, so viel wußte ich bereits, für mindestens zwei Stunden, da dem Rennen noch ein Umzug in historischen Kostümen voranzugehen pflegt.

Von alldem schien Tanja nichts zu bemerken. Der Platz bezauberte sie sogleich, und ihre unverstellte Freude an all dem Unerwarteten, Unbekannten und Ungewohnten bezauberte auch mich. So wenig ich vom Palio weiß, von senesischer Kunst weiß ich einiges, für eine Stunde wenigstens wurde wenigstens ein Teil meiner Düsseldorfer Italienphantasien wahr: Der große Zampano weihte ein lernbegieriges junges Ding in die Wunder spätmittelalterlicher Architektur und Malerei ein, und der junge Mensch ließ sich doch tatsächlich von dessen feuriger Gelehrsamkeit anrühren, ja anstecken. Simone Martinis Fresko des reitenden Feldherrn Guidoriccio fand Tanja sogar wirklich Spitze, lange stand ich mit ihr vor dem Bild, nicht ahnend, wie sehr mir Guidoriccios lebende Kopien noch am gleichen Nachmittag auf den Geist gehen sollten. Ah, unvergeßliche Stunde in den kühlen Sälen des Palazzo Pubblico! Dann, als wir wieder auf den Platz traten, traf mich die Hitze wie ein Schlag. Sagte ich bereits, daß die Senesen den Palio gleich zweimal im Jahr begehen?« Witte blickte nachdenklich in sein leeres Schnapsglas. »Noch eine Grappa? Ancora due grappe! Ja, zwei. Beide finden zu Ehren der Mutter Gottes statt, der Juli-Palio ist der Madonna von Provenzano, der August-Palio der Assunta geweiht, der aufgefahrenen Madonna also. Daher auch das Datum, sechzehnter August, ein Tag nach Ferragosto, dem Fest Mariä Himmelfahrt, der oft heißesten Zeit des Jahres – nicht zufällig ist es die klassische Ferienzeit der Italiener. Und habe ich schon gesagt, daß ich große Hitze nicht besonders mag, schon gar nicht in großen Städten?«

Mangold nickte müde, fast verzagt. Das alles kam ja gar nicht von der Stelle! Wie eine Maus im Tretrad schien der Freund sich ständig im Kreise drehen zu müssen. Würde er je einen Ausgang finden? Verstohlen sah er nach der Uhr, da kamen die Schnäpse. »Und dann?« Anspornend hob er das Glas.

»Der Friede zwischen Tanja und mir hielt nicht lange an. Daß sie verlangte, ich solle für uns zwei Tribünenplätze erstehen, war noch relativ leicht abzuschmettern. Erstens kosten die zwischen hundert und dreihundert Mark, zweitens hatte ich nicht so viel Geld bei mir, und drittens waren die Tribünen bereits seit Tagen vollständig ausverkauft. Auch vermochte ich Tanja begreiflich zu machen, selbst kleiner gewachsene Menschen seien in der Lage, das Rennen vom Platz aus zu verfolgen, da der wegen seiner amphitheatralischen Lage und Schräge von jedem Punkt aus eine befriedigende Sicht garantiere – du, frag mich nicht, wie das geht, es geht jedenfalls. Den Ausschlag aber gab, daß ich mich überdies auf die Bergmanns berufen konnte, Palio-Besucher seit Jahren, die sich lediglich einmal den Luxus der Tribünenplätze geleistet und anschließend übereinstimmend versichert hätten, die wirkliche Palio-Atmosphäre sei nur inmitten der Menge zu erfahren, auf dem für jedermann kostenlos zugänglichen Platz also. So flocht ich selber eifrig an der Schlinge, in der ich mich dann so schrecklich fangen sollte.« Hier griff Witte zum Grappa. »Der nächste Streit war weniger leicht beizulegen. Stimmt nicht. Der wurde eigentlich gar nicht beigelegt, als offene Wunde vergiftete er von nun an den Rest dieses umwitterten Tages. Es war mittlerweile halb eins, und Tanja wollte in einem der Restaurants, die den Platz umgaben, zu Mittag essen, unter einem der Sonnenschirme, auf dem gelben Lehm der Rennbahn. Dem Reiseführer hatte sie entnommen, daß allen anderen Lokalen das ›La Mangia‹ vorzuziehen sei, ein Restaurant, das seinen Namen der Tatsache verdankt, daß es dem gleichnamigen Ratshausturm gegenüberliegt. Ich war dagegen und schlug vor, statt dessen in einem der preiswerteren, jedoch keineswegs schlechteren Restaurants der nicht weniger pittoresken Innenstadt zu essen. Sie drängte mich, nachzufragen, ob im ›La Mangia‹ ein Tisch frei sei. Zu meiner Erleichterung konnte ich auf die Riservato-Schilder auf sämtlichen Tischen hinweisen.

Dann eben im Nachbarrestaurant, da stünden keine Schilder. Nun kam es zum Schwur – ich weigerte mich zu fragen. – Wieso? – Weil ich keine überteuerten Touristenpreise zahlen wolle. Zugleich ahnte ich bereits, daß ich log, was meine Position nicht gerade stärkte, mein Lieber, nicht gerade stärkte.«

Witte, der offenbar entschlossen war, die Wahrheit zu sagen und nichts als die Wahrheit, hatte keinen Blick für die gefurchte Stirn Mangolds. Eindringlich fuhr er fort:

»Du kennst das nicht, und weil du es nicht kennst, kannst du es, fürchte ich, auch nicht verstehen. Du bist nie als Jugendlicher durch die Toskana getrampt, mit einem Tagessatz von DM 2,50. Als Neunzehnjähriger stand ich das erste Mal auf der Piazza del Campo und habe diejenigen, die da im Freien speisten, ebenso beneidet wie verachtet. So einer wie die da wollte ich nie werden, vielleicht deswegen, weil ich damals unter keinen Umständen so einer wie die da sein konnte. Dort zu tafeln, das war für mich der Inbegriff des Luxus, verstehst du? Morgens wie abends schnitt ich mir Tomaten auf das viel zu rasch vertrocknete Weißbrot – Jugend, Italien und Opfer gehörten für mich unzertrennbar zusammen, ja meine Opfer machten geradezu meinen Stolz und die Essenz meines Italienerlebnisses aus. Ein Italien, das die da natürlich nie zu erfahren imstande waren, die Speisenden, die Satten, die Allerweltstouristen mit einem Wort. Die, die sich alles leisten konnten und eben deswegen nichts erlebten, nicht die Gastfreundschaft der Bauern, die dich bei Petroleumlicht mit Vin Santo bewirteten, und nicht die Feindseligkeit der Natur, die dir in Null Komma nix dein Zelt wegschwemmte, denn wenn es in Italien mal regnet, dann richtig. Aber wieso bin ich jetzt eigentlich beim Wetter gelandet?« Wie schuldbewußt hob Mangold die Hände. »Na egal«, sagte Witte fast entschuldigend. »Ach ja! Und da kommt also dieser junge Mensch daher, Tanja, ist das erste Mal in Italien und will als erstes auf der Piazza del Campo zu Mittag essen. Und ich schlage es ihr ab. Damals glaubte ich dafür so etwas wie finanzielle, meinethalben auch erzieherische Gründe ins Feld führen zu können, heute glaube ich zu wissen, daß es weit eher ältlicher Neid und kleinliche Mißgunst waren, vielleicht auch Platzangst – na egal. Ich war der Cicerone, ich hatte das Geld – nicht daß Tanja keins gehabt hätte, doch sie hatte keins dabei –, also hatte ich auch das Sagen. Als Kompromiß schlug ich vor, nach dem Essen den Kaffee oder ein Eis auf der Piazza einzunehmen; dann aßen wir gut, wenn auch reichlich schweigsam in einer schmalen, schattigen Straße nahe dem Dom. Laut genug freilich war es auch dort. Immer wieder zogen singend und in ungestalten Haufen die Anhänger unterschiedlicher Contraden durch die Gassen, schon waren die ersten Trommelwirbel zu hören, die die traditionellen, sehr viel gestalteteren Umzüge des Nachmittags ankündigten. All das beseitigte unsere Mißstimmung nicht, überdeckte sie aber. Dann war da der Wein, ein sehr guter Vernaccia di San Gimignano, der lockerte und spülte weitere Verklemmungen und Beklommenheiten hinweg. Schon redeten wir wieder miteinander, und als wir aufbrachen, um die Bergmanns zu treffen, schritt ich wie auf Wolken.

Die beiden warteten bereits an der Fonte Gaia, wir erkannten sie schon von weitem. Von nun an gestaltete sich alles einfacher, die Gespräche liefen überkreuz und überquer, umsichtig lenkten die Bergmanns, Palio-Eingeweihte er wie sie, unsere Schritte. Da war gleich um die Ecke der offene Stall zu besichtigen, in dem die vier weißen Ochsen noch einmal speisen durften, bevor sie den ebenfalls im Stall ausgestellten Carroccio, den Bannerwagen Sienas, rund um den Platz zu ziehen hatten, da war die ausgehängte Liste der an diesem Palio teilnehmenden Contraden zu studieren, da mußte man zum Domplatz, um dem Umzug der Stachelschweine beizuwohnen, und zum Palazzo del Monte dei Paschi, um die Contrade der Wölfin zu bewundern; denn nun zogen die Schautruppen bereits in vollem Wichs herum, ungemein ernste Jünglinge in Renaissancekostümen umrahmten einen womöglich noch ernsteren, jedenfalls reiferen Herrn in Prachtrüstung, den Capitano des jeweiligen Stadtteils, vor allem aber waren da Fahnenschwinger. Magst du Fahnenschwinger? Auf dem Domplatz sah ich die ersten: geschickte Burschen, welche die beeindruckend großen Lappen in eindrucksvoll vielfältigen Arten und Weisen zu schwingen imstande waren, vornerum, hintenrum, auf einem Bein, im Knien, und das immer voll synchronisiert, da die Fahnenschwinger stets als Paar auftraten – wirklich sehr ansprechend, immer vorausgesetzt, daß man Fahnenschwinger mag. War es der Wein, wollte ich es der von dem ganzen Geschwinge sichtlich beeindruckten Tanja recht tun – jedenfalls gab ich vor, das ganze Gelärme und Gewedel sehr schön zu finden, und vielleicht entsprach das zu diesem Zeitpunkt auch noch der Wahrheit. Aber was ist Wahrheit? Heute jedenfalls hasse ich dieses ebenso bewegungsverliebte wie letztlich lahmarschige Pack, und ich habe meine Gründe dafür, mein Lieber, gute Gründe, schreckliche Gründe, schrecklich gute Gründe. Doch ich greife schon wieder vor, erst mal drängten wir uns durch die immer volleren, immer lauteren Sträßchen; wenn wir uns zu verlieren drohten, hob Bergmann meinen Regenschirm – habe ich dir schon erzählt, daß ich die ganze Zeit über mit einem schwarzen Regenschirm herumgelaufen war? Dem einzigen Regenschirm, der an diesem immer noch wolkenlosen, heißen Tage durch die Straßen Sienas getragen wurde? Er sollte mir auf der Piazza als Sonnenschutz dienen, Tanja hatte mich fast flehentlich gebeten, ihn doch im Auto zu lassen, er wirke so albern – doch nun, da sich Bergmann seiner bemächtigt hatte, ihn wie einen Spazierstock hart aufs Pflaster stieß, fand sie ihn auf einmal sehr witzig, na egal. Und dann waren da überall Bars, in denen man auf die Schnelle irgend etwas Durstlöschendes sicherstellen konnte; während die Frauen die Obstsäfte durchprobierten, hielten sich Bergmann und ich an die mittelharten Sachen, doch obwohl wir das gleiche tranken, waren doch schwerlich zwei unterschiedlichere Trinker denkbar. Ihm war jedes neue Glas ein weiteres i-Tüpfelchen, das seiner strahlenden Palio-Euphorie letzten Schliff und Glanz verlieh, ich trank, um meine nie gänzlich unterdrückte Furcht in immer haltbarere Ketten zu binden, eine Furcht, die stets dann erneut ihr Haupt zu erheben drohte, wenn ich mich, aus der schützenden Bar kommend, in einer schon wieder dichter gewordenen Menschenmenge fand. Was da an Volk unterwegs war!« Witte schüttelte in nachträglicher Ungläubigkeit den Kopf. »Und fast alles Senesen! Jedenfalls Italiener. Kaum Touristen! Jedenfalls nicht mehr als sonst. Unglaublich! Einfach unglaublich!« Mangold tat sein Bestes, die Verwunderung des Freundes wenigstens mimisch zu teilen. Der aber nahm das kaum wahr. »Na gut. Tanja und ich gerie-

ten noch einmal kurz aneinander, als sie davon berichtete, wie gut ihr die Darstellung des Guidorucci – Guidoriccio, verbesserte ich – von Lorenzetti gefallen habe –
von Simone Martini, warf ich ein, da Tanja ihn offensichtlich mit den Brüdern Lorenzetti verwechselte, die
ebenfalls Wandbilder im Palazzo Pubblico gemalt hatten,
allerdings keinen Feldherrn, sondern die Allegorie der
guten und schlechten Regierung –, und dieses Bild, fuhr
Tanja tapfer fort, sei das erste Landschaftsbild der europäischen Kunst. Nun ist es das keineswegs, auf dem Bild
findet sich lediglich die erste großformatige Landschafts-
darstellung der europäischen Kunst, und die auch nur als
Hintergrund; die Bergmanns, die das so gut wußten wie
ich, schwiegen jedoch taktvoll, nur ich mußte mal wieder
alles richtigstellen: O nein! Das erste gesicherte Landschaftsbild der europäischen Kunst sei von einem der Lo-
renzettis. – Eben hast du noch gesagt, es ist von Simone
Martini. – Ach was, ich rede jetzt nicht vom Guidoriccio,
ich meine ein ganz anderes Bild, eigentlich zwei Bilder,
kleinformatige Landschaften, wahrscheinlich Reste einer
Brauttruhe, in der hiesigen Pinacoteca. – Du hast mir
aber selber gesagt … na und so weiter, denn natürlich
hatte ich ihr das alles bereits am Vormittag haarklein erklärt, und natürlich hatte sie einiges durcheinanderge-
bracht, und natürlich hätte ich in Gegenwart der Bergmanns den Mund halten sollen, doch ich konnte ganz
einfach nicht anders: der große Zampano ließ die Maske
fallen, der blanke Oberlehrer kam zum Vorschein und
hätte wohl noch lange doziert, wäre Bergmann ihm nicht
mit einigen versöhnlichen Scherzen wirkungsvoll in die
Parade gefahren und hätte seine Frau nicht zum Aufbruch gedrängt, es sei allmählich Zeit, endgültig einen

Platz auf der Piazza einzunehmen. Durch das Nadelöhr der Porta Salaria zwängten wir uns gleich all den anderen, die dasselbe Ziel hatten, auf den Campo – nein, erst war noch die Sache mit dem Eis.«

Witte seufzte auf. So, als sei er es, der die ganze unglückselige Geschichte anzuhören habe, dachte Mangold beinahe ungehalten.

»Wir wollten also gerade den Lehmboden der Rennbahn überqueren, um durch einen der noch offenen Eingänge auf den bereits merklich gefüllten Platz zu gelangen, als Tanja, wohl um sich für den Guidorucci-Riccio zu rächen, plötzlich darauf bestand, endlich ihr Eis zu bekommen. – Welches Eis denn? – Das, das du mir heute mittag versprochen hast. – Aber jetzt ist es doch Nachmittag. – Na und? Ich will trotzdem noch mein Eis. Versprochen ist versprochen. – Und wo soll ich das auf einmal herzaubern? Da verwandte sich Bergmann für Tanja. Dort, hinter den Tribünen, befinde sich eine seines Wissens ausgezeichnete Gelateria, wir müßten uns, von diesem Durchgang aus gesehen – er zeigte auf den Durchgang – immer rechts halten. Wir sollten uns jedoch beeilen, fiel seine Frau ein, der Platz werde um fünf geschlossen, sie würden schon mal auf dem Campo Aufstellung nehmen, ihr zumindest sei jetzt nicht nach Eis. Mit einem ›Beeilt euch also!‹ schloß sich Bergmann seiner Frau an.« Abermals seufzte Witte. »Es war halb fünf, als ich Tanja bedrückt und wütend ins Tribüneninnere folgte. Waren mir schon die vollgestopften Gassen wie eine Art Vorhölle erschienen, so kam das hier bereits der Hölle nahe. Während uns die Menschen entgegendrängten – Säumige, die nun auf den Platz wollten –, schoben und preßten wir uns als einzige gegen den Strom, weit vor uns die unerreichbar erscheinende, ja anscheinend unerreichbare Gelateria. Unser Vorhaben war dermaßen unsinnig, das Gatter, in das wir uns begeben hatten, derart unheilvoll, daß ich schließlich jeden Versuch des Weiterkommens aufgab und Tanja in den nächstbesten offenen Eingang zog, in ein merkwürdiges, fast leeres Etablissement, eine Art Pizzeria, nein, eher eine Art Birreria, ein Bierlokal also, in welchem ich zur Strafe zwei große Bier vom Faß orderte. Da – ich schob Tanja das Glas hin – da habe sie ihr Eis. Sie wolle wieder hinaus. Nein, jetzt werde erst mal das Eis gegessen. Sie trinke aber kein Bier. Das sei nun mal das einzige Eis, das sie hier hätten, hmmm, köstlich erfrischend. – Sehr witzig. – Nicht so witzig wie dein Wunsch, ausgerechnet jetzt und ausgerechnet unter diesen Umständen noch Eis zu essen. – Laß uns rausgehen, der Palio fängt doch gleich an. – Langsam, langsam, so ein feingehopftes Eis will auch mit Andacht weggeschlabbert werden … Warum sprach ich nur so mit ihr?« Mangold wich Wittes fragendem Blick aus. »Ich mochte sie doch! Na – mögen ist vielleicht nicht das richtige Wort. Ich …« Wie ein Schwert hing der begonnene Satz über dem Schweigen. Dann, ohne an die möglichen Folgen zu denken, sprang Mangold wie so oft schon für den Freund in die Bresche. »Du?« fragte er selbstlos.

»Na egal«, fuhr Witte entschlossen fort. »Ich trank also erst mal mein Bier, dann das Tanjas, das immer noch vor ihr stand, immer noch unberührt; ich, der ich doch nicht einmal in Deutschland Bier trinke, geschweige denn in Italien – so stellte ich nichtsahnend die Weichen, auf denen ich geradewegs ins Verderben rattern sollte. Rumpeldipumpel!« Witte prostete Mangold düster zu. »Auf das, was wir lieben! Und ich liebte es eben, Tanja zu zeigen, wo der Hammer hängt. Nicht, was du denkst! Nicht, was du denkst! Aber wo waren wir stehengeblieben?«

Wir? fragte sich Mangold verzweifelt. Wieso wir?

»Ach ja! Ein Blick auf die Uhr, zehn vor fünf, Zeit, endlich auf den Platz zu gehen! Wie leicht sich das anließ, wie schwer das dann zu bewerkstelligen war. Unter den Tribünen kaum ein Mensch mehr, in den Tribünenreihen allerdings auch nicht mehr die Spur eines Ausstiegs. Während ich unsere Biere getrunken hatte, waren die offengelassenen Ein- und Ausgänge ebenfalls in Tribünen verwandelt worden, durch Bretter, die man in vorbereitete Halterungen geschoben hatte, Bänke jetzt, die ebenfalls alle besetzt waren. Nein, nicht alle. Nach einigem Suchen bemerkte ich, daß sich drei, vier tiefer gelegene Bretter noch aus der Halterung schieben ließen, ich tat das, gebückt, fast kriechend traten wir auf die Rennbahn – und sahen uns erneut gefangen. Der Einlaß zwischen den Pfeilern, durch den die Bergmanns noch vor zwanzig Minuten auf den Platz gelangt waren – er war weg! Statt dessen eine lückenlose, hölzerne Absperrung, hinter der sich ebenso lückenlos die Menge drängte. Wir aber, Tanja und ich, standen unversehens auf dem vollkommen leeren Parcours. Tische, Stühle, Sonnenschirme – all das war natürlich schon längst weggeräumt worden. Aber daß da auch keine Menschen mehr auf und ab flanierten! Daß wir beide buchstäblich die einzigen lebenden Wesen auf dieser breiten und weiten Rennbahn waren, angestarrt von abertausend Augen – denn nicht nur hatten sich Platz und Tribüne gefüllt, auch auf den Balkons und in den Fenstern der hochragenden Häuser drängten sich bereits Zuschauer, obwohl es doch noch gar nichts zu schauen gab – nein, stimmt nicht: Es gab ja uns. Was tun? Ich schritt panisch aus, ohne mich um Tanja zu kümmern. Irgendwo mußte sich doch eine rettende Lücke finden, eine, die auf den Platz führte. Da war aber keine mehr. Weit hinter mir beschwor mich eine immer verzweifeltere Tanja, doch nicht so schnell zu gehen. Ich rief zurück, das hätte sie nun von ihrem ewigen Eisessen …« Witte schenkte schnell nach und trank hastig. »Wir hatten den Halbkreis der Bahn an seinem Scheitelpunkt betreten, waren nun bereits dort angelangt, wo dieser Halbkreis in jene einigermaßen grade Gerade übergeht, die von da ab an dem breitgelagerten Gebäude des Palazzo Pubblico entlangführt – und immer noch kein Entrinnen! Freilich, durch die schmale Via Giovanni Dupré hätten wir uns nach rechts, in die Stadt retten können, doch wir wollten ja nach links, auf den Platz, wollten durch die Mauer der Zehntausende, die unseren verzweifelten Lauf mitverfolgten – zwei Mäuse auf der Suche nach einem Loch in die Falle. Und wir fanden es auch, natürlich, erst aber mußten wir fast die gesamte Gerade hinter uns bringen, ich immer vorneweg, Tanja, nun nicht mehr klagend, sondern in versteinertem Zorn immer hinterher, bis wir endlich die Kette der Carabinieri erreichten, die die Rennbahn in Höhe der Via del Porrione absperrten und zugleich einen Zugang zum Platz offenhielten. Verwundert – wo kamen die denn her? – rückte einer der Polizisten beiseite, als ich ihn plötzlich auf den Rücken tippte, und dann – endlich bequemte ich mich dazu, auf Tanja zu warten – waren wir glücklich wieder unter Menschen, in einem Strom, der uns förmlich in den Platz riß. Wir hatten es geschafft, jetzt gab es kein Entrinnen mehr.

Freilich – erst einmal war es auf dem Platz gar nicht so eng und schlimm, wie es von der Bahn aus den Anschein gehabt hatte. Am Rand standen die Zuschauer bereits gepreßt und unbeweglich, gegen den Rand drängten sich viele der Neuankömmlinge – doch noch konnte man sich auf den weniger begehrten Teilen des Campo ohne Schwierigkeit bewegen; ganze Gruppen hockten oder lagerten unbehelligt auf dem Boden, hier und da gab es auch Stände, die Limonade und Erdnüsse verkauften, nur Limonade, wie ich rasch und bedauernd feststellte – er ist ja doch eine Stütze, der Alkohol, jedenfalls glaubte ich das damals noch, eine Stütze allerdings, die selber ständig neu gestützt werden mußte, durch Nachschub, und der, ich bemerkte es besorgt, würde während der nächsten zwei, drei Stunden ausbleiben. Prost auch!« In gewohnter Verbindlichkeit griff Mangold ebenfalls zum Glas. »Dafür fanden wir die Bergmanns ohne Schwierigkeiten. Ganz in unserer Nähe, gegenüber dem Hauptportal des Palazzo Pubblico entdeckte Tanja den hochgereckten schwarzen Schirm, lachend berichtete uns das Paar, wie seltsam sich unser Gang auf der leeren Rennbahn ausgenommen habe. Da mußten auch wir lachen. Das war ja eigentlich alles schrecklich komisch. Und so schrecklich heiß war es auch nicht mehr, obwohl wir auf dem sonnenbeschienenen Teil des Platzes standen. Aber die Schatten der Häuser wuchsen ja, außerdem hatte sich ein leichter Wolkenschleier vor die Sonne gelegt; fast erleichtert konstatierte Bergmann, die rinfrescata werde heute wohl ausbleiben, die ›Erfrischung‹, das traditionelle Sommergewitter, das – so wollen es landläufige Meinung und meteorologisches Brauchtum – regelmäßig am Nachmittage des sechzehnten August über Italien niederzugehen hat. Von da war es dann kein weiter Weg zu sehr viel naheliegenderen Traditionen. Palio war angesagt, und darüber wußte Bergmann viel zu sagen, alles mit Hand und mit Fuß und mit Pfiff und mit Witz und mit Charme und mit Schirm, von welchem er sich offenbar gar nicht mehr zu trennen gedachte – also Tanja jedenfalls war ganz hingerissen.« Wittes Hand fuhr vor, fast hätte er Mangolds Arm berührt.

»Ich werde schon wieder ungerecht, stimmt's? Ich will aber nicht ungerecht werden, und ich werde auch nicht ungerecht werden. Ich schaff das schon, mein Lieber, keine Sorge, und wie ich das schaffe!« Wittes Mittelfinger schlug den Takt zu seinen Versicherungen. »Es war nun halb sechs, und noch immer füllte sich der Platz. Den Eingang, durch welchen wir gerade noch hatten hindurchschlüpfen können, hatte man zwar geschlossen, doch immer noch hielten die Carabinieri einen letzten, von uns weit entfernten Durchgang offen. Da wir am tiefsten Punkt des Platzes standen, gegenüber der Capella di Piazza, einer dem Mangia-Turm angeklebten offenen Loggia, blickte ich, wenn ich mich umwandte, auf ein Meer von Haar. Nein, auf eine Matte von Haaren. Nein, auf eine leicht ansteigende Haarmatte. Nein, paß auf. Die Nächststehenden hatten noch Gesichter. Von den Näherstehenden sah ich noch halbe Gesichter, Stirnen, das Haar. Von den Weiterstehenden dann nur noch das Haar, bis schließlich das Haar der Nochweiterstehenden unterschiedslos ineinanderfloß, sich zu jener schwarzbraunen Haarmatte vereinigte, von der ich sprach. Nein – Haarmeer ist doch besser. In eine Matte kann ja nichts hineinströmen, genau so aber nahm sich der Zufluß der Neuankömmlinge aus, als Haarstrom, der sich anfangs mit großer Kraft ins Haarmeer ergoß, dann unmerklich langsamer wurde und schließlich ganz zum Stillstand kam. Bißchen viel Haare. Und hatte Bergmann nicht gesagt, der Platz werde um fünf geschlossen? Egal – raus kam man jedenfalls nicht mehr. Froh über jede Ablenkung, hörte ich Bergmann zu. Der erzählte gerade vom Juli-Palio, dem Palio der Zwischenfälle, wie ihn die Zeitungen getauft hätten. Die traditionelle Schiebung nämlich sei bereits perfekt gewesen, der Stadtteil Bruco, die Raupe, habe das erste Mal seit dreißig Jahren gewinnen sollen. Um nicht selber zu gewinnen, sei der bestochene fantino des mit Bruco befreundeten Stadtteils Onda, die Welle, vom Pferd gefallen. Der Reiter des mit Bruco verfeindeten Stadtteils Giraffa, die Giraffe, jedoch habe derart geistesgegenwärtig und bösartig auf das herrenlose Onda-Pferd eingeschlagen, daß es tatsächlich als erstes durchs Ziel gegangen sei. Sieg für die Contrade Onda also, da beim Palio nicht der Reiter, sondern das Pferd gewinne. Bergmann weidete sich an unserem Erstaunen. Ja, so sei das. Und zwar deshalb, weil Pferd und Reiter als Dualität begriffen würden, richtiger: als ewiger Dualismus. Das von Natur aus unbestechliche, der Contrade durch Los zugefallene Pferd nämlich verkörpere l'onore, die Ehre, der Reiter dürfe, nein müsse daher zwangsläufig den Gegenpart übernehmen – sonst sei der Dualismus ja nicht perfekt – die Rolle des zu allen Schandtaten bereiten Schlitzohrs also, das denn auch mit allen Waffen kämpfe: mit Bestechung, mit Schlägen gegen andere Pferde, vor allem aber andere Reiter, mit geradezu lebensgefährlichen Störmanövern – so gebe es fantini, die eigens deshalb von ihrem Pferd vor die Beine eines der anderen Pferde fielen, um dieses zum Sturz zu bringen. Denn – und das sei eine weitere Eigenart des Palio – häufig gehe es weniger um den Sieg des eigenen Pferdes, so erstrebenswert der auch sei, sondern vielmehr darum, den Sieg der Feindcontrade mit allen Mitteln zu verhindern. Zwischen den Stadtteilen nämlich herrschten Feindschaften, die ebenso weit zurückreichten wie das Rennen selber, also Jahrhunderte. Feinde beispielsweise seien die bereits erwähnte, früher einmal adlige Contrade der Giraffe und die von alters her proletarische der Raupe, die der Wölfin und die des Stachelschweins, die der Schildkröte und die der Schnecke.

Das alles erzählte Bergmann, und seine Frau wußte ebenfalls Kennerhaftes beizusteuern, daß die Pferde am Vortage des Rennens in den Stadtteilkirchen gesegnet und geweiht würden, vom Priester und mit der Formel ›Und nun benimm dich wie ein Mann, gehe hinfort und kehre als Sieger zurück‹, vor dem Rennen selber allerdings vertraue man dann mehr dem Doping als der Segnung – wieder mußten wir alle lachen, und dann fragte ich, ob jemand eine Limonade wolle, bald käme man nicht mehr zum Stand durch. Die Bergmanns wollten, Tanja wollte nicht, mit zwei Limonadeflaschen in Händen kehrte ich gerade noch rechtzeitig zurück, um gemeinsam mit den anderen den Anfang des Spektakels zu erleben. Oder das, was der Italiener unter Anfang versteht.«

Sah Witte den Ausdruck unbestimmter Furcht in Mangolds Augen oder ahnte er ihn lediglich? Auf jeden Fall beeilte er sich, Zuversicht zu verbreiten: »Du – ich mach's kurz. Wenn es der Italiener nur auch so kurz gemacht hätte! Ich rede nicht vom Rennen selber, das ist so kurz, kürzer geht es nicht: drei Runden à eine halbe Minute, in anderthalb Minuten also ist alles vorbei – aber das Vorprogramm! Es war nun etwa Viertel vor sechs, da trabte zu einem Böllerschuß erst mal berittene Polizei auf die Bahn. In Uniformen des neunzehnten Jahrhunderts allerdings, mit Dreispitz und Degen, den zogen sie nach der ersten Runde aus der Scheide, und dann ging es in vollem Galopp und mit gestrecktem Degen noch einmal um den Platz, Reiterattacke von Anno dunnemals, sehr ansprechend, doch, doch. Aber dann! Magst du eigentlich Umzüge? Nein, nein, nicht die üblichen, dreimal umgezogen, einmal abgebrannt, nein – so historische? Ich habe sie schon 1953 nicht gemocht, bei der Tausendjahrfeier meiner Heimatstadt, aber das da in Siena stellte alles in den Schatten. Dabei gab ich mir anfangs redlich Mühe, den nicht enden wollenden Aufmarsch ebenso zu mögen wie die unablässig Aufmarschierenden: den Herold der Stadt, die Trompeter zu Fuß, die Vertreter irgendwelcher senesischer Provinzen, die Schautruppen der Contraden schließlich. Sie alle betraten – von uns aus kaum erkennbar – den Platz dort, wo Tanja und ich aus der Kurve in die Gerade eingelaufen waren, marschierten dann allerdings in entgegengesetzter Richtung um das gesamte Halbrund, bis sie endlich, vor dem Palazzo Pubblico angelangt, entweder in den Toren des Rathauses verschwanden oder aber auf einer bereitstehenden Tribüne Platz nahmen, von welcher aus sie fortan einen farbenprächtigen Anblick boten oder aber, schlimmer noch, weitertuteten und weitertrommelten. Aber ich bin schon wieder ungerecht.« Witte untermalte diesen Satz mit einem Trommelwirbel seiner Finger. »Nein, ich bin überhaupt nicht ungerecht. Der Leidende ist nie ungerecht. Und ich habe gelitten, mein Lieber, und wie ich gelitten habe. Hör zu!

Der Wolkenschleier hatte sich verzogen, mit erstaunlicher Kraft heizte die späte Augustsonne den Platz erneut auf. Immer noch quoll der Strom der Unentwegten durch den immer noch offenen Einlaß in das Meer der Wartenden. Jetzt füllten sich die letzten leeren Stellen, nun erhoben sich die letzten Lagernden, um nicht unter die Füße der Nachdrängenden zu kommen. Enger rückten auch wir zusammen, die Bergmanns, Tanja und ich; als ich den Arm um ihre Schulter legte, schien ihr Körper zu erstarren. Da gab es gegenläufige Bewegung auf der Bahn. Während die Schautruppen dem Rathaustor zustrebten, wurde eine Bahre in die links vom Tor befindliche Loggia getragen. Jetzt erst erkannte ich, daß hinter der halbhohen Marmorbalustrade, unter dem luftigen Marmorbaldachin der ärztliche Notdienst sein Quartier bezogen hatte. Mit ganzer Wucht wurde mir bewußt, daß dort, wo Ärzte warten, auch zu Verarztende erwartet werden. Wie stand es denn um mich? Bist du schon mal im Kino ohnmächtig geworden? Ich ja – nicht gerade im Zuschauerraum, aber doch auf der Toilette, bis dahin hatte ich mich gerade noch schleppen können. Ich kenne die Symptome, ich weiß, wie sich das ankündigt und wie du dann auf einmal aus der Welt fällst. Nein, falsch. Du wirst aus der Welt gestoßen. Aber nicht gleich. Erst einmal entfernt sich die Welt von dir. Die Bilder bedeuten nichts mehr, die Laute teilen nichts mehr mit. Alles tritt zurück, doch nur, um Kraft zu sammeln. Denn plötzlich fällt alles über dich her. Das Helle wird unbegreiflich hell, das Laute unfaßbar laut, das Nahe unerträglich nah. Was auseinanderzufallen schien, hängt auf einmal wieder unzertrennlich zusammen. Wie eine Kette umschlingt es dich. All das, was vorgab, nichts mehr zu bedeuten, meint unvermittelt und unmißverständlich ein und dasselbe: Es sind alles Warn-zeichen. Zugleich setzen die körperlichen Warnungen ein: Zittern, Herzrasen, Schweißausbruch – wie gesagt, ich weiß, wie das ist. Und ich weiß auch, wie das geht, wenn du das alles schon mal prophylaktisch durch-checkst. Ich kenne die handfeste Panik ebenso wie die grundlose, die, die dich dann packt, wenn du mit Schrek-ken feststellst, daß eigentlich sämtliche Voraussetzungen für eine handfeste Panik gegeben sind.

Ich seh mich also um. Ich horche in mich rein – aber nein, da ist nichts. Nicht der Hauch einer Furcht, nicht die Spur einer Flatter. War es der Schutzschild des Alkohols, der mich beschirmte, war es meine durch den Lebens-kampf unerwartet gestählte psycho-physische Konstituti-on – auf mir selber unbegreifliche Weise schien mir die geradezu klassische Versammlung widriger Umstände, in die ich hineingeraten war, nicht das geringste anhaben zu können. Ich war ganz einfach rundum in Ordnung, sah man mal von der Tatsache ab, daß ich ganz gerne kurz ausgetreten wäre.«

Witte wedelte mit der leeren Flasche. »Eine packen wir doch noch?« fragte er Mangold. »Was jetzt kommt, wird nicht so lustig«, fügte er hinzu, da aber entnahm er Man-golds unbestimmten Handbewegungen Abwehr, ja Ab-lehnung. »Ein Viertel Rotwein!« rief er dem Kellner nach.

»Na egal – mittlerweile also waren etwa sieben Con-traden an uns vorbeigezogen, und noch immer rückten weitere nach. Sie betraten die Rennbahn in einem gewis-sen Abstand, dachten allerdings nicht daran, zügig bis zum Palazzo Pubblico durchzumarschieren, im Gegen-teil. Erst mal blieben sie stehen, damit die Fahnen-schwinger ihre Fahnen schwingen und in die Luft werfen

konnten, dann rückten sie etwas vor, um erneut stehenzubleiben und das Spielchen zu wiederholen. Derweil
hatte die nächste Contrade den Platz betreten, natürlich
auch sie mit Fahnenschwingern nebst Trommlern, alles
ging also noch mal von vorne los, das Geschwinge, das
Getrommle, das Gerücke, das Stehenbleiben vor allem.
Immer also waren mehrere Contraden auf dem Platz,
und da insgesamt zehn am Rennen teilnahmen, hoffte
ich ein Ende absehen zu können, nachdem doch schon
fünf Stadtteile ihr Ziel erreicht hatten, und da doch weitere fünf damit beschäftigt waren, ihre Schau abzuzie-
hen. Da aber, nach Schnecke, Muschel, Einhorn, Schildkröte, Welle, Giraffe, Adler, Gans, Stachelschwein und
Wölfin, rückte unvermutet eine weitere Contrade nach,
Drago, der Drache, und jäh ahnte ich, daß dieses Untier
lediglich die Vorhut jener restlichen Contraden bildete,
die aufgrund mir undurchsichtiger Regeln vom Assunta-
Palio ausgeschlossen waren. Eine Ahnung, die Bergmann
sogleich zu schrecklicher Gewißheit verfestigte: Aber ja!
Vor jedem Palio zögen natürlich sämtliche siebzehn
Contraden auf. Und auch die nichtbeteiligten sieben allesamt mit Tambour, Fahnenschwingern, Hauptmann, vier
Pagen, Standartenträgern und Paradepferden – allerdings ohne Reiter, da sie ja nicht beim Wettkampf anzu-
treten hätten.

Aber dann, also nach diesen ganzen siebzehn Contraden, da würde es dann ja wohl losgehen, fragte ich in wilder Hoffnung. Aber woher denn, antwortete Bergmann,
dann kämen erst mal noch Magistratspersonen, dann der
ochsengezogene Carroccio, den wir bereits am Nachmittag hätten bewundern können, nun aber von kostümier-
ten Beamten besetzt und vom Palio gekrönt, ja Palio,

denn das Rennen sei nach seinem Preis benannt, also nach dem Palio, einer Standarte, die für jedes Rennen von wechselnden Malern neu gestaltet werde, wobei das Motiv allerdings unwandelbar das gleiche bliebe, die Madonna natürlich, sogar der Erzkommunist und Nichtskönner Guttuso habe sich einmal an der Mutter Gottes vergreifen dürfen, ja – und dann kämen natürlich noch jede Menge Bewaffnete, regelrechte Ritter in voller Rüstung, danach freilich, da fange der Palio dann aber gleich an.

Ein furchterregend ironisches Lächeln begleitete diese Worte, ich hütete mich, weiterzufragen. Immer noch wurden, da die Schautruppen die Rennbahn nicht zur Gänze umrundeten, der letzte Zugang also geöffnet bleiben konnte, Schaulustige auf den Platz gelassen. Nun begann es auch in unserer Umgebung merklich eng zu werden. Wie um sie zu schützen, zog ich Tanja enger an mich. Unmerklich erst, dann ergeben, schließlich bereitwillig löste sie sich aus ihrer Starrheit, aneinandergeschmiegt schickten sich unsere Körper an, jenen Frieden zu schließen, welcher höher ist denn alle Vernunft – wenn nur nicht mein eigener Körper von solch sich ständig verschärfendem Unfrieden heimgesucht worden wäre! Unbarmherzig langsam, genau so wie es Bergmann vorausgesagt hatte, rollte das Programm ab.

Irgendwann schwankte ein riesiges blau-rosa Frauenzimmer an mir vorbei, die Standarte, auf der der Maler Renzo Vespignani angeblich seine Lebensgefährtin in Gestalt der Madonna verewigt hatte, doch längst tat ich nur noch so, als ob der Umzug mich interessiere, längst suchte ich den Platz danach ab, ob irgendwo eine wie immer geartete Entsorgungsanstalt zu finden sei. Da war aber keine. Sehr italienisch, mein Lieber, sehr italienisch! Da trommelt man Zehntausende für Stunden auf einem ausweglosen Platz zusammen, Männer, Frauen, Kinder, da schenkt man überdies noch Limonade aus, da verschwendet man aber nicht den geringsten Gedanken daran, wie das natürlichste Bedürfnis der Masse zu stillen sei. Ist doch ihre Sache, wie sie damit fertig wird!

Wie aber wurden die alle damit fertig? Lückenlos reihte sich nun Haar an Haar, niemand wankte oder wich – ja, war ich denn der einzige, den die Gedankenlosigkeit der Stadtverwaltung zu immer hoffnungsloserer Ausschau zwang? Dann, endlich, das Ende des Zuges, bemitleidenswerte Ritter, rundum gepanzert und mit geschlossenem Visier, blinde und bewegungsunfähige Wesen, die vom Pferd gehoben und in den Palazzo Pubblico getragen werden mußten, wahrscheinlich geradewegs ins Badezimmer, dachte ich neidisch, fast zugleich aber ging ein Aufschrei durch die Menge – sag mal, stimmt das überhaupt?«

»Was?« fragte Mangold verwirrt.

»Daß ein Aufschrei durch die Menge geht? Sagt man das wirklich? Es klingt so ungemein betulich. Rast er nicht eher, der Aufschrei? Na egal. Die Menge jedenfalls schrie auf, denn nun schossen die Reiter aus dem Rathaustor, ein Haufen bunter, bösartiger Gesellen, die noch einmal kurz anhielten, um eine Peitsche in Empfang zu nehmen, und die dann zum Start trabten, dorthin, wo die Bergmanns und wir vor etwa zwei Stunden den unheilvollen Platz betreten hatten und wo nun auf einer Balustrade bereits Organisatoren, Ehrengäste, der Bürgermeister, vor allem aber der Siegespreis, der Palio, auf den Beginn des Rennens warteten. Oder auf das, was man in Italien so Beginn nennt. Denn während sich sämtliche

Trommler noch einmal zu einem wahrhaft furchteinflö-
ßenden, ganz und gar heidnischen Wirbel zusammenta-
ten, während der Platz mal hier, mal dort geradezu aufzu-
blühen schien, da die versammelten Anhänger der einen
oder anderen Contrade geschlossen ihre farbigen Tücher
schwenkten, während neben uns eine Frau zitternd in die
Knie sank, sich bekreuzigend, dieweil andere Mädchen
die Spannung nur dadurch ertragen zu können schienen,
daß sie sich mit geschlossenen Augen und haltlos stam-
melnden Lippen an ihren Freund klammerten – wie anders Tanja und ich, wir hatten uns längst wieder vonein-
ander gelöst, gottlob, so konnte ich wenigstens ein wenig
die Beine vertreten –, in all diesen äußerlichen Lärm und
inneren Aufruhr also schrie uns Bergmann die teuflischen
Regeln des erwarteten Starts zu: Daß dahinten, wir könnten sie leider nicht sehen, Seile gespannt seien, die canape,
daß nun um die Reihenfolge der Aufstellung gelost werde,
daß der wichtigste Part aber jenem fantino zufalle, der als
letzter in den Startbereich einzureiten habe. Denn solange der sich raushalte, dürfe der mossiere, der Starter, die
mossa, den Start, nicht auslösen. Da! Herr und Frau Bergmann tauschten ebenso kennerische wie bedenkliche Blik-
ke – das werde ein schwieriger Start! Lupa als letzter und
Istrice als vorletzter – zwei verfeindete Contraden als
Schlußlichter! Istrice könne also, ja müsse den Startga-
lopp von Lupa behindern, während der fantino von Lupa
wiederum alles daransetzen werde, erst dann in den Start
einzureiten, wenn jene der befreundeten Contraden, die
ihm am meisten Schmiergeld bezahlt habe, sich in günsti-
ger Startposition befinde – hoffentlich passiert nicht das
gleiche wie im Juli!

Ich begriff nichts. Ich sah lediglich auf und ab tanzende Pferderücken, darauf Reiter, die weder willens noch fähig zu sein schienen, ihre Gäule in gerader Linie am Start zu versammeln. Kaum war so etwas wie Ordnung in das ständige Gewackel eingekehrt, scherte einer aus, ritt an die zwanzig Meter zurück, worauf all die anderen Reiter sich ebenfalls in alle Richtungen zerstreuten, um sich darauf, wie es schien nur äußerst widerwillig, erneut im Startbereich zusammenzufinden. Ein elendes Schauspiel, das jedoch die auf dem Platz herrschende Spannung weiter anheizte, eine Spannung, welche sich sicherlich auch mir mitgeteilt hätte, wäre ich nicht ständig, und immer ausschließlicher, mit Spannungen ganz anderer Art beschäftigt gewesen. So war es Tanja, die das wissen wollte, was ich nicht zu fragen vermochte oder wagte: Was war denn im Juli?

Aber das sei doch der Palio der Zwischenfälle gewesen, belehrten uns die Bergmanns, nach zehn Fehlstarts, nach mehr als einer Stunde ergebnislosen Bangens und Wartens habe die Rennleitung die Veranstaltung auf den nächsten Tag verschoben und – doch ich hörte bereits nicht mehr zu. Mehr als eine Stunde! Und selbst wenn das Rennen in absehbarer Zeit würde starten können – aus dem Schneider wäre ich noch lange nicht. All das Volk, das in Stunden auf den Platz gedrängt war, würde zumindest eine Stunde brauchen, um sich durch die wenigen Flaschenhälse wieder in die Stadt ergießen zu können, dorthin, wo es Bars gab und gabinetti – mit fast erdrückender Härte überfiel mich die Einsicht, daß mir nicht mehr die Zeit blieb, auf den Ausgang des Rennens zu warten, daß ich vielmehr hier und jetzt auf einen Ausweg sinnen mußte. Und ich fand ihn. Er war so naheliegend, daß ich ein Lächeln nicht unterdrücken konnte.

Nein, eher ein Grinsen. Aber erst ...« Witte schwenkte sein leeres Glas, und da auch Mangold diesmal zustimmend nickte, streckte er dem Kellner zwei gespreizte Finger entgegen; schweigend warteten beide, bis die vollen Gläser vor ihnen standen. Als ob er Kräfte gesammelt habe, reckte sich Witte und ließ dann die Ellbogen schwer auf den Tisch fallen.

»Ich mußte also die ganze Zeit pullern«, sagte er. »Ich hoffe, daß das klargeworden ist. Ich meine, es ist doch unwürdig, diesen Fakt in diese ganzen Andeutungen einzuhüllen. Geht aber wohl nicht anders. Das Pullern ...« Er trank. »Es ist ein so knäbisches Bedürfnis. Nein – so ein knäbisches Thema. So unerwachsen jedenfalls. Immer noch wurden immer wieder Bahren in die Notstation unter der Loggia getragen, und fast beneidete ich die Getragenen. Was ihnen widerfahren war, entbehrte – bei aller Betretenheit, die es auslöste – nicht der Würde. Der Ohnmächtige, das weiß man, erliegt einer Macht, der nicht durch Appelle an die Willenskraft des Erlegenen beizukommen ist. Er ist unschuldig – oder doch zumindest entschuldigt. Er wird beherrscht; vom anderen aber, von dem, den die Notdurft beutelt, heißt es, er könne sich nicht beherrschen. Mi chiama la natura, mich ruft die Natur – so umschreibt der Italiener den Wunsch, auszutreten. Doch wehe, sie ruft zur falschen Zeit, dann, wenn es keinen Austritt gibt! Da treten erbarmungslos die Gesetze unserer Reinlichkeitskultur in Kraft, da drohen dem, der ihnen zuwiderhandelt oder nicht entsprechen kann, die schrecklichsten gesellschaftlichen Sanktionen: Schimpf, Schande, bestenfalls Lächerlichkeit. Na egal.

Während am Start das wirre Gedrängel und Gerangel kein Ende nehmen wollte, sorgte ich für Abhilfe. Ich hielt noch immer die Limonadenflasche in der Hand, eine Plastikflasche mit Schraubverschluß, immer noch etwa zur Hälfte mit Fruchtsaft gefüllt. Doch das ließ sich ja ändern. Während aller Augen auf den Start gerichtet waren, während, von einem Böllerschuß eingeleitet, der erste Start durch einen zweiten Böllerschuß zum Fehlstart entwertet wurde, entleerte ich unbemerkt die Flasche, um sie, begänne das Rennen erst richtig, mit ganz anderer Flüssigkeit füllen zu können – du verstehst? Während des Rennens nämlich, zumindest vermutete ich das, wäre die Aufmerksamkeit aller dermaßen absorbiert, daß niemand einen Blick für zufällige Parallelaktionen im Souterrain erübrigen würde. So stand ich denn von Fehlstart zu Fehlstart Gewehr bei Fuß, sprich Hand am Hosenstall, dieweil die andere Hand die vorsorglich geöffnete Plastikflasche in Bereitschaft hielt – Ist es schlimm? Es kommt noch schlimmer. Denn plötzlich, nach drei Fehlstarts, nach weiteren schrecklichen Exzessen von Massenhysterie und Verfall – die neben uns kniende Frau hatte sich zwar erhoben, war aber nun ganz blau im Gesicht, in welchem es überdies auch noch ständig zitterte und zuckte – auf einmal also ging es wirklich los, ohne daß ich diesmal einen Böllerschuß gehört hätte. Noch nach den ersten hundert Metern glaubte ich an einen weiteren Fehlstart, gleich mir schien der ganze Platz unschlüssig, fast gelähmt dem Beginn des Rennens zu folgen, wenn es denn ein Rennen war, da sich auch einige der Reiter offensichtlich nur halbherzig und unter Protest auf den Weg machten, aber nein, der annullierende Böllerschuß blieb aus, der Assunta-Palio war unterwegs.

Es wurde, ich entnahm das tags darauf den Journalen, eines der gewalttätigsten und dramatischsten Rennen seit

Palio-Gedenken. Schon der Start sei zweifelhaft und unheilverkündend gewesen. Ein zu junger, zu unerfahrener mossiere habe Pferde auf die Bahn geschickt, die sich zum Teil nicht in korrekter Position befanden, und Reiter, die einander fortwährend behinderten. Lediglich das favorisierte Pferd der Giraffa, Panezio, sei gut weggekommen. In der ersten gefährlichen Kurve bereits, der von San Martino, habe es das Pferd von Oca aus der Bahn getragen, den unglücklichen Cassius, der wegen Beinbruchs unmittelbar nach dem Rennen notgeschlachtet worden sei. Das gleiche Schicksal habe wenig später Bramante, das Pferd der Istrice, ereilt. Nur drei der zehn Reiter seien überhaupt auf dem Rücken ihrer Pferde im Ziel eingelaufen. Sechs seien regulär heruntergefallen – drei davon hätten nach dem Rennen ärztliche Hilfe in Anspruch nehmen müssen –, einer, der siebte also, habe andere Gründe gehabt, vorzeitig vom Pferd zu steigen: Ercolino, der fantino der Tartuca, sei dem Gegner von der Chiocciola mit solch unverstellter Gemeinheit zu Leibe gerückt, daß er lange vor dem Ziel, an welchem ihn bereits die Chiocciola-Anhänger erwarteten, das Rennen beendet und sein Heil in der Flucht gesucht habe. Sieger sei die vom Start an führende Giraffa geworden. Die Contrade habe ihren achtundzwanzigsten, Panezio seinen achten Sieg feiern können, er sei somit das erfolgreichste Palio-Pferd aller Zeiten. Während anschließend im Stadtteil der Giraffa der Wein in Strömen geflossen sei, habe die Polizei wiederholt Prügeleien zwischen Tartuca- und Chiocciola- sowie zwischen Lupa- und Istrice-Anhängern schlichten müssen. In den ärztlichen Notdiensten sei es bis zum Morgengrauen hoch hergegangen, wobei die Erklärung für all die Frakturen und

Prellungen unterschiedslos in dem traditionellen Satz bestanden habe: ›Ich bin zu Hause die Treppe runtergefallen.‹ Ein dramatisches Rennen, wie gesagt.«

Witte lehnte sich zurück und drehte gedankenverloren am Glas. Mangold schaute ihm zu und erwog die Möglichkeit einer Frage, verwarf sie jedoch sogleich. Sollte der Freund doch sehen, wie er da rauskam. Natürlich würde er da rauskommen: Als ob er nicht schon überall und immer irgendwie rausgekommen wäre. Warum erweckte er überhaupt den Eindruck, er käme da nicht ohne fremde Hilfe raus? Schweigend blickten beide aneinander vorbei, bis es dem einen zuviel wurde. »Und?« fragte Mangold.

»Und was? Ach so!« Witte lächelte. »Du, alles easy. Mein Manöver klappte natürlich ohne Schwierigkeiten, die Köpfe der anderen flogen ja nur so hin und her. Ich bekam sogar noch das meiste vom Rennen mit. Wirklich sehr dramatisch. Ein Pferd war doch tatsächlich schneller gewesen als die anderen. Und die Freude der Sieger kannte tatsächlich keine Grenzen, nur daß die Sieger maximal ein Siebzehntel der Menge ausmachten. Sechzehn Siebzehntel schwiegen also, wenn sie nicht regelrecht trauerten. Sehr merkwürdig. All dieser Lärm, über Stunden, dann diese nicht einmal zwei Minuten während Spannung, schließlich diese Stille. Nun nahmen die Menschen einander wieder wahr. Wie Mitwisser schauten sie sich an. Keiner vermochte mehr, dem anderen weiszumachen, er sei wegen eines Pferderennens gekommen. Alle wußten, daß es das geregelte Wüste, das voraussehbare Unerwartete, das erhoffte Befürchtete gewesen war, das sie zusammengeführt und alle miteinander so lange unter so unmenschlichen Bedingungen hatte ausharren lassen. Nein, nicht alle. Neulinge wie Tanja und ich hatten all das ja nicht wissen können. Für uns war dieser Palio so etwas wie eine Initiation. Eine sehr oberflächliche freilich. Ohne die Feinheiten des Rituals zu begreifen, hatten wir doch einen Blick in diesen traditionsgetarnten, malerisch dekorierten Abgrund von Blut, Leidenschaft und Leiden werfen können, wobei ich freilich zugeben muß, daß mein Blick durch die Umstände ein wenig getrübt gewesen war. Na egal. Ich rede vielleicht einen Quatsch zusammen.«

Bei diesen Worten schreckte Mangold auf. Sie bewiesen ihm, daß der Freund wirklich der Hilfe bedurfte. Fast schalt er sich für seine Saumseligkeit. Nun aber stürzte er ihm mit ausgebreiteten Armen entgegen. »Und?« fragte er.

»Auch wir schauten einander wieder an, nachdem wir so lange in die Weite gestarrt hatten. Die Bergmanns schauten uns, die Neulinge, an, prüfend, ob wir die Probe bestanden hätten, ich schaute die Bergmanns und Tanja an, forschend, ob ihnen etwas aufgefallen sei, und Tanja schaute mich an, strahlend. Ein Ruck ging durch die Menge, Gemurmel begleitete die Bewegung. Alles war gelaufen, man schickte sich an zu gehen. Auch Tanja trat einen Schritt vor. Das sei wirklich heiß gewesen, jetzt benötige sie einen Schluck. – Einen Schluck was? – Na das! – Da erst bemerkte ich, daß ich noch immer die Plastikflasche in der Hand hielt. Entgeistert schüttelte ich den Kopf. – Doch! – Nein! – Tanja lachte mich ungläubig an. Ich lachte hilflos zurück. Ohne Arg – das Schauspiel der vergangenen Minuten schien sie mit den Kränkungen des Tages versöhnt zu haben – kehrte Tanja das bezaubernde Mädi raus: Bitte, bitte, bitte. Zum allgemeinen Erstaunen aber – auch die Bergmanns betrachteten mich fassungslos – lehnte Daddy Brummbär nicht nur ein weiteres Mal kategorisch ab, nein, er schleuderte die Limonadeflasche auch noch geradezu wütend von sich, einfach in die haarige Menge hinein, die sich da langsam über den Platz schob – ich kann nur hoffen, daß der Verschluß, den ich unmittelbar nach vollbrachter Tat so fest wie möglich wieder aufgeschraubt hatte, dem Aufprall Widerstand geleistet hat.«

Witte schaute auf, dann drehte er sich um. »Ach, wir sind die letzten«, sagte er nach einem Blick auf die geleerten Tische. »Na egal. Das war's ja auch schon. Diese letzte Niederlage war zuviel für Mädi. Als wir nach einer halben Stunde schweigenden Gedrängels glücklich auf der Via di Città standen, dort, wo man wieder atmen, ausschreiten, weggehen konnte, teilte sie Daddy Brummbär mit, sie werde sich den Bergmanns anschließen. Verlegen nickten die Bergmanns dazu. Irgendwann während des ganzen Hin- und Hergeschiebes muß Tanja sie wohl becirct haben. Oder glaubten sie, das arme Ding vor mir in Schutz nehmen zu müssen? Tags darauf kam Tanja noch einmal vorbei – Bergmann chauffierte sie –, um ihre Sachen abzuholen. Da ich keine Szenen machen kann, unterließ ich es, eine zu machen. Einen schlimmen Moment allerdings erlebte ich, als Bergmann mir meinen Regenschirm zurückgab und bei dieser Gelegenheit versuchte, mir verstehend die Hand auf die Schulter zu legen. Bis heute weiß ich nicht, was er verstanden zu haben glaubte – Sie ist zu jung für dich? Du bist zu alt für sie? Sie ist zu gut für dich? Du bist zu schlecht für sie? –, ich weiß lediglich, daß er nichts verstanden haben konnte. Ich verstand das Ganze ja selber nicht, und rückblickend begreife ich überhaupt nichts mehr. Die Bergmanns sollen übrigens noch zwei ganz reizende Wochen mit einer ganz zauberhaften Tanja verbracht haben. Das hörte ich hinterher von den Volkerts, die Richtung San Gusmé wohnen, denn weder die Bergmanns noch Tanja habe ich seither wiedergesehen. Aber jetzt sollten wir wohl zahlen. Ich glaube, die wollen hier dichtmachen. Und du? Wie läuft es eigentlich mit Barbara? Blendend, stimmt's? Ja, ja, du bist halt ein Glückspilz!«

Das, so berichtete es Mangold gut einen Monat später Fehringer, einem gemeinsamen Freund, sei der Moment gewesen, an welchem er sich ernstlich gefragt habe, ob Witte als Freund oder wenigstens als sozial funktionierendes Wesen noch ernst zu nehmen sei. »Ist er natürlich nicht«, lautete Fehringers Antwort, »und außerdem glaube ich ihm kein Wort von seiner Geschichte.«

Italo Calvino

Der nackte Busen

Herr Palomar geht einen einsamen Strand entlang. Vereinzelt trifft er auf Badende. Eine junge Frau liegt hingebreitet im Sand und sonnt sich mit nacktem Busen. Herr Palomar, ein diskreter Zeitgenosse, wendet den Blick zum Horizont überm Meer. Er weiß, daß Frauen in solchen Situationen, wenn ein Unbekannter daherkommt, sich häufig rasch etwas überwerfen, und das findet er nicht schön: weil es lästig ist für die Badende, die sich in Ruhe sonnen will: weil der Vorübergehende sich als ein Störenfried fühlt; weil es implizit das Tabu der Nacktheit bekräftigt und weil aus halbrespektierten Konventionen mehr Unsicherheit und Inkohärenz im Verhalten als Freiheit und Zwanglosigkeit erwachsen.

Darum beeilt er sich, sobald er von weitem den rosigbronzenen Umriß eines entblößten weiblichen Torsos auftauchen sieht, den Kopf so zu halten, daß die Richtung der Blicke ins Leere weist und dergestalt seinen zivilen Respekt vor der unsichtbaren Grenze um die Personen verbürgt.

Allerdings – überlegt er, während er weitergeht und, kaum daß der Horizont wieder klar ist, die freie Bewegung seiner Augäpfel wieder aufnimmt – wenn ich mich so verhalte, bekunde ich ein Nichthinsehenwollen, und damit bestärke am Ende auch ich die Konvention, die den

Anblick des Busens tabuisiert, beziehungsweise ich errichte mir eine Schranke, eine Art geistigen Büstenhalter zwischen meinen Augen und jenem Busen, dessen Anblick mir doch, nach dem Schimmern zu urteilen, das am Rande meines Gesichtsfeldes aufleuchtete, durchaus frisch und wohlgefällig erschien. Kurzum, mein Wegsehen unterstellt, daß ich an jene Nacktheit denke, mich in Gedanken mit ihr beschäftige, und das ist im Grunde noch immer ein indiskretes und rückständiges Verhalten.

Auf dem Heimweg von seinem Spaziergang kommt Herr Palomar wieder an jener sonnenbadenden Frau vorbei, und diesmal hält er den Blick fest geradeaus gerichtet, so daß er mit gleichbleibender Gelassenheit den Schaum der rückwärts fließenden Wellen streift, die Planken der an Land gezogenen Boote, den Frotteestoff des über den Sand gebreiteten Badetuches, den Vollmond von hellerer Haut mit dem braunen Warzenhof und die Konturen der Küste im Dunst, grau gegen den Himmel.

Jetzt – denkt er mit sich zufrieden, während er seinen Weg fortsetzt – jetzt ist es mir gelungen, mich so zu verhalten, daß der Busen ganz in der Landschaft aufgeht und daß auch mein Blick nicht schwerer wiegt als der einer Möwe oder eines fliegenden Fisches.

Aber ist eigentlich – überlegt er weiter – dieses Verhalten ganz richtig? Bedeutet es nicht, den Menschen auf die Stufe der Dinge niederzudrücken, ihn als Objekt zu betrachten, ja, schlimmer noch, gerade das an seiner Person als Objekt zu betrachten, was an ihr spezifisch weiblich ist? Perpetuiere ich damit nicht gerade die alte Gewohnheit der männlichen Suprematie, die mit den Jahren zu einer gewohnheitsmäßigen Arroganz verkommen ist?

Er dreht sich um und geht noch einmal zurück. Wieder

läßt er den Blick mit unvoreingenommener Sachlichkeit über den Strand gleiten, aber diesmal richtet er es so ein, daß man, sobald die Büste der Frau in sein Sichtfeld gelangt, ein Stocken bemerkt, ein Zucken, fast einen Seitensprung. Der Blick dringt vor bis zum Rand der gewölbten Haut, weicht zurück, wie um mit leichtem Erschauern die andersartige Konsistenz des Erblickten zu prüfen und seinen besonderen Wert einzuschätzen, verharrt für einen Moment in der Schwebe und beschreibt eine Kurve, die der Wölbung des Busens in einem gewissen Abstand folgt, ausweichend, aber zugleich auch beschützend, um schließlich weiterzugleiten, als sei nichts gewesen.

So dürfte nun meine Position – denkt Herr Palomar – ziemlich klar herauskommen, ohne Mißverständnissen Raum zu lassen. Doch dieses Überfliegenlassen des Blickes, könnte es nicht am Ende als eine Überlegenheitshaltung gedeutet werden, eine Geringschätzung dessen, was ein Busen ist und was er bedeutet, ein Versuch, ihn irgendwie abzutun, ihn an den Rand zu drängen oder auszuklammern? Ja, ich verweise den Busen noch immer in jenes Zwielicht, in das ihn Jahrhunderte sexbesessener Prüderie und als Sünde verfemter Begehrlichkeit eingesperrt haben!

Eine solche Deutung stünde quer zu den besten Absichten des Herrn Palomar, der, obwohl Angehöriger einer älteren Generation, für welche sich Nacktheit des weiblichen Busens mit der Vorstellung liebender Intimität verband, dennoch mit Beifall diesen Wandel der Sitten begrüßt, sei's weil sich darin eine aufgeschlossenere Mentalität der Gesellschaft bekundet, sei's weil ihm persönlich ein solcher Anblick durchaus wohlgefällig erscheinen kann. So wünscht er sich nun, daß es ihm gelingen möge, genau diese uneigennützige Ermunterung in seinem Blick auszudrücken.

Er macht kehrt und naht sich entschlossenen Schrittes noch einmal der Frau in der Sonne. Diesmal wird sein unstet über die Landschaft schweifender Blick mit einer besonderen Aufmerksamkeit auf dem Busen verweilen, aber er wird sich beeilen, den Busen sogleich in eine Woge von Sympathie und Dankbarkeit für das Ganze mit einzubeziehen: für die Sonne und für den Himmel, für die gekrümmten Pinien, das Meer und den Sand, für die Düne, die Klippen, die Wolken, die Algen, für den Kosmos, der um jene zwei aureolengeschmückten Knospen kreist.

Das dürfte genügen, um die einsame Sonnenbadende definitiv zu beruhigen und alle abwegigen Schlußfolgerungen auszuräumen. Doch kaum naht er sich ihr von neuem, springt sie auf, wirft sich rasch etwas über, schnaubt und eilt mit verärgertem Achselzucken davon, als fliehe sie vor den lästigen Zudringlichkeiten eines Satyrs.

Das tote Gewicht einer Tradition übler Sitten verhindert die richtige Einschätzung noch der aufgeklärtesten Intentionen, schließt Herr Palomar bitter.

Ingrid Noll

Die Sekretärin

Ich freute mich sehr, als Eva anrief. Wir hatten uns zwar ein wenig aus den Augen verloren, aber im Grunde waren wir seit unserer Kindheit gute Freundinnen. Sie tat geheimnisvoll. »Wir müssen uns unbedingt sehen, ich habe dir etwas zu sagen, was sich nicht fürs Telefon eignet.« Keine Frage, daß ich diesem Treffen voller Neugierde entgegenfieberte.

Wenige Tage später saßen wir auf meinem Balkon, tranken Campari-Orange und sprachen von alten Zeiten.

»Du warst doch mal die Sekretärin von Bolle …«, fing sie an. Ich nickte und verzog schmerzlich das Gesicht. »Ich weiß Bescheid«, sagte Eva, »du hast es mir beim letzten Klassentreffen ausführlich erzählt. Er war ein …«

»Mit A fängt's an«, sagte ich.

Bolle hieß eigentlich Dr. Siegmar Bollberg und war vor zwanzig Jahren längst nicht so bekannt wie heute, wo er es zum Minister gebracht hat. Damals war er noch jung und ich kaum erwachsen. Klar, daß ich mich in meinen ersten Chef sofort verliebte. Wie er mich glauben ließ, war er unglücklich verheiratet, und darum spielten wir das uralte Theaterstück: Jugendliche Naive geht mit ihrem Vorgesetzten ins Bett und macht sieben Jahre lang Überstunden wie eine Weltmeisterin.

»Was ist ihm passiert?« fragte ich, denn es hätte mich

nicht gewundert, wenn dieses Energiebündel, durch und durch eine charismatische Erscheinung, ehrgeizig und karrierebewußt, nun endlich auf die Schnauze fiel. Nach mir hatte er, wie ich aus zuverlässiger Quelle wußte, eine Vielzahl ergebener Frauen ausgebeutet – sowohl für sexuelle als auch betriebliche Sonderleistungen.

»Es ist zwar jammerschade«, meinte Eva, »aber der Fuchs ist zu schlau, um sich erwischen zu lassen. Doch jetzt gehe ich zum delikaten Teil meines Anliegens über, aber du darfst mit keiner Menschenseele darüber sprechen.« Begierig schwor ich Stillschweigen. Eva arbeitete bei einem privaten Fernsehsender als Redakteurin. Sie hatte die Aufgabe, eine Art Talk-Show vorzubereiten. »Die Sendung ist keine neue Idee«, sagte sie, »die Konkurrenz macht seit Jahren etwas Ähnliches. Eine Persönlichkeit des öffentlichen Lebens wird vorgestellt, in unserem Fall Bolle. Zur Auflockerung werden Überraschungsgäste eingeladen, also Weggefährten aus der Vergangenheit, etwa ein ehemaliger Lehrer, das alte Mütterchen, der verschollene Jugendfreund und so weiter. Bei Bolle möchte ich fünf Sekretärinnen gemeinsam antreten lassen, die ihn als verantwortungsbewußten Chef und gütigen Menschen preisen.«

»Ohne mich«, sagte ich, »die Lüge bliebe mir im Halse stecken.«

Eva lachte. »Paß auf, es kommt ja noch besser! Im Grunde bin ich vertraglich verpflichtet, über Berufsgeheimnisse den Mund zu halten. Aber neulich habe ich nach einigen Gläschen Wein im Familienkreis über diesen geplanten Auftritt geplaudert. Mein Schwager ist zwar in der gleichen Partei wie Bolle, aber es gibt dort eine Gruppe, die ihn lieber heute als morgen absägen möchte.«

Ich riß die Augen auf, jetzt hieß es gut aufpassen. »Was hat das alles mit mir zu tun?« fragte ich mit leichter Ungeduld.

»Du könntest ein paar Sätzchen vorbringen, die den guten Bolle in einem neuen Licht erscheinen lassen. Damit hättest du erstens die Möglichkeit, dich an ihm zu rächen, zweitens würden dir bestimmte Interessenten eine Erfolgsprämie garantieren.«

Wir schwiegen beide. Wenn ich richtig verstanden hatte, sollte ich nicht in das allgemeine Loblied auf Bolles Humanität und Kompetenz einstimmen, sondern genau das Gegenteil tun: ihn fertigmachen.

»Wie denkst du dir das?« fragte ich furchtsam, denn ich bin nicht sonderlich mutig. Eva erklärte mir das Procedere. Zuerst sollte Bolles Lebensweg von der Grundschule bis zum Ministeramt kurz vorgestellt werden. Dann trete als erster Gast sein Bruder, ein Franziskanermönch, vor die Kamera und erzähle vom Elternhaus in einem Münchner Vorort und gemeinsamen Jugendstreichen. Als nächstes falle die Tochter, Studentin in den USA, ihrem Papa um den Hals. Das Highlight sollte eigentlich der Bundespräsident sein, der jedoch bereits absagen ließ. Im Gespräch seien ferner ehemalige Skatbrüder oder Freunde aus einer studentischen Verbindung.

»Als Abschluß plane ich den spektakulären Auftritt der Sekretärinnen, von dreien habe ich schon die Adresse. Man könnte euch alle gleich anziehen, ich dachte an ein dunkelblaues Nadelstreifenkostüm mit rosa Seidenschal, das ihr selbstverständlich behalten dürft. Natürlich erwartet man, daß auch alle etwas Ähnliches sagen – etwa so: Ein energischer, aber auch großzügiger Chef, Perfektionist in der Sache, jedoch mitfühlend, absolut integer, herzlich und blablabla. Dann kommt deine große Stunde: Sobald die Scheinwerfer auf dich gerichtet sind, sagst du völlig überraschend, was du schon lange auf dem Herzen hast. Es ist eine Live-Sendung. Wenn du einmal im Bild bist, wird man nicht gleich abblenden. Dein erster Satz kann ihn ruhig in Sicherheit wiegen, also beispielsweise: ›Es war eine schöne Zeit mit Ihnen, Herr Bollberg!‹ Und dann folgt ruck, zuck!, was er für ein Schweinehund war.«

Das stimmte. Ich hatte ein Kind von ihm abgetrieben und war kurz darauf in eine andere Abteilung »weggelobt« worden. Meine Nachfolgerin war ebenso jung und dumm, wie ich es anfangs gewesen war.

Mir klopfte aber jetzt schon das Herz. »Eva, die Idee gefällt mir zwar gut, doch wer bin ich denn, daß ich mich mit den Mächtigen anlegen kann? Erstens verliere ich meinen Job, und zweitens wird mich Bolle wegen übler Nachrede oder Verleumdung verklagen!«

Eva versuchte, mich zu beruhigen. Im Falle einer Anzeige werde man mir die Prozeßkosten und den besten Verteidiger bezahlen. Überdies – sie senkte ihre Stimme zu einem Flüstern – sei die Gratifikation von einmaliger Höhe. Mit roten Ohren nannte sie einen Betrag, den sie mir noch zweimal wiederholen mußte.

Daraufhin beschloß ich, das Wochenende zum Nachdenken zu verwenden. Eva wollte sich am Montag wieder melden.

Natürlich konnte ich nicht schlafen. Wie im Film sah ich mich vor Bolle stehen und ihm meine aufgesparten Vorwürfe mit überschnappender Stimme ins Gesicht speien: wie er besoffen ins Auto gestiegen war, einen Radfahrer angefahren und Fahrerflucht begangen hatte. Wie er seine Frau belogen, seine Sekretärinnen verschlissen und öffentlich gegen Schwangerschaftsunterbrechungen gewettert hatte, die er bei seinen privaten Affären für selbstverständlich hielt.

Gut, da stand ich also als hysterischer Racheengel im Rampenlicht, verbittert, nicht mehr jung, von Eifersucht und Mißgunst gezeichnet. Machte ich eine gute Figur? War eine abgehalfterte Geliebte eine glaubwürdige Zeugin? Die zahllosen verstoßenen Frauen von Königen, Schahs oder Politikern waren nur dann Sympathieträger, wenn sie mediengerechten Glamour wie Lady Di oder Soraya ausstrahlten.

Das allgemeine Mitgefühl und Wohlwollen würde sofort Bolle gelten. Alkohol am Steuer? Ein Kavaliersdelikt; der Radfahrer war ja nicht gestorben. Ein Frauenheld in der Politik? Wie schön! Es gibt in Deutschland viel zuwenig Clintons und Kennedys. Ehefrau hintergangen? Na und? Wer würde diesen arroganten Drachen nicht ebenfalls betrügen? Ausbeutung der Untergebenen? Tut doch jeder, der ein bißchen clever ist. Ohne zu delegieren, ist noch keiner groß geworden.

Die Wahrheit war so banal, daß ich keinen Blumentopf damit gewinnen konnte und auch meine anonymen Auftraggeber keinen Anlaß hätten, eine derart fette Summe auszuspucken. Ich beschloß, mich zu drücken.

Eva war entsetzt. »Auf keinen Fall, ich beschwöre dich! Wie stehe ich da, wenn du auch noch abbröckelst! Bis auf eine einzige Sekretärin haben alle einen Rückzieher gemacht, leider auch Bolles Kollegen! Wenn du nicht genug Mumm hast, um ihm die Leviten zu lesen, dann mach einfach nur ein betont muffiges Gesicht. Denk doch mal: Flug, Übernachtung im Kempinski, Nadelstreifenkostüm. Und als Krönung der Scheck!«

Wer kann bei einem neuen Kostüm widerstehen? Laut Evas Empfehlung wollte ich derart gequält und wortkarg über meine verflossenen Dienstjahre sprechen, daß auch ohne großartige Anklage demonstriert wurde: Das war keine gute Zeit.

Schließlich war es soweit. Mit den anderen Gästen wartete ich in einem Nebenraum des Studios und verfolgte am Monitor den Auftritt unserer Vorgänger. Eva saß bei uns, tat aber vorsichtshalber so, als würden wir uns nur flüchtig kennen. Alles lief programmgemäß. Bolle thronte gutgelaunt mit Ehefrau und Moderator am runden Tisch und trank Mineralwasser, als Profi kannte er kein Lampenfieber. Seine puppig geschminkte Frau weilte wohl dank eines Tranquilizers nicht in dieser Welt, während sich der Ordensbruder als amüsanter Entertainer erwies. Die Tochter mußte sich noch eine Weile mit uns im Warteraum gedulden. Bei Bolles Worten: »Das wichtigste in meinem Leben war immer die Familie!« sprühte sie in einem Anflug von Wut ihrem Bildschirmvater eine Ladung Cola ins Gesicht, enthielt sich aber eines Kommentars. Das brachte mich jedoch dazu, in aller Eile einen teuflischen Plan zu schmieden.

Gemeinsam mit Bolles jetziger Sekretärin betrat ich schließlich die Arena, angekündigt als die erste und die letzte Schreibtischdame. Zwillingsmäßig gekleidet, identisch frisiert, aber im Alter durch zwei Jahrzehnte getrennt, gesellten wir uns als doppelte Miss Moneypenny zu Bolles Hofstaat.

Ich hörte kaum, was meine Kollegin sagte, sah aber das erwachende Mißtrauen in den Augen von Bolles schläfriger Frau. Als mein Minütchen geschlagen hatte, wußte ich genau, was ich sagen würde.

»Es war eine tolle Zeit«, begann ich und sah Bolle voll ins rote Bulldoggengesicht, »geprägt von Pioniergeist. Ich bewunderte Herrn Dr. Bollberg und vor allem auch seine Frau!« Überrascht blickte sie mich an.

»Ja, Frau Bollberg, ich habe große Hochachtung davor, wie Sie es jahrelang Seite an Seite mit einem Bettnässer ausgehalten haben. *Ich* hatte bereits nach drei Überschwemmungen die Nase voll.«

Die junge Sekretärin wollte ihrem Chef beistehen und versicherte eifrig: »Bei mir hat er aber noch nie ins Be…«

Da konnte auch ein gewandter Moderator nicht mehr viel retten.

Später erfuhr ich, daß die Einschaltquote 29,7 Prozent betragen hatte. Und wer es nicht am Bildschirm sah, wie Bolle violett anlief und mit geballten Fäusten auf mich losging, der las es am nächsten Tag in der Presse. Ganz Deutschland lachte über meine Lüge. Wie versprochen wurde ich vorzüglich entlohnt, denn aus dem großen Zampano ist eine lächerliche Figur geworden.

Mein neuer Job in der Werbebranche macht mir viel Spaß. Dem Prozeß sehe ich mit Gelassenheit entgegen, denn wie soll Bolle beweisen, daß er vor zwanzig Jahren *kein* Bettnässer war?

Tessa de Loo

Die Mädchen von der Süßwarenfabrik

»Möchte noch jemand eine Praline?« fragt Cora.

Mit ihrer molligen Hand reicht sie die halbleere Schachtel herum. Niemand beachtet sie. Trix fischt sich ein blondes Haar aus dem Mund, sie weiß nicht, ob es von ihr oder von ihm ist. Lien versucht vergeblich, sich eine Zigarette anzuzünden. Ihre Hände zittern. Ich sitze da und sehe sie in der vagen Erwartung an, daß eine von ihnen das Vorgefallene erklärt oder wir uns irgendwie dafür verantworten werden. Gibt es für das Vergehen, dessen wir uns schuldig gemacht haben, ein Wort, eine Bezeichnung oder einen juristischen Begriff?

»Ich habe sogar meine Pralinen vergessen«, sagt Cora, »das will was heißen.« Sie holt das Versäumte jetzt reichlich nach. Eine Praline nach der anderen verschwindet in ihrem zyklamroten Mund.

»Verflucht«, sagt Lien und schaut uns durch ihre dicken Brillengläser der Reihe nach vielsagend an. Wir lachen nervös.

Trix' blaue Augen sind heller als sonst. »Wenn sie uns Fragen stellen«, flüstert sie, »dann weiß ich gar nichts.«

»Wir wissen alle nichts.« Coras Finger fummeln an einem Silberpapier herum. »Laß sie nur kommen.«

»Wir haben ihn noch nie gesehen.« Mit einer ruckartigen Bewegung nimmt Lien die bleischwere Brille von ihrer Puppennase und entblößt, nicht ohne Gefühl für Dramatik, ihre halbblinden Augen. »Noch nie«, sagt sie beschwörend. Dann, als sei sie vom Gewicht ihrer Worte erschrocken, zündet sie erneut ein Streichholz an und zieht heftig an der Zigarette. Diesmal klappt es, und der Rauch geht wie bei einer Anfängerin direkt in ihre Luftröhre, wo er einen heftigen Hustenreiz auslöst, der Tränen über ihre Wangen rinnen läßt.

Meine Gedanken verdrängen einander fieberhaft, purzeln in ihrer Eile übereinander, und obwohl jeder einzelne darauf bedacht ist, Klarheit zu schaffen, stiften sie nur Verwirrung. Haben wir uns, obwohl jede von dem Zeitpunkt an, wo wir abends erschöpft aus dem Zug steigen, bis zum nächsten Morgen, wo wir unsere noch müden, trägen Glieder aufs Trittbrett hieven, ein eigenes Leben führt, im täglichen Zusammensein auf den Schienen unbewußt einander ausgeliefert, und sind wir durch dieses Ereignis nun für immer und ewig aneinandergeschmiedet? Wie können in das warme Gefühl der schicksalhaften Verbundenheit, das mich durchströmt, immer wieder Breschen geschlagen werden durch den bedrückenden Gedanken, daß meine Mittäterschaft die Ursache ist?

Wir nähern uns unserem Ziel. Die strenge Polderlandschaft mit ihren schnurgeraden Gräben wird bald in einen Flickenteppich aus Kleingärten übergehen: der Vorbote der Stadt. Bisher hat es mich jeden Tag bei dem Gedanken geschaudert, in einem der Bauernhäuser in diesem geometrischen Niemandsland wohnen zu müssen. Heute nicht: Die Welt ist zusammengeschrumpft auf dieses Abteil und die Personen, die sich darin befinden.

»Einer von euch wird mich vor Sonnenaufgang verraten«, sagt Trix mit dumpfer, getragener Stimme, und ich bilde mir ein, daß der Blick, den sie mir zuwirft, mich daran erinnern soll, daß ich die Neue in der Gruppe bin.

»Unsinn«, ruft Cora, »wir sitzen doch alle im selben Boot.« Wie jeden Morgen wirft sie die leere Schachtel in den Abfallbehälter unterm Fenster und seufzt zufrieden. Sie hat gefrühstückt.

Seit Jahren fuhren sie gemeinsam in diesem Abteil, das sich am Zugende befand, im allerletzten Waggon, der meistens außerhalb der Überdachung des Bahnhofs zum Stehen kam, als gehörte er nicht richtig dazu und könnte unterwegs verlorengehen, ohne daß es jemand merkte. Morgens besetzte eine von ihnen das Abteil und hielt Eindringlinge fern.

War diese tägliche Bahnreise für die anderen schon zur eingefleischten Gewohnheit geworden, bei mir war es noch nicht einmal einen Monat her, daß ich die Strecke zum erstenmal zurückgelegt hatte. Nachdem wir uns bei der Arbeit kennengelernt hatten, luden sie mich in ihr Heiligtum, ihr Abteil ein, als sei es extra für das Personal der Süßwarenfabrik reserviert. Durch ihre Anwesenheit erhielt der Raum die Intimität einer Wohnstube oder einer Stammkneipe: Coras Pralinenschachtel stand wie eine Kanne Kaffee oder eine Flasche Genever mitten auf dem Klapptisch; Lien, die sich keinen Moment der Untätigkeit gönnte, strickte, und Trix lag ausgestreckt mit ihren schlanken, in glänzende Nylons gesteckten Beinen auf der Bank und blätterte in einer Modezeitschrift oder einem Blatt der Regenbogenpresse. Sie tauschten Erfahrungen aus, erteilten einander lakonisch Ratschläge und lachten über ihre eigenen Sorgen am lautesten. Das Weltgeschehen war für sie das gleiche wie die wechselnde, ungreifbare Landschaft hinter dem Fenster: Sie konnten keinen Einfluß darauf nehmen, und wenn auch ständig Veränderungen stattfanden, im Grunde blieb sich alles gleich und hatte es keinen Sinn, Worte darüber zu verlieren.

Von den drei älteren Schaffnern, die auf dieser Strecke ihren Dienst versahen, wurden sie »die Mädchen« genannt. Cora bot ihnen jeden Tag eine Praline an, sie lehnten jedoch immer hartnäckig ab. Mit leichtem Abscheu gingen ihre Blicke von der Schachtel zu Coras umfangreicher Gestalt, als wäre sie bis in ihre runden Fingerkuppen mit Pralinen gefüllt und als strömte nur Kirschlikör durch ihre Adern.

Wenn sie jedoch erkältet waren oder blaß und zerknittert aussahen, ließen sie sich gern von ihr bemuttern. Machte Cora eine Bemerkung über ihren Bauchansatz, ihre fortschreitende Kahlköpfigkeit oder ihre Potenz, dann protestierten sie nur der Form halber.

Trix, das Objekt ihrer maßlosen Bewunderung, scheute sich nicht, sie anzuheizen: Sobald die Tür aufgeschoben wurde, nahm sie eine laszive Haltung ein. Der Blick des Schaffners saugte sich sofort an dem verführerischen Fahrgast fest, wonach er ertappt und beschämt zu Cora glitt, die es mit leidvoller Miene beobachtete.

Mit Lien unterhielten sie sich je nach Jahreszeit über das letzte Fußballspiel, über Schlittschuhlaufen, Boxen und Radrennen. Es gab keine Sportveranstaltung am Wochenende, bei der sie und ihr Mann fehlten, und obwohl sie auch da ihre Stricknadeln tanzen ließ, wußte sie genau, was sich abspielte.

Für die Schaffner war das Abteil ein Ruhepunkt in dem Zug mit ansonsten ständig wechselnden Fahrgästen. Gerührt verziehen sie den Mädchen ihre Vergeßlichkeit, wenn sie ihre Monatskarte nicht rechtzeitig verlängert hatten. Manchmal ließ sogar einer von ihnen den Zug warten, bis Cora sich einen Kaffee aus dem Bahnhofsautomaten geholt hatte und mit ihrer matronenhaften Körperfülle zum fast vergessenen, nicht recht dazugehörigen Zugende watschelte.

Durch die Glastüren zum Garten sah ich unnatürlich große, rote Tulpen, die irgendwie der Standpauke noch mehr Nachdruck verliehen, die mir mein Vater hielt, während wir, mein Vater, meine Mutter und ich, zu dritt am ovalen Tisch unter der mit Schantung-Seide bezogenen, von Fliegendreck schwarzen Hängelampe saßen.

»Sie hat dein Sündenregister aufgeschlagen«, sagte mein Vater geheimnisvoll und drohend.

Ich verschob meinen Fuß unterm Tisch, stieß auf einen anderen, sich leicht bewegenden Fuß und zog meinen abrupt zurück.

»Ich muß schon sagen, es ist ja wirklich fabelhaft, wie du alle Chancen verspielst, die dir geboten werden.«

Meine Mutter rümpfte die Nase.

»Das einzige, wo du eine eindrucksvolle Erfindungsgabe zur Schau stellst, ist das Spicken«, sagte sie. Er trommelte mit den Fingern auf die Tischplatte. »Du scheinst dir geleistet zu haben, vor der Klasse ein Gedicht aufzusagen, dessen Text du mit einer Sicherheitsnadel zwischen deinen Rockfalten befestigt hast, so daß du nur ab und zu einen Blick nach unten werfen mußtest.«

Flüchtig schaute ich auf meinen Rock. Es war nicht der von damals, erinnerte ich mich, aber er hatte einen ähnlichen Schnitt: meterweit, mit drei Petticoats darunter. Einen nach dem anderen hatte Ruud sie abgestreift. Dabei verhakten sich seine Finger in dem hellgelben, der hatte nun ein Loch.

»Und das alles, während draußen dieses Moped-Gesindel ungeniert ins Klassenzimmer gegafft und dir zugelacht und gepfiffen hat.«

Überflutet vom Sonnenlicht, das im Chrom ihrer Lenkstangen und Scheinwerfer glitzerte, ärgerten sie die Schüler und all die Schwachköpfe, die dort unterrichteten. Ganz vorn stand Ruud, in Schwarz gekleidet, schräg an sein Moped gelehnt. Die einzigen Farben an ihm waren das Blau seiner halb zugekniffenen Augen und das rote Köpfchen des Streichholzes, das er grinsend zwischen den Zähnen hin und her bewegte. Ab und zu fuhr er sich langsam mit der Hand durch die zurückgekämmte Tolle.

Wie in Trance begann ich laut:

> Was kann ich ohne dich,
> als ewig, ewig sterben;
> was hab' ich ohne dich,
> das ich lieben werde?

Nervös klopfte Fräulein Kalmoes ans Fenster und bedeutete den Jungen zu verschwinden. In ihrem hellbraunen Kostüm und der graumelierten Dauerwelle war sie nur ein ohnmächtiger Spatz. Die Jungen blickten sie unverfroren an wie einen exotischen Affen, der verrückte Sprünge macht. In der Klasse herrschte eine Stimmung wie in einem Hundezwinger, wenn neue Besitzer in die Käfige lugen. Die Klasse bellte fast. Unter dem verbissenen Blick der Lehrerin fuhr ich fort:

Hingehen laß mich …
da, wo immer Sommer ist
und Sonnenlicht mich besprüht …

»Du interessierst dich für gar nichts«, sagte mein Vater, »nur für das andere Geschlecht.«

»Ein Mädchen wie dich heiratet keiner«, ergänzte meine Mutter leise, »sie laufen hinter dir her, benutzen dich und werfen dich weg, heiraten tun sie ein anständiges Mädchen.« Sie sah blaß und blutarm aus. Hatte tiefe Ringe unter den Augen. Es ist kein Vergnügen, dachte ich, das ganze Leben mit meinem Vater zu verbringen. Ich bin jetzt schon total geschafft.

»Wir sind mit unserem Latein am Ende, deine Mutter und ich«, fuhr mein Vater fort. Aus der Innentasche seines Jacketts zog er eine Uhr heraus, die er zu seinem fünfundzwanzigsten Lehrerjubiläum bekommen hatte. Er warf einen schrägen Blick darauf und steckte sie wieder ein. Es war sein Bridge-Abend, sehr lange konnte es also nicht mehr dauern.

»Zuerst haben wir es mit dem Gymnasium versucht, und als das nicht ging, dachten wir: Schicken wir sie in die Haushaltsschule, dann lernt sie wenigstens kochen und nähen. Aber auch da dasselbe Lied, nur Faulenzerei und Scherereien.«

Eine Fliege umkreiste leicht benommen seinen Kopf. Sie mußte im Haus überwintert haben, die Trägheit des Winterschlafs hielt sie noch gefangen. »Du weißt, dein Vater ist Sozialist.« Mit einer unbestimmten Handbewegung verscheuchte er die Fliege. »Freiheit, Gleichheit, Brüderlichkeit halte ich in Ehren. Aber ich weiß auch, daß der Pöbel, die große Masse, überhaupt keine Kultur hat.

Wenn sie nicht denken müssen, sind sie in ihrem Element. Und es ist traurig, daß du auch zu ihnen gehörst. Ich hatte für meine Tochter eine bessere Zukunft geplant, aber du hast dich anders entschieden. Kurz und gut«, er räusperte sich, »du suchst dir eine Stelle. Egal was: Verkäuferin, Haushaltshilfe, Hilfsarbeiterin in der Fabrik, Putzfrau, oder was es da sonst noch gibt.«

Als ob das Todesurteil über mich gesprochen sei, warf mir meine Mutter einen gewichtigen Blick zu, in dem Mitleid und Scham miteinander kämpften. Sie saß gelassen da, das Opfer ihrer Tochter.

Ich tauge nichts, dachte ich.

Würde ich doch nur schon in einem Laden oder in einer Fabrik arbeiten, nichts könnte so öde sein wie mit meinen Eltern in diesem Zimmer zu sitzen und sie so entsetzliche Dinge sagen zu hören, gegen die ich nichts einwenden kann. Wenn ich den Blick abwende, um sie nicht ansehen zu müssen, ist nichts da, was Trost bieten könnte. Alles weckt maßlose Müdigkeit in mir: das über dem Kaminsims drapierte Tuch, die Sansevierien auf der Fensterbank, die Bilder von toten Familienangehörigen, die keiner ausstehen konnte, an der Wand und der schwere Lehnstuhl meines Vaters mit der abgenutzten Stelle in der Mitte, die immer an seine Körperlichkeit erinnert. Wie ich meinen Vater satt habe.

Wie meine Schwester und ich nach der Schule auf ihn warten mußten, bis er ganz exakt seine Hefte und Bücher geordnet und in seine Aktentasche geschoben, Federhalter, Radiergummi und Lineal in ein Etui gesteckt, die Tafel abgewischt, die Bänke in Reih und Glied gebracht, Papierkugeln in den Papierkorb geworfen, die Schultür abgeschlossen, herumlümmelnde Kinder vom Schulhof gejagt hatte. Wie er anschließend, als er im Begriff war, die verkehrsreiche, von großen Kastanien überschattete Straße vor der Schule mit uns zu überqueren, mit der einen Hand den Nacken meiner Schwester umfaßte und mit der anderen Hand meinen und sagte: »Erst nach links gukken, dann nach rechts und dann noch einmal nach links.« Und wie wir gemeinsam, in vollkommener Harmonie, die Straße überquerten.

»La douce France«, sagte er, wobei er mich über das französische Lehrbuch hinweg, das er aufgeschlagen vor sich hatte, eindringlich ansah. »La duus Frááns.« Ein Speichelschauer aus seinem geschürzten Mund traf mein Gesicht. »Frankreich ist die Wiege der westeuropäischen Kultur. Es hat berühmte Philosophen, Pädagogen, Maler, Schriftsteller, Politiker hervorgebracht. Die Franzosen sind nicht so ein ungehobeltes Volk wie die Holländer. Sie sprrrechen vorrne im Mund.« Das R sprach er wie ein Singvogel aus.
Ich war noch nie in Frankreich gewesen und hatte auch absolut keine Lust dazu.

Außer Cora arbeiteten wir alle in der Lakritzabteilung. Dort, wo die flüssige Lakritze in die Förmchen tropfte, führte Trix die Aufsicht. Manchmal rann die Lakritze zu schnell heraus; wie heißes Pech quoll dann die Flüssigkeit über die Förmchen, tropfte von der Platte herunter und bildete unter der Maschine einen schwarzglänzenden Fluß. So schnell wie möglich brachte Trix den ganzen Prozeß zum Stehen und suchte einen Monteur, der den Fehler behob. In der Zwischenzeit streckten wir unsere Glieder. Zu viert arbeiteten wir am Ende des Fließbands, wo die Lakritze in Zellophantüten rollte; unsere Aufgabe war es, sie zuzuschweißen. Wir freuten uns über die Stokkungen der Maschine, manchmal sehnten wir sie herbei, nur damit der Lärm endlich aufhörte, der unseren Körper und Verstand zermürbte.

Cora arbeitete bei den Pralinen. Jeden Nachmittag stibitzte sie eine Schachtel für den nächsten Morgen. Meine Augen müssen hervorgequollen sein, als ich Cora zum erstenmal frühstücken sah. Mit ihren molligen, beringten Händen wickelte sie eine nach der anderen aus. »Ich brauche das«, sagte sie. Nachdenklich glättete sie ein Silberpapierchen. »Zu Hause kriege ich morgens keinen Bissen runter.«

Sie nahm fast zwei Sitzplätze in Beschlag. In ihrem lilafarbenen Kleid mit grellgelben Noppen ähnelte sie einem riesigen Osterei. Über ihr hing das Foto einer schlanken Frau im weißen Kleid, die an einer altholländischen Zugbrücke lehnte.

»Wie kommt das?« fragte ich.

»Mein Mann«, sagte Cora, »ist schon ungefähr sechs, sieben Jahre krank. Die Parkinsonsche Krankheit, sagte der Arzt damals. Na, vielen Dank, sagte ich, warum hat dieser Parkinson diese abscheuliche Krankheit nicht selber behalten? Was hat mein Mann damit zu tun?«

Ihre dunkelbraunen Augen schauten mich empört an, als sei es erst gestern geschehen. Ich fühlte mich unbehaglich, als wäre ich mitschuldig. Die schlimmsten Krankheiten konnten einfach von einem Tag auf den anderen zuschlagen. Milliarden von Bakterien und Viren lauerten Tag und Nacht auf eine Gelegenheit, in den Körper einzudringen und an den schwächsten Stellen ihren Zerstörungsfeldzug zu beginnen. Noch raffinierter waren jene bösartigen Elemente, Erbkrankheiten, die seit der Geburt im Körper anwesend sind und ruhig abwarten, bis die Zeit reif ist, sich zu offenbaren. Wenn ich nur daran dachte, bekam ich Schweißausbrüche und vor lauter Angst Schmerzen an allen möglichen Stellen meines Körpers.

»Er hat keine Kontrolle mehr über seine Bewegungen«, sagte Cora, »morgens muß ich ihn waschen, anziehen, hinunterlotsen und ihn mit Brei füttern, von dem ihm die Hälfte ständig wie Sabber übers Kinn läuft.« Sie gähnte herzhaft. Ihre Zunge war ein glänzendes rosa Tierchen, das sich krümmte. »Jetzt, wo die Kinder aus dem Haus sind, habe ich ein großes Kind dazubekommen.«

Cartoons von grotesken Mannweibern mit mißmutigen Gesichtern, die den zappelnden Ehemann unterm Arm trugen wie ein Reisigbündel, schwebten mir vor Augen.

»Manchmal will er unbedingt radfahren«, sagte Cora, »aber er ist schon dreimal unterwegs vom Fahrrad gefallen.«

»Laß ihn doch radfahren«, sagte Trix, »vielleicht stürzt er sich mal zu Tode.« Verträumt starrte sie hinaus, Nebelfetzen trieben gelegentlich vorbei. Ihre langen Wimpern berührten ihre Wangen, wenn sie die Augen schloß.

»Dann hat sie doch niemanden mehr, für den sie sorgen kann.« Lien putzte mit einem karierten Männertaschentuch ihre Brille. Ihre Mausäuglein mit Ringen darunter blickten in Coras Richtung, die mit den Schultern zuckte.

In der ersten Woche kam ich abends erschöpft nach Hause. Meine Glieder fühlten sich matschig an, mein Rückgrat schien an verschiedenen Stellen geknickt zu sein wie der Mast eines Segelschiffs nach einem schweren Sturm; ich konnte nicht mehr aufrecht sitzen. Mein Vater erinnerte mich an die Tischmanieren, und meine Mutter sah mich besorgt an; ich fragte mich, ob sie ein neues Debakel befürchtete oder sich um meine Gesundheit sorgte, und neigte in meiner Müdigkeit zu der unfreundlichsten Annahme. Wenn ich endlich im Bett lag, konnte ich nicht einschlafen. In dem Labyrinth unter meiner Schädeldecke drängten sich die Bilder des vergangenen Tages, hallte das Echo der ratternden Maschinen, Musikfetzen und Menschenstimmen, die versuchten, sie zu übertönen.

Am nächsten Morgen im Zug, noch müder als am vorigen Abend, fragte ich mich, wie die anderen dies nun schon jahrelang durchhielten. Wenn das meine Zukunft ist, dachte ich, will ich lieber sterben. Aber sofort hörte ich in Gedanken meinen Vater protestieren, nicht gegen meinen Tod, sondern gegen meinen Widerwillen vor der Arbeit. Lautstark sprach er seine liebsten Losungen aus: Arbeit adelt, Recht auf Arbeit, Proletarier aller Länder vereinigt euch, Müßiggang ist aller Laster Anfang, die Ärmel hochkrempeln. Seine Stimme schallte, er lachte boshaft, machte ausgelassene Purzelbäume und rief dazu: Wir leben, um zu arbeiten, wir leben, um zu arbeiten.

Wie bei jedem, der seine Arbeit verabscheut, war der Montagmorgen für mich am schlimmsten; die Woche war ein Berg, auf den ein riesiger Stein geschleppt werden mußte.

Zuerst dachte ich, daß es das schlaffe Wochenanfang-Gefühl war, weshalb Trix, als wir ins Abteil kamen, weiter mürrisch aus dem Fenster sah, obwohl die an der Scheibe herabrinnenden Regentropfen die Aussicht trübten. Wie ein Hund, der sich trockenschüttelt, zog Cora ihren Regenmantel aus, so daß uns die Tropfen ins Gesicht spritzten. Sie ließ sich gegenüber von Trix nieder, die Bank ächzte laut, als Cora sich mit ihrem vollen Gewicht hinsetzte. Mit routiniertem Griff öffnete sie die Pralinenschachtel. Danach schien sie zur Ruhe zu kommen und wandte sich ihrer Umwelt zu.

»Jesus Maria«, rief sie und schaute entsetzt zu Trix, »was ist denn mit dir passiert?«

Trix zuckte die Achseln. Beider Profil, das von Cora mit vor Entsetzen weit geöffnetem Mund, zeichnete sich gegen das Fenster ab.

»Um Himmels willen, wer hat das getan?« rief Cora.

»Dolf«, sagte Trix gleichgültig.

»Schaut euch das an«, sagte Cora. Ihr schwerer Körper beugte sich vor. Mit ungewohnter Zartheit nahm sie Trix' Gesicht zwischen die Hände und drehte es uns zu.

»Verdammte Scheiße«, sagte Lien.

Im halbdunklen Abteil schien es kurz, als sei Trix' linkes Auge herausgerissen worden und hätte von der Augenbraue bis zur Mitte der Wange einen dunklen Krater zurückgelassen. Ich wäre am liebsten aus dem Abteil geschlichen, um es nicht sehen zu müssen. Gesichter mit Blutschwämmen, blutunterlaufene Augen, Hasenscharten, Spastiker, Bucklige, Mongoloide, Behinderte, wenn ich nicht hinschaute, gab es sie auch nicht. Reglos starrte ich auf Trix' linke Gesichtshälfte. Die Haut war dunkelviolett geschwollen. Das Augenlid war dick und verdeckte fast das ganze Auge; ich fragte mich, ob sie damit noch etwas sehen konnte. Quer über ihre Augenbraue verlief ein Bluterguß. Es sah aus, als könnte es nie verheilen, als müßte sie sich ihr Leben lang mit einem Gesicht behelfen, das einen schrillen Kontrast zeigte: Die eine Hälfte gehörte zu einem Engel, die andere zu einem Aussätzigen. Das heile Auge, sonst tiefblau, war jetzt grau und ausdruckslos.

»Warum?« fragte Cora.

»Weil er ein Arschloch ist.« Trix wandte den Kopf wieder ab und schaute zu Boden. Im Abteil war es ganz still. Der Regen strömte an der Scheibe herunter. Meine nassen Strümpfe trockneten langsam. Es juckte, aber ich traute mich nicht zu kratzen.

»Tut es weh?« hörte ich mich mit heiserer Stimme fragen.

»Hier tut's weh«, sagte Trix, legte nicht ohne Pathos eine Hand unter ihre linke Brust und sah uns mit dem einen Auge flüchtig an.

»Was ist passiert?« fragte Lien.

Trix seufzte. »Ich hab' mir schon gedacht, daß ich es jedem erklären muß. Am liebsten würde ich mich einen Monat verstecken. Was soll ich sagen? Samstag abend hat's angefangen. Auf der Hochzeit meines Bruders. Eppo Engelhardt, ein Jugendfreund von mir, war auch da. Ich hatte ihn jahrelang nicht mehr gesehen. Beim letztenmal war er noch ein mageres Kerlchen mit Sommersprossen, ich war ihm beim Raufen überlegen. Er ist ein richtiger Mann geworden mit einem gepflegten schwarzen Bart, ich mußte ihn ständig ansehen. Ihm ging es genauso. Wenn Eppo nicht gewesen wäre, wäre nichts passiert. Hier drin ist es so drückend. Kann man nicht ein Fenster aufmachen?«

»Dann regnet's rein«, sagte Cora.

»Wir haben bis zum Umfallen getanzt. Und viel gelacht. Verrückt«, ihre Stimme senkte sich, wir beugten uns zu ihr vor, »aber ganz kurz dachte ich: Dafür lebe ich, um einmal so etwas zu erleben.«

Sie schwieg.

»Was soll ich sagen? Es ist passiert.«

»Was ist passiert?« fragte Lien erneut.

Trix betrachtete ihre Fingernägel. »Je mehr ich mich amüsierte, desto mehr ärgerte sich Dolf. Mit finsterem Blick lief er herum, als würde er am liebsten die ganze Gesellschaft mit einem Maschinengewehr niedermähen. Um halb zwölf zerrte er mich von der Tanzfläche. Er wollte nach Hause. ›Geh ruhig‹, sagte ich, ›ich komm dann später.‹ Aber er wollte nicht allein gehen. ›Dann bleib doch noch‹, sagte ich, ›mein Bruder heiratet nur einmal.‹ ›Das bleibt abzuwarten‹, sagte er. ›Wenn dir nichts Besseres einfällt‹, sagte ich und machte mich los, um weiterzutanzen. Aber er kam hinter mir her und zischte: ›Du gehst mit mir nach Hause, sonst kannst du was erleben!‹ Da wurde ich auch giftig. Ich flüsterte ihm ins Ohr: ›Zieh Leine, Mann, und laß mich in Ruhe.‹ Wütend drehte er sich um. Kurz darauf war er nirgends mehr zu sehen. Sieh an, dachte ich, den bin ich los.«

Unruhig rutschte sie hin und her. »Hat jemand eine Zigarette für mich?«

Lien kramte schnell in ihrer Tasche und steckte Trix mit einem gierigen Gesichtsausdruck die ganze Packung in die Hand, wie jemand, der den soundsovielten Gulden in die Musicbox steckt, damit sie weiterspielt.

»Ich sehe furchtbar aus, wie? Sag mal ehrlich: Ist es wirklich so grausig?«

»Sieht eher aus, als hättest du einen kleinen Unfall gehabt«, log Cora.

»Meinst du«, sagte Trix begierig, »daß man mir glaubt, wenn ich sage, daß es ein Unfall war?«

»Erzähl schon weiter«, drängte Lien.

Etwas weniger angespannt sprach Trix weiter: »So gegen drei kam ich nach Hause. Alle Lichter brannten. Das einzige erleuchtete Haus in der Straße. Alles in Ordnung, sagte ich mir. Aber als ich reinkam, bin ich zu Tode erschrocken. Habt ihr schon mal einen Verkehrsunfall gesehen, wo einer in einer Blutlache auf dem Boden liegt? Genauso lag Dolf da, völlig schlaff, auf der Couch, mit lauter roten Flecken auf den Kleidern. Als ich näher kam, sah ich, daß es Rosenblätter waren, von dem Strauß, den er mir letzte Woche zu unserem Hochzeitstag geschenkt hatte. Stück für Stück hatte er sie abgerupft, es müssen Hunderte gewesen sein. Zwischen den Wimpern hindurch schielte er mich an. ›Madame kommt endlich nach Hause‹, sagte er, ›um halb vier.‹ ›Ja‹, sagte ich, ›und sie geht sofort ins Bett.‹ ›Haha!‹ Er stand auf. Die Blütenblätter fielen auf den Boden. Mit eisernem Griff packte er mich am Arm. ›Jetzt bin ich an der Reihe‹, schrie er. Die Adern auf seiner Stirn waren geschwollen und seine Augen blutunterlaufen mit einem fiebrigen Blick, wie bei Tieren im Zoo, die in einem kleinen Käfig immer nur hin und her laufen. Ich verachtete ihn, wünschte, daß ich ihm nie begegnet wäre. ›Ich geh ins Bett‹, sagte ich noch einmal. ›Das könnte dir so passen.‹ Mein Arm wurde fast zerquetscht. ›So einfach geht das nicht; nach allem, was du dir geleistet hast, bin ich jetzt an der Reihe.‹ ›Mir geleistet?‹ sagte ich, ›du hängst mir zum Hals raus. Du kennst Eppo doch gar nicht.‹ Na ja«, lakonisch zuckte sie die Achseln, »und dann ist es passiert. Ich brauche es euch nicht zu beschreiben, ihr könnt es ja selber sehen.«

Eigentlich wollte ich Trix gar nicht anschauen, aber ich konnte den Blick doch nicht von ihr abwenden. Ihr Gesicht war mir in seiner glatten Vollkommenheit immer unantastbar vorgekommen. Es machte mir angst, daß die dumpfen Gefühle in einem anderen Körper, zusammengeballt in einer ausrutschenden Faust, es verändern und solche bösen Spuren hinterlassen konnten. Unterdessen verging ich fast vor lauter Jucken an den Beinen. Es kam mir vor, als ob Juckreiz, wenn man umständehalber nicht kratzen konnte, mindestens genauso schlimm war wie Schmerzen.

»Bist du ohnmächtig geworden?« fragte Lien.

»Ja, nein, halb.« Trix ließ den Kopf hängen. »Ich bin auf den Boden gefallen, ein Rauschen in den Ohren. Ich habe nur halb mitgekriegt, daß er inzwischen mein Abendkleid hochgestreift hat. Mit der einen Hand umklammerte er meine Handgelenke über meinem Kopf. Ab und zu hörte ich ihn fluchen. Es schien überhaupt kein Ende zu nehmen.«

»Was für ein Schwein«, sagte Cora, »mir juckt's in den Fingern.«

Sie hatte einmal zwei streitende Männer mit den Köpfen gegeneinandergeschlagen, erzählte man in der Fabrik, sie mußte bärenstark sein. Ich hatte eine Vision von ihr als erbarmungsloser Rachegöttin, wie sie Trix' Mann zwischen ihren Brüsten würgte, quälend langsam ihre Schultern vorschob, ein vages Lächeln auf den Lippen, eine Praline zwischen den Zähnen.

Atmen war fast unmöglich geworden. Die verdampfende Feuchtigkeit aus unseren Kleidern und Haaren schlug sich auf den Scheiben nieder. Wir saßen in einem Dampfkessel unter starkem Druck.

»Was wirst du jetzt tun?« fragte Lien.

Mit ihrem einen Auge starrte Trix auf ihre Schuhspitzen. Das lange Haar fiel ihr ins Gesicht.

»Ich kann nicht ohne ihn«, sagte sie. Mit zitternden Fingern nahm sie noch eine Zigarette aus der Packung.

Niemand sagte etwas. Lien holte ihr Strickzeug heraus. Cora nahm noch eine Praline, ich kratzte mich endlich an den Beinen.

Wir hatten die Grenze des zu Begreifenden erreicht und waren auf furchtbare Gegensätze gestoßen, die in jedem von uns hausen und die schließlich vielleicht auch unseren Untergang verursachen könnten. Das hatten wir stillschweigend erkannt.

Ich wußte, wie es war, willenlos ausgeliefert zu sein. Wenn ich mich bei Ruud hinten auf das Moped schob, bohrten sich die Blicke der Mädchen in meinen Rücken. Früher hatte ich kaum für sie existiert, nun aber fragten sie mich schwärmerisch, wo ich meine Kleider und die schwarzen Ballerinaschuhe kaufte. Sie fragten mich, wie ich es fertigbrachte, meinen Pferdeschwanz so hoch zu binden. Sogar meine schlechten Noten wirkten sich zu meinem Vorteil aus: sie bewiesen, daß ich mich um die Welt unserer Eltern, deren Eckpfeiler Ehrgeiz, Selbstdisziplin und Leistung waren, einen feuchten Dreck scherte.

Es schien, als wollte er den Straßenbelag kehren, so nah kamen wir dem Asphalt, wenn Ruud in voller Fahrt in die Kurve ging. Mit einer Hand hielt ich meine Röcke fest, mit der anderen klammerte ich mich an seine steife Lederjacke. Die anderen waren auf dem Platz unter dem blauweißen Aushängeschild des »Milano«, der Eisdiele, zurückgeblieben. Da Ruud nun weggefahren war, würden sie schnell ihrer Wege gehen. Sie brauchten ihn. Seine Anwesenheit machte sie zur Gruppe.

Es nieselte. Die Mitteilung, daß der Frost nach Skandinavien abgezogen sei, hatte mit den übrigen Nachrichten die Mahlzeit bei mir zu Hause etwas aufgefrischt. »Da kann noch viel passieren«, sagte mein Vater, »ich erinnere mich an eine Elfstädtetour im März. König Winter ist noch nicht besiegt.« Das war für die Schulkinder, dieses König Winter.

Die Luft war fast lau. Ich war noch nie in diesem Teil der Stadt gewesen. Die Häuser waren vier- oder fünfstöckig und bildeten zwei Wände mit einer schmalen Gasse dazwischen. An jeder Ecke war eine Kneipe, vor der die Leute wie an einem Sommerabend herumstanden. Ein kleines Mädchen saß auf einer Apfelsinenkiste und saugte an einem Strohhalm, der in einer Limonadenflasche steckte.

Wir hielten vor dem fahl beleuchteten Schaufenster eines Möbelgeschäfts. Ruud lehnte das Moped gegen die Hauswand und fischte einen Schlüssel aus der Hosentasche, mit dem er die Ladentür öffnete. Wir schlüpften hinein. Sorgfältig schloß Ruud die Tür hinter uns. Im fahlen Lichtschein standen Couchgarnituren, Schränke, Eßecken ausdruckslos und unnütz kreuz und quer durcheinander. Die Frage: »Was wollen wir eigentlich machen?« lag mir immer auf der Zunge, obwohl ich es genau wußte, aber ich wollte es nicht glauben. Wir gingen durch den Laden nach hinten, wo aufrecht stehende Teppichrollen Wache über komplette Schlafzimmer hielten, die ihre Zeit abwarteten, um von jemandem gekauft zu werden.

»Wem gehört das alles?« fragte ich.

»Meinem Vater«, sagte Ruud unwirsch.

Er schüttelte seine Lederjacke ab und warf sie auf das nächstbeste Bett. Mit drei Schritten war er bei mir. Er blieb einen Moment reglos stehen. Jetzt müßte er sagen, daß er mich schön findet, dachte ich, und vor allem, daß er die ganze Zeit nur an mich gedacht hat und verrückt würde vor Sehnsucht, wenn ich jetzt nein sagte.

Er beugte sich vor und drückte seine Lippen auf meinen Mund. Eine der Teppichrollen pikste mich in den Rücken. Garantiert Kokos, dachte ich, nur Kokosmatten piksen so. Für einen Augenblick war meine Oberlippe zwischen seinen und meinen Vorderzähnen eingeklemmt.

»Hast du es schon mal mit jemand gemacht?« fragte Ruud.

Ich unterdrückte die Neigung, erfahren und gleichgültig zu tun, als hätte ich schon eine lange Vergangenheit hinter mir. »Nein«, sagte ich ehrlich und ärgerte mich, daß meine Stimme so ängstlich und schüchtern klang.

Mit einer ausladenden Gebärde zeigte er in die Runde und sagte: »Welches von diesen tollen Betten gefällt dir am besten?«

Mein Blick schweifte unwillig durch die Schlafzimmerabteilung. Die Betten waren monströs, einschließlich der Nachtkästchen zu beiden Seiten und der Lämpchen mit Goldlitzen. Sie ähnelten dem Ehebett meiner Eltern, das pompös und prüde zugleich war. Mir graute vor der Vorstellung, daß ich darin gezeugt worden und aus ihren Körpern hervorgegangen war.

»Komm«, sagte Ruud, »such dir eins aus.« Seine Stimme hatte einen spöttischen Unterton.

Gehorsam, wie unter Hypnose, ging ich zwischen den Bettgestellen – schmale, breitere, französische und Ehebetten – auf der Suche nach dem Exemplar umher, in dem das geschehen sollte, woran jeder ständig dachte, ohne darüber zu sprechen, von dem die Mädchen aus der Gruppe glaubten, daß ich es schon längst täte, und worüber meine Eltern mit zusammengekniffenen Lippen schwiegen. Am Ende der Reihe entdeckte ich das scheußlichste Bett von allen: goldene Stäbe mit dicken glänzenden Knöpfen und molligen Engelchen, die Blumengebinde mit sich schleppten.

»Ruud«, rief ich, »ich hab' eins gefunden.«

Er kam mit einem dicken, zusammengefalteten Teppich in den Händen an.

»Dieses Bett«, sagte ich und strich über die Knöpfe, »ist echt toll.«

Ich hoffte, daß er meinen Spott nun merken würde, aber er sagte nur »Prima« und breitete den Teppich über der Tagesdecke aus Satin aus. Der Opferteppich, dachte ich. Warum ging ich nicht einfach weg, machte kehrt zwischen den Betten, Teppichen, Eßecken, Schränken, Polstermöbeln? Waren es seine Augen, blauer als blau, die über die Köpfe seiner Mitmenschen hinweg in die Ferne sahen, als erblickten sie Horizonte, die für die anderen unsichtbar waren? War es das dunkelblonde Haar, das genauso liegenblieb, wie er es kämmte? War es sein Selbstvertrauen?

Ruud strich die Teppichfalten glatt und richtete sich auf. Er legte die Hände auf meine Schultern, schaute mich vielsagend an und drückte mich langsam aufs Bett.

Als ich ungefähr zwölf war, hatte mich der älteste Bruder meiner Mutter ohne böse Absicht einer Gehirnwäsche auf dem Gebiet der erotischen Phantasie unterzogen. Seither hegte ich in mir ein Traumbild der idealen, unwiderstehlichen Frau, an dem ich mich früher oder später messen würde.

»Die schönsten Frauen Indonesiens«, sagte Onkel Harry, »waren die aus Singaraja. Geschmeidig, verführerisch, frisch wie eine Lotusblume. Sie wußten, was ein Mann braucht.«

Ich sah Mädchen vor mir mit blauschwarzem Haar bis zur Taille, hellbrauner Haut, einem Sarong um die schmalen Hüften und Blumenkränzen um den Hals.

»Harry«, sagte mein Vater, »ich zweifle nicht daran, daß die Frauen aus Singaraja liebreizende Wesen waren, aber würdest du bitte berücksichtigen, daß wir hier in Holland sind und zwei unschuldige kleine Mädchen mit am Tisch sitzen?«

Onkel Harry warf den Kopf in den Nacken und lachte fröhlich. Meine Mutter blickte ganz kurz zu meinem Vater, dann kicherte sie hinter vorgehaltener Hand.

»Wißt ihr«, sagte Onkel Harry, »daß dort Mädchen ihres Alters«, sein Blick glitt von Louise zu mir, »schon lange reif sind und sich sehr geschickt Männer angeln? Die holländischen Mädchen«, er senkte die Stimme, »werden künstlich Kind gehalten.«

Mein Vater, der es nicht gewohnt war, in seinem Haus belehrt zu werden und schon gar nicht in lockeren Sitten, schlug hochmütig vor, das Thema zu wechseln.

Onkel Harry brachte meiner Mutter Seife mit, die romantisch verpackt war und schon durch das Papier duftete, Parfüm, bemalte Fächer und türkisches Konfekt; Geschenke, die in den Augen meines Vaters absolut überflüssig waren und uns gerade deshalb sehr begehrenswert erschienen. Wenn Louise und ich Onkel Harry darum baten, schob er genüßlich den Pullover hoch, um uns die Narben auf seinem Rücken zu zeigen. Die Japaner hatten ihn ausgepeitscht, weil er den gefürchtetsten, aber auch lächerlichsten unter ihnen hinter dessen Rücken nachgeäfft hatte. Wir wären lieber Kinder von Onkel Harry gewesen und mit ihm nach Indonesien gefahren, zumindest, wenn es dort genauso aussah, wie es das Bild in seinem Zimmer versprach: Im Vordergrund tiefgrüne, von Palmen um-säumte Dessas, im Hintergrund ein spitzer Berg, der sich mit seinem schneeweißen Gipfel in den blauen Himmel bohrte. Warum schmolz der Schnee nicht, wenn es dort wirklich so heiß war, wie Onkel Harry sagte?

Nachdem Ruud meine Petticoats und meinen Rock her-untergezogen, meine Strumpfhalter aufgemacht und die Strümpfe abgestreift hatte, verlagerte er seine Aufmerk-samkeit auf meinen Oberkörper. Ich bin ein Ding, dachte ich, ich lasse es mit mir machen. Er zog mir den Pulli aus, und ich streckte die Arme nach oben. Ganz automatisch fügte ich mich der jahrhundertealten Tradition, die mir eine passive Rolle zuschrieb. Nur als er an meinem BH-Verschluß herumnestelte, mußte ich das Bedürfnis, es lieber selbst zu tun, unterdrücken. All diese lächerlichen Details der Vorbereitung paßten gar nicht zu den Vorstel-lungen, die ich jahrelang gehegt hatte und die mal zu ei-ner stürmischen Überwältigung hin tendierten, welche uns in einem schwindelerregenden Feuerwerk zerspringen ließ, dann wieder zu zärtlichen Liebkosungen, gegen-seitigen Körpererkundungen, die in der vollkommenen Verschmelzung endeten, bei der wir alles, was irdisch und verdorben war, hinter uns lassen würden. Wie einen häßlichen Gegenstand warf er schließlich meinen BH von sich. Dann glitten seine kalten Hände von meinem Hals nach unten. Ich war unruhig, weil ich nicht erregt wurde, sondern nur unbeteiligt und kühl dalag und dachte: Was wird er jetzt wohl tun, was kommt als nächstes? Mit ein paar raschen Bewegungen zog er mir den Slip aus, richtete sich auf, zog seine Klamotten aus und warf sie wie einen Haufen Lumpen auf den Boden. Einen Augenblick stand er in seiner ganzen Männlichkeit aufrecht neben dem Bett und schaute auf mich herunter. Und obwohl ich bestimmt genauso neugierig auf seinen Körper war wie er auf meinen, schlug ich sofort die Augen nieder. Was für einen Anblick bot ich ihm? Ich hätte mich gern mit seinen Augen gesehen. Könnte ich doch in dem Bett versinken, im Fußboden, im Boden unserer Stadt, in der Erde, um auf der anderen Seite der Weltkugel an einem stillen und friedlichen Strand zu landen, wo man mich in Ruhe lassen würde.

Langsam ließ er sich vornüber sinken und schob sich, ganz und gar Dunkelheit, auf mich. Jetzt muß ich tiefe, starke Empfindungen haben, dachte ich, für den, der in meinem Leben eine historische, nie mehr rückgängig zu machende Handlung vollziehen wird. Aber von einem bewußten, kontemplativen Erleben, wie ich mir das einmal erträumt hatte, war nichts zu merken. Es war, als würde ich mit einem scharfen Messer aufgestochen. Vom Mittelpunkt meines Körpers aus breitete sich ein wirrer, flammender Schmerz in alle Richtungen aus bis in die Fingerspitzen, Zehen, Haarwurzeln. Ich schrie, aber wie in einem Alptraum brachte ich keinen Ton heraus. Immer wieder stach er zu, als müßte ich von innen zerfetzt werden, als dürfte ich nie mehr heil sein und mir selbst gehören. Bei jeder Woge des Schmerzes wurde mir wärmer, Ozeane lebenspendender Nässe strömten aus meinem Körper in das dürre Bett. Sein Kopf fiel auf meine Schulter; sein Haar roch irdisch und menschlich und tröstete mich auf unbegreifliche Weise. Ich vergrub mein Gesicht darin, bis er mit einem kurzen Schrei den Kopf hob. In der Ferne erklang die Sirene eines Krankenwagens. Für den Bruchteil einer Sekunde erschien es mir wie eine logische Folge unseres Zusammenseins, daß ich nun, verletzt wie ich war, ins Krankenhaus gebracht würde, um von einem verständnisvollen Chirurgen liebevoll geheilt zu werden, damit ich wieder so gesund und munter war wie früher. Ruud lag wie gelähmt auf mir. Es kam mir so vor, als würde er immer schwerer, ich konnte kaum atmen. Schließlich rollte er von mir herunter und lag neben mir auf dem Rücken.

Er blickte einen Augenblick zur Decke, dann wandte er mir sein Gesicht zu. Seine Augen erkundeten meinen Zustand. Er fragte: »Wie hat es dir gefallen?«

»Es hat weh getan«, sagte ich.

»Das gehört dazu«, sagte er beinahe stolz und lachte kurz.

Er zündete sich eine Zigarette an. Verstohlen schaute ich auf den glühenden roten Punkt. Es kränkte mich, daß bei ihm die eine Form des Genusses so schnell der anderen folgte.

Kurz darauf wurde ich schnell und ohne Umwege nach Hause gefahren. Aus dem Nieselregen war ein richtiger Regen geworden. Es gibt niemanden, dem ich erzählen könnte, wie es war, dachte ich und schmiegte mein verheultes Gesicht an seinen Rücken. Die Regentropfen vermischten sich mit meinen Tränen und rannen auf den Asphalt, den Weg vom Möbelgeschäft zum Haus meiner Eltern markierend.

In der Fabrik war ein Tag wie der andere.

So schnell das Band lief, so langsam verging die Zeit. Hier verbrachten wir den größten Teil der Woche; der Rest, die Außenwelt, war nur Kulisse. Es war, als arbeiteten wir in einer riesigen Schmiede im Innersten der Erde und schmierten fieberhaft das Räderwerk, damit es sich weiterdrehte, ohne zu wissen, was an der Oberfläche vor sich ging.

Eines Tages kam der Chef unserer Abteilung in Begleitung eines Mannes herein, der wie ein Amerikaner aussah: sportlich, gute Figur, Bebop-Frisur und ein angenehmes Lächeln, das versprach, daß nichts unmöglich war, kein Berg zu hoch; kein Problem, das nicht mit dem menschlichen Verstand zu lösen, kein Krieg, der nicht zu gewinnen wäre.

»Wir brauchen eine charmante Hostess«, sagte der Chef mit lauter Stimme, um sich im Rattern und Stampfen der Maschinen verständlich zu machen, »die unsere Artikel einigen potentiellen Kunden präsentieren kann.«

Prüfend glitten seine Blicke über uns hinweg. Unsere Augen blieben verschämt gesenkt, das Zuschweißen der Tüten ging ganz normal weiter. Was sahen die beiden, unser sich freundlich zu uns herunterbeugender Chef und sein Kollege mit dem Bürstenschnitt, der mit einem breiten Lachen bereitstand, die Auserwählte dieses Tages wie einen Hamburger mit einem gesunden Salatblatt dazwischen aufzuessen?

Sie sahen sich in den dicken Brillengläsern Liens widergespiegelt, sie sahen die grauen, dauergewellten Köpfe der beiden anderen Frauen, sie sahen mich, wie ich mich fühlte, seit ich ein Mädchen mit hochtoupiertem schwarzem Haar wie ein Maskottchen bei Ruud auf dem Moped hatte sitzen sehen, das die Arme um seine Taille schlang.

»Hier gibt es keine Schönheitsköniginnen«, rief Lien schnippisch, »dafür müssen Sie zur Prüfabteilung gehen.« Womit sie die Herren zu Trix weiterverwies.

»Sie sind alle gleich«, brummte Lien, »sie wollen eine Madonna für ihre Kinder und eine Marilyn Monroe im Bett. Schau mich an«, ihre Hände ließen die Tüten im Stich, die sich sofort anhäuften, und strichen ihren Pulli glatt, »meine zwei Kinder sieht man mir doch nicht an.«

Der selbstgestrickte, schwarzgelb gestreifte Pulli kräuselte sich über ihrer flachen Mädchenbrust, als sie ihn wieder losließ, wie die Haut einer Raupe vor der Entpuppung.

»Im Grunde ist Paul genauso wie alle anderen«, sagte sie, »darum lasse ich ihn auch nicht aus den Augen.«

»Soll das heißen«, fragte ich, »daß du ihn bewachst?«

»Was dachtest du denn?« Sie schien entrüstet. »Daß ich aus Spaß zu den ganzen Fußballspielen und Boxkämpfen gehe?«

Die Sonne versucht hartnäckig, den tiefliegenden Nebel zu durchbrechen. Wir durchfahren den schönsten Teil der Strecke: Die Heide mit ihren bizarren, sich breit fächernden Tannen und Birken, die silberweiß im Nebel aufleuchten. Gern würde ich in diese mysteriöse Welt hineingehen. Mit meiner armseligen städtischen Phantasie stelle ich mir vor, daß die Sonne zugleich mit dem sich auflösenden Nebel bis in die tiefsten Höhlen vordringt und die sich faul rekelnden Tiere erwachen sieht.

Ich kann mich nicht erinnern, wann ich zum letztenmal in einem Wald war, ständig drängt sich mir das Bild des Stadtparks auf, der zu viel Menschenwerk und zu wenig Natur ist mit seinen Kieswegen, gepflegten Rasenflächen, Blumenbeeten, Teichen mit wohlgenährten Enten zwischen Apfelsinenschalen und faulenden Brotresten, wo es von Betagten nur so wimmelt; er ist eigentlich ein Friedhof, wo nur die Grabsteine fehlen, statt dessen sitzen die Leichen plappernd und vor sich hindösend auf den grüngestrichenen Bänken und werfen den Vögeln trockene Brotreste zu.

Vielleicht ist keine von uns nach dem Wochenende ganz ausgeschlafen, wie dösende Katzen auf samtenen Kissen faul hingefläzt sehen wir verträumt und schläfrig aus dem Fenster. Cora saugt, scheinbar gedankenlos, sehr lange an einer Praline.

Wir schrecken aus unserem Halbschlaf hoch, als die Tür im Gegensatz zu dem gewohnten langsamen Aufschieben plötzlich mit einem Ruck aufgerissen wird. Ein junger, unbekannter, glänzend herausgeputzter Schaffner, der mit allen notwendigen Attributen ausgestattet ist, betritt unser Abteil.

»Die Fahrkarten bitte«, sagt er mit gemessener Stimme.

Leicht ungeduldig blickt er hinter einer scharfen, metallenen Brille von der einen zur anderen, als erstaune es ihn, daß wir nicht sofort unsere Monatskarten hochhalten. Ganz langsam suchen wir zerstreut in unseren Handtaschen und holen unsere Karten heraus. Gemeinsam sind wir ein einziger träger, widerwilliger Körper. Penibel wie ein Schulmeister studiert er die Angaben auf unseren Karten.

»Die ist abgelaufen«, sagt er und schaut mich durch seine glitzernden Brillengläser durchdringend an, »Sie hätten heute Ihre Monatskarte erneuern müssen.«

»Oh«, sage ich und greife mir mechanisch mit den Händen erschreckt an die Wangen, »das habe ich ganz vergessen.«

»Mach dir nix draus«, sagt Cora gutmütig, »das kann jedem mal passieren. Morgen früh holst du dir einfach eine neue.«

»Dann werde ich Ihnen jetzt eine Rückfahrkarte ausstellen«, sagt der Schaffner.

»Wie meinen Sie das, eine Rückfahrkarte ausstellen?« fragt Cora mißtrauisch.

»Für diese Fahrt natürlich.« Er ist gereizt, es dauert ihm zu lange. Cora schaut ihn verdutzt an. Mir fällt mit Schrecken ein, daß ich gar kein Geld dabeihabe.

»Der ist gut«, Cora lacht uns zu, »so was haben wir ja noch nie erlebt.«

Mit hochgezogenen Augenbrauen und unwirsch zusammengekniffenen Lippen nimmt er Coras Gestalt in sich auf. Er guckt, als wolle er sich die Augen spülen, damit sie etwas anderes sähen, zum Beispiel seine Freundin, die immer pünktlich ihre Fahrkarte kauft und die zu dieser frühen Morgenstunde noch in ihrem flauschigen rosa Bettchen von ihm und den durchorganisierten Reisen träumt, die sie zusammen auf Kosten der Bahn machen werden.

»Seit Jahren fahren wir täglich diese Strecke, die Bahn wird reich durch uns«, ruft Cora empört, »und dann kommt plötzlich so ein Korinthenkacker daher.«

Wütend zieht der Schaffner einen Block heraus und fängt stur an zu schreiben.

Cora läuft rot an. »Was bildest du dir ein? Wir sind schon mit dem Zug gefahren, als du noch gar nicht geboren warst.«

Er stellt sich taub und reißt verbissen das Blatt aus dem Block. Während er es zu mir herüberreicht, schnappt Coras mollige Hand es ihm weg.

»Jesus Maria«, sie beugt sich zu Trix vor, »sieh dir das an, dieser kleine Scheißer hat ihr doch tatsächlich noch eine Buße draufgeklatscht.«

Und dann, im Bruchteil einer Sekunde, während ich immer noch dümmlich mit meinem leeren, geöffneten Geldbeutel dasitze und mir das alles ansehe, mustert ihn Cora unverfroren mit ihren dunklen Augen und faßt einen Entschluß in der gleichen kühlen, definitiven Art und Weise wie ein x-beliebiger König oder Kaiser der Weltgeschichte, dessen Toleranz eine Grenze erreicht hat und der von seinem Thron herab, nachdem er den Schuldigen mit einem kurzen abwägenden Blick gemustert hat, mit einer Handbewegung zu seinem Ratsherrn sagt: Sperrt ihn ein, oder: Hängt ihn auf, und damit auch nicht mehr belästigt werden möchte.

Sie steht brüsk auf, und mit ihr erheben sich alle imposanten Wölbungen, mit denen ihr Körper gesegnet ist, und alle gelben, tanzenden Noppen auf ihrem violetten Kleid. Breitbeinig, er kann ihr nicht entkommen, stellt sie sich vor ihn hin und zieht ihm mit der einen Hand lässig die Brille von der Nase.

»Daraus wird nichts«, sagt sie.

Als hätte man ihn seiner Seele beraubt, blinzelt der Schaffner verstört mit den Augenlidern und beißt sich nervös auf die Unterlippe.

»Geben Sie sie her«, sagt er heiser und greift wild nach seiner Brille, die von Coras ausgestrecktem Arm hochgehalten wird.

»Geben Sie mir meine Brille wieder.«

Cora lächelt ihn breit an, ihr liebenswürdigstes Lächeln, Sternchen in ihren Augen.

Mutter, Mutter, der Bär tanzt, denke ich. Eine merkwürdige, verrückte Erregung durchströmt mich; ich habe das Gefühl, daß etwas Unwiderrufliches geschehen wird und hinterher keine von uns mehr dieselbe sein wird.

»Du bekommst deine Brille wieder, wenn du den Fahrschein zerrissen hast«, sagt Cora, »vorher nicht.«

Von dem schnellen Machtwechsel verwirrt, starrt er sie an. Mit der einen Hand greift er an die Ledertasche, die vor seinem Bauch hängt, mit der anderen zu seiner Mütze, als wolle er sich vergewissern, daß er noch immer Amtsperson ist.

»Ich denke nicht daran«, sagt er tapfer.

»Gut.« Mit einem tiefen Seufzer gibt Cora die Brille an Trix weiter, die in der Ecke am Fenster sitzt. Als hätte man sich über das Vorgehen bei dieser Szene abgesprochen, schreitet Trix zu einer Tat, die vollkommen Coras Absicht entspricht: Sie schiebt das Fenster auf und hält mit einer Hand die Brille hinaus in die neblige Luft, dabei nimmt sie eine anmutige Haltung ein, die die Kurve von Taille und Hüften betont. Mit ihrem reizenden Lächeln sieht sie der Art von Frauen zum Verwechseln ähnlich, die sich in Prospekten gegen die Motorhaube eines Mercedes lehnen und Männer zum Kauf verführen.

Tun Sie's nicht«, ruft der Schaffner in Panik, »geben Sie mir meine Brille wieder.«

»Ich hab' dir gesagt, Schätzchen, welchen Tausch wir machen wollen«, sagt Cora ruhig, als ob sie auf dem Markt mit einem unwilligen Kunden feilsche.

In die Enge getrieben, schaut er abwechselnd wütend um sich und ängstlich zum Fenster, hinter dem das kostbare Kleinod mit den präzise nach der Schwäche seiner Augen geschliffenen Diamanten jeden Moment zertrümmert zu werden droht.

»Am ersten Bahnhof, wo wir halten, werde ich etwas gegen Sie unternehmen!«

»Habt ihr das gehört? Er wird was gegen uns unterneh

men!« Mit einer Selbstverständlichkeit, als würde sie sie vom Kleiderständer pflücken, zieht Cora ihm die Mütze vom Kopf und setzt sie sich auf ihre schwarzgefärbten Haare. Fröhlich lacht sie uns über die Schulter zu. Ohne seine Mütze, mit blonden, seidigen Löckchen bis zum Nacken, ist der Schaffner zierlich und verletzbar.

»Weißt du, daß du schöne blaue Augen hast?« fragt Cora.

Er schluckt mühsam, als wäre ihm unglücklicherweise ein Pflaumenkern zu weit nach hinten gerutscht, und greift unbeherrscht nach der Mütze, aber Cora kommt ihm zuvor und gibt sie an Lien weiter. »Findet ihr nicht auch, daß er schöne Augen hat?« Wir stimmen ihr der Reihe nach zu und betrachten ihn mit der gleichen schwärmerischen Bewunderung wie James Dean in der Hauptrolle eines Films, was ihn noch nervöser macht. Garantiert kann er hysterische Frauen nicht ausstehen, die, Leibwächtern und Saalwärtern trotzend, aufs Podium klettern, um Elvis Presley berühren zu können; er identifiziert sich nicht mit Elvis Presley, sondern mit den Saalwärtern, den Männern mit Mützen und Uniformen.

»Und nun gibst du uns deine Tasche«, sagt Cora, »mit allem Drum und Dran.« Er starrt sie entgeistert an. So einen unehrenhaften Vorschlag hat ihm noch nie jemand gemacht. Sprachlos schüttelt er den Kopf.

»Mach schon«, sagt Cora, »sonst wirst du sehen, was mit deiner Brille passiert.«

Mit lockerem Handgelenk bewegt Trix die Brille, nur zwischen zwei Finger geklemmt, im Nebel hin und her.

In Cora ist eine Kraft freigelegt worden, die jeden Widerstand bricht, gleich einem schnellströmenden Fluß in der Monsunzeit, der Bäume entwurzelt und mit sich reißt.

»Sei lieb, gib der Mama dein Spielzeug.«

Resigniert entledigt er sich seiner Schultertasche. Ohne selbst einen Blick darauf zu werfen, gibt Cora sie an Lien weiter, die sie in einer Ecke hinter ihrer zerschlissenen Einkaufstasche verstaut, aus der die Stricknadeln ragen wie die Antennen eines Transistorradios.

»So«, sagt Cora, »kommst du zur Vernunft?«

Abwartend stehen sie sich gegenüber, Cora ist einen Kopf größer als er. Wie hat sie so groß und so stark werden können, denke ich. Es muß schon ein kolossales Korsett sein, in das sie sich jeden Morgen hineinzwängt. Einen Augenblick sieht es so aus, als ob es zum Friedensschluß käme und er sagen würde: »Ihr habt recht, worüber mache ich mir eigentlich Gedanken, ist mir doch egal, Hauptsache, ihr laßt mich in Ruhe«, aber plötzlich drückt er mit einer Hand Cora zur Seite und schießt auf Trix los. Mit seinem ganzen Gewicht stürzt er sich auf sie. Sein Interesse gilt nur seiner Brille, verbissen greift er nach der Hand, die die Brille festhält; es ist ein Wunder, daß Trix sie nicht vor lauter Schreck fallen läßt.

Einen Augenblick scheint Cora aus der Fassung gebracht: Verdutzt wie eine dicke Dame, der ihr Hund abhanden gekommen ist (komisch, eben war er noch da), dreht sie sich um. Doch dann ist sie mit einem Schritt auch schon bei Trix' Belagerer, packt ihn am Kragen seiner Schaffnerjacke und zieht ihn rückwärts von Trix weg. Seine Augen quellen hervor, er ist nur noch rachedurstig und knurrt. Ein Hund, der von seinem uninteressierten Frauchen mitten im Eifer des Gefechts von seinem größten Feind getrennt wird.

Trix streicht sich ein paar Haarsträhnen aus dem Gesicht und zieht ihr Kleid glatt. Sie sieht gar nicht erschrokken aus, eher wie ein junges Mädchen, das zerzaust, mit rotem Kopf und glitzernden Augen nach einer Balgerei mit einem Jungen aus dem Gebüsch hervorkommt.

Vor dem Fenster schießt ein außerirdisches Projektil vorbei; Lien hat, um eine Tat zu vollbringen, der Schaffnermütze die Freiheit geschenkt.

Wild um sich tretend und stoßend versucht der Schaffner, sich zu befreien. Cora ergreift seine Arme und dreht sie nach hinten. »Pack ihn an den Beinen«, zischt sie. Trix und Lien angeln sich je ein Bein und hängen sich dran, um es festzuhalten. Mir schlägt das Herz bis zum Hals. Ich bin Streit und Raufereien nicht gewohnt, bei mir zu Hause bleibt immer alles unterkühlt und unter der Oberfläche, die grausamsten Kriege werden mit schauriger Höflichkeit ausgetragen.

»Wir ziehen ihm seine Ausbeuterjacke aus«, sagt Cora.

Weil jede schon ihren Teil zur Bändigung des Raubtiers beigetragen hat, ruhen Coras Augen nun auf mir. Mit zitternden Händen nehme ich einen Ärmel und zerre an dem steifen Stoff. Es ist schwierig, einem, der sich heftig wehrt, aus der Jacke zu helfen. Wenn er ein bißchen mittun würde, denke ich, ginge es viel leichter. Coras Gesicht ist anzusehen, daß sie ihre ganze Kraft braucht, um ihn im Zaum zu halten; wie ein verwundeter Tiger kämpft er, um sich zu befreien, während seine Augen Signale des Hasses zu seinen Angreifern funken.

»Und jetzt die Krawatte«, sagt Cora sachlich wie ein Chirurg, der die Schwester um ein Seziermesser bittet. Gehorsam beuge ich mich über ihn, und wir sehen uns ganz flüchtig tief in die Augen, während ich in meiner einen Hand seine Krawatte halte, als wollte ich ihn erwürgen.

Was weiß ich von Menschen? Nichts. Es gibt einige, wie

meinen Vater zum Beispiel, über die ich notgedrungen bis zum Schwarzwerden nachgedacht habe. Und nun sehe ich in diesen großen Pupillen, die fast das ganze Blau aus seinen Augen verdrängt haben, die Angst wie aufgeschreckte kleine Tiefseefischchen hin und her schießen. Ich glaube, daß seine Angst viel stärker ist als sein Haß, der ihn gewissermaßen noch ein bißchen auf den Beinen hält. Eine Woge des Mitleids, das mir sehr ungelegen kommt, bringt mich in Verwirrung. Schnell löse ich seine Krawatte.

»Nun«, fragt Cora rhetorisch, »wie sieht's aus?«

Er schweigt, liegt totenstill da. Ob er etwas ausheckt? Abwartend beobachten wir ihn. Auf einmal spannt sich sein Körper, er wirft den Kopf in den Nacken und spuckt Cora ins Gesicht.

»Sein Oberhemd«, sagt Cora barsch zu mir, während sie mit ihrer violetten Schulter den Speichel wegwischt.

Er trägt die gleichen Manschettenknöpfe wie mein Vater. Ich nestle sie auf. Als ich ihm den Ärmel halb ausgezogen habe, macht er eine unbeherrschte Bewegung, so daß der Stoff zerreißt, wie bei einem Kaninchen, das sich bei dem Versuch, sich aus der Schlinge zu befreien, die Haut aufreißt. Eine schmale blasse Brust mit zaghafter blonder Behaarung kommt zum Vorschein.

Ich lehne mich zurück.

»Seine Hose.« Cora wirkt ungeduldig. »Wir lassen ihn fühlen, daß er nur ein ganz gewöhnlicher Junge ist.«

»Du brauchst einem Mann nur eine Uniform anzuziehen«, sagt Trix, »schon bildet er sich was ein.«

Uniformen, das sind immer noch die Deutschen. In Archivfilmen, in den Büchern und der Erinnerung aller, die es gesehen haben, treten sie in Kolonnen marschierend, mit dröhnenden Stiefeln, den Arm hochgereckt,

Lieder schmetternd, noch so auf. Was tun wir nur, denke ich, wir sind nicht mehr aufzuhalten, wir haben etwas entfacht, das stärker ist als wir.

Während ich den Gürtel aufmache, sehe ich Ruud im fahlen Licht neben dem Bett stehen, wie er mit schnellen Bewegungen seinen Gürtel aufmacht, und ich liege wieder in dem tiefen, weichen Bett, voller Erstaunen und Abscheu über meine Gefügigkeit. Es ist mir ein Rätsel, warum ich ständig etwas tue, was ich eigentlich nicht will.

Mit großer Mühe ziehen ihm Lien und Trix seine tadellos geputzten, schwarzglänzenden Schuhe aus. Um die Hose ausziehen zu können, muß man die Beine kurz loslassen. So wie Fechter und Boxer einen schwachen Moment des Gegners abwarten, um zuzuschlagen, benutzt der Schaffner diesen Augenblick für einen heftigen, gut gezielten Tritt. Trix taumelt rückwärts und faßt sich mit beiden Händen ans Gesicht.

»Ich werde euch …« keucht er.

Warum sie, denke ich, warum gerade Trix mit ihrem sowieso schon übel zugerichteten Gesicht? Aber sein nackter Fuß hat nicht viel Schaden angerichtet, sie erholt sich schnell. Ungehindert ziehe ich ihm die Hose aus.

Es hat kurz den Anschein, als sei seine Kraft gebrochen. Sein Oberkörper hängt schlaff auf Coras Schoß, die im Mittelgang halb kniet, halb sitzt. Es hätte der Kreuzabnahme Christi ähneln können – Cora als die schmerzlich trauernde Mutter und er als der jämmerlich gestorbene Märtyrer –, wenn sich da nicht anstelle eines weißen Keuschheitstüchleins so ein glänzender hellblauer Slip um seine Lenden spannen würde.

Wenn ich später heirate, denke ich, kaufe ich solche Slips für meinen Mann.

Was passiert nun? Zögern wir? Jede von uns ist uner-
gründlich. Taxierend sehen wir uns über den Körper des
Schaffners hinweg an.

»Wir machen weiter«, sagt Trix. Mit einer energischen
Kopfbewegung wirft sie ihre Mähne zurück.

»Los«, sie nickt mir zu.

Ich stehe neben ihm, meine Hände sind wie gelähmt.
Noch nie habe ich jemanden gesehen, der so in der Falle saß.

Er schaut, als stünden wir kurz davor, ihn durch das
geöffnete Fenster zu werfen, oder, schlimmer noch, als
wäre ihm ein solcher Tod lieber als das, was wir mit ihm
vorhaben.

Was wollen wir? Wollen wir uns rächen, ihn bis zum
äußersten demütigen? Oder wollen wir uns selbst eine
neue Art von Aufregung verschaffen, um den Alltagstrott
zu durchbrechen? Es ist mir unmöglich, mich in Bewegung zu setzen. Wäre ich doch ein mechanisches Spielzeug mit einem Schlüsselchen im Rücken, dann könnten
sie mich aufziehen, und ich würde diese Handlung unge-
rührt verrichten. Drei Augenpaare zwingen mich, es zu
tun, eines fleht mich an, es nicht zu tun. Ist das der Prüfstein ihrer Freundschaft? Muß ich nun beweisen, daß ich
ihrer Gesellschaft würdig bin?

»Laß mich nur machen«, sagt Trix.

Sie steht auf. Beschämt und erleichtert nehme ich ihren
Platz ein. Das wird ihr Akt werden, so ist es vorbestimmt,
ich sehe es an ihrem verführerischen Lächeln, als ihre Augen die des Schaffners suchen.

In einer letzten Kraftanstrengung brüllt er: »Rühr mich
nicht an, laß verdammt noch mal deine Finger von mir ...«

Verzweifelt krümmt und windet er sich, um sich aus

unserem Griff zu lösen, ich fühle die gespannten Muskeln seines Beins. Resolut faßt Trix den Slip mit beiden Händen und streift ihn über seine Hüften.

Gequält wendet er den Kopf ab. Ein Sonnenstrahl schafft es, durch den Nebel zu dringen und fällt genau ins Abteil, den Körper des Schaffners in eine warme Glut hüllend. Stille tritt ein, die durch das Dröhnen der Räder auf den Schienen betont wird.

Wie eine friedfertige Matrone läßt Cora ihren Blick über den nackten Körper gleiten. Alle Rachegefühle scheinen sie verlassen zu haben, ihr Griff um seine Arme ist schlaff geworden, und er hängt an ihr wie der verlorene Sohn, der in den Mutterschoß zurückgekehrt ist.

Gedankenlos streichelt Lien sein Bein und zieht dabei ständig die kurze Nase in eine Falte, um ihre Brille obenzuhalten, eine uns vertraute Angewohnheit.

Trix' normalerweise so gelangweiltes Gesicht ist nun voller Leben. Ihre Augen sind gerötet vor Aufregung, ihre Nasenflügel beben, und ihre Augen glänzen wie nie zuvor. So schön habe ich sie noch nie gesehen. Den hellblauen Slip hält sie wie einen Fetisch in der Hand.

Die Sonne scheint mir warm auf den Rücken. Ich spüre, wie die Spannung von mir weicht, so wie nach einem heftigen Gewitter der Himmel wieder aufklart. Von mir aus dürfte sich der Zug bis in die Unendlichkeit durch die Landschaft bohren, derweil wir das ewig andere, Fremde, Herausfordernde, Angsterweckende, Rührende anstarren.

Mit der Feierlichkeit einer Priesterin in der Antike beugt Trix sich vor und küßt ihn auf die Brust. Ein Schauder durchzuckt ihn, das Bein in meiner Hand bekommt wieder einen eigenen Willen. Langsam und bestimmt bewegen sich Trix' Lippen von seiner Brust bis zu seinem

Bauch, ihre Haare wie ein Fächer über ihm. Von seinem Bauch beschreibt sie einen Bogen über die Hüfte zu seinen Schenkeln, auf denen kurze Härchen glitzern.

Niemand von uns sagt etwas, es ist, als würden wir einem geheimen Ritual beiwohnen, in dem sich ein Wunder an seinem Geschlecht vollzieht, welches wächst und sich erhebt, bis es glühend und zum Äußersten gespannt auf seinem Bauch einen Schatten wirft. Wie in Trance küssen Trix' Lippen die Innenseite seiner Schenkel. Ein rauher Schrei, der unten aus seinem Bauch zu kommen scheint und von krampfhaften Zuckungen in der Brust und den Schultern begleitet wird, bereitet dem wohligen Gefühl, das uns beschlichen hat, abrupt ein Ende.

Trix erhebt sich, und ihr Rausch weicht Erstaunen, als sie sieht, daß er auf Coras Schoß liegend weint und versucht, sein Gesicht in den Falten ihres violetten Kleides zu verbergen. Cora streicht ihm wie eine alles verzeihende und verstehende Mutter tröstend übers Haar. Entsetzt über die Wirkung ihrer Liebkosungen zupft Trix nervös an der Unterhose, die sie immer noch in der Hand hält.

Der Zug verringert seine Geschwindigkeit.

Ich weiß nur, was in unserem Abteil geschah; das Gähnen und Husten, die stillen Blicke und vertraulichen Gespräche, die Irritationen und Träumereien im Rest des Zuges kann ich nur vermuten. Der Schaffner ist im Prinzip der einzige, der neutral bleibt, weil er während der Fahrt immer von einem Abteil zum anderen geht.

Unserer nicht. Der konnte seine Runde nicht zu Ende führen. Der Anblick eines Bahnhofs hat ihn wieder einigermaßen zur Besinnung gebracht. Er ist erschöpft aufgestanden, er hat schwankend die Schiebetür geöffnet.

»Warte«, sagt Cora, »deine Klamotten.«

Hastig sammeln wir seine Sachen zusammen. Er hört nicht hin. Wir existieren für ihn nicht mehr. Auf wackligen Beinen stolpert er zum Ausstieg, Cora wackelt mit uns im Schlepptau hinter ihm her.

»Zieh dich an«, ruft sie, »so kannst du doch nicht aussteigen.«

Wir stopfen Hose, Socken, Hemd, Krawatte, seine Brille und seine Tasche in die Jacke, binden sie mit den Ärmeln zu und drücken ihm das Bündel in die Arme. Verwundert, als reiche man ihm ein Findelkind, sieht er uns an.

Zum Glück wollen hier keine anderen Fahrgäste aussteigen. Hastig gehen wir wieder in unser Abteil, wir sind noch nicht am Ziel. Unsere aufgeregten, warmen Körper aneinandergeschmiegt, die Nasen an die Scheibe gedrückt, sehen wir den Schaffner aussteigen.

Auf dem Bahnsteig drängelt sich eine Menge Passagiere. Vor dem nackten Reisenden weichen sie verblüfft auseinander. Er schreitet mit dem Kleiderbündel vor der Brust durch die Reihen und starrt ernst vor sich hin, als trage er seinen ersten Sohn zum Taufbecken.

John Irving

Brennbars Fluch

Ernst Brennbar, mein Mann, widmete sich genüßlich seiner zweiten Zigarre und seinem dritten Cognac. Langsam stieg die Wärme in ihm hoch und rötete seine Wangen. Seine Zunge wurde träge und schwer. Er wußte, wenn er nicht bald etwas sagte, würde ihm die Kinnlade herunterklappen, und er würde rülpsen oder Schlimmeres tun. Sein schlechtes Gewissen rumorte in seinem Magen, und er dachte an die Flasche 64er Brauneberger Juffer Spätlese, die seiner großen Portion *Truite Metternich* Gesellschaft geleistet hatte, und seine roten Ohren pochten bei der lebhaften Erinnerung an den 61er Pommard Rugiens, in dem er sein *Bœuf Crespi* ertränkt hatte.

Brennbar warf mir quer über die leergegessenen Teller und Schüsseln hinweg einen Blick zu, aber ich befand mich gerade mitten in einem Gespräch über Minderheiten. Der Mann, der auf mich einredete, schien einer solchen anzugehören. Aus irgendeinem Grund hatte er auch den Ober in die Diskussion hineingezogen – vielleicht war's als eine Geste gemeint, um die Klassenschranken zu überwinden. Vielleicht lag es aber auch daran, daß mein Gesprächspartner und der Ober derselben Minderheit angehörten.

»Sie sind von so was natürlich unbeleckt«, sagte der Mann zu mir, doch ich hatte gar nicht richtig zugehört –

ich sah meinen Mann an, dessen Gesicht rote Flecken bekam.

»Na ja«, konterte ich, »ich kann mir aber ganz gut vorstellen, wie das gewesen sein muß.«

»Vorstellen!« rief der Mann. Er zupfte den Ober am Ärmel, als wollte er ihn um Hilfe bitten. »Wir haben es am eigenen Leib erfahren. Da können Sie Ihr *Vorstellungsvermögen* lange bemühen – Sie werden es uns nie richtig nachfühlen können. Wir mußten Tag für Tag damit leben!« Der Ober fand es angebracht, dem zuzustimmen.

Eine Frau, die neben Brennbar saß, sagte unvermittelt: »Das ist doch nichts anderes als das, was uns Frauen schon immer zugemutet worden ist – und heute noch zugemutet wird.«

»Ja«, sagte ich schnell, sah den Mann an und ging zum Gegenangriff über. »Sie zum Beispiel versuchen gerade, mich in eine Ecke zu drängen.«

»Von wegen – keine Form von Unterdrückung ist mit religiöser Unterdrückung zu vergleichen«, sagte er und zog, um seinen Worten Nachdruck zu verleihen, den Ober am Arm.

»Fragen Sie mal einen Schwarzen«, sagte ich.

»Oder eine Frau«, sagte die Frau neben Brennbar. »Sie reden, als hätten Sie ein Monopol auf Diskriminierung.«

»Ist doch alles blödes Gelaber«, sagte Brennbar und regte langsam seine träge Zunge. Die anderen verstummten und musterten meinen Mann, als hätte er soeben ein Loch in einen teuren Teppich gebrannt.

»Schatz«, sagte ich, »wir sprechen über Minderheiten.«

»Schließt mich das vielleicht aus?« fragte Brennbar. Er ließ mich in einer Wolke aus Zigarrenqualm verschwinden.

Die Frau neben ihm schien sich jedoch durch seine Bemerkung provoziert zu fühlen; sie reagierte hitzig.

»Wie mir scheint, sind Sie weder Schwarzer«, sagte sie, »noch Jude und schon gar nicht eine Frau. Sie sind noch nicht mal Ire oder Italiener oder so was. Ich meine: *Brennbar* – was ist das für ein Name? Ein deutscher?«

»*Oui*«, sagte der Ober. »Ein deutscher Name, das weiß ich genau.«

Und der Mann, dem es so viel Spaß gemacht hatte, auf mich loszugehen, sagte: »Ah, eine wunderbare Minderheit.«

Die anderen lachten – ich allerdings nicht. Mir waren die Signale vertraut, mit denen mein Mann zu erkennen gab, daß er bald die Beherrschung verlieren würde; der Zigarrenqualm, den er mir ins Gesicht blies, ließ auf ein ziemlich fortgeschrittenes Stadium schließen.

»Mein Mann ist aus dem Mittelwesten«, sagte ich vorsichtig.

»Ach, Sie armer Mensch«, sagte die Frau neben Brennbar und legte ihm mit gespieltem Mitleid die Hand auf die Schulter.

»Aus dem Mittelwesten – wie gräßlich«, murmelte jemand am anderen Ende des Tisches.

Und der Mann, der mit der Bedeutsamkeit, die er einem Minensuchgerät beimessen würde, den Ärmel des Obers festhielt, sagte: »Also, das ist nun mal eine echte Minderheit!« Gelächter erklang am ganzen Tisch, während ich sah, wie mein Mann ein weiteres Stück seiner Contenance verlor: Das las ich aus seinem starren Lächeln und der Art, wie er bedächtig den dritten Cognac hinunterschüttete und sich betont ruhig einen vierten einschenkte.

Ich hatte so viel gegessen, daß ich das Gefühl hatte, als wäre ich bis zum Dekolleté gefüllt, aber ich sagte: »Ich hätte gern noch ein Dessert, und Sie?« Dabei sah ich zu, wie mein Mann mit Bedacht den vierten Cognac kippte und sich sachte einen fünften einschenkte, ohne einen Tropfen zu verschütten.

Der Ober erinnerte sich seiner Aufgabe; er eilte davon, um die Speisekarte zu holen. Und der Mann, der versucht hatte, zwischen sich und dem Ober eine Art ethnischer Verbundenheit herzustellen, musterte Brennbar herausfordernd und sagte mit gönnerhafter Herablassung: »Ich wollte lediglich darauf hinweisen, daß die Mechanismen religiöser Unterdrückung schon immer wesentlich subtiler und allgegenwärtiger waren als die Diskriminierungen, derentwegen wir seit neuestem auf die Barrikaden gehen, mit all diesem Geschrei von rassistischen, sexistischen …«

Brennbar rülpste – es klang wie ein Schuß, wie der Knauf eines Messingbettgestells, der in einen Geschirrschrank geworfen wird. Auch diese Phase kannte ich; ich wußte nun, daß das Dessert zu spät kommen würde und daß mein Mann im Begriff stand, zum Angriff überzugehen.

»Die Mechanismen jener Diskriminierung«, begann Brennbar, »der ich in meiner Jugend ausgesetzt war, sind so subtil und allgegenwärtig, daß sich bis heute keine Gruppe gefunden hat, um dagegen zu protestieren, daß kein Politiker es gewagt hat, sie auch nur zu erwähnen, daß keine Bürgerrechtsbewegung einen Präzedenzfall vor ein Gericht gebracht hat. Nirgendwo, in keiner größeren oder kleineren Stadt, gibt es so etwas wie ein Ghetto, in dem die Betroffenen einander Halt geben könnten. Die Diskriminierung, der sie ausgesetzt sind, ist so total, daß sie sich sogar untereinander diskriminieren – sie schämen sich, daß sie so sind, wie sie sind, sie schämen sich, wenn sie allein sind, und sie schämen sich nur noch mehr, wenn sie mit Leidensgenossen gesehen werden.«

»Aber ich bitte Sie«, sagte die Frau neben Brennbar. »Wenn Sie von Homosexualität reden, dann müssen Sie doch zugeben, daß das heute nicht mehr ...«

»Ich rede von Pickeln«, sagte Brennbar. »Von Akne«, fügte er mit einem bedeutungsschweren und giftigen Blick in die Runde hinzu. »Von Pepeln«, sagte Brennbar. Die, die es wagten, starrten das vernarbte Gesicht meines Mannes an, als würden sie durch ein Lazarett in einem Katastrophengebiet geführt. Neben dem Schrecken, den dieser Anblick hervorrief, war unser Stilbruch, *nach* dem Cognac und den Zigarren ein Dessert zu bestellen, von untergeordneter Bedeutung. »Sie alle haben Leute mit Pikkeln gekannt«, sagte Brennbar anklagend. »Und Sie fanden die Pickel abstoßend, stimmt's?« Die anderen Gäste schlugen die Augen nieder, aber sein versehrtes Gesicht muß sich ihnen unauslöschlich eingeprägt haben. Diese Male, diese Narben sahen aus, als wären sie eingekerbt. Gott – er war wunderbar.

Einige Schritte von unserem Tisch entfernt verharrte der Ober und verweigerte die Herausgabe seiner Speisekarten an diese seltsame Gesellschaft, als fürchtete er, sie könnten von unserem Schweigen verschluckt werden.

»Glauben Sie vielleicht, es war leicht, in eine Drogerie zu gehen?« fragte Brennbar. »Eine ganze Kosmetiktheke, die Sie daran erinnert, und die Verkäuferin grinst Ihnen in das picklige Gesicht und sagt laut: ›Womit kann ich Ihnen helfen?‹ Als ob sie es nicht wüßte. Wenn sich schon die eigenen Eltern schämen. Diese zarten Andeutungen: Ihr Bettzeug wird getrennt gewaschen, und beim Frühstück sagt Ihre Mutter: ›Schatz, du weißt doch, das blaue Handtuch ist deins.‹ Und Sie sehen, wie Ihre Schwester blaß wird, aufspringt und nach oben rennt, um sich noch mal zu waschen. Diskrimination und Aberglauben! Herrgott – man könnte meinen, Pickel wären ansteckender als Tripper! Nach der Sportstunde fragt einer, ob ihm jemand seinen Kamm leihen kann. Sie bieten ihm Ihren an und sehen, wie er sich innerlich windet: Er betet um einen Ausweg, er stellt sich vor, wie Ihre Pickel sich auf seiner zarten Kopfhaut ausbreiten. Bis vor kurzem noch ein weitverbreiteter Irrtum. Bei Pickeln dachte man automatisch an Dreck. Leute, die Eiter produzieren, waschen sich eben nicht.

Ich schwöre beim Busen meiner Schwester«, sagte Brennbar (er hat keine Schwester), »daß ich mich dreimal täglich von Kopf bis Fuß gewaschen habe. Einmal habe ich mein Gesicht elfmal gewaschen. Jeden Morgen stand ich vor dem Spiegel, um die neuesten Entwicklungen zu begutachten. Wie das Zählen gefallener Feinde in einem Krieg. Vielleicht hat die Pickelcreme in der Nacht zwei verschwinden lassen, aber in derselben Zeit sind vier neue hinzugekommen. Man lernt, die größten Erniedrigungen zur unglücklichsten Zeit zu ertragen: Am Morgen des Tages, an dem Sie endlich mal eine Verabredung – mit einer Unbekannten – haben, erscheint auf der Oberlippe ein neuer Pickel, der den Mund ganz schief aussehen läßt. Und eines Tages wird von den paar Leuten, die Sie zur Not als Freunde bezeichnen könnten, aus irregeleitetem Mitleid oder aus abgrundtiefer, niederträchtigster Grausamkeit eine Verabredung für Sie arrangiert: eine Verabredung mit einem Mädchen, das *ebenfalls* ein Pickelgesicht hat! Tief gedemütigt sehen Sie beide das Ende des

Abends herbei. Haben die anderen vielleicht gedacht, Sie würden Tips austauschen oder Narben zählen?

Pepelismus!« schrie Brennbar. »Das das Wort dafür: Pepelismus! Und Sie, Sie alle, sind *Pepelisten*, da bin ich mir sicher«, murmelte er. »Sie haben ja keine Ahnung, wie schrecklich …« Seine Zigarre war ausgegangen; offensichtlich sehr erregt, zündete er sie umständlich wieder an.

»Nein«, sagte der Mann neben mir. »Oder vielmehr, ja … Ich kann verstehen, wie furchtbar das für Sie gewesen sein muß, wirklich.«

»Es war etwas ganz anderes als Ihr Problem«, sagte Brennbar finster.

»Nein, das heißt, ja – ich meine, eigentlich ist es doch etwas Ähnliches.« Er tastete sich unsicher vor. »Ich kann mir gut vorstellen, wie schlimm das …«

»*Vorstellen?*« sagte ich, plötzlich ganz Ohr, und verzog den Mund zu meinem schönsten Lächeln. »Und was haben Sie eben noch zu mir gesagt? Sie *können* ihm das gar nicht nachfühlen. Er mußte Tag für Tag damit *leben*.« Ich lächelte meinen Mann an. »Das waren wirkliche Pickel«, sagte ich zu dem, der mich vorhin angegriffen hatte. »Die kann man sich nicht vorstellen.« Dann beugte ich mich über den Tisch und streichelte liebevoll Brennbars Hand. »Gut gemacht, Schatz«, sagte ich. »Jetzt steht er mit dem Rücken zur Wand.«

»Danke«, sagte Brennbar, völlig entspannt. Seine Zigarre brannte wieder; er schwenkte das Cognacglas unter seiner Nase und schnupperte daran wie an einer Blume.

Die Frau neben Brennbar war unsicher. Sanft und fast zudringlich legte sie ihm ihre Hand auf den Arm und sagte: »Ach, jetzt verstehe ich: Sie haben uns ein bißchen auf den Arm genommen. Oder nicht?«

Brennbar hüllte sie in eine Rauchwolke, bevor sie Gelegenheit hatte, in seinen Augen zu lesen; ich kann auch so in seinen Augen lesen.

»Nein, er hat Sie nicht auf den Arm genommen – stimmt's, Schatz?« sagte ich. »Ich glaube, er hat es eher im übertragenen Sinn gemeint«, erklärte ich, und die anderen betrachteten Brennbar nur noch argwöhnischer. »Er wollte Ihnen vor Augen führen, wie es ist, als intelligenter Mensch in einer dummen Umwelt aufzuwachsen. Er meinte damit, daß Intelligenz etwas so Ausgefallenes – und so Seltenes – ist, daß Leute wie wir, die wir wirklich denken können, ständig von der Masse der Dummen diskriminiert werden.«

Die Mienen der Gäste hellten sich auf: Brennbar rauchte; er konnte ganz schön aufreizend sein.

»Natürlich«, fuhr ich fort, »bilden intelligente Menschen eine der kleinsten Minderheiten. Sie müssen den ungenierten Schwachsinn, die offenkundige Idiotie dessen ertragen, was *populär* ist. Für einen intelligenten Menschen ist Popularität die vielleicht größte Beleidigung. Und darum«, sagte ich und zeigte auf Brennbar, der wie ein Stilleben wirkte, »ist Akne eine ideale Metapher für das Gefühl, unpopulär zu sein, mit dem jeder intelligente Mensch fertig werden muß. Natürlich macht man sich als intelligenter Mensch unbeliebt. Intelligente Menschen sind das nun mal. Sie sind suspekt, weil man hinter ihrer Intelligenz eine Art Perversion wittert. Es ist ein bißchen wie das alte Vorurteil, daß Leute mit Pickeln sich nicht waschen.«

»Na ja«, sagte der Mann neben mir – er erwärmte sich langsam für das Thema, das, wie er zu glauben schien, wieder auf sichereren Grund zurückkehrte. »Der Gedanke, daß die Intellektuellen eine Art Volksgruppe darstellen, ist natürlich nicht neu. Amerika ist sowieso kein gutes Pflaster für Intellektuelle. Nehmen Sie nur das Fernsehen. Da sind Professoren automatisch kauzige Exzentriker mit dem Temperament einer Großmutter; alle Idealisten sind immer entweder Fanatiker oder Heilige, kleine Hitler oder Jesusse. Kinder, die lesen, tragen eine Brille und wünschen sich insgeheim, sie könnten so gut Baseball spielen wie die anderen. Wir beurteilen einen Mann lieber nach dem Geruch seiner Achselhöhlen. Und wir mögen es, wenn sein Geist von jener sturen Loyalität beherrscht wird, die wir an Hunden so bewundern. Aber ich muß schon sagen, Brennbar – die Analogie zwischen Ihren Pickeln und dem Intellekt ...«

»Nicht Intellekt«, berichtigte ich, »Intelligenz. Es gibt genauso viele dumme Intellektuelle wie dumme Baseballspieler. Intelligenz bedeutet lediglich die Fähigkeit, wahrzunehmen, was geschieht.« Aber Brennbar hüllte sich in dichten Zigarrenqualm, so daß nicht einmal seine Tischnachbarin seinen Standpunkt zu erkennen vermochte.

Der Mann, der einen Augenblick lang die Illusion genährt hatte, er wäre auf sichereren Grund zurückgekehrt, sagte: »Ich möchte bestreiten, Mrs. Brennbar, daß es genauso viele dumme Intellektuelle wie dumme Baseballspieler gibt.«

Brennbar stieß einen warnenden Rülpser aus – einen dumpfen, röhrenden Signalton, der sich anhörte wie eine Mülltonne, die einen Aufzugschacht runterfällt, während man selbst weit oben im 31. Stock unter der Dusche steht. (»Wer ist da?« ruft man in die leere Wohnung.)

»Wünschen die Herrschaften ein Dessert?« fragte der

Kellner und verteilte die Speisekarten. Er muß geglaubt haben, daß Brennbar darum gebeten hatte.

»Ich nehme *Pommes Normande en belle vue*«, sagte der Mann am unteren Tischende, der den Mittelwesten so gräßlich gefunden hatte.

Seine Frau bestellte den *Poudding alsacien*, eine kalte Nachspeise.

»Ich möchte die *Charlotte Malakoff aux fraises*«, sagte die Frau neben Brennbar.

Ich bestellte mir die *Mousse au chocolat*.

»Scheiße«, sagte Brennbar. Wie bildhaft das auch gemeint war – sein narbenzerfurchtes Gesicht war jedenfalls keine Einbildung.

»Ich wollte dir doch nur helfen, Schatz«, sagte ich, mit einem ganz neuen Ton in der Stimme, der mich beunruhigte.

»Du bist mir schon eine raffinierte Zicke«, sagte Brennbar.

Der Mann, für den sich der sichere Grund nun in einen gefährlichen Abgrund verwandelt hatte, saß in dieser unbehaglichen Atmosphäre widerstreitender Empfindlichkeiten und wünschte sich mehr Intelligenz, als er besaß. »Ich nehme die *Clafouti aux pruneaux*«, sagte er mit einem Grinsen.

»Natürlich«, sagte Brennbar. »Genau so hatte ich Sie eingeschätzt.«

»Ich auch, Schatz«, sagte ich.

»Hast du *sie* rausgekriegt?« fragte Brennbar mich und zeigte auf die Frau neben sich.

»Ach, sie war leicht«, antwortete ich. »Ich hab bei allen richtig gelegen.«

»Ich bei dir nicht«, sagte Brennbar. Er sah besorgt aus. »Ich war mir sicher, daß du dir mit jemandem den Savarin teilen würdest.«

»Brennbar ißt kein Dessert«, erklärte ich den anderen. »So etwas ist schlecht für seine Haut.«

Brennbar saß reglos, wie ein untergründig brodelnder Lavafluß. Da wußte ich, daß wir sehr bald aufbrechen würden. Ich sehnte mich schrecklich danach, mit ihm allein zu sein.

Barbara Gowdy

Dreiundneunzig Millionen
Meilen weit weg

Ali heiratete Claude, einen Schönheitschirurgen mit florierender Praxis, unter anderem, weil sie ihren langweiligen Verwaltungsjob kündigen wollte. Claude war total dafür. »Man lebt nur einmal«, sagte er. »Man hat immer nur einen Versuch.« Er gab ihr reichlich Geld und sagte, sie solle tun, was ihr gefiel.

Sie wußte nicht genau, was das war, außer in teuren Läden Kleider anzuprobieren. Claude schlug was mit Musik vor – sie liebte Musik –, also nahm sie Tanzunterricht und Klavierstunden und entdeckte, daß sie kein gutes Gehör und kein Gefühl für Rhythmus hatte. Manchmal wurde sie depressiv und nervte Claude mit Fragen nach den moralischen Aspekten der Schönheitschirurgie.

»Es kommt nur darauf an, unter welchem Aspekt man es betrachtet«, sagte Claude. Er nahm so leicht nichts übel. Ali solle es nicht so eng sehen, sagte er.

Er hatte recht. Sie beschloß, sich zu bilden, und begann nach einem strengen Stundenplan zu arbeiten. Sie las fünf Tage die Woche, fünf bis sechs Stunden am Tag: Romane, Theaterstücke, Biografien, Essays, Zeitschriftenartikel, Jahrbücher, das Neue Testament, *The Concise Oxford Dictionary, The Harper Anthology of Poetry.*

Aber obwohl sie nach einem Jahr dafür bekannt war, daß sie bei Dinnerpartys mit Namen oder Daten aufwarten konnte, die jemand anderem auf der Zunge lagen, war sie nicht besonders glücklich und fand sich nicht einmal klug. Im Gegenteil, sie fühlte sich dumm, wie eine Maschine, eine Fachidiotin, deren einziges Talent im Auswendiglernen bestand. Wenn sie überhaupt ein *schöpferisches* Talent besaß, und nur das bewunderte sie wirklich, würde sie es nicht finden, indem sie sich mit Fakten vollstopfte. Außerdem befürchtete sie, daß Claude wollte, sie käme allmählich zur Ruhe und kriegte ein Kind.

An ihrem zweiten Hochzeitstag kauften sie eine Eigentumswohnung mit Fenstern vom Boden bis zur Decke, und Ali beschloß, nicht mehr so intensiv zu lesen, sondern zu malen. Da sie weder vom Malen noch vom Zeichnen einen blassen Schimmer hatte, studierte sie Bilder in Kunstbüchern. Sie wußte, was ihr erstes Thema sein würde – sie selbst nackt. Vor ein paar Monaten hatte sie geträumt, sie habe ihre Signatur in der Ecke eines Gemäldes erspäht, und dem Gespräch der Männer, die es bewunderten (und ihr die Sicht versperrten), entnommen, daß es eine außerordentlich gute Aktstudie von ihr war. Der Traum erschien ihr wie ein Omen. Zwei Wochen lang studierte sie Proportionen, Hauttöne und Muskelspiel der Akte in den Büchern, dann ging sie los und kaufte Malutensilien und einen großen Standspiegel.

Ihren Arbeitsbereich richtete sie ungefähr in der Mitte des Wohnzimmers ein. Hier hatte sie Licht, ohne direkt vor dem Fenster zu stehen. Als sie dann soweit war anzufangen, stellte sie sich vor den Spiegel und streifte ihren weißen Frotteebademantel und ihren Pyjama aus rosa Baumwollflanell ab und ließ sie zu Boden fallen. Es erregte sie ein wenig, zu scheu, wie sie so sorglos ihre Kleidung abwarf. Sie versuchte eine Pose: die Hände locker gefaltet unter dem Bauch, die Füße vergraben im Bademantel auf dem Boden.

Aus irgendeinem Grunde konnte sie sich aber kein klares Bild davon machen, wie sie aussah. Gesicht und Körper erschienen ihr unscharf, beinahe geheimnisvoll, als ob sie eigentlich gut definiert seien, aber nicht für sie, beziehungsweise nicht von ihrem Standort aus.

Sie beschloß einfach anzufangen und abzuwarten, was passierte. Sie machte eine Bleistiftzeichnung von sich, ausgestreckt auf einem Stuhl. Sie fand sie richtig gut, obwohl sie es im Grunde natürlich nicht beurteilen konnte. Aber es wirkte, als stimmten die Proportionen mit Absicht nicht, und die ausgebreiteten Arme und der lange, gebogene Hals waren auf angenehme Art einfach. Gerade, weil sie sich nicht hatte schmeicheln wollen, hatte sie sich vielleicht endlich einmal so etwas wie eine Vision von sich selbst abgerungen.

Am nächsten Morgen stand sie ungewöhnlich früh auf, nicht lange, nachdem Claude die Wohnung verlassen hatte, und entdeckte, daß durch die Lücke zwischen ihrem Haus und dem Apartmenthaus nebenan das Sonnenlicht von oben schräg in ihr Wohnzimmer strömte. Soweit sie wußte, kriegte sie trotz der Riesenfenster nur hier direktes Licht. Sie beschloß, es zu nutzen, solange es da war, und stellte Staffelei, Stuhl und Spiegel näher ans Fenster. Dann zog sie Bademantel und Pyjama aus.

Ein paar Augenblicke lang stand sie da, betrachtete sich und überlegte, was sie zu der Skizze inspiriert hatte. Heute war sie geneigt, sich als im großen und ganzen nicht übel anzusehen. Was jedoch bestimmte Einzelheiten betraf, ob zum Beispiel ihre Brüste zu klein waren oder ihre

Augen zu eng zusammenstanden, tappte sie weiterhin im dunkeln.

Empfanden andere Menschen ihr Aussehen auch als undefiniert? Claude sagte ihr immer, sie sei schön, aber so, wie er es sagte – »Für mich bist du schön« oder »Ich finde, daß du schön bist« –, klang es, als solle sie begreifen, daß sein Geschmack bei Frauen unkonventionell sei. Ihr einziger Freund vor Claude, ein Typ namens Roger, hatte immer gesagt, sie sei toll, aber nie genau, wie toll. Wenn sie zusammen schliefen, hielt Roger gern seinen Penis unten fest und beobachtete, wie er in sie hinein- und hinausfuhr. Einmal sagte er, an manchen Tagen werde er im Büro so scharf, daß ihn sogar sein Bleistift anturne. (Wenn schon, fand sie, dann sein Bleistiftspitzer.)

Vielleicht gehörte sie zu den Menschen, die attraktiver wirken, wenn sie in Stimmung sind. Sie probierte es. Sie lächelte und warf den Kopf hin und her, sie steckte sich das Haar hinter die Ohren. Sie bedeckte ihre Brüste mit den Händen. Über ihr Dekolleté glitt langsam ein Schweißtropfen, es fühlte sich an wie eine Zungenspitze. Mit den Handflächen rieb sie ihre Brustwarzen, bis sie hart wurden. Sie stellte sich eine Männerhand vor … Claudes nicht – eine Männerhand, aber nicht die eines bestimmten Mannes. Sie schaute aus dem Fenster.

In der Wohnung gegenüber sah sie einen Mann.

Sie sprang zur Seite hinter die Vorhänge. Ihr Herz klopfte heftig, als ob ein großes Auto vorbeigedonnert wäre. Sie blieb stehen und schlang die Arme um sich. Die Vorhänge rochen bitter, nach Kohl. Sie legte die rechte Hand schützend auf die linke Brust. Ihr Herz schlug so sehr, daß sie meinte, sie hielte es direkt in der Hand.

Nach einer Weile merkte sie, daß sie mit beiden Handflächen wieder ihre Brustwarzen rieb. Sie hielt erstaunt inne und machte dann weiter. Aber mit derselben skeptischen Erregung, die sie immer befiel, wenn sie wußte, *sie* bewegte das Buchstabenbrett bei spiritistischen Sitzungen nicht. Und dann bewegten sich ihre Füße wie von allein und trugen sie hinter den Vorhängen hervor in eine überirdische Helligkeit.

Sie ging zu der Staffelei, nahm Pinsel und Palette und begann eine Hautfarbe zu mischen. Sie sah weder zum Fenster noch in den Spiegel. Sie fühlte sich wie in Trance, als stehe sie am Rande einer Felsenklippe. Bei den ersten Pinselstrichen tropfte es, deshalb ging sie dazu über, die Leinwand zu betupfen, und dabei entstand etwas, das Federn ähnelte. Die Farbe spritzte auf ihre Haut, aber sie kümmerte sich nicht darum und tupfte immer weiter, Schicht auf Schicht, bis sie keine direkte Sonne mehr hatte. Dann tunkte sie einen Lappen in Terpentin und wischte sich Hände, Brüste und Bauch ab.

Sie dachte an die Sonne. Daß sie dreiundneunzig Millionen Meilen weit weg ist und ihr Energievorrat noch für fünf Milliarden Jahre reicht. Anstatt an den Mann zu denken, der sie beobachtete, versuchte sie, sich an eine Sonnenkarte zu erinnern, die sie sich vor ein paar Jahren genau eingeprägt hatte.

Die Oberflächentemperatur beträgt 3315 Grad Celsius, dachte sie. Wenn man die Zahl mit zwei malnimmt, weiß man, wie groß die Oberfläche der Sonne ist und wieviel größer sie ist als die der Erde. Allerdings ist die Sonne ein Ball aus heißem Gas und hat gar keine Oberfläche.

Als sie sich die Farbe abgerieben hatte, ging sie in die Küche, um das Terpentin mit Wasser und Seife abzuwaschen. Die Augen des Mannes verfolgten sie. Das wußte sie, ohne daß sie zum Fenster schauen mußte. Sie knipste die Lampe über dem Abwaschbecken an, seifte das Spültuch ein und fing an, sich die Haut abzuwischen. Es war gar nicht notwendig, daß sie sich auch die Arme säuberte, aber sie hob sie nacheinander hoch und fuhr mit dem Tuch darüber. Sie wischte sich die Brüste ab. Sie schien sich seinen prüfenden Blick zu eigen zu machen, als ob sie sich mit seinen Augen betrachtete. Aus seiner Perspektive konnte sie nun ihren Körper sehr deutlich sehen – ihr glänzendes, rotschimmerndes Haar, ihre schmale Taille, ihren herzförmigen Po und wie sie verträumt den Kopf hielt.

Sie fing an zu zittern. Sie wrang das Tuch aus, legte es zusammengefaltet über den Wasserhahn und tupfte sich mit einem Geschirrtuch trocken. Dann tat sie so, als untersuche sie ihre Fingernägel, drehte sich dabei um und ging zum Fenster. Sie schaute hoch.

Da stand er, im Fenster gegenüber, aber einen Stock höher. Bei ihrem kurzen Blick vor einer Viertelstunde hatte sie dunkles Haar und ein weißes Hemd registriert. Jetzt sah sie ein langes, älteres Gesicht, einen Mann, vielleicht um die Fünfzig. Eine grüne Krawatte. Sie hatte ihn heute morgen schon einmal gesehen – einen raschen, (ihrer Meinung nach) gleichgültigen Blick auf einen Mann in seiner Küche geworfen, der fernsah und von Zimmer zu Zimmer ging. Ein Junggeselle, der neben ihr wohnte. Sie drückte die Handflächen ans Fenster, und er trat ins Dunkle zurück.

Von ihrem Atem beschlug die Scheibe. Sie lehnte sich mit dem Körper dagegen, preßte die Brüste an das kühle Glas. Hier direkt am Fenster war sie sowohl von seiner Wohnung aus zu sehen als auch von der darunter, deren

Jalousien geschlossen waren. »Wie ein Pranger, so sieht jedes Fenster aus«, dachte sie. Immer wieder kamen ihr mehr oder weniger passende Zeilen aus Gedichten, die sie im letzten Jahr gelesen hatte, in den Kopf. Sie hatte das Gefühl, als beobachte er sie immer noch, sehnte sich aber geradezu nach einem Beweis.

Als klar war, daß er sich nicht mehr zeigen würde, lief sie ins Schlafzimmer. Dessen Fenster gingen nicht auf das Nachbarhaus, sie schloß sie aber trotzdem, legte sich dann ins Bett und deckte sich zu. Zwischen ihren Beinen war ein zartes Pochen, sie mußte sich ein Kissen dazwischenschieben. So fühlen sich garantiert Sexsüchtige, dachte sie, Vergewaltiger, Kinderschänder.

Sie sagte sich: »Du bist ja eine amtlich beglaubigte Exhibitionistin.« Sie lachte erstaunt, beinahe jubelnd, fiel aber in dunkles Erstaunen, als sie allmählich begriff, daß sie das wirklich war, sie war *wirklich* eine Exhibitionistin. Und zwar seit Jahren, zumindest hatte sie seit Jahren darauf hingearbeitet, eine zu werden.

Warum zum Beispiel wohnten sie und Claude hier, ganz ordinär im Erdgeschoß? Etwa nicht wegen der Fenster vom Boden bis zur Decke genau gegenüber den Fenstern des Nachbarhauses?

Und wie war das noch gewesen, als sie zwölf war und von dem Gedanken, anderen Leuten auf den Rasen zu pinkeln, so besessen, daß sie sich eines Nachts, als alle schliefen, aus dem Haus schlich und es wirklich tat? Auf den Rasen der Eigenheime nebenan pinkelte, noch dazu direkt unter einer Straßenlampe!

Und vor zwei Jahren, als sie den ganzen Sommer lang keine Schlüpfer getragen hatte? Sie hatte eine leichte Hefepilzinfektion gehabt und gelesen, es sei gut, zu Hause, wenn irgend möglich, keine Unterhosen zu tragen, aber sie hatte auch in der Öffentlichkeit, auf Parties und in Bussen, keine mehr getragen, auch unter Röcken und Kleidern nicht, und sie mußte gewußt haben, daß das ein bißchen zu weit ging, denn sie hatte es Claude verschwiegen.

»O Gott«, sagte sie kläglich.

Sie erstarrte, erschreckt darüber, wie theatralisch das klang. Das Herz schlug ihr in der Kehle. Sie tastete mit dem Finger danach. Wie zerbrechlich eine Kehle war. Sie stellte sich vor, wie sie sich mit der Hand um ihre Kehle fuhr und den Mann erregte.

Was passierte hier eigentlich? Was war mit ihr los? Vielleicht war *sie* zu erregt, um von sich geschockt zu sein. Sie bewegte die Hüften, rieb den Unterleib an dem Kissen. Nein, sie wollte nicht masturbieren. Das würde alles ruinieren.

Was ruinieren?

Sie schloß die Augen und sah den Mann vor sich. Sie empfand auf einmal ein heftiges Begehren. Als habe sie ihr ganzes Leben lang auf einen Mann mittleren Alters mit langem Gesicht, weißem Hemd und grüner Krawatte gewartet. Vermutlich stand er immer noch in seinem Wohnzimmer und beobachtete ihr Fenster.

Sie setzte sich, warf die Zudecken ab.

Ließ sich wieder aufs Bett fallen.

Das war verrückt. Das war wirklich verrückt. Was, wenn er ein Vergewaltiger war? Was, wenn er genau in diesem Moment unten stand und ihren Namen vom Briefkasten ablas? Oder was, wenn er einfach nur einsam war und ihr Sich-zur-Schau-Stellen als Aufforderung begriff, sie anzurufen und um ein Rendezvous zu bitten?

Sie wollte gar nicht mit ihm ausgehen. Sie wollte keine Affäre.

Ungefähr eine Stunde lang überlegte sie hin und her, dann schlief sie ein. Als sie kurz nach zwölf aufwachte, war sie ganz ruhig. Sie war überzeugt, daß sie sich vorher in diese überreizte Stimmung hineingesteigert hatte. Sie machte also einen Typen scharf, na und? Dann war sie eben ein bißchen exhibitionistisch. Das waren bestimmt die meisten Frauen. Ganz instinktiv, es war ein Nebeneffekt der Tatsache, daß sie beim Geschlechtsakt die Empfangenden waren.

Sie beschloß, zu Mittag zu essen und dann spazierenzugehen. Während sie sich ein Sandwich machte, vermied sie den Blick zum Fenster, aber kaum saß sie am Tisch, konnte sie nicht widerstehen.

Er war nicht da, und trotzdem hatte sie das Gefühl, als beobachte er sie, bleibe aber im Dunkeln. Sie fuhr sich mit der Hand durchs Haar. »Himmelherrgott«, sagte sie vorwurfsvoll zu sich selbst, aber sie war schon bei ihm. Wieder war es, als seien ihre Augen in seinem Kopf, sie ersetzten sie aber nicht. Sie wußte, er wollte, daß sie mit der Hand in ihre Jogginghosen glitt. Das tat sie. Sie beobachtete sein Fenster, nahm die Hand wieder heraus und leckte sich die nassen Finger ab. In dem Augenblick hätte sie für ein Zeichen, daß er zusah, bezahlt.

Nach ein paar Minuten begann sie, an den Fingernägeln zu kauen. Sie war auf einmal deprimiert. Sie streckte die Hand aus, zog den Vorhang vors Fenster und aß ihr Sandwich. Als sie in das Brot biß, zitterte ihr der Mund wie einer alten Frau. »... die unsre sterbliche Natur / Staunend erzittern ließ als sündig Ding«, zitierte sie. Sie fühlte sich aber nicht schuldig. Sie war auch nicht frustriert, nicht sexuell frustriert. Dieses ausgelaugte, traurige Gefühl war ihr nicht unbekannt – es überkam sie bei ganz intensiven Empfindungen. Wenn sie einen Orgasmus gehabt oder den ganzen Tag Kleider in Läden anprobiert hatte.

Sie aß ihr Sandwich auf und machte in ihren neuen Torerohosen und dem engen schwarzen Rollkragenpullover einen langen Spaziergang. Als sie nach Hause kam, war Claude schon da. Er fragte, ob sie wieder nackt gearbeitet hätte.

»Natürlich«, sagte sie geistesabwesend. »Muß ich doch.« Sie sah an ihm vorbei auf die zugezogenen Gardinen des Mannes. »Claude«, sagte sie plötzlich, »bin ich schön? Ich meine, nicht nur für dich. Bin ich objektiv schön?«

Claude war überrascht. »Hm, jaa«, sagte er. »Klar doch. Verdammt noch mal, ich hab dich schließlich geheiratet, oder etwa nicht? He!« Er trat einen Schritt zurück. »Wow!«

Sie zog sich aus. Als sie nackt war, sagte sie: »Denk nicht an mich als deine Frau. Einfach nur als Frau. Eine von deinen Patientinnen. Bin ich schön oder nicht?«

Er machte eine Schau daraus, sie von oben bis unten zu taxieren. »Nicht schlecht«, sagte er. »Es kommt natürlich darauf an, was du mit schön meinst.« Er lachte. »Was ist los?«

»Ich meine es ernst. Du findest nicht, daß ich irgendwie … normal aussehe? Unscheinbar, weißt du.«

»Natürlich nicht«, sagte er liebevoll. Er streckte die Arme nach ihr aus und zog sie an sich. »Willst du einen harten Beweis?« sagte er.

Sie gingen ins Schlafzimmer. Es war dunkel, weil die Vorhänge immer noch zugezogen waren. Sie machte die

Nachttischlampe an, aber als er ausgezogen war, machte er sie wieder aus.

»Nein«, sagte sie vom Bett aus, »laß sie an.«

»Was? Willst du es hell haben?«

»Zur Abwechslung mal, ja.«

Am nächsten Morgen stand sie vor ihm auf. Sie hatte kaum geschlafen. Während des Frühstücks sah sie zum Nachbarhaus hinüber, von dem Mann keine Spur. Was nicht unbedingt hieß, daß er nicht da war. Sie konnte gar nicht abwarten, daß Claude ging, damit sie nicht länger so tun mußte, als sei sie nicht angeturnt. Es nagte an ihr, daß sie das Interesse des Mannes vielleicht überschätzt oder falsch gedeutet hatte. Woher sollte sie das wissen? Vielleicht war er schwul. Oder hing so an einer bestimmten Frau, daß ihn alle anderen Frauen anekelten. Er konnte auch Puritaner, Priester oder ein Wiedergeborener sein. Oder verrückt.

In dem Moment, in dem Claude die Wohnung verließ, zog sie sich aus und begann mit der Arbeit an dem Bild. Sie stand im Sonnenlicht, mischte Farben, setzte sich dann in ihrer ausgestreckten Pose auf den Stuhl, besah sich im Spiegel, stand wieder auf, malte, ohne viel Aufmerksamkeit darauf zu verschwenden, Rippen und spitze Brüste und warf alle paar Sekunden einen Blick zu dem Fenster.

Eine Stunde verging, bis sie dachte, heute kommt er nicht. Sie sank auf den Stuhl, schwach vor Enttäuschung, obwohl sie wußte, daß er sehr wahrscheinlich nur zur Arbeit hatte gehen müssen und sie einfach nur Glück gehabt hatte, daß er gestern zu Hause gewesen war. Einsam und verlassen starrte sie ihr Bild an. Zu ihrer Verblüffung hatte sie etwas ziemlich Interessantes hingekriegt: Brüste wie

Picassoaugen. Möglicherweise, dachte sie matt, bin ich ein Naturtalent.

Sie stellte den Pinsel in Terpentin und vergrub das Gesicht in den Händen. Auf ihrem Haar spürte sie die Sonne, die in ein paar Minuten hinter dem Haus verschwinden würde, und wenn sie dann wollte, daß er sie richtig gut sehen konnte, mußte sie sich direkt ans Fenster stellen. Sie sah sich schon den ganzen Tag da stehen. Du machst dich lächerlich, schalt sie sich. Du bist ganz schön durchgeknallt.

Sie warf wieder einen Blick zum Fenster hoch.

Er war da.

Sie setzte sich gerade hin. Stand langsam auf. Bleib da, betete sie. Er blieb da. Sie ging zum Fenster, mit den Fingerspitzen berührte sie flüchtig ihre Oberschenkel. Am Fenster blieb sie vollkommen still stehen. Er stand auch vollkommen still. Er trug wieder ein weißes Hemd, aber keinen Schlips. Er war so nahe, daß sie das Dunkle um seine Augen erkannte, wenn sie auch nicht feststellen konnte, wohin er sah. Aber seine Augen schienen in ihren Kopf einzudringen wie eine Droge, und sie fühlte sich auf seine Blickrichtung eingestellt. Sie sah sich selbst – überraschend schlank, gefaßt, aber ängstlich – durch das Glas und vor dem Hintergrund der weißen Zimmerwand.

Nach ein, zwei Minuten ging sie zu dem Stuhl, nahm ihn und trug ihn zum Fenster. Sie setzte sich mit dem Gesicht zu ihm hin, die Knie auseinander. Er war so reglos wie ein Bild. Sie auch, weil ihr plötzlich wieder einfiel, daß er vielleicht schwul oder irre war. Sie versuchte, ihn streng anzuschauen. Sie bemerkte sein Alter und sein trauriges, korrektes Aussehen. Und die Tatsache, daß er am Fenster blieb und sein Interesse bekundete.

Nein, das war der Mann, den sie sich vorgestellt hatte. Ich bin wie ein Geschenk für ihn, dachte sie und spreizte die Beine. Ich bin sein Traum, der wahr wird. Sie fing an, mit den Hüften zu kreisen. Mit den Fingern beider Hände zog sie ihre Schamlippen auseinander.

Etwas in ihrem Kopf klammerte sich an die Person, die sie bis gestern gewesen war, und versuchte, sie zurückzuhalten. Sie hatte das Empfinden, als stehe es hinter dem Stuhl; lauter anschauliche, eindringliche, aber irrelevante Warnungen, die sie natürlich keines Blickes würdigte. Sie behielt den Mann im Blick. Sie hob die linke Hand zu ihren Brüsten und fing an, die Brustwarzen zu reiben und zu drücken und die Finger darauf im Kreis zu bewegen. Der Mittelfinger ihrer rechten Hand glitt in ihre Vagina, die Handfläche massierte ihre Klitoris.

Er bewegte sich nicht.

Du küßt mich, dachte sie. Sie fühlte seine Lippen geradezu, kühl und weich glitten sie saugend an ihrem Bauch hinunter. Du küßt mich. Sie stellte sich seine Hand unter ihr vor, die sie wie eine Schale zu den Lippen führte.

Sie kam.

Ihr Körper bäumte sich auf. Ihre Beine zitterten. Das hatte sie noch nie erlebt. Sie sah, was er sah, wurde Zeugin eines Akts erschreckender Verletzlichkeit. Es hörte gar nicht auf. Sie sah die selbstlose Liebe in ihrem Handeln, ihren überströmenden Leichtsinn und die Unterwerfung darin. Es inspirierte sie zur zärtlichsten Liebe zu sich selbst. Der Mann rührte sich nicht, bis sie schließlich aufhörte sich zu bewegen. Dann hob er eine Hand – um ihr ein Zeichen zu geben, dachte sie, aber er schloß die Vorhänge.

Sie blieb ausgestreckt auf dem Stuhl sitzen. Sie war verwundert. Sie konnte es nicht glauben. Sie konnte ihm nicht glauben. Woher wußte er, daß er so ruhig stehen bleiben und sie einfach nur beobachten sollte? Sie vermied den Gedanken, daß er genau in diesem Moment wahrscheinlich onanierte. Sie beschäftigte sich nur mit dem, was sie gesehen hatte, und das war ein totenstiller Mann, dessen Augen sie über ihren Körper hatte wandern fühlen, so wie Augen in bestimmten Porträts einem durchs Zimmer folgen.

Die nächsten drei Vormittage verliefen gleich. Er trug sein weißes Hemd, sie masturbierte in dem Stuhl, er schaute zu, ohne sich zu rühren, sie kam spektakulär, er schloß die Vorhänge.

Danach ging sie Kleider kaufen oder Leute besuchen. Alle sagten ihr, sie sehe großartig aus. Nachts im Bett war sie so leidenschaftlich, daß Claude mehrmals fragte: »Was, zum Teufel, ist über dich gekommen?« Aber er fragte es glücklich, er sah einem geschenkten Gaul nicht ins Maul. Sie war richtig verliebt in Claude, nicht aus Schuldbewußtsein, sondern weil sie so hochgestimmt war. Sie hütete sich natürlich, zu beichten. Sie glaubte auch gar nicht, daß sie ihn mit dem Mann aus dem Nachbarhaus betrog. Ein Mann, der sie weder berührt noch mit ihr gesprochen hatte, der für sie ohnehin nur von der Taille aufwärts existierte und sich nie bewegte, außer, um seine Vorhänge zuzuziehen, der zählte doch nicht als Geliebter?

Am vierten Tag, einem Freitag, erschien der Mann nicht. Zwei Stunden wartete sie auf dem Stuhl. Schließlich ging sie zur Couch und sah fern, behielt das Fenster mit einem Auge aber immer im Blick. Sie sagte sich, daß er bestimmt zu einem dringenden Termin oder früh zur

Arbeit mußte. Sie war aber trotzdem unruhig. Irgendwann am späten Nachmittag, als sie nicht hinsah, schloß er die Vorhänge.

Am Samstag und Sonntag schien er nicht zu Hause zu sein – die Vorhänge waren zu und die Lichter aus. Sie hätte aber sowieso nichts machen können, weil Claude da war. Kaum war Claude am Montagmorgen gegangen, saß sie nackt auf ihrem Stuhl. Sie wartete bis halb elf, zog dann die Torerohosen und das weiße Korsagentop mit dem Nackenträger an und ging spazieren. Sie mußte immer wieder an diese tröstliche Zeile aus *Romeo und Julia* denken: »Der, welchen Blindheit schlug, kann nie das Kleinod / Des eingebüßten Augenlichts vergessen.« Sie ärgerte sich über den Mann, weil er nicht so interessiert war wie sie. Sie schwor sich, wenn er morgen an seinem Fenster stand, würde sie die Vorhänge demonstrativ zuziehen.

Aber wie sollte sie ihn ersetzen, was sollte sie tun? Stripteasetänzerin werden? Sie mußte lachen. Abgesehen von der Tatsache, daß sie eine anständig verheiratete Frau und wahrscheinlich zehn Jahre zu alt war und ums Verrecken nicht tanzen konnte, wollte sie als allerletztes, daß ein Haufen sabbermäuliger, glotzäugiger Betrunkener nach ihren Brüsten grabschte. Sie wollte einen Mann, und sie wollte, daß er ein trauriges, intelligentes Auftreten und die Beherrschung besaß, sie zu beobachten, ohne mit der Wimper zu zucken. Sie wollte, daß er ein weißes Hemd trug.

Als sie auf dem Heimweg an seinem Haus vorbeikam, blieb sie stehen. Es war ein herrschaftliches Gebäude, in Luxusapartments aufgeteilt. Geld hat er also, dachte sie. Die Schlußfolgerung lag auf der Hand, aber bisher war ihr absolut einerlei gewesen, wer er war.

Sie stieg die Treppe hoch, faßte an die Tür, die offen war, und ging hinein.

Die Briefkästen waren von eins bis vier numeriert. Nummer vier mußte seiner sein. Sie las den Namen auf dem Schild: Dr. Andrew Halsey.

Wieder zu Hause, suchte sie ihn im Telefonbuch unter »Ärzte« und stellte fest, daß er wie Claude Chirurg war. Aber für Allgemeinchirurgie, einer, der Tumore und kranke Organe entfernt. Vermutlich im Dienst. Bestimmt sehr engagiert, wie es sich für Chirurgen gehört.

Da mußte sie ihm wohl verzeihen, daß er manchmal nicht am Fenster stehen konnte.

Am nächsten und am übernächsten Morgen war Andrew (so nannte sie ihn jetzt in Gedanken) wieder da. Am Donnerstag nicht. Sie bemühte sich, nicht enttäuscht zu sein. Sie stellte sich vor, wie er Menschen das Leben rettete, indem er sein Skalpell in wunderbar präzisen Schnitten über die Haut zog. Damit sie was zu tun hatte, arbeitete sie an ihrem Bild. Sie malte fischähnliche Augen, eine Hakennase, einen Mund voller Zähne. Sie arbeitete schnell.

Am Freitagmorgen war Andrew da. Als Ali ihn sah, stand sie auf und preßte ihren Körper an das Fenster, wie am ersten Morgen. Dann ging sie zu dem Stuhl, drehte ihn um und beugte sich darüber, mit dem Rücken zu ihm. Sie masturbierte, indem sie sich von hinten streichelte.

Nachmittags kaufte sie ihm ein teures, starkes Fernglas, wickelte es in braunes Papier, adressierte es und deponierte es auf dem Boden vor seinem Briefkasten. Das ganze Wochenende beschäftigte sie der Gedanke, ob er verstehen würde, daß sie es ihm geschenkt hatte, und ob er es benutzen würde. Sie hatte erwogen, eine Nachricht dazuzulegen – »Für unsere Vormittage« oder so was –, aber eine solch direkte Kommunikation schien den Pakt zwischen ihnen zu verletzen. Das Fernglas allein war schon ein Risiko.

Am Montag, sogar noch bevor sie den Bademantel ausgezogen hatte, kam er hinten aus dem Zimmer zum Fenster, das Fernglas vor den Augen. Weil sein Gesicht fast ganz von dem Fernglas und seinen Händen bedeckt war, sah er aus, als sei er maskiert. Ihre Beine zitterten. Als sie sie spreizte und ihre Schamlippen auseinanderzog, krochen seine Augen an ihr hoch. Sie masturbierte, kam aber nicht und versuchte es auch nicht, obwohl sie die Schau abzog, daß sie kam. Sie ging so in seinem Interesse auf, daß es ihr vorkam, als sauge ihre Lust seine Lust ab, ein frühes, kindliches Genießen, das unwiederbringlich verloren war.

Später, mit Claude, kam sie. Nach dem Abendessen zog sie ihn aufs Bett. Sie tat so, als sei er Andrew, beziehungsweise stellte sie sich einen dunklen, schmalgesichtigen, schweigenden Mann vor, der mit offenen Augen mit ihr schlief, sich aber anfühlte und roch wie Claude und den sie liebte und dem sie vertraute wie Claude. Mit dieser Kreuzung aus zwei Partnern war sie imstande, sich soweit zu entspannen, daß sie darauf achtete, daß Claude und sie sich so küßten und bewegten, wie sie es brauchte. Bisher hatte sie nie genug Selbstvertrauen dazu gehabt. Als sie am nächsten Morgen für Andrew masturbierte, geriet sie in höchste Ekstase, als seien ihre Orgasmen mit ihm die Phantasie gewesen und ihre vorgetäuschten Orgasmen die Wirklichkeit. Nicht zu kommen entließ sie ganz in seinen Traum von ihr. Die Vorstellung überhaupt war nur für ihn – Möse, Arsch, Mund, Kehle seinem alles vergrößernden Blick dargeboten.

Etliche Wochen lang tauchte Andrew regelmäßig morgens an den fünf Werktagen auf, und sie lebte in einem Zustand der Euphorie. Nachmittags arbeitete sie an ihrem Bild, allerdings ohne große Konzentration, da es nicht mehr wichtig zu sein schien, es zu beenden, obwohl es so gut wurde. Claude blieb bei seiner Behauptung, es sei immer noch sehr ein Selbstporträt, was Ali beleidigend fand, da die Frau so offensichtlich primitiv war und so einen stumpfen, kalten Blick hatte.

Sie mußte jetzt nicht mehr nackt arbeiten, schon gar nicht nachmittags, aber sie tat es trotzdem, aus Gewohnheit und Bequemlichkeit und wegen der geringfügigen Möglichkeit, daß Andrew zu Hause war und durch die Vorhänge spähte. Beim Malen dachte sie darüber nach, warum sie so exhibitionistisch und süchtig danach war, daß ein fremder Mann sie betrachtete. Natürlich wollen alle und alles bis zu einem gewissen Grade betrachtet werden, dachte sie. Blumen, Katzen, alles, was sich schmückt oder glänzt, Kinder, die »Schaut mich an!« rufen. An manchen Vormittagen hatten ihre Episoden mit Andrew absolut nichts mit sexuellem Begehren zu tun. Sie waren von Anfang bis Ende ein Sich-Darbieten, sich aus vollem Herzen dem ergeben, was sich wie das allererste und reinste allen Begehrens anfühlt, und es ging nicht um Sex, sondern es wurde zufällig durch einen sexuellen Akt ausgedrückt.

Eines Nachts träumte sie, daß Andrew sie operierte. Über der Chirurgenmaske waren seine Augen ausdruckslos. Er hatte sehr lange Arme. Wie mit seinen Augen konnte sie den senkrechten Schnitt sehen, der zwischen ihren Brüsten zu ihrem Nabel verlief. Die Haut zu beiden Seiten des Schnitts rollte sich wie Pergament zurück. Ihr

Herz war leuchtendrot und vollkommen herzförmig. Alle anderen Organe glitzerten in Gelb- und Orangetönen. Das müßte jemand fotografieren, dachte sie. Andrews behandschuhte Hände schienen sich kaum zu bewegen, obwohl sie lange, silberne Instrumente schwangen. An seinen Händen war kein Blut. Sehr vorsichtig, so daß sie es kaum spürte, schob er ihre Organe zur Seite und zupfte an ihren Adern und Sehnen. Manchmal holte er eine Sehne heraus und ließ sie in eine Petrischale fallen. Es war, als jäte er Unkraut in einem Garten. Ihr Herz pochte. Eine Sehne wand sich rings um ihr Herz, und als er daran zog, spürte sie, daß das andere Ende ihre Vagina umgab, und als sich das entrollte, empfand sie das Vollkommenste und Feinste, das sie je erlebt hatte. Sie hatte Angst, daß sie kommen und er sie aus Versehen erstechen würde, weil sie zitterte und zuckte. Sie wachte auf, als sie kam.

Der Traum verfolgte sie den ganzen Tag. *Möglich* wäre es, überlegte sie: Sie konnte eine Gallenblasen- oder Blinddarmentzündung kriegen und schnell ins Krankenhaus geschafft werden und in dem Moment, in dem sie das Bewußtsein verlor, sehen, daß der Chirurg Andrew war. Möglich wäre es.

Als sie am nächsten Morgen aufwachte, mußte sie als erstes wieder an den Traum denken. Sie betrachtete ihren sanft gewölbten Bauch und wurde sentimental und erregt. Sie konnte den Traum nicht abschütteln und masturbierte für Andrew, aber diesmal glitt sie nicht in *seinen* Traum von ihr und sah eine nackte Frau im Morgensonnenlicht sitzen, sondern sie sah ihren aufgeschlitzten Brustkorb im Strahl der Chirurgenlampe. Sie konzentrierte ihren Blick auf ihr Herz, sein zartes Pulsieren, sie sah auch, wie sich ihre Lungen ganz langsam hoben und senkten und die anderen Organe bebten. Zwischen ihren Organen waren verführerische Spalten und rote und blaue Schlingen und Strudel – ihre Venen und Arterien. Ihre Sehnen waren muschelrosa, so fest gespannt wie Gitarrensaiten.

Natürlich war ihr klar, daß sie sich medizinisch alles falsch vorstellte und zu einer echten Operation Blut und Schmerzen gehörten und sie unter Narkose sein würde. Es war eine absurde, wahnsinnige Phantasie. Sie erwartete nicht, daß sie andauern würde. Aber sie wurde Tag für Tag verlockender, je mehr sie sie mit Fakten untermauerte, wie zum Beispiel dem Namen des Krankenhauses, in dem er operierte (sie rief die Nummer aus dem Telefonbuch an und fragte die Arzthelferin), und den Namen der chirurgischen Instrumente, die er benutzen würde (sie zog ein medizinisches Lehrbuch von Claude zu Rate), und je mehr sie sie verfeinerte, indem sie sich zum Beispiel vorstellte, daß winzige Saugröhrchen hier und dort in dem Einschnitt eingesetzt wurden, um auch den letzten Tropfen Blut herauszusaugen.

Ihre morgendlichen realen Begegnungen mit Andrew frustrierten sie dagegen immer mehr, bis sie sich gerade noch davon abhalten konnte, mittendrin aufzuhören, die Vorhänge zuzuziehen und das Zimmer zu verlassen. Und dennoch, wenn er nicht da stand, war sie verzweifelt. Sie fing an, vor dem Lunch Gin-Tonic zu trinken und legte sich am Rand der Durchfahrt zwischen ihrem und seinem Haus in die Sonne, obwohl sie wußte, daß er ab zehn Uhr nicht mehr da war. Aber nur für den Fall eines Falles blieb sie stundenlang dort liegen.

Als sie eines Morgens von Gin und Sonne beschwipst und ruhelos vor Kummer war, weil er die letzten drei Tage nicht aufgetaucht war, zog sie sich den Bikini aus und ein schulterfreies Baumwollkleid an und ging spazieren. Sie lief an dem Park, zu dem sie eigentlich wollte, vorbei und auch an den Läden, in denen sie sonst immer herumstöberte. Die Sonne schien drückend heiß. Als sie an Männern vorbeiflanierte, die ihre nackten Schultern beäugten, fühlte sie sich üppig, weich und rund. Aber im Magen saß ihr eine brennende Angst. Sie wußte genau, wohin sie ging, obwohl sie sich das Gegenteil einredete.

Sie betrat das Krankenhaus durch den Notfalleingang und wanderte bestimmt eine halbe Stunde lang durch die Flure, bis sie Andrews Zimmer entdeckte. Mittlerweile hielt sie sich den Bauch und glaubte schon halb, daß das Angstgefühl ein Symptom für eine ernsthafte Erkrankung sei.

»Dr. Halsey hat jetzt keine Sprechstunde«, sagte die Arzthelferin. Sie schlitzte einen bräunlichen Briefumschlag mit einem Löwenkopfbrieföffner auf. »Gehen Sie zur Notaufnahme.«

»Ich muß zu Dr. Halsey«, sagte Ali, und ihre Stimme brach. »Ich bin eine Freundin.«

Die Arzthelferin seufzte. »Einen Moment.« Sie stand auf, ging einen Flur entlang, klopfte am Ende kurz an eine Tür und verschwand.

Ali preßte die Fäuste auf den Magen. Aus irgendeinem Grunde spürte sie nichts mehr. Sie drückte fester. Was für ein Wunder, wenn sie ihren Blinddarm zum Durchbrechen brachte! Sie sollte sich mit dem Brieföffner erdolchen. Sie sollte sich wenigstens die Finger brechen, sie in eine Schublade klemmen wie jemand, der sich vor dem Wehrdienst drücken will.

»Würden Sie bitte hereinkommen«, sagte eine hohe nasale Stimme. Ali fuhr herum. Andrew stand in der Tür.

»Der Doktor schaut jetzt nach Ihnen«, sagte die Arzthelferin unwirsch und setzte sich wieder an ihren Schreibtisch.

Alis Herz fing an zu hämmern. Sie hatte ein Gefühl, als ob ihr jemand kurz die Ohren zuhielte, die Hände wegzöge und wieder darauflegte. Sein Hemd war blau. Sie ging durch den Flur, quetschte sich an ihm vorbei, ohne aufzusehen, und nahm auf dem Stuhl neben seinem Schreibtisch Platz. Er schloß die Tür und ging zum Fenster. Es war ein großer Raum. Zwischen ihnen erstreckte sich ein alter, grün-gelb gekachelter Fußboden. Andrew lehnte sich mit der Hüfte an einen Aktenschrank, stand einfach da, die Hände in den Hosentaschen, und betrachtete sie mit einem solch höflichen, unpersönlichen Ausdruck, daß sie ihn fragte, ob er sie erkenne.

»Natürlich«, sagte er ruhig.

»Hm …« Plötzlich schämte sie sich abgrundtief. Sie fühlte sich wie eine Frau, die gleich losschluchzt, daß sie die Abtreibung nicht bezahlen kann. Sie schlug die Hände vor ihr heißes Gesicht.

»Ich weiß nicht, wie Sie heißen«, sagte er.

»Oh. Ali. Ali Perrin.«

»Was wollen Sie, Ali?«

Ihr Blick flatterte zu seinen Schuhen – schwarze, abgelatschte Halbschuhe. Sie haßte seine nasale Stimme. Was sie wollte? Was sie wollte, war, aus dem Raum zu stürzen wie eine Verrückte, die sie ja wohl war. Sie sah wieder kurz zu ihm hoch. Er stand mit dem Rücken vor dem hellen Fenster und wirkte wie ein Schattenriß. Er sah unwirklich aus, wie ein Filmbild auf einer Leinwand. Sie versuchte wegzuschauen, aber seine Augen hielten sie fest. Draußen im Wartezimmer klingelte das Telefon. Was wollen *Sie*, dachte sie und kapitulierte vor dem Sog, sich aus seiner Blickrichtung zu betrachten, und sah jetzt von der anderen Seite des Raumes her eine bezaubernde Frau mit nackten braunen Schultern und geröteten Wangen.

An seinem Telefon blinkte ein Lämpchen. Sie sahen beide hin, aber er blieb stehen, wo er war. Nach einem Augenblick murmelte sie: »Ich habe keine Ahnung, was ich hier tue.«

Er schwieg. Sie sah immer noch das Telefon an und wartete darauf, daß er sprach. Als er das nicht tat, sagte sie: »Ich hatte einen Traum …« Sie stieß ein ungläubiges Lachen aus. »O Gott.« Sie schüttelte den Kopf.

»Sie sind sehr hübsch«, sagte er in einem nachdenklichen Ton. Sie blickte rasch zu ihm auf, und er drehte sich weg. Er preßte die Handflächen gegeneinander und ging ein paar Schritte am Fenster entlang. »Ich habe unsere … unsere Begegnungen sehr genossen.«

»Ach, keine Sorge«, sagte sie. »Ich bin nicht hier, weil ich …«

»Aber«, unterbrach er sie, »ich sollte Ihnen sagen, daß ich umziehe.«

Sie sah ihn direkt an.

»Schon an diesem Wochenende.« Stirnrunzelnd sah er seine Wand mit den eingerahmten Diplomen an.

»An diesem Wochenende?« sagte sie.

»Ja.«

»Ach so«, murmelte sie. »Dann ist also Schluß.«

»Bedauerlicherweise ja.«

Sie starrte sein Profil an. Im Profil war er für sie ein Fremder – spitze, gebogene Nase, hängende Schultern. Sie haßte seine Schuhe, seinen Fußboden, seine förmliche Art zu reden, seine Stimme, sein Profil, und dennoch stiegen ihr die Tränen in die Augen, und sie sehnte sich danach, daß er sie wieder anschaute.

Abrupt wandte er ihr den Rücken zu und sagte, daß seine neue Wohnung im East End, nicht weit vom Strand sei. Er gestikulierte zum Fenster hinaus. Ob sie wisse, wo der Yachtclub sei?

»Nein«, flüsterte sie.

»Nicht, daß ich Mitglied bin«, sagte er mit einem dünnen Lächeln.

»Hören Sie«, sagte sie und wischte sich über die Augen. »Es tut mir leid.« Sie erhob sich. »Wahrscheinlich wollte ich Sie nur einmal sehen.«

Wie ein höflicher Gastgeber ging er mit langen Schritten zur Tür.

»Na ja, auf Wiedersehen«, sagte sie und sah ihm ins Gesicht.

Er roch nach Knoblauch aus dem Mund und hatte einen Drei-Tage-Bart. Ihre Blicke begegneten sich flüchtig. »Machen Sie sich bloß keine Vorwürfe«, sagte er freundlich.

Als sie wieder in ihrer Wohnung war, zog sie sich als erstes aus und ging zu dem großen Spiegel, der immer noch neben der Staffelei stand. Wieder kamen ihr die Tränen, weil sie ohne Andrews Interesse oder die Hoffnung darauf (und obwohl sie ihn so abstoßend gefunden hatte) lediglich eine rührende kleine Frau mit teigiger Haut und kurzen Beinen erblickte.

Sie sah das Bild an. Wenn sie *das* war, wie Claude behauptete, hatte sie außerdem stumpfe Augen und grobe, wilde Proportionen.

Was um alles in der Welt sah Claude in ihr?

Was hatte Andrew gesehen? »Sie sind sehr hübsch«,

hatte er gesagt, aber vielleicht hatte er sich dazu überwinden müssen. Vielleicht hatte er gemeint »hübsch, wenn ich im Nachbarhaus bin«.

Abends nach dem Essen bat sie Claude, sich mit ihr auf die Couch zu legen, und sie sahen beide fern. Sie legte seine Hand auf ihre Brust. »Das soll genug sein«, betete sie.

Aber sie glaubte nicht, daß es jemals genug sein würde. Die Welt war voller Überraschungen, ihr wurde angst. Wie Claude immer sagte, die Dinge waren verschieden, je nachdem, aus welchem Blickwinkel und in welchem Licht man sie betrachtete. Für sie bedeutete es, daß alles davon abhing, wo man in einem bestimmten Augenblick zufällig stand, oder sogar, was für eine Vorstellung man dann von sich selbst hatte. Es bedeutete, daß in einem bestimmten Licht Begehren aus dem Nichts kam.

Rafik Schami

Kebab ist Kultur

Etwa fünfhundert Meter von unserem Haus entfernt, dort wo unsere Gasse in die belebte Verkehrsstraße mündete, lag der Laden des Metzgers Mahmud. Sollte er je erfahren, dass ich ihn »Metzger« genannt habe, würde er wütend auf alle Heiligen schimpfen, die einen niederträchtigen Dummkopf, der ihn so herabsetzt, nicht gründlich bestrafen. Die anderen Metzger in unserer Gegend begnügen sich mit dieser nüchternen Berufsbezeichnung, nicht aber Mahmud.

Ein kleiner Schuppen diente ihm als Laden, aber es ist nicht übertrieben, wenn man ihn als den schönsten Laden von Damaskus bezeichnet. Über dem Eingang hing ein buntes Schild mit Mahmuds Namen und dem deutlichen Hinweis auf seinen einzigartigen Kebab. In dem länglichen Raum waren entlang der rechten Wand zwei Tische mit sechs Stühlen aufgestellt; gegenüber stand die lange Fleischerbank. Dazwischen war gerade genug Platz für einen schmalen Gang. Über Mahmuds Arbeitsplatz waren mehrere Regale aufgehängt, auf denen Gläser mit sauer eingelegten Gurken und Gemüsen, Gewürzgläser und Teller, Gläser und Tonkannen aufgestellt waren. Am Ende des schmalen Gangs stand ein prachtvoll geschmückter Kühlschrank. Seine Tür war über und über mit Blumen- und Palmenbildern beklebt. Ein Spruch in geschwungener Schrift gegen neidische Blicke war die Krönung dieses Schmucks: Des Neiders Auge soll erblinden! Der Kühlschrank war ein alter Kasten, der noch mit Eisblöcken gekühlt wurde, aber er war Mahmuds ganzer Stolz.

»Bei mir wird das Fleisch natürlich gekühlt! Diese neumodischen elektrischen Kühler zerfetzen das Fleisch, da kann man gleich gekochte Gurken fressen. Sie schmecken genauso, nämlich nach gar nichts«, pflegte er Kunden entgegenzuschmettern, die die Unverfrorenheit hatten, ihm von den neuen Tiefkühltruhen seiner Konkurrenten vorzuschwärmen.

Links neben der Eingangstür hing das frische Hammelfleisch und unmittelbar daneben stand das stolze Stück, das Mahmud so erhaben über alle anderen Metzger machte, sein Grill. »Ich bin ein Kebab-Künstler«, brüstete er sich, wenn ein Spaßvogel ihn aufziehen wollte und ihn nach seinem Beruf fragte. Wer fragt denn schon einen Bäcker mitten in seiner Bäckerei nach seinem Beruf!

»Ich bin der einzige Kebab-Künstler, der seinen Kebab frisch und vor den Augen der Kunden vorbereitet. Die anderen nehmen irgendwelche Reste und überwürzen sie nur noch kräftig. Und so etwas servieren sie als Kebab! Das ist kein Kebab, das ist eine Beleidigung!«

Mahmud konnte stundenlang über seine Spezialität reden. Auch wenn die Nachbarschaft nicht oft bei ihm einkaufte, lobte sie seinen Kebab, dessen Rezept er niemandem verriet. Dafür verlangte er aber eine Lira mehr als die anderen Metzger. Er tadelte seine Nachbarn, die das Fleisch oft bei seinen Konkurrenten holten, »die mit ihren gottverdammten Maschinen die Seele des Fleisches zermalmen«. Mahmud hielt nichts vom elektrischen Fleischwolf, aber die Nachbarn sparten lieber einige Piaster und pfiffen dafür auf die Seele des Fleisches. Nur wenn sie vornehme Besucher hatten, kauften sie den begehrten Kebab von Mahmud. Die Zubereitung glich einer Zeremonie, einem Zauber eher als dem bloßen Hacken von Fleisch. Er entfernte jede Sehne, jedes Stückchen Haut, zeigte das Fleisch dem Kunden, der ehrfürchtig »sehr schön« ausrufen musste, dann zerhackte er es, rollte es zusammen und stellte es zur Seite.

»Es muss sich etwas ausruhen«, sagte er bedeutungsvoll und fing an, Zwiebeln, Knoblauch und Petersilie zu hacken. Er mischte sie mit dem Fleisch, gab etwas Pfeffer und Salz dazu und holte aus einem Schrank unter der Fleischerbank eine schwarze Dose hervor, nahm daraus zwei Fingerspitzen einer rötlichen Mischung, streute sie über das Fleisch und murmelte leise vor sich hin, als würde er eine Zauberformel für den Kebab sprechen. Woraus die Mischung in der Dose bestand, wusste niemand zu sagen. Manche vermuteten, dass er mit etwas Paprika einen Zauber vorschwindelte, andere wollten von ihm erfahren haben, dass die Dose eine geheimnisvolle Mischung aus Indien beinhalte, aber alle mussten zugeben, dass der Kebab bei Mahmud am besten schmeckte. Er höhnte über die anderen Fleischer, die, wenn es um ihre Mägen ging, bei ihm den Kebab kauften. Das war nicht übertrieben, oft genug habe ich den einen oder anderen Metzger bei ihm im Laden gesehen.

Mein Vater lobte ihn oft, er sei der beste Metzger der Welt, aber auch er kaufte das billigere Fleisch bei den anderen, es sei denn, wir bekamen Besuch, dann mahnte er meine Mutter, nicht auf die Lira, sondern auf die Anerkennung der Gäste zu achten.

Am späten Nachmittag schlossen die Metzger ihre Läden, aber nicht Mahmud. Er trank einen Schnaps nach dem anderen, polierte die Gläser und stellte sie auf die blanken Regale, spritzte Wasser vor den Laden, setzte sich auf einen Holzschemel und beobachtete die Passanten. Er war über fünfzig und Junggeselle, und immer wenn eine Frau oder ein junges Mädchen vorbeikam, lallte er ihnen Schmeicheleien zu, und sie kicherten über ihn und neckten ihn auch manchmal. Nur sein Nachbar, der Friseur Bulos, ärgerte sich immer über ihn, denn er war ein strenger Katholik, der nichts Flüssiges außer Leitungswasser zu sich nahm.

»Du bist doch kein Christ, wenn du keinen Wein trinkst. Euer Jesus ist ein prachtvoller Kerl. Hat er nicht gesagt, dass Wein des Menschen Herz erfrischt?« Das hat zwar David und nicht Jesus gesagt, aber es war die einzige Stelle in der Bibel, die Mahmud kannte, und er rieb sie seinem katholischen Nachbarn immer wieder unter die Nase. Ansonsten störte Mahmud keine Menschenseele, denn er war äußerst gutmütig.

Eines Tages kam es, wie es kommen musste. Es war ein sonniger Mittag. Ich sollte Fleisch bei Mahmud holen, da meine Tante mit ihrem reichen Mann uns besuchen wollte. Sie war sehr hochnäsig und hatte nach einem Jahr Ehe ihre ärmliche Herkunft völlig vergessen. Meine Eltern genierten sich wegen unserer Armut und schienen der Tante immer beweisen zu wollen, wie gut es uns ging. Davon hatten jedoch die Tante und ihr schwachsinniger, gefräßiger Mann keine Ahnung. Sie bekamen an einem Tag so viel Fleisch vorgesetzt wie wir sonst in einer Woche nicht.

An jenem Tag also sollte ich ein ganzes Kilo Hammelbrust holen. Murrend schlenderte ich zu Mahmuds Laden.

Schon von weitem sah ich ihn mit einigen auffällig geklei-
deten Touristen vor seinem Laden stehen. Die drei Männer
sahen aus wie Schießbudenfiguren, so grellbunt waren sie
angezogen. Jeder hatte eine Kamera um den Hals hängen,
einer kaute auf einer dicken Zigarre herum, wie man es in
irgendwelchen amerikanischen Gangsterfilmen sehen
konnte, und die anderen beiden reizten mit ihren kurzen
Bermudahosen jeden Vorübergehenden zum Lachen. Die
Frau sah aus, als wäre sie in einen Farbtopf gefallen, so
bunt bemalt war sie im Gesicht, und um den Hals hatte sie
eine Brille mit länglichen Gläsern hängen, die an der Seite
und auf den Bügeln mit Strass besetzt war. In ihren Stö-
ckelschuhen konnte sie kaum laufen und zog mit ihrem
engen Rock die Blicke sämtlicher Männer auf sich.

Die Touristen fotografierten Mahmud, der an seine Ladentür gelehnt stand und breit lächelte. Dann winkte ihm
einer der Männer, dass er sich zwischen die beiden anderen
stellen sollte. Sie lachten, und die Frau knipste einige Male,
als ich gerade den Laden erreichte. Sie schrie immer wieder
»Oh, how wonderful, just wonderful« und zog das »Oh« so
in die Länge, dass es sich anhörte, als würde jemand auf sie
einhauen. Mahmud zupfte verlegen an seinem sauberen
weißen Kittel. Nicht stolz, wie ich vermutet hatte, sondern
unsicher schaute er auf die beiden Nachbarn, die in den
Türen ihrer kleinen Geschäfte standen und sich über ihn
lustig machten. Ich hörte den Friseur lästern: »Sie brauchen wohl sein Foto, um ihre Kinder zu erschrecken!«

Als der hagere, kleine Tourist die Frau wieder ablöste,
wurde es Mahmud zu viel, er flüchtete in seinen Laden.
Die Touristen lachten über den scheuen Mann und folgten ihm. Als ich gerade die Bestellung meiner Mutter aus-
sprechen wollte, erklärte einer der Touristen Mahmud,

dass sie vier Portionen Kebab wollten. Er verlor jede Scheu und rief laut: »Vier Portionen Kebab!«, als wollte er auch noch den Leuten der übernächsten Straße seine Freude mitteilen. Ich ärgerte mich, dass Mahmud mich einfach übergangen hatte, und rief noch einmal laut meine Bestellung. Da knurrte er mich an: »Du siehst doch, ich habe Kunden aus dem Ausland! Sie werden überall berichten, dass Mahmud der beste Kebab-Künstler der Welt ist!«

Ich hätte am liebsten das Fleisch bei jemand anderem gekauft, aber meine Mutter hatte einen guten Blick dafür, sie hätte das sofort erkannt. So verfluchte ich meine Tante, derentwegen ich diese lästige Aufgabe aufgebrummt bekommen hatte, und wartete.

Mahmud gab sich besondere Mühe; er schwenkte seine Arme und schärfte das Messer, als müsste er ein Krokodil und nicht einen Hammel zerlegen. Stolz zeigte er das schöne Stück Fleisch, das er aus der Hammelhälfte herausgeschnitten hatte, der Frau, und sie rief: »Oh, wonderful, isn't he cute?« Die Petersilie wusch Mahmud dreimal, was er sonst nie tat, dann entfernte er jedes gelbe Blättchen. Endlich war es so weit. Er holte seine schwarze Dose und rief seinen amüsierten Zuschauern zu: »Vary olt!«

»Oh, wonderful! What is this?«, säuselte die Frau.

»Sag ihr, das ist ein altes Geheimnis, das mir mein seliger Vater weitergegeben hat. Er hatte es von einem Koch des großen Maharadscha von Indien gelernt, sage ihr das!«, befahl er mir, und ich übersetzte stotternd. Und wieder schrie sie in den höchsten Tönen: »Oh, how wonderful, it's just marvellous!«

»Die englische Sprache ist verdammt kurz. Hast du das alles mit den zwei Wörtern gesagt?«, fragte Mahmud misstrauisch. Ich versicherte ihm, dass ich sogar erzählt habe, wie sein Vater auf dem Weg nach Indien sein Leben gefährdet hatte. Mahmud schien nicht so recht überzeugt zu sein.

»Zum Ausruhen!«, sagte er zu mir, und ich brach mir fast die Zunge, um den Touristen zu erklären, warum das Hackfleisch sich ausruhen sollte. Mahmud wusch seine Hände und stellte vier kleine Teller mit Oliven und Erdnüssen auf den Tisch, und eine kleine Flasche Schnaps und einen Krug Wasser holte er auch noch aus dem Kühlschrank. Die Touristen griffen zu, und die Frau rief immer wieder: »Oh, wonderful!«, was Mahmud verunsicherte, denn Ful bedeutet auf Arabisch »Saubohnen«.

»Sage ihr, das sind keine Ful, sondern Erdnüsse aus dem Sudan!«, sagte er irritiert.

Ich beruhigte ihn und übersetzte das Wort »wonderful«.

»Also doch, sie verstehen was vom Essen«, sprach er zu sich und fing an, die Spieße zu machen. Ich setzte mich nach draußen, um den Rauchwolken zu entgehen, die bald Mahmud und seine Kunden umhüllten.

Als die letzten Rauchschwaden abgezogen waren, schaute ich wieder zur Tür hinein. Die Touristen hatten die Oliven und Erdnüsse aufgegessen und auch den Schnaps und das Wasser getrunken. Einer der Touristen schwenkte die Kanne Mahmud entgegen, als dieser große flache Teller auf die Tische stellte. Schließlich legte Mahmud mit einer schwungvollen Geste die fertigen, wunderbar duftenden Spieße auf die Teller. Verschwitzt und zufrieden schaute er zu mir herüber.

»Nur noch eine Zigarette, dann gebe ich dir eine Hammelbrust, wie sie nicht einmal Napoleon gegessen hat.«

Ich nickte, verstand aber nicht, wie Mahmud auf Napoleon gekommen war.

Erwartungsvoll starrte er wieder die Touristen an, die ihm begreiflich machen wollten, wie zufrieden sie mit seiner Vorstellung gewesen waren. Die Frau jubelte immer wieder »wonderful« und »very good« und kramte laut schnatternd in ihrer Handtasche herum, dann verteilte sie kleine Plastiktütchen.

Mahmud wollte sich gerade eine Zigarette in den Mund stecken und hielt mitten in der Bewegung inne.

»Was ist das?«, rief er entsetzt.

»Ketchup«, strahlten ihn die Leute an, als ob sie die besorgte Frage verstanden hätten, und drückten den roten Brei über die Kebabspieße.

Mahmud riss seine Arme in die Luft, schmiss die Zigarette quer durch den Raum und schrie: »Nein!!!«

Er packte einen Mann am Arm und ergriff die fleischigen Finger der Frau und schüttelte sie wütend, bis sie die Spieße auf den Teller fallen ließen.

»Was macht ihr mit meinem Kebab? Seid ihr wahnsinnig? Was wollt ihr mit dem Zeug?«, schrie er die Touristen an, so dass sie vor Angst erblassten.

Aufgeschreckt durch das Geschrei eilten die Nachbarn herbei und versuchten gleich zu vermitteln, nur der Friseur blieb vor der Tür stehen und schüttelte missmutig den Kopf. Mahmud tobte:

»Meine ganze Mühe für die Katz! Die ganze Arbeit, so eine Beleidigung! Raus! Raus mit euch! Sollen sie doch bei einem Kiosk das gebratene Zeug mit ihrem roten Kleber voll schmieren! Meinen Kebab aber nicht!«

Einer der Amerikaner zückte seinen Geldbeutel, und irgendein Nachbar versuchte zu übersetzen, dass der Mann die Vorspeise und die Getränke bezahlen wollte.

Mahmud aber keifte weiter:

»Geld? Von denen nehm' ich doch kein Geld! Diese Barbaren, meinen schönen Kebab so zu verschandeln! Das Geld können sie sich in ihren Hintern stecken, abhauen sollen sie.«

Er wollte sich auf die Touristen stürzen und sie aus seinem Laden werfen, aber die besorgten Nachbarn hielten ihn zurück. Schimpfend verließen die erschrockenen Gäste den Raum. Der Friseur stand draußen vor dem Laden und heuchelte laut: »So behandelt man doch zivilisierte Menschen nicht, was werden die jetzt über uns sagen?«

Mahmud stürzte wütend aus dem Laden.

»Zivilisiert sagst du? Sie sind bloß reich, aber von Kultur haben sie keine Ahnung. Sie wollten den Kebab mit Plastikbrei fressen!«

Der Friseur verschluckte seine Wut und zwang sich zur Ruhe. »Tja, andere Länder, andere Sitten!«, sprach er mit pathetischer Stimme.

»Ja, Mann, aber das hier ist unser Land!«, fauchte ihn Mahmud an.

Der Friseur sagte herablassend: »Was verstehst du schon!«, und zog sich in seinen Laden zurück. Mahmud wandte sich endlich zu mir. »Komm mit«, meinte er mit traurigem Gesicht.

Diesen Wassersäufer, den lass ich nie wieder an meine Haare!, schwor ich mir, als wir in den Laden gingen.

Mario Adorf

*Römische Geschichten**

Mauro ist kein sehr bekannter Schauspieler, aber jeder kennt seine Stimme. Er ist Synchronsprecher. Seit Jahren leiht er seinen sonoren Baß den größten amerikanischen und italienischen Kinohelden. Seit einiger Zeit hört man seine Stimme in den TV-Reklamespots einer populären Biermarke. *Maloja.* Er wurde berühmt für sein tiefes, gerauntes MMMMMh! und das genüßlich langgezogene Maloooojaaa! Erst neuerdings hat man für die Biermarke auch sein Gesicht vermarktet. Es erscheint jetzt auf Plakaten, in Zeitschriften und im Fernsehen, ja sogar auf dem Etikett der Bierflaschen. Man hat ihm eine Lederstrumpf-Pelzmütze verpaßt und einen Bart, den er auch privat trägt. Wenn Mauro nicht für sein Maloja-Bier unterwegs ist, steht er im Synchronstudio. Synchronsprecher ist ein harter Job. Stunden-, tage-, monate-, jahrelang steht man im dunklen, meist verrauchten Studio. Immer angespannt, auf dem Sprung, denn ein guter Synchronsprecher ist ein Profi, der keine langen Proben braucht und gleich synchron zu den meist englischen Lippenbewegungen der Stars da oben auf der Leinwand seinen italienischen Text spricht. Die Leinwand wurde vor ein paar Jahren durch Fernsehschirme ersetzt, auf denen die gewünschte Szene digital abgerufen wird, womit die langwierige Filmschleifentechnik veraltet war. Dadurch geht alles noch viel schneller als früher: ein stressiger Job fürwahr. Das war vielleicht der Hauptgrund dafür, daß Mauro immer stärkere Aufputschmittel brauchte.

Aber daß Mauro regelmäßig Kokain schnupfte, wußte
ich damals noch nicht. Als er mich in jene kleine Trattoria
in Trastevere mitnahm und mir andeutete, daß der Besitzer ihm etwas Schnee versprochen hätte, dachte ich, es sei
für einen kleinen Gelegenheitssniff. Da wußte ich auch
noch nicht, daß der Wirt hauptberuflich gar kein Wirt,
sondern einer der großen Gangsterbosse war, und das
nicht nur von Trastevere. Als wir eintraten und der »Wirt«
mich erkannte, sicher hatte Mauro mich als eine Berühmtheit angekündigt, kam er auf mich zu, hob den Arm zu einem zackigen Faschistengruß und rief so laut, daß es mir
peinlich war: »Mussolini! Bravo! Der beste Mussolini aller
Zeiten!« (Ich hatte in dem Film *Das Verbrechen Matteotti*
den Mussolini gespielt.) Er begrüßte Mauro und führte
uns zu unserem Tisch. Da es in dem kleinen Lokal heiß
war, zog ich meine Jacke aus und hängte sie über die Stuhllehne. Da hörte ich ihn hinter mir sagen:

»Du hast aber ein schönes Hemd an.« Er duzte mich.
Ohne lange zu überlegen, sagte ich: »Deins ist aber auch
nicht übel.« Dabei schaute ich erst richtig hin: giftgrüne
Kunstseide mit aufgedruckten Jagdszenen: rotbefrackte
Reiter sprangen über Hindernisse, Rudel weißer, schwarzgefleckter Hunde verfolgten einen armen Fuchs. Ein besonders scheußliches, geschmackloses Hemd.

Wir bestellten, er verschwand, erschien aber nach einigen Minuten wieder und hatte sein Hemd gewechselt. Ich
wunderte mich, konnte er etwa Gedanken lesen? Doch er
stellte eine Plastiktüte vor mich hin und schaute mich erwartungsvoll an. Ich linste in den Beutel: Darin lag, nicht

gerade sorgfältig gefaltet, das grüne Hemd. Ich zog es heraus, und mir stieg Schweißgeruch in die Nase. Ich bewunderte das Geschenk gebührend. Er zog strahlend ab. Mauro saß da, mit der Hand über den Augen. »Was mache ich
jetzt?« fragte ich. »Da kannst du gar nicht viel machen«,
grinste er, »geh aufs Klo, zieh's an und gib ihm deines.« Das
hatte ich nun davon, aber was hätte ich machen können?
Sagen, daß sein Hemd scheußlich war? Nur war meines eines meiner Lieblingshemden. Aber ich sah ein, daß Mauro
recht hatte und ich mein Hemd opfern mußte.

Ich nahm die Plastiktüte und ging in die Toilette, holte
das grüne Monstrum heraus, zog mein Hemd aus und
stopfte es in die Tüte. Ich hielt den Atem an, während ich
das grüne Hemd anzog, und schaute in den Spiegel. So
hätte ich einen Zuhälter spielen können.

Ich trat aus der Toilette und suchte unseren Wirt. Ich sah
ihn am anderen Ende des Lokals. Als er mich bemerkte,
ließ ich den Plastikbeutel um meinen Zeigefinger kreisen.
Erfreut kam er auf mich zu, meinte, das grüne Hemd stehe
mir besser als ihm selbst. Dann schaute er in die Tüte und
tat erstaunt, als er darin mein Hemd sah. »Für mich?« fragte er, und als ich nickte: »Das war aber von mir nicht so gemeint.« Wenig später winkte er Mauro und mich in sein
Büro, wie er das winzige Hinterzimmer nannte. Er schloß
die Tür ab und begann auf der Glasplatte des Schreibtischs
ein kleines Häufchen weißen Staubes mit einer Kreditkarte zu zerhacken und zu drei Linien auseinanderzuschaben.
Er reichte mir ein Plastikröhrchen, aber ich gab es an Mauro weiter. Der zog sich gekonnt eine der Linien rein und
gab mir das Röhrchen zurück. Ich dachte an das Hemd
und wollte mich nicht noch einmal in seine Schuld begeben, denn hier wäre sie sicher nicht mit einem Hemd zu

begleichen gewesen: »Nein, nicht für mich, danke.« Die beiden sahen mich etwas enttäuscht-verächtlich an und teilten sich die Linie, die für mich bestimmt gewesen war. Dann bekam Mauro seine Ration in einem kleinen Flakon, bezahlte, und wir kehrten zu unserem Tisch zurück. Unser Wirt setzte sich zu uns, und bald waren die beiden »gut drauf«. Um mir seine Freundschaft zu beweisen, machte mir Demetrio, so hieß unser Gangsterwirt, einen Vorschlag, den ich nicht gleich begriff. Er sagte: »Mussolini, du bist mein Freund, und für meine Freunde tue ich alles, frag Mauro.« Der nickte eifrig, und Demetrio fuhr fort: »Wenn du irgendein Problem hast, sag's mir, und wir werden sehen, was ich machen kann, und im allgemeinen kann ich. Denk darüber nach und sag's mir.« Er verschwand für eine Weile. Ich fragte Mauro, was er wohl genau meinte mit seinem Angebot. »Er bietet dir gratis an, was er sonst gegen Bezahlung macht. Er meint sicher, wenn du einen Feind hast, jemand, der dir übelwill, dann könnte er das für dich in Ordnung bringen. Nein, nein, nicht gleich was du denkst, er meint wahrscheinlich zuerst einmal eine kleine Warnung, ein sogenanntes ›avvertimento‹, einen Warnschuß, das heißt, er würde deinem Feind zum Beispiel einen Arm brechen lassen oder ein Bein.« Im allgemeinen genüge das ja schon. Nur bei ganz Verstockten oder solchen, die auf die Idee kommen, zur Polizei zu laufen, da müßte man schon ungemütlich werden. Mauro schien sich auszukennen. Doch ich fragte ihn, ob er denn allen Ernstes denken könne, daß ich ein solches Angebot auch nur im entferntesten in Erwägung zöge. Er erzählte mir, daß er ein ähnliches Angebot Demetrios schon einmal angenommen hätte. Nein, nein, es sei überhaupt nicht um etwas Gewaltsames gegangen. Nur eine Gefälligkeit. Sein elfjähriger Sohn war beim Rollerskating schwer gestürzt und hatte sich einen komplizierten Schienbeinbruch zugezogen. Man hatte wegen eines ärztlichen Kunstfehlers vor der Notwendigkeit einer Amputation gestanden. Er habe dies Demetrio erzählt, und der habe eigentlich nichts anderes gemacht als Freimaurer oder Rotarier täten, wenn sie ihre Verbindungen spielen lassen. Demetrio habe vermittelt, daß sein Sohn in die Schweiz zu einem Spezialisten kam, der die Amputation verhindert und seinen Sohn vollkommen wiederhergestellt hatte.

»Ein Wohltäter!« entfuhr es mir ironischer, als ich gewollt hatte. Wenn es so harmlos wäre, könnte man ja darüber reden. Mir war, während Mauro erzählte, eingefallen, daß ich tatsächlich ein Problem hatte, an dem ich seit über einem Jahr erfolglos herumlaborierte, eine hanebüchene Geschichte, auf die ich noch zu sprechen komme und in der ich, das gebe ich zu, meinem Widersacher ohne weiteres einen Armbruch gegönnt hätte.

Aber ich verjagte den Gedanken schleunigst und drängte Mauro zum Aufbruch, um mich der allzu freundlichen Umarmung Demetrios zu entziehen.

Als ich Mauro ein paar Monate später in einem Synchronstudio traf, klärte er mich beiläufig darüber auf, daß der Chef jener Bande, die vor etwa einem Jahr den Erben eines Mailänder Großindustriellen entführt und ihm, um ihrer Lösegeldforderung Nachdruck zu verleihen, einen Finger abgeschnitten hatte – sie war erst vor kurzem aufgeflogen –, niemand anderer als unser Kneipenwirt Demetrio gewesen war.

Vor Jahren hatte ich gleich neben meiner römischen Wohnung eine kleine Mansardenwohnung gemietet. Ich hatte dann die ziemlich heruntergekommene Wohnung renovieren und gemütlich einrichten lassen und wollte dort einen dienstbaren Geist unterbringen, jemand, der in meiner Abwesenheit auf meine Wohnung achtgeben, die Blumen auf der Terrasse gießen und vor allem die Katzen füttern sollte. Ich hatte die Wohnung deshalb möbliert, weil man mich darauf aufmerksam gemacht hatte, daß ich einen Untermieter, der mit eigenen Möbeln die Wohnung bezöge, nie wieder aus der Wohnung hinaus bekäme. Unter anderen Bewerbern stellte sich ein Ehepaar vor, er Frühpensionär, sie Putzfrau. Von leichten Reparaturarbeiten abgesehen – er war vor seiner Pensionierung Elektriker gewesen, konnte auch schreinern –, dürfe der Ehemann, da herzkrank, keine körperliche Tätigkeit übernehmen. Arbeiten sollte seine Frau, täglich drei Stunden Reinemachen. Das Ehepaar würde meine möblierte Wohnung beziehen, man einigte sich über einen Monatslohn, und zum nächsten Ersten stellten sie sich pünktlich ein. Erst als sie eingezogen waren, stellte sich heraus, daß die beiden gar nicht verheiratet waren, aber einen 17jährigen Sohn hatten. Das irritierte mich etwas, weil sie mir den Sohn verschwiegen hatten, doch schließlich war das nicht mein Problem. In der Wohnung hatten notfalls drei Personen Platz. Anfangs ging auch alles gut. Sie war sauber und fleißig, er legte, wenn auch selten, da und dort Hand an, wenn ein Stecker oder eine Lampe zu reparieren war. Nach ein paar Wochen stellte sich jedoch heraus, daß er keineswegs herzkrank war, er litt vielmehr an unheilbarer Faulheit. Bei schönem Wetter saß er auf seiner Terrasse – die Wohnung hatte eine geräumige Terrasse – und sah den Geranien beim Wachsen zu. Gleichzeitig ließ auch der Fleiß der Frau nach, und sie tat nur noch das Allernötigste. Ich beließ es dabei, solange sie nicht stahl, die Blumen nicht vertrocknen und die Katzen nicht verhungern ließ. Als sie sich beklagte, wie lästig es wäre, während meiner Abwesenheit immer wieder das Telefon in meiner Wohnung beantworten zu müssen, erlaubte ich dem Mann, eine Telefonleitung von meinem Apparat hinüberzulegen, so daß sie jederzeit Anrufe entgegennehmen konnten. So waren sie also zu einem kostenlosen Telefon gekommen, wovon sie eifrig Gebrauch machten. Man ahnt ja nicht, wie groß und weitverzweigt auf einmal die Verwandtschaft dieser Leute wurde.

So ging es mehrere Jahre lang mehr schlecht als recht weiter. Mal fand ich die Pflanzen vertrocknet, mal die Katzen verwahrlost, aber es war nie so schlimm, daß man ihnen hätte kündigen müssen. Meine Frau Monique versuchte Erminia, so hieß die Putzfrau, bei der Stange zu halten, indem sie ihr im Laufe der Jahre eine Menge Kleidungsstücke schenkte, die Erminia sich weiter machen ließ. Diese Geschenke stellten sich jedoch als unpassend heraus, denn eines Tages kam Erminia ziemlich aufgedonnert in die Wohnung und teilte uns mit, daß sie nunmehr eine Signora geworden wäre und als solche nicht mehr für die Arbeit als Putzfrau tauge. Sie kündige hiermit zum Monatsende. Das hätte Erleichterung auslösen können, aber der Zeitpunkt gerade vor dem Sommer war ungünstig. Wir hatten Pläne für die Ferien gemacht, und jetzt: woher in dieser kurzen Zeit zuverlässigen Ersatz besorgen? Ich war sauer und sagte, sie sollte sich in Gottes Namen zum Teufel scheren und zum Monatsende die Wohnung räumen. Darüber hätte sie auch gerade sprechen wollen. Die Sache wäre nämlich die: Die Wohnung gefiele ihr nach wie vor ausnehmend gut, es wäre ja, ehrlich gesagt, kaum eine bessere zu finden. Kurz, sie hätten beschlossen, dort wohnen zu bleiben. Sie drehte sich auf dem Absatz um und rauschte hinaus.

Nun könnte man denken, es wäre ein leichtes gewesen, diese Leute aus der Wohnung zu schaffen, zumal sie auch keine Miete bezahlten. Weit gefehlt. Ich wandte mich an einen Anwalt. Ich schlug vor, zu warten, bis alle ausgeflogen wären, um dann schnell die Schlösser auszuwechseln. Schließlich sei es meine Wohnung mit meinen Möbeln. Ich mußte mich belehren lassen, daß dies keine gangbare Lösung sei. Dies wäre, vom rechtlichen Standpunkt aus gesehen, Einbruch oder mindestens Hausfriedensbruch. Ich sah nicht ganz ein, wieso ich in meine eigene Wohnung einbrechen könnte und inwiefern das Auswechseln der Schlösser illegaler als das Verbleiben der Familie in der Wohnung sein sollte. Vom Mieterschutzstandpunkt aus wäre ich im Unrecht, meinte der Anwalt. Der Mieter als der sozial niedriger Gestellte dürfe vom Besitzer nicht ohne weiteres hinausgesetzt werden, wie auch der Untermieter durch den Mieter nicht. Es ginge nun mal nicht anders: Wenn ich die Leute loswerden wollte, müßte ich wohl oder übel eine gesetzliche Räumungsklage anstrengen. Ich fügte mich darein, denn ich wußte noch nicht, daß eine solche Klage sich in Italien vier oder fünf Jahre lang hinziehen könnte. Verständlich also, daß ich dem sauberen Pärchen die Pest an den Hals wünschte und für einen Augenblick schwankend wurde, als mir D., ein Kneipenwirt und berüchtigter Gangster aus Trastevere, man erinnert sich seiner aus der vorangegangenen Geschichte, als Freundschaftsdienst das Angebot machte, meinen Feinden einen Denkzettel zu verabreichen.

Es war über ein Jahr vergangen, seit sich meine Untermieter geweigert hatten auszuziehen. Mein Anwalt versicherte mir, daß der »Sfratto«, der behördliche Räumungsbefehl, unmittelbar bevorstünde, doch es dauerte noch einmal fast ein Jahr, ohne daß irgend etwas geschehen wäre. Nur die gesalzenen Rechnungen meines Anwalts sowie die Miete für die Wohnung, in der es sich meine Untermieter gutgehen ließen, erinnerten mich noch an die unerfreuliche Angelegenheit.

Eines Nachts hörte ich ein unheimliches Hämmern, Geschiebe und Getöse, das zweifellos aus meiner Mietwohnung nebenan kam. Was konnte das bedeuten? Ich war versucht aufzustehen und nachzusehen. Dann dachte ich mir, daß es vielleicht der lang erhoffte Auszug wäre. Aber wieso das Hämmern? Und warum mitten in der Nacht? Gleich am nächsten Morgen ging ich hinüber. Ich klingelte. Keine Antwort. Ich hatte einen Schlüssel mitgenommen und schloß auf. Das Nest war leer, die Galgenvögel waren ausgeflogen, ganz zweifellos für immer. Denn die Wohnung war ausgeräumt. Meine gesamten Möbel waren verschwunden, und mit den Möbeln Gasherd, Waschmaschine, Klosettschüssel und Waschbecken, sämtliche Wasserhähne, Steckdosen, Lampen und die elektrischen Leitungen. Und das alles nicht etwa abmontiert, sondern mutwillig aus den Wänden gerissen. Die leere Wohnung sah aus, als hätte eine Bombe eingeschlagen. Nur in der Mitte des Wohnzimmers standen einige verschnürte Kartons. Ich war entsetzt und doch irgendwie erleichtert. Ich lief gleich über die Straße, kaufte zwei neue Schlösser, Schrauben und holte einen Schraubenzieher. Dann machte ich mich daran, die beiden Sicherheitsschlösser auszubauen. Ich war mitten in der Arbeit, als meine diebischen Elstern vollzählig auftauchten. Ich sollte sie gefälligst vorbeilassen, sie hätten noch einiges abzuholen. Ich nahm alle meine Beherrschung zusammen und schraubte verbissen weiter ohne aufzuschauen. Dann sagte ich leise: »Nur über meine Leiche. Das ist ja nun wirklich der Gipfel: Diebe, die alles gestohlen haben, was zu stehlen war, kommen zurück, um auch noch den letzten Rest mitgehen zu lassen. Jetzt haut ganz schnell ab, bevor ich die Geduld verliere.« Sie standen eine Weile ratlos da und zogen dann ab. Keine zehn Minuten später waren sie wieder zurück, in Begleitung eines Carabiniere. Sie seien gekommen, um meine Weigerung, ihr Eigentum herauszugeben, zu Protokoll zu geben.

Vierzehn Tage später erhielt ich eine Vorladung der römischen Staatsanwaltschaft. Ich war der versuchten Tötung mit »uneigentlicher Waffe« (Schraubenzieher) beschuldigt worden. Ich fuhr zu meinem Anwalt, ließ in sprachloser Geste die Vorladung auf seinen Schreibtisch segeln und sah ihn an, während er las. Er lachte nicht und ließ sich von mir das, was er von der Geschichte noch nicht wußte, erzählen. »Das ist eine böse Sache. Wir müssen sofort eine Gegenklage einreichen: Diebstahl, Sachbeschädigung, Vandalismus, und wir verlangen Wiederherstellung der Wohnung und Rückgabe der Möbel.« Postwendend hatten wir eine zweite Klage am Hals: Durch die »rund um die Uhr« erfolgende Beantwortung von Telefonanrufen habe sich die Arbeitszeit der Erminia P. von drei auf vierundzwanzig Stunden pro Tag erhöht. Das ergebe eine rückwirkende Lohnforderung von … bei der Zahl wurde mir schwindlig … durch die Überschreitung der Arbeitszeit von drei Stunden pro Tag (Gelegenheitsarbeit) seien Sozialabgaben von … noch eine unglaubliche Zahl ... vom soundsovielten soundsoviel rückwirkend fällig. Die entsprechende Behörde sei benachrichtigt worden.

Zum angegebenen Termin klopfte ich an die Tür des Staatsanwalts.

Es war eine Frau. Ich erzählte den Hergang. Sie lächelte und sagte, daß sie solche Leute kenne. Zu meinem Erstaunen wurde mir eine Woche später mitgeteilt, daß die Staatsanwaltschaft in dieser Sache keine Anklage erheben werde. Wegen meiner Klage käme es jedoch zum Prozeß.

Vier oder fünf Monate später. Der Verhandlungstermin war um acht Uhr im Neuen Gerichtsgebäude am Fuß des Monte Mario, das mehr wie ein Gefängnis aussah, ein vierstöckiger, langgestreckter Klinkerbau, der den alten Palazzaccio, das baufällige Gerichtsgebäude am Tiber, abgelöst hatte. An der Tür des Verhandlungszimmers hing ein Zettel mit dem Namen des Richters, darunter die sieben Parteien, die alle den gleichen Verhandlungstermin hatten. Als der sehr junge, elegant gekleidete Richter eintraf, stürzten alle Parteien samt Zeugen und Anwälten in den Gerichtsraum, der die Ausmaße eines normalen Büros hatte, und alle begannen gleichzeitig zu reden oder vielmehr zu schreien, da jeder sich bemerkbar und verständlich machen wollte. Erstaunlicherweise ließ sich der Richter nicht aus der Fassung bringen, rief die erste Partei auf. Ich hatte umsonst gehofft, daß eine alphabetische Reihenfolge mich bevorzugt hätte. Mein Anwalt schickte mich hinaus auf den Flur, er würde mich hereinrufen. Gerade traf auch mein einziger Zeuge, ein pensionierter Polizeibeamter, der mir beim Umbau der Wohnung mit allerlei Formalitäten zur Hand gegangen war, ein. Meine Kontrahentin, die aufgedonnerte Erminia, hatte als Zeugin ihre Schwester aufgeboten. Sie sollte wohl bezeugen, daß Erminia rund um die Uhr für mich tätig war. Der Richter bemerkte, daß sie ja dann ihre Schwester immer in der Wohnung, in der sie arbeitete, besucht haben müßte, und somit könnte sie doch diese Wohnung sehr gut beschreiben? Die Schwester hatte natürlich Erminia in ihrer Wohnung nie besucht und hatte daher keine Ahnung davon, wie meine Wohnung beschaffen war. Ein Sieg bahnte sich an. Nur in der Frage der Sozialabgaben war nichts zu machen. Sonst aber gewann ich in allen Punkten, war aber doch der Gelackmeierte. Während die Gegenpartei plötzlich unauffindbar war und mir nie auch nur einen Stuhl zurückgab und die Wohnung natürlich nicht reparierte, mußte ich meine Auflagen bezahlen: Nachzahlung der geforderten Sozialabgaben plus einer saftigen Strafe für Anstiftung zur Schwarzarbeit. Der Lohnnachzahlung entging ich mit knapper Not, weil der Richter einer acht- oder zehnstündigen Forderung stattgegeben hatte, aber vierundzwanzig Stunden …

* Titelformulierung der Herausgeberin.

Jeffrey Archer

Ein echter Gentleman

Nie wäre ich Edward Shrimpton begegnet, hätte er nicht ein Handtuch gebraucht. Er stand nackt neben mir, den Blick auf eine vor ihm stehende Bank geheftet, und murmelte: »Ich hätte schwören mögen, daß ich das verdammte Ding hier liegengelassen hatte.«

Ich kam gerade, in Badetücher gehüllt, aus der Sauna, und so zog ich eines von meiner Schulter und reichte es ihm. Er dankte mir und streckte die Hand aus.

»Edward Shrimpton«, sagte er lächelnd. Ich ergriff seine Hand und dachte dabei, wie seltsam wir zwei händeschüttelnden nackten Männer uns hier zu früher Abendstunde im Umkleideraum des Metropolitan Club ausnehmen mußten. »Ich kann mich nicht erinnern, Sie hier im Club schon einmal gesehen zu haben«, fügte er hinzu.

»Nein, ich bin auch nur Auslandsmitglied.«

»Ach ja, Engländer. Was führt Sie nach New York?«

»Ich bin hinter einer amerikanischen Autorin her, die mein Verlag in England herausbringen möchte.«

»Mit Erfolg?«

»Ja, ich denke, daß wir noch diese Woche handelseinig werden – falls ihr Agent es aufgibt, mich davon überzeugen zu wollen, daß seine Autorin eine Kreuzung aus Tolstoi und Dickens ist und dementsprechend hohe Honorare verdient.«

»Wenn ich mich recht erinnere, hat keiner der beiden Genannten besonders gut verdient«, gab Edward Shrimpton zu bedenken, während er sich mit dem Handtuch energisch den Rücken abrubbelte.

»Eine Tatsache, auf die ich seinerzeit natürlich auch den Agenten aufmerksam gemacht habe, der mir darauf aber nur erwiderte, ich möge doch bitte nicht vergessen, daß Dickens ursprünglich in unserem Verlag erschienen sei.«

»Ich nehme doch an«, sagte Edward Shrimpton, »Sie haben ihn daran erinnert, daß dies letzten Endes allen Beteiligten Vorteile gebracht hat.«

»Ja, sicher, doch fürchte ich, daß dieser Agent mehr an seinem Vorschuß als an der Nachwelt interessiert ist.«

»Dies ist eine Einstellung, die ich als Bankier schwerlich tadeln kann, denn schließlich haben wir mit den Verlegern ja nur das eine gemeinsam, daß auch unsere Kunden immer versuchen, uns eine gut erfundene Geschichte zu erzählen.«

»Hätten Sie nicht Lust, aus der einen oder anderen ein Buch für mich zu machen?« fragte ich höflich.

»Gott bewahre! Man hat Ihnen sicher schon bis zum Überdruß einzureden versucht, daß in jedem Menschen ein Buch steckt. Zu Ihrer Beruhigung darf ich Ihnen daher versichern, daß in mir keines steckt!«

Ich lachte, denn ich empfand es als ausgesprochen erfrischend, von einem neuen Bekannten ausnahmsweise nicht zu hören zu bekommen, daß seine Memoiren – fände er nur die Zeit, sie niederzuschreiben – über Nacht ein internationaler Bestseller wären.

»Sie hätten vielleicht Stoff genug für einen ganzen Roman und wissen es bloß nicht«, meinte ich.

»Sollte das der Fall sein, so ist es mir bisher leider entgangen.«

Bei diesen Worten tauchte Mr. Shrimpton zwischen den Umkleidekabinen wieder auf und gab mir mein Handtuch zurück. Er war nun vollständig angezogen und maß, schätzte ich, an die eins achtzig. Er trug den typischen Wall-Street-Banker-Nadelstreif und sah, obwohl fast kahl, für einen wohl bald Siebzigjährigen ungewöhnlich gut aus. Sein wahres Alter verriet nur der dichte weiße Schnurrbart, der zu einem pensionierten englischen Offizier übrigens besser gepaßt hätte als zu einem New Yorker Bankier.

»Bleiben Sie längere Zeit in New York?« fragte er. Dabei zog er ein schmales Lederetui aus der Innentasche seines Jacketts und entnahm diesem eine Brille mit halbmondförmigen Gläsern, die er sich auf die Nasenspitze setzte.

»Nur bis zum Ende der Woche.«

»Sie sind nicht zufällig morgen mittag noch frei?« fragte er mit einem Blick über den Rand seiner Brille.

»Warum nicht? Auf gar keinen Fall denke ich daran, noch einmal mit diesem Agenten essen zu gehen.«

»Ausgezeichnet. Dann könnten wir uns doch zum Mittagessen treffen, und Sie erzählen mir die Fortsetzung dieser dramatischen Jagd nach der so schwer faßbaren amerikanischen Autorin.«

»Und ich werde vielleicht doch noch die Entdeckung machen, daß eine Geschichte in Ihnen steckt.«

»Machen Sie sich keine Hoffnungen«, sagte er, »Sie setzen auf eine Niete, wenn Sie damit spekulieren.« Er reichte mir die Hand. »Morgen dreizehn Uhr im Speisesaal des Clubs, paßt Ihnen das?«

»Dreizehn Uhr, Club-Speisesaal«, wiederholte ich.

Als er den Umkleideraum verließ, trat ich zum Spiegel und rückte meine Krawatte zurecht. Am Abend war ich zum Essen mit Eric McKenzie verabredet, einem Verlagsfreund, der mich für die Aufnahme in den Club ursprünglich vorgeschlagen hatte. Eigentlich war Eric gar nicht mit mir, sondern mit meinem Vater befreundet. Die beiden hatten einander kurz vor dem Krieg auf einer Urlaubsreise in Portugal kennengelernt. Mein Vater war bereits in Pension, als ich zum Clubmitglied gewählt wurde, und seither hatte Eric es sich zur Gewohnheit gemacht, mich jedesmal, wenn ich nach New York kam, zum Essen einzuladen. In den Augen der Elterngeneration bleibt man lebenslänglich ein hilfsbedürftiges Kind. Da er ein Altersgenosse meines Vaters war, mußte Eric an die siebzig sein, und obwohl er schlecht hörte und etwas gebeugt ging, unterhielt ich mich immer ausgezeichnet mit ihm, auch wenn er es nicht lassen konnte, ständig zu wiederholen, daß sein Großvater Schotte gewesen sei.

Er müßte in ein paar Minuten da sein, stellte ich fest, als ich meine Uhr überstreifte. Also zog ich mein Sakko an und schlenderte hinaus in die Halle, wo er bereits auf mich wartete. Zum Zeitvertreib studierte er gerade alte Ankündigungen auf dem Anschlagbrett des Clubs. Bei Amerikanern kann man sich meiner Erfahrung nach darauf verlassen, daß sie entweder zu früh oder zu spät zu einer Verabredung kommen; pünktlich sind sie nie. Ich blieb stehen und sah zu der gebeugten Gestalt hinüber. Bis auf einige dunklere Strähnen war Erics Haar nun silbrig weiß, und an seinem Anzug fehlte ein Knopf, was mir wieder ins Gedächtnis rief, daß er vor einem Jahr seine Frau verloren hatte. Wir begrüßten einander mit einem Händedruck und den üblichen Begrüßungsworten und fuhren dann mit dem Lift in die zweite Etage, wo sich der Speisesaal befand.

Der Speisesaal für die Mitglieder des Metropolitan Club unterscheidet sich kaum von denjenigen anderer Männervereine: eine gefällige Mischung von alten Lederfauteuils, alten Teppichen, alten Bildern und alten Mitgliedern. Ein Kellner führte uns zu einem Ecktisch, von dem aus man auf den Central Park sah. Wir bestellten und lehnten uns dann bequem zurück, um uns über alle die Dinge zu unterhalten, über die ich mich üblicherweise mit Bekannten unterhalte, die ich nicht öfter als zwei-, dreimal im Jahr treffe – das heißt also, über Familie, Kinder, gemeinsame Freunde, Beruf, Baseball und Kricket. Bis zum Kaffee waren wir glücklich beim Thema Kricket angelangt und begaben uns an das andere Ende des Saals, wo wir es uns in zwei abgenutzten Lederfauteuils bequem machten. Als der Kaffee serviert wurde, bestellte ich uns Brandy, während Eric eine große kubanische Zigarre auswickelte. Auf der Schleife stand zwar als Herkunftsland Westindien, doch ich wußte, daß es kubanische Zigarren waren, denn ich hatte sie ihm in einem Tabakladen im St. James am Piccadilly besorgt, der sich darauf spezialisiert hatte, für seine amerikanische Kundschaft die Schleifen auszuwechseln. Es ist meines Wissens wohl der einzige Laden der Welt, der Etiketten nur zu dem Zweck vertauscht, ein hochwertiges Produkt für ein minderwertiges auszugeben. Ich bin sicher, mein Weinhändler macht es genau umgekehrt.

Während Eric seine Zigarre anzuzünden versuchte, fiel mein Blick auf eine Tafel an der Wand. Es war, genauer gesagt, eine auf Hochglanz polierte Holzplakette, auf der in schrägen goldenen Lettern die Namen jener Männer standen, die aus den jährlichen Backgammon-Meister-schaften des Clubs als Sieger hervorgegangen waren. Nachlässig überflog ich die Liste, ohne zu erwarten, einem bekannten Namen zu begegnen, bis mein Blick plötzlich am Namen Edward Shrimpton hängenblieb. Ende der dreißiger Jahre war er einmal Zweiter geworden.

»Das ist interessant«, sagte ich.

»Was ist interessant?« fragte Eric, der nun in eine Rauchwolke gehüllt war, mit der man eine Dampflok in Gang setzen hätte können.

»Daß Edward Shrimpton in den späten dreißiger Jahren die Backgammon-Meisterschaft des Clubs gewonnen hat. Ich bin morgen mit ihm zum Mittagessen verabredet.«

»Ich wußte gar nicht, daß du ihn kennst.«

»Bis heute morgen war er mir auch noch unbekannt«, sagte ich und erzählte dann, wie wir einander kennengelernt hatten.

Eric lachte und begann seinerseits die Holztafel zu studieren.

Dann setzte er etwas geheimnisvoll hinzu: »Das war ein Abend, den ich mein Lebtag nicht vergessen werde.«

»Wieso?« fragte ich.

Eric zögerte und schien ein wenig unsicher, doch dann fuhr er fort: »Es ist inzwischen so viel Wasser die Flüsse hinabgeflossen, daß es keine Rolle mehr spielt.« Wieder machte er eine Pause und merkte gar nicht, daß von seiner Zigarre ein Stückchen Glut zu Boden fiel und die Brandlöcher, die wie ein Muster den Teppich übersäten, um ein neues vermehrte.

»Kurz vor dem Krieg zählte Edward Shrimpton zu den sechs besten Backgammonspielern der Welt. Ungefähr zu dieser Zeit, glaube ich, hat er die inoffizielle Weltmeisterschaft in Monte Carlo gewonnen.«

»Und die Clubmeisterschaft zu gewinnen war er nicht imstande?«

»Es wäre falsch zu sagen, daß er dazu nicht imstande war, mein Junge. Sagen wir lieber, er hat sie nicht gewonnen.« Eric versank neuerlich in nachdenkliches Schweigen.

»Könntest du mir das etwas genauer erklären?« fragte ich, neugierig auf die Fortsetzung der Geschichte, »oder läßt du mich zappeln wie ein Kind, das wissen möchte, wer den bösen Wolf getötet hat?«

»Gut Ding braucht Weile; laß mich erst einmal diese verflixte Zigarre wieder zum Brennen bringen.«

Ich wartete schweigend, und vier Streichhölzer später sagte er: »Bevor ich weitererzähle, sieh dir einmal den Mann an, der mit der jungen Blondine dort drüben sitzt.«

Ich wendete mich unauffällig um und sah an einem der Eßtische einen Mann sitzen, der sich über ein Porterhouse-Steak hermachte. Er schien etwa in Erics Alter zu sein und trug einen schicken neuen Anzug, der jedoch seine Gewichtsprobleme nicht zu kaschieren vermochte: Sein Anblick konnte höchstens seinem Schneider Vergnügen bereiten. Ihm gegenüber saß eine magere, nicht unattraktive blonde Frau, halb so alt wie er, die auf einen Käfer treten hätte können, ohne diesen dabei ernstlich zu verletzen.

»Ein merkwürdig ungleiches Paar. Wer ist das?«

»Harry Newman und seine vierte Frau. Sahen alle gleich aus. Die Frauen, meine ich: alle blond, blauäugig, fünfundvierzig Kilo leicht und hirnlos. Es war mir immer schon ein Rätsel, wozu ein Mann sich scheiden läßt, nur um dann die exakte Kopie seiner vorigen Frau zu heiraten.«

»Was hat dieser Mann mit Edward Shrimpton zu tun?«
fragte ich, um Eric auf das Thema zurückzubringen.

»Nur Geduld«, sagte mein Gastgeber und hielt wieder
ein brennendes Streichholz an seine Zigarre. »In deinem
Alter hat man noch viel mehr Zeit zu verlieren als in
meinem.«

Lachend nahm ich das mir zunächst stehende Glas in
beide Hände und schwenkte den Cognac darin.

Durch die dichten Rauchwolken hindurch nun schon
kaum mehr sichtbar, setzte mein Gegenüber fort: »Es war
Harry Newman, der Edward Shrimpton beim Clubmei-
sterschaftsfinale in dem besagten Jahr schlug, obwohl er
nie ein wirklich erstklassiger Spieler war.«

»Das mußt du mir bitte erklären«, sagte ich, nachdem
ich mich überzeugt hatte, daß vor Edward Shrimpton tatsächlich Harry Newmans Namen auf der Tafel stand.

»Nun, das war so«, sagte Eric. »Nach dem Semifinale,
das Edward souverän gewonnen hatte, dachten wir alle,
das Finale wäre nur noch eine reine Formalität. Harry war
zwar immer ein guter Spieler gewesen, aber da ich selbst im
Semifinale gegen ihn gespielt hatte, wußte ich, daß er gegen Edward Shrimpton überhaupt keine Chance hatte.
Das Clubfinale gewinnt der Spieler, der als erster 21 Punk-
te erreicht, und hätte man mich damals um meine Meinung gefragt, so hätte ich auf einen Spielausgang von 21 zu
5 zu Edwards Gunsten getippt. Verflixte Zigarre«, brummte er und zündete sie ein viertes Mal an. Ich wartete mit
wachsender Ungeduld.

»Das Finale findet immer an einem Samstagabend
statt, und der arme Harry dort«, sagte Eric, indem er mit
der Zigarre in seine Richtung wies und dabei neuerlich
Asche auf den Teppich fallen ließ, »Harry, von dem wir

alle dachten, er sei sehr erfolgreich im Versicherungsge-
schäft, bekam am Montag vor dem Finale den Konkurser-
öffnungsbeschluß vorgelegt – wozu ich noch sagen muß,
daß er selbst daran gänzlich unschuldig war. Sein Geschäftspartner hatte hinter seinem Rücken das Betriebs-
kapital abgehoben, sich damit aus dem Staub gemacht
und Harry mit den unbezahlten Rechnungen zurückgelassen. Im Club hatte jeder aufrichtiges Mitleid mit ihm.

Am Donnerstag bekam die Presse Wind von der Sache, und um das Maß voll zu machen, verbreitete sie im
Anschluß daran auch noch die Meldung, daß Harrys
Frau mit seinem Geschäftspartner durchgebrannt sei.
Die ganze Woche über ließ Harry sich im Club nicht blik-
ken, und manche dachten schon, daß er zum Finale
vielleicht gar nicht antreten und Edward kampflos gewinnen lassen würde, zumal das Endresultat ja ohnedies
im vorhinein feststand. Da das Organisationskomitee
von Harry jedoch keine Rücktrittserklärung erhielt, traf
es die Vorbereitung zum Spiel, als ob nichts geschehen
wäre. Am Tag des Finales aß ich mit Edward Shrimpton
hier im Club zu Abend. Er aß sehr wenig und trank nur
Wasser. Wäre ich gefragt worden, ich hätte keinen Penny
auf Harry Newman gesetzt, selbst wenn die Wetten zehn
zu eins gestanden wären.

Wir aßen alle oben, im dritten Stock, weil das Komitee
in diesem Raum hier die Stühle schon so angeordnet hatte, daß sechzig Zuschauer im Viereck um den Spieltisch
sitzen konnten. Das Finale sollte um neun Uhr beginnen.
Schon zwanzig Minuten vorher war kein Platz mehr frei,
und die Mitglieder standen bereits in Zweierreihen hinter
den Sitzplätzen: Es war kein alltägliches Schauspiel, einen
Weltmeister in Aktion zu sehen. Fünf vor neun war Har-

ry noch immer nicht aufgetaucht, und einige Clubmitglieder begannen unruhig zu werden. Als es neun schlug, ging der Schiedsrichter zu Edward und wechselte einige Worte mit ihm. Ich sah, wie Edward sich mit einem ablehnenden Kopfschütteln entfernte. Just als ich dachte, dem Schiedsrichter werde nun doch nichts anderes übrigbleiben, als Edward den Sieg zuzusprechen, erschien Harry, fein herausgeputzt in einem um mehrere Nummern kleineren Smoking als dem, den er heute trägt. Edward ging auf ihn zu, schüttelte ihm herzlich die Hand und ging mit ihm zum Spieltisch. Das Match war schon vom ersten Zug an spannungsgeladen. Neugierig erwartete man den Ausgang der Anfangsrunde.«

Die meine Geduld strapazierende Zigarre war wieder erloschen. Ich lehnte mich vor, um Eric Feuer zu geben.

»Danke, mein Junge. Also, wo waren wir stehengeblieben? Ach ja, bei der ersten Runde. Nun, Edward gewann sie nur mit knappem Vorsprung, und ich fragte mich, ob er unkonzentriert spielte oder durch das lange Warten auf seinen Gegner zu sehr abgelenkt worden war. In der zweiten Runde hatte Harry Glück beim Würfeln und gewann ohne Anstrengung. Von da an entwickelte sich das Spiel zu einem sehr schönen Wettstreit, und als es 11 zu 9 zu Edwards Gunsten stand, war die Spannung unter den Zuschauern an ihrem Höhepunkt angelangt. Bei der neunten Runde begann ich Edward genauer zu beobachten und bemerkte, daß er sich auf ein *back game* einließ; ein kaum merklicher Fehler, der nur einem erfahrenen Spieler auffallen konnte. Ich fragte mich, wie viele solche kaum merklichen Fehler ich bisher schon übersehen haben mochte. Harry gewann auch die neunte Runde, und damit stand das Spiel nun 18 zu 17 für ihn. Mit erhöhter

Aufmerksamkeit beobachtete ich, wie Edward gerade nur so viel unternahm, daß er die zehnte Runde knapp gewann, und anschließend, mit einer schnellen Verdoppelung, die elfte knapp verlor, wodurch bei einem Spielstand von 2o Punkten unentschieden nun alles vom Ausgang der letzten Runde abhing. Ich kann dir versichern, daß im Lauf dieses Abends nicht einer der Zuschauer den Raum verließ und keiner zurückgelehnt auf seinem Stuhl saß; einige waren sogar auf die Fensterbänke geklettert. Die Luft im Raum war jetzt stickig von Tabaksqualm und Alkoholgeruch, doch als Harry die Würfel zur letzten Runde warf, konnte man den Aufprall der kleinen Elfenbeinwürfel auf dem Spieltisch bis in die letzten Reihen vernehmen. In dieser Endrunde war das Glück auf Harrys Seite, und nur ganz am Beginn des Spiels sah ich Edward einen kleinen Fehler begehen; es genügte jedoch, um Harry Endsieg und Meistertitel zu sichern. Nach dem letzten Zug erhoben sich alle, einschließlich Edward, zu einer stehenden Ovation für Harry.«

»Haben eigentlich noch viele andere Zuschauer erfaßt, was sich an diesem Abend tatsächlich abgespielt hatte?«

»Nein, ich glaube nicht«, sagte Eric. »Und mit Sicherheit nicht bemerkt hatte es Harry Newman. Nachher hieß es, Harry habe noch nie in seinem Leben so gut gespielt, und sein Sieg sei in Anbetracht der persönlichen Schwierigkeiten, in denen er damals steckte, erst recht bewundernswert.«

»Hat Edward sich zu dem Match geäußert?«

»Es sei das härteste Match seit Monte Carlo gewesen, und er hoffe nur, sich im nächsten Jahr revanchieren zu können.«

»Das hat er aber nicht getan«, sagte ich mit einem Blick

auf die Siegertafel. »Er hat die Clubmeisterschaft niemals gewonnen.«

»Stimmt. Nachdem sich Roosevelt in den Kopf gesetzt hatte, daß wir unseren englischen Freunden zu Hilfe kommen müßten, wurden die Clubmeisterschaften bis zum Jahr 1946 ausgesetzt. Und zu diesem Zeitpunkt hatte Edward, der den Krieg mitgemacht hatte, bereits jegliches Interesse an dem Spiel verloren.«

»Und Harry?«

»Harry? Mit dem ging es von da an bergauf. Er muß an jenem Abend ein gutes Dutzend Geschäftsverträge abgeschlossen haben. Ein Jahr später war er jedenfalls über dem Berg und hatte sich sogar wieder eine nette kleine Blondine geangelt.«

»Und wie äußert sich Edward heute, dreißig Jahre später, über das Spielergebnis?«

»Gar nicht. Er hat sein Geheimnis bis heute nicht preisgegeben und über dieses Spiel, soviel ich weiß, nie mehr ein Wort verloren.«

Erics Zigarre hatte nun endgültig ihre Schuldigkeit getan, und er drückte den Stummel in dem bis dahin unbenutzt gebliebenen Aschenbecher aus. Das schien zugleich das Aufbruchssignal für ihn zu sein. Etwas unsicher erhob er sich, und ich begleitete ihn bis zur Ausgangstür.

»Leb wohl, mein Junge«, sagte er. »Bitte richte Edward meine besten Grüße aus, wenn du dich morgen mit ihm triffst. Und erwähne ihm gegenüber nur ja das Backgammonmatch nicht, sonst bringt er dich um!«

Am nächsten Tag betrat ich die Eingangshalle ein paar Minuten vor der verabredeten Zeit, da ich nicht wußte, ob Edward zur Kategorie der zu früh oder der zu spät kommenden Amerikaner zählte. Punkt ein Uhr trat er über die Schwelle: Ausnahmen bestätigen die Regel. Wir beschlossen, gleich in den Speisesaal zu gehen, da er schon um halb drei eine Verabredung in der Wall Street hatte. Wir bestiegen den Lift, ich drückte auf den Knopf Nummer drei, die Türen schlossen sich gleich einer müden Ziehharmonika, und der langsamste Lift Amerikas überwand ächzend den Höhenunterschied bis zum übernächsten Stockwerk.

Beim Betreten des Speisesaals erblickte ich zu meiner Belustigung Harry Newman, der sich schon wieder über ein Steak hermachte, während die kleine Blondine an einem Salatblatt knabberte. Freudestrahlend winkte er Edward Shrimpton zu, der diese Begrüßung mit einem freundlichen Kopfnicken erwiderte. Wir setzten uns an einen Tisch in der Mitte des Raumes und studierten die Speisekarte. Als Tagesmenü gab es – wie wahrscheinlich in fünfzig Prozent aller Männerclubs der Welt – Steak und Nierenpastete. Edward schrieb unsere Bestellung in sauberer und leserlicher Handschrift auf den dafür bereitliegenden weißen Zettel.

Dann stellte er mir Fragen über die Autorin, die ich unter Vertrag nehmen wollte, und machte einige scharfsinnige Bemerkungen über ihre Bücher, auf die ich antwortete, so gut ich konnte, während ich gleichzeitig angestrengt überlegte, wie ich ihn auf die Vorkriegsbackgammonmeisterschaft bringen könnte, die ich für eine weitaus bessere Story hielt als alles, was diese Dame je geschrieben hatte. Während wir aßen, sprach er jedoch nicht ein einziges Mal von sich selbst, so daß ich diesen Plan aufgab und schließlich mit einem Blick auf die hölzerne Plakette ganz plump sagte:

»Wie ich sehe, sind Sie vor dem Krieg Zweiter bei der Backgammon-Meisterschaft des Clubs geworden. Sie müssen ein sehr guter Spieler gewesen sein.«

»Nicht wirklich gut, nein«, erwiderte er. »Wissen Sie, man machte damals nicht so viel Aufhebens um dieses Spiel. Anders als heute, wo die jungen Leute das alles so tierisch ernst nehmen.«

»Und der Champion?« fragte ich in einem letzten Anlauf.

»Harry Newman? Oh, der spielte wirklich hervorragend, besonders wenn er unter Druck stand. Es ist der Herr, der uns vorhin begrüßt hat, als wir kamen. Er sitzt mit seiner Frau dort drüben, an dem Ecktisch.«

Gehorsam sah ich zu Harry Newmans Tisch hinüber, doch da mein Gastgeber nichts weiter sagte, gab ich auf. Wir bestellten Kaffee, und Edwards Geschichte hätte an dieser Stelle geendet, wären nicht kurz darauf Harry Newman und seine Frau geradewegs auf unseren Tisch zugesteuert. Obwohl zwanzig Jahre älter als ich, hatte Edward sich lange vor mir von seinem Stuhl erhoben. Harry sah stehend noch imposanter aus, und seine kleine blonde Frau konnte man eher für das Dessert als für seine Gemahlin halten.

»Hallo Ed«, polterte er, »wie geht's dir?«

»Danke, gut, Harry«, antwortete Edward. »Darf ich dir meinen Gast vorstellen?«

»Freut mich, Ihre Bekanntschaft zu machen«, sagte Harry. »Sieh mal, Rusty, nun lernst du endlich Edward Shrimpton kennen, von dem ich dir schon so viel erzählt habe.«

»Ach, du hast mir schon von ihm erzählt, Harry?« quiekte sie.

»Aber ja, natürlich! Du erinnerst dich doch, Schätzchen. Eds Name steht dort auf der Ehrentafel, direkt unter meinem. Und Ed war damals Weltmeister. Nicht wahr, Ed?«

»Ja, das stimmt, Harry.«

»Dann wäre damals also eigentlich mir der Weltmeistertitel zugestanden, findest du nicht auch?«

»Ich kann dem nicht widersprechen«, entgegnete Edward.

»An meinem großen Tag, Rusty, als es um die Wurst ging und ich unter Hochdruck stand, habe ich ihn in offenem und ehrlichem Kampf besiegt.«

Mir verschlug es vor Staunen die Sprache, denn Edward erhob noch immer keinen Einspruch.

»Wir sollten in Erinnerung an alte Zeiten wieder mal ein Spielchen riskieren«, fuhr der Dicke fort. »Ich bin neugierig, ob du mich diesmal unterkriegen würdest. Allerdings bin ich leider nicht mehr so rüstig, sondern schon etwas rostig, Rusty.« Er lachte lautstark über seinen eigenen Witz, doch seine Ehefrau verzog keine Miene. Ich fragte mich, wie lange es wohl dauern würde, bis es eine fünfte Mrs. Newman gab.

»Es war ein Vergnügen, dich wiederzusehen, Ed. Gib gut acht auf dich.«

»Danke, Harry«, erwiderte Edward.

Als Harry Newman und seine Frau gegangen waren, setzten wir uns wieder. Der Kaffee war inzwischen kalt geworden, und wir bestellten uns ein zweites Kännchen. Der Raum hatte sich allmählich geleert, und nachdem ich uns den heißen Kaffee eingeschenkt hatte, lehnte Edward sich vor und flüsterte im Verschwörerton:

»Für Sie als Verleger wäre das eine Bombengeschichte«, sagte er. »Ich meine, die Wahrheit über Harry Newman.«

Gespannt auf seine Version der Geschehnisse vor mehr als dreißig Jahren spitzte ich die Ohren.

»Tatsächlich?« fragte ich mit Unschuldsmiene.

»Jawohl«, sagte Edward. »Die Sache war nämlich nicht so einfach, wie Sie vielleicht glauben. Harry wurde damals, kurz vor Kriegsbeginn, von seinem Geschäftspartner übers Ohr gehauen, der ihm nicht nur sein Geld stahl, sondern zu allem Überfluß auch noch seine Frau mitnahm. Ausgerechnet in der Woche, in der er am absoluten Tiefpunkt angelangt war, hat er die Clubmeisterschaft gewonnen, sich von da an über alle Schwierigkeiten hinweggesetzt und sich trotz härtester Konkurrenz eine glanzvolle neue Berufskarriere aufgebaut. Heute ist er ein schwerreicher Mann, müssen Sie wissen. Nun, wäre das nicht eine Bombengeschichte?«

Isabel Allende

Geschenk für eine Braut

Horacio Fortunato war gerade sechsundvierzig Jahre alt
geworden, als die Frau in sein Leben trat, die imstande
war, ihm seine Rüpelallüren auszutreiben und die Auf-
schneiderei abzugewöhnen. Er gehörte zum Geschlecht
der Zirkusleute, zu diesen Menschen, die mit Gummi-
knochen geboren werden und einer natürlichen Fähigkeit, Saltos zu drehen, und in einem Alter, in dem andere
Kinder noch auf der Erde krabbeln, hängen sie sich kopf-
unter ans Trapez und putzen dem Löwen die Zähne. Bevor sein Vater aus seinem bislang eher komischen Unternehmen ein seriöses machte, hatte sich der Zirkus
Fortunato mehr schlecht als recht durchgeschlagen. In
manchen Katastrophenzeiten hatte sich die Truppe auf
zwei, drei Mitglieder des Familienclans vermindert, die in
einem klapprigen Karren über die Straßen zockelten und
in armseligen Dörfern ihr zerschlissenes Zelt aufschlugen.
Horacios Großvater nahm allein die ganze Last der Vor-
führung auf sich: Er lief auf dem Schlappseil, jonglierte
mit brennenden Fackeln, schluckte toledanische Säbel,
zauberte ebenso viele Orangen wie Schlangen aus einem
Zylinderhut und tanzte ein anmutiges Menuett mit seiner
einzigen Partnerin, einer mit Matrosenkleid und Feder-
hut aufgeputzten Äffin. Aber der Großvater schaffte es,
mit dem Elend fertig zu werden, und während mancher

andere Zirkus einging, von moderneren Vergnügungs-
stätten besiegt, rettete er den seinen und konnte sich am
Ende seines Lebens in den Süden des Kontinents zurück-
ziehen und Spargel und Erdbeeren züchten, nachdem er
seinem Sohn ein schuldenfreies Unternehmen übergeben
hatte. Fortunato II. hatte weder die Anspruchslosigkeit
seines Vaters geerbt, noch neigte er zu Gleichgewichts-
übungen auf dem Seil oder zu Pirouetten mit einem
Schimpansen, dafür aber verfügte er über einen tüchtigen
Geschäftssinn. Unter seiner Leitung nahm der Zirkus an
Umfang und Ansehen zu, bis er der größte des Landes
war. Drei gewaltige gestreifte Zeltdächer ersetzten das be-
scheidene Lumpenzelt der schlechten Zeiten, eine Reihe
von Käfigen beherbergte einen wandernden Zoo von
dressierten Tieren, andere, phantastisch aufgeputzte Wagen beförderten die Artisten, darunter den einzigen herm-
aphroditischen und bauchredenden Zwerg der Geschichte. Eine genaue Nachbildung der Karavelle von Christoph
Kolumbus auf Rädern vervollständigte den internationalen Zirkus Fortunato. Diese eindrucksvolle Karawane
reiste nicht ins Blaue hinein, wie das einst beim Großvater üblich gewesen war, sondern in gerader Linie über die
Fernverkehrsstraßen vom Rio Grande bis zur Magellan-
straße und machte nur in den großen Städten halt, wo sie
mit solchem Riesenklamauk von Trommlern, Elefanten
und Clowns einzog, die Karavelle an der Spitze als prun-
kende Erinnerung an die Entdeckung Amerikas, daß es
wahrhaftig niemanden gab, der nicht gewußt hätte, daß
der Zirkus da war.

Fortunato II. heiratete eine Trapezkünstlerin und hatte
mit ihr einen Sohn, den sie Horacio nannten. Die Frau
trennte sich unterwegs in einer größeren Stadt von ihrem

Mann, sie wollte unabhängig sein und sich mit ihrem unsicheren Beruf allein durchschlagen; das Kind überließ sie dem Vater. Eine nur sehr verschwommene Erinnerung an sie verblieb dem Sohn im Gedächtnis, er konnte das Bild seiner Mutter nicht von den zahlreichen Akrobatinnen unterscheiden, die er in seinem Leben kennenlernte. Als er zehn Jahre alt war, heiratete sein Vater zum zweitenmal, wieder eine Artistin seines Zirkus, diesmal eine Schulreiterin, die es fertigbrachte, kopfstehend auf einem galoppierenden Pferd zu balancieren oder mit verbundenen Augen von einem Tier auf das andere zu springen. Sie war sehr schön. Soviel Wasser, Seife und Parfum sie auch benutzte, konnte sie doch eine Spur Pferdegeruch, ein herbes Aroma von Schweiß und Anstrengungen nicht loswerden. Auf ihrem großmütigen Schoß fand der kleine Horacio, eingehüllt in diesen einzigartigen Geruch, Trost für das Fehlen der Mutter. Aber schließlich verschwand auch die Reiterin, ohne sich zu verabschieden. In seinen reifen Jahren heiratete Fortunato II. ein drittes Mal, und zwar eine Schweizerin, die von einem Touristenbus aus Amerika kennenlernen wollte. Er war seines Beduinendaseins müde und fühlte sich zu alt für immer neue Aufregungen, und als sie ihn bat aufzuhören, hatte er nicht das geringste dagegen, den Zirkus für ein seßhaftes Leben einzutauschen, und setzte sich auf einem Chalet in den Alpen zur Ruhe, beschaulich zwischen Bergen und Wäldern. Sein Sohn Horacio, der inzwischen in den Zwanzigern war, übernahm den Zirkus.

Horacio war in unsicheren Verhältnissen aufgewachsen – dauernd den Ort wechseln, über Rädern schlafen, unter einem Zelt leben; aber er war sehr zufrieden mit seinem Los. Nie hatte er andere Kinder beneidet, die in grauer Uniform in die Schule gingen und deren Lebensweg von Geburt an vorgeschrieben war. Er dagegen fühlte sich mächtig und frei. Er kannte alle Geheimnisse des Zirkus und putzte mit derselben heiteren Bereitwilligkeit den Kot der wilden Tiere weg, mit der er, als Husar gekleidet, sich in zwanzig Meter Höhe schaukelte und das Publikum mit seinem Bubenlächeln bezauberte. Wenn er sich irgendwann nach ein wenig Beständigkeit gesehnt haben sollte, hätte er das nicht einmal im Schlaf zugegeben. Die Erfahrung, verlassen worden zu sein, zuerst von der Mutter und dann von der Stiefmutter, hatte ihn mißtrauisch gemacht, vor allem gegen Frauen, aber er wurde kein Zyniker, denn er hatte vom Großvater ein gefühlvolles Herz geerbt. Er hatte eine beträchtliche Begabung für den Zirkus, aber mehr noch als die Kunst interessierte ihn die geschäftliche Seite. Von klein an hatte er sich vorgenommen, reich zu werden, in der naiven Vorstellung, mit Geld die Sicherheit zu erreichen, die er in seiner Familie nicht gefunden hatte. Er versah sein Unternehmen mit Tentakeln, indem er eine auf verschiedene Großstädte verteilte Kette von Boxstadien kaufte. Vom Boxen kam er ganz natürlich zum Catchen, und da er ein Mann mit einer verspielten Phantasie war, wandelte er diesen groben Sport zu einem dramatischen Schauspiel um. So führte er einige bemerkenswerte Neuheiten ein: die Mumie, die sich in einem ägyptischen Sarkophag im Ring vorstellte; Tarzan, der seine Blöße mit einem so winzigen Tigerfell bedeckte, daß das Publikum bei jedem Sprung den Atem anhielt in der Hoffnung, es könnte etwas enthüllt werden; den Engel, der sein Goldhaar verwettete und es jeden Abend unter der Schere des grausamen Kuramoto – eines als Samurai verkleideten Mapuche-Indios – lassen mußte, um am folgenden Tag mit unversehrtem Lockenhaupt in den Ring zurückzukehren, ein unwiderlegbarer Beweis seiner himmlischen Beschaffenheit. Diese und andere geschäftliche Abenteuer sowie sein Auftreten in der Öffentlichkeit mit zwei Leibwächtern, deren Aufgabe darin bestand, seine Konkurrenten einzuschüchtern und die Neugier der Frauen zu reizen, brachten ihn in den Ruf eines gefährlichen Burschen, an dem er seine große Freude hatte. Er führte ein munteres Leben, reiste durch die Welt, schloß Verträge ab und suchte nach Mißgeburten, verkehrte in Clubs und Casinos, besaß ein Haus ganz aus Glas in Kalifornien und einen Rancho in Yucatán, aber die meiste Zeit des Jahres wohnte er in den Hotels der Reichen. Er genoß die Gesellschaft von mietbaren Blondinen, unter denen er die sanften mit den prangenden Brüsten bevorzugte, als Huldigung an seine einstige Stiefmutter, aber er ließ sich Liebesangelegenheiten nicht zu Herzen gehen, und als sein Großvater von ihm verlangte, er solle heiraten und Kinder in die Welt setzen, antwortete er ihm, er müßte ja schön verrückt sein, wenn er aufs Eheschafott klettern wollte. Er war ein grobschlächtiger, ziemlich dunkler Bursche, frisierte sich lässig auf Teufelskerl, hatte schrägstehende Augen und eine herrische Stimme, die seine fröhliche Vulgarität noch betonte. Für Eleganz hatte er viel übrig, er kaufte sich die teuerste Kleidung, aber seine Anzüge waren immer ein wenig zu prächtig, die Krawatte etwas zu gewagt, der Rubin an seinem Finger allzu protzig, sein Parfum allzu durchdringend.

Dieser Mann, der ein gut Teil seines Daseins die Welt mit seinem Lebenswandel empört hatte, begegnete eines Dienstags im März Patricia Zimmerman, und aus war's mit der Unbeständigkeit des Gefühls und der Klarheit des

Gedankens. Es war im allerersten Nobelrestaurant der Stadt, er saß da mit vier Kumpanen und einer Filmdiva, die er für eine Woche auf die Bahamas mitzunehmen gedachte, als Patricia am Arm ihres Mannes den Raum betrat, in Seide gekleidet und mit ein paar ihrer Brillanten geschmückt, die die Firma Zimmerman und Cie. berühmt gemacht hatten. Niemand konnte sich mehr von seiner unvergeßlichen, nach Pferdeschweiß riechenden Stiefmutter oder den gefälligen Blondinen unterscheiden als diese Frau. Er sah sie herankommen, klein, zart, die feinen Schlüsselbeine im Ausschnitt sichtbar, das kastanienbraune Haar in einem strengen Knoten zusammengefaßt, und er fühlte, wie ihm die Knie weich wurden und in seiner Brust etwas unerträglich zu brennen begann. Er hatte eine Vorliebe für die prallen Weibchen mit schlichtem Gemüt, die zu einer nächtlichen Lustbarkeit gern bereit waren, und diese Frau mußte er sich von nahem ansehen, um ihre Qualitäten einschätzen zu können, aber auch dann wären sie nur für ein Auge erkennbar gewesen, das geübt war, Feinheiten zu würdigen, was nicht Horacio Fortunatos Fall war. Wenn die Hellseherin in seinem Zirkus ihre Kristallkugel befragt und ihm prophezeit hätte, er werde sich auf den ersten Blick in eine vierzigjährige hochmütige Aristokratin verlieben, würde er herzlich gelacht haben, aber genau das passierte, als er sie auf sich zukommen sah wie den Schatten einer Kaiserinwitwe aus alter Zeit in ihrer schwarzen Kleidung und dem Blinkfeuer all der Brillanten, die an ihrem Hals funkelten. Patricia ging an ihm vorbei, und einen Augenblick stockte sie vor diesem Riesen, dem die Serviette aus der Weste hing und eine Spur Soße im Mundwinkel klebte. Horacio konnte endlich ihr Parfum riechen und ihr Adlerprofil bewun-

dern, und augenblicklich waren die Filmdiva, die Leib-
wächter, die Geschäfte und alle Vorsätze vergessen, und er
beschloß in vollem Ernst, diese Frau dem Juwelier wegzu-
nehmen und sie zu lieben, so sehr er nur konnte. Er schob
seinen Stuhl halb herum, ohne seine Gäste zu beachten,
und maß die Entfernung, die ihn von ihr trennte, während Patricia Zimmerman sich fragte, ob dieser Unbe-
kannte wohl üble Absichten haben mochte, weil er ihre
Juwelen so prüfend anstarrte.

Am selben Abend noch traf im Haus der Zimmermans
ein riesiger Strauß Orchideen ein. Patricia betrachtete die
beigefügte Karte, ein sepiafarbenes Rechteck mit einem
Namen wie aus einem Roman in vergoldeten Arabesken.
Höchst geschmacklos, murmelte sie und erriet sofort,
daß das der aufdringliche Kerl aus dem Restaurant gewesen sein mußte. Sie gab Anweisung, das Geschenk auf die
Straße zu werfen, und hoffte, der Absender würde ums
Haus streichen und sich vom Verbleib seiner Blumen
überzeugen können. Tags darauf wurde ein Kristallkäst-
chen mit einer einzigen, vollkommenen Rose darin abge-
geben, ohne Karte. Auch das tat der Diener zum Abfall.
In den folgenden Tagen kamen verschiedene Sträuße an:
ein Korb mit Wildblumen in einem Bett aus Lavendel,
eine Pyramide aus weißen Nelken in einem Silberpokal,
ein Dutzend aus Holland eingeflogener schwarzer Tulpen
und andere Blumensorten, die in diesem heißen Land
unmöglich zu finden waren. Alle teilten das Schicksal des
ersten Straußes, aber das entmutigte den Verehrer nicht,
dessen Aufdringlichkeit so unerträglich wurde, daß Patricia Zimmerman schon nicht mehr wagte, den Hörer
abzunehmen aus Angst, seine Zweideutigkeiten säuseln-
de Stimme zu hören, wie es ihr noch am selben Dienstag

um zwei Uhr früh geschehen war. Briefe ließ sie ungeöffnet zurückgehen. Sie traute sich nicht mehr hinaus, weil sie Fortunato an den unmöglichsten Orten traf, wo sie ihn gewiß nicht erwartet hätte: er beobachtete sie in der Oper von der Nachbarloge aus, auf der Straße stand er bereit, die Tür ihres Autos aufzureißen, bevor ihr Chauffeur dazu kam, er materialisierte sich wie eine Sinnestäuschung im Fahrstuhl oder auf der Treppe. Sie war eine verängstigte Gefangene in ihrem eigenen Haus. Das wird schon vergehen, das wird schon vergehen, redete sie sich ein, aber Fortunato verflüchtigte sich nicht wie ein böser Traum, er war weiterhin dort, jenseits der Mauern, schnaufend und keuchend. Patricia Zimmerman dachte daran, die Polizei zu rufen oder sich um Hilfe an ihren Mann zu wenden, aber ihr Abscheu vor einem Skandal hielt sie zurück.

Eines Morgens, sie war gerade mit ihrer Korrespondenz beschäftigt, meldete der Diener ihr den Besuch des Präsidenten des Unternehmens Fortunato und Söhne.

»In meinem eigenen Haus, wie kann er es wagen!« murmelte Patricia mit wild klopfendem Herzen. Sie mußte sich die eiserne Disziplin zurückrufen, die sie in vielen Jahren Salonleben erworben hatte, um das Zittern ihrer Stimme und ihrer Hände zu unterdrücken. Einen Augenblick war sie versucht, diesem Wahnsinnigen ein für allemal entgegenzutreten, aber ihr wurde klar, daß ihr die Kräfte versagen würden, sie fühlte sich schon geschlagen, bevor sie ihn gesehen hatte.

»Sagen Sie ihm, ich bin nicht da. Geleiten Sie ihn hinaus, und geben Sie allen Angestellten Bescheid, daß der Herr in diesem Hause nicht willkommen ist«, sagte sie dem Diener.

Am Tag darauf gab es keine exotischen Blumen zum Frühstück, und Patricia dachte mit einem zornigen Seufzer der Erleichterung, daß dieser Mensch endlich ihre Botschaft verstanden hatte. An diesem Morgen fühlte sie sich zum erstenmal wieder frei und ging aus zum Tennisspielen und in den Schönheitssalon. Um zwei Uhr nachmittags kehrte sie mit einem neuen Haarschnitt und starken Kopfschmerzen zurück. Beim Eintreten sah sie auf dem Tisch in der Diele ein mit dunkelviolettem Samt bezogenes Etui, auf dem der Firmenname Zimmerman in Goldbuchstaben eingepreßt war. Sie öffnete es ein wenig zerstreut, sie glaubte, ihr Mann hätte es dort liegengelassen, und fand darin ein Smaragdhalsband, begleitet von einer jener schwülstigen sepiafarbenen Karten, die sie kennen- und verabscheuen gelernt hatte. Ihre Kopfschmerzen verwandelten sich in Panik. Dieser Abenteurer schien entschlossen zu sein, ihr Leben zugrunde zu richten, nicht nur, daß er bei ihrem Mann ein Schmuckstück kaufte, das sie nie hätte tragen können, er schickte es ihr auch noch unverfroren ins Haus. Diesmal konnte sie das Geschenk unmöglich in den Müll werfen wie die Blumen. Das Etui gegen die Brust gepreßt, schloß sie sich in ihrem Zimmer ein. Eine halbe Stunde später rief sie den Chauffeur und trug ihm auf, ein Päckchen bei derselben Adresse abzuliefern, wohin er mehrere Briefe zurückgebracht hatte. Als sie sich von dem Schmuck befreit hatte, fühlte sie keinerlei Erleichterung, im Gegenteil, ihr war, als versänke sie in einem Sumpf.

Aber zu diesem Zeitpunkt watete auch Horacio Fortunato in einem Sumpf, ohne einen Schritt voranzukommen drehte und wendete er sich bald hierhin, bald dorthin. Nie zuvor hatte er soviel Zeit und Geld aufwenden müssen, wenn er sich um eine Frau bemühte, allerdings war ihm auch klar, daß diese anders war als alle, die er bis jetzt gehabt hatte. Zum erstenmal in seinem leichtsinnigen Leben fühlte er sich lächerlich, er konnte so nicht mehr lange weitermachen, seine Stiergesundheit litt bereits beträchtlich, er fuhr häufig aus dem Schlaf auf, der Atem wurde ihm knapp, das Herz kam aus dem Takt, in seinem Magen brannte es, und in seinen Schläfen läuteten Glocken. Auch seine Geschäfte krankten an den Auswirkungen seines Liebeskummers, er faßte überstürzte Entschlüsse und verlor Geld. Verflucht, ich weiß schon nicht mehr, wer ich bin und wo ich stehe, verdammt soll sie sein, knurrte er schwitzend, aber nicht einen Augenblick erwog er die Möglichkeit, die Jagd aufzugeben.

Als er das dunkelviolette Etui wieder in den Händen hielt und niedergeschlagen in seinem Hotelzimmer im Sessel saß, fiel ihm sein Großvater ein. An seinen Vater dachte er sehr selten, um so häufiger aber an diesen unglaublichen Großvater, der mit über neunzig Jahren noch sein Grünzeug anbaute. Er griff zum Telefon und verlangte ein Ferngespräch.

Der alte Fortunato war fast taub und konnte auch den Mechanismus dieses teuflischen Apparates nicht begreifen, der ihm Stimmen vom andern Ende der Erde ins Haus brachte, aber das hohe Alter hatte ihm nichts von der Klarheit des Verstandes genommen. Er hörte so gut er konnte der traurigen Geschichte seines Enkels bis zum Ende zu, ohne ihn zu unterbrechen.

»Diese Schlampe leistet sich also den Luxus, sich über meinen Jungen lustig zu machen, was?«

»Sie sieht mich nicht einmal an, Großpapa. Sie ist reich, schön, vornehm, sie hat alles.«

»Aha … und einen Ehemann hat sie auch.«

»Hat sie auch, aber das ist das wenigste. Wenn sie mich nur mit sich sprechen ließe!«

»Sprechen? Wozu? Es gibt nichts, was man mit einer Frau wie der sprechen kann, Junge.«

»Ich hab ihr ein herrliches Halsband geschenkt, und sie hat es mir ohne ein einziges Wort zurückgeschickt.«

»Gib ihr etwas, was sie nicht hat.«

»Was denn zum Beispiel?«

»Einen guten Grund zum Lachen. Das versagt nie bei den Frauen«, und der Großvater schlief mit dem Hörer in der Hand ein und träumte von all den Mädchen, die ihn geliebt hatten, als er noch lebensgefährliche Kunststücke auf dem Trapez vorgeführt und mit seiner Äffin getanzt hatte.

Am folgenden Tag begrüßte der Juwelier Zimmerman in seinem Geschäft eine reizende junge Dame, Maniküre von Beruf, wie sie ihm erzählte, die ihm dasselbe Smaragdhalsband, das er achtundvierzig Stunden vorher verkauft hatte, zum halben Preis anbot. Der Juwelier erinnerte sich sehr gut an den Käufer, einen eingebildeten Lümmel, den man unmöglich vergessen konnte.

»Ich brauche ein Schmuckstück, das imstande ist, die Verteidigungswaffen einer hochmütigen Dame untauglich zu machen«, hatte er gesagt.

Zimmerman hatte ihn kurz gemustert und sofort entschieden, daß er einer dieser Neureichen sein müsse, die ihr Geld mit Kokain oder mit Öl gemacht haben. Er hatte keinen Sinn für Vulgaritäten, er war an eine andere Klasse von Leuten gewöhnt. Sehr selten bediente er die Kunden selbst, aber dieser Mensch hatte darauf bestanden, mit ihm zu sprechen, und schien geneigt, sein Geld ohne Zögern zu verschwenden.

»Was empfehlen Sie mir?« hatte er vor dem Fach gefragt, in dem die wertvollsten Stücke lagen.

»Das kommt auf die Dame an. Rubine und Perlen schimmern am schönsten auf brauner Haut, Smaragde kommen auf einem helleren Teint besser zur Geltung, Brillanten sind immer vollendet schön.«

»Sie hat schon zu viele Brillanten. Ihr Mann schenkt sie ihr, als wären es Karamelbonbons.«

Zimmerman hüstelte. Vertraulichkeiten dieser Art stießen ihn ab. Der Mann nahm das Halsband, trug es ohne große Umstände zum Licht, schüttelte es wie eine Glocke, und unter zartem Klingklang sprühten grüne Funken, während das Magengeschwür des Juweliers sich aufbäumte.

»Glauben Sie, daß Smaragde Glück bringen?«

»Ich nehme an, alle wertvollen Steine erfüllen diese Bedingung, Señor, aber ich bin nicht abergläubisch.«

»Das ist eine ganz besondere Frau. Ich darf mit dem Geschenk nicht danebentreffen, verstehen Sie?«

»Vollkommen.«

Aber offensichtlich war genau das geschehen, sagte sich Zimmerman und konnte ein spöttisches Lächeln nicht unterdrücken, als dieses Mädchen ihm das Halsband zurückbrachte. Nein, an dem Halsband war nichts falsch, sie, diese Kleine, war der Irrtum. Er hatte sich eine elegantere Frau vorgestellt, keinesfalls eine Maniküre mit solch einer Plastiktasche und einer so gewöhnlichen Bluse. Aber das Mädchen machte ihn neugierig, sie hatte etwas Verwundbares, Rührendes an sich, armes Ding, die wird kein gutes Ende nehmen in den Händen dieses Banditen, dachte er.

»Es ist besser, wenn Sie mir alles erzählen, Kind«, sagte Zimmerman.

Die junge Frau lieferte ihm die Geschichte ab, die sie auswendig gelernt hatte, und eine Stunde später verließ sie leichten Schrittes das Geschäft. Wie es von Anfang an geplant gewesen war, hatte der Juwelier nicht nur das Halsband zurückgekauft, sondern sie auch noch zum Abendessen eingeladen. Sie war schnell dahintergekommen, daß Zimmerman zu den Männern gehörte, die zwar schlau und mißtrauisch in geschäftlichen Belangen sind, aber arglos in allen übrigen Dingen, und daß es einfach sein werde, ihn über die Zeit hin abzulenken, die Horacio Fortunato brauchte und für die er zu zahlen bereit war.

Dies wurde ein denkwürdiger Abend für Zimmerman, der mit einem Essen gerechnet hatte und unversehens in ein leidenschaftliches Liebesabenteuer geriet. Am folgenden Tag traf er seine neue Freundin wieder, und gegen Ende der Woche teilte er Patricia stotternd mit, er müsse für ein paar Tage nach New York zu einer Versteigerung von russischen Kleinodien, die aus dem Jekaterinburger Massaker gerettet worden seien. Seine Frau hörte ihm nur halb zu.

Patricia, allein geblieben, hatte keine Lust auszugehen, zumal ihre Kopfschmerzen kamen und gingen und ihr keine Ruhe ließen. Also beschloß sie, an diesem Sonnabend nur zu faulenzen. Sie setzte sich auf die Terrasse und blätterte in Modezeitschriften. Es hatte die ganze Woche nicht geregnet, und die Luft war trocken und drückend. Sie las eine Weile, bis die Sonne sie einzuschläfern begann, ihr Körper wurde schwer, ihre Augen schlossen sich, und die Zeitschrift rutschte ihr aus den Händen. Da erreichte ein Geräusch sie aus der Tiefe des Gartens, und sie dachte, es wäre der Gärtner, dieser eigensinnige Bursche, der in weniger als einem Jahr ihren Besitz in einen tropischen Dschungel verwandelt hatte, all ihre Chrysanthemenbeete zerstört hatte, um einer überquellenden Pflanzenvielfalt Raum zu schaffen. Sie öffnete die Augen, sah zerstreut gegen die Sonne und bemerkte, daß ein Etwas von ungewohnter Größe sich im Wipfel des Avocadobaumes bewegte. Sie nahm die Sonnenbrille ab und richtete sich auf. Kein Zweifel, ein Schatten bewegte sich dort oben, und es war nicht das Laub.

Patricia stand auf und ging ein paar Schritte vor, und dann konnte sie deutlich ein blau gekleidetes Phantom mit einem goldenen Umhang sehen, das in mehreren Metern Höhe durch die Luft flog, einen Purzelbaum schlug und einen Augenblick in der Bewegung innezuhalten schien und sie vom Himmel herab grüßte. Patricia unterdrückte einen Schrei, sie war sicher, die Erscheinung werde wie ein Stein herabstürzen, zerspringen und sich in nichts auflösen, wenn sie die Erde berührte, aber der Umhang blähte sich, und das strahlende Flügelwesen streckte die Arme aus und landete auf einem nahen Mispelbaum. Plötzlich tauchte eine andere blaue Gestalt, an den Beinen hängend, im Wipfel des anderen Baumes auf und schaukelte ein mit Blumen gekröntes kleines Mädchen an den Handgelenken. Der erste Trapezkünstler machte ein Zeichen, und der zweite warf ihm das Kind zu, das im Fluge einen Regen von papiernen Schmetterlingen ausstreute, bevor es an den Fußgelenken aufgefangen wurde. Patricia vermochte sich nicht zu rühren, solange diese stummen Vögel mit den goldenen Umhängen dort oben flogen.

Plötzlich füllte ein Schrei den Garten, ein langgezogenes, barbarisches Röhren, das Patricia von den Trapezkünstlern ablenkte. Sie sah an einer seitlichen Mauer des

Gartens ein dickes Seil herabfallen, und daran kletterte Tarzan persönlich herunter, er selbst, den sie aus den Filmmatineen und Comics ihrer Kindheit kannte, mit seinem spärlichen Lendenschurz aus Tigerfell und einem echten Affen auf der Hüfte, der seine Taille umklammerte. Der Herr des Urwalds sprang anmutig zu Boden, schlug sich mit den Fäusten gegen die Brust und ließ noch einmal seinen inbrünstigen Schrei hören und lockte damit alle Angestellten des Hauses an, die aufgeregt auf die Terrasse gestürzt kamen. Patricia machte ihnen ein Zeichen, ruhig zu bleiben, während Tarzans Stimme verklang und von einem düsteren Trommelwirbel abgelöst wurde, der einen Zug von vier Ägypterinnen ankündigte. Sie schritten seitwärts gedreht, Köpfe und Füße nach vorn gewandt, ihnen folgte ein Buckliger mit einer gestreiften Kapuze, der einen schwarzen Panther an einer Kette hinter sich herzog. Dann erschienen zwei Mönche, die einen Sarkophag trugen, ihnen folgte ein Engel mit langen goldenen Haaren, und den Schluß bildete ein als Japaner verkleideter Indio im Kimono und auf hohen hölzernen Pantinen. Alle blieben hinter dem Schwimmbecken stehen. Die Mönche setzten den Sarkophag auf den Rasen, und während die Ägypterinnen in irgendeiner toten Sprache vor sich hinsangen und der Engel und Kuramoto ihre erstaunlichen Muskeln spielen ließen, hob sich der Deckel, und ein Wesen wie ein Alptraum erhob sich aus dem Innern. Als es aufrecht stand und alle seine Binden sichtbar waren, wurde offenbar, daß es sich um eine Mumie in bestem Gesundheitszustand handelte. In diesem Augenblick heulte Tarzan abermals auf und fing ohne jeden Anlaß an, um die Ägypterinnen herumzuspringen und den Affen zu schütteln. Die Mumie verlor ihre jahrtausendealte Geduld, hob einen Arm und ließ ihn wie einen Knüppel auf den Nacken des Waldmenschen herabsausen, woraufhin der leblos niedersank, das Gesicht im Gras vergraben. Der Affe kletterte kreischend auf einen Baum. Bevor der einbalsamierte Pharao den Tarzan mit einem zweiten Hieb gänzlich erledigte, sprang dieser hoch und stürzte sich brüllend auf seinen Gegner. Beide wälzten sich in einer unwahrscheinlichen Stellung ineinander verschlungen über das Gras, als plötzlich der Panther sich losriß und alle auseinanderstoben und hinter Bäumen und Sträuchern Zuflucht suchten, während die Angestellten des Hauses sich in der Küche in Sicherheit brachten. Patricia war schon im Begriff, ins Schwimmbecken zu springen, als durch schieren Zauber eine Person in Frack und Zylinder erschien, die mit einem knallenden Peitschenschlag das Raubtier auf der Stelle bannte und es zu Boden zwang, wo es schnurrend wie ein Kätzchen die Pfoten in die Luft streckte. Das erlaubte dem Buckligen, die Kette wieder zu ergreifen, während der Bändiger den Zylinder abnahm und eine Meringetorte daraus hervorzog, die er zur Terrasse trug und der Herrin des Hauses zu Füßen legte.

Aus der Tiefe des Gartens erschienen nun die übrigen Mitglieder der Truppe: die Musiker der Zirkuskapelle, Märsche spielend, die Clowns, die sich prügelten, die Zwerge von den mittelalterlichen Königshöfen, die Reiterin, aufrecht auf ihrem Pferd stehend, die bärtige Frau, die radfahrenden Hunde, der Strauß im Kostüm der Colombine und zum Schluß eine Reihe von Boxern in ihren Satinhosen und ihren vorgeschriebenen Handschuhen, die eine Plattform auf Rädern schoben, über der sich ein Bogen aus bemalter Pappe wölbte. Und dort, auf dieser

Kaiserestrade aus der Requisitenkammer, kam Horacio Fortunato mit seinem unveränderlichen Liebhaberlächeln, den Haarschopf mit Brillantine angeklebt, stolz unter seinem Triumphbogen, umgeben von seinem unglaublichen Zirkus, bejubelt von den Trompeten und Trommeln seines eigenen Orchesters, der prächtigste, verliebteste und unterhaltsamste Mann der Welt. Patricia lachte schallend und ging ihm entgegen.

Margaret Atwood

Der Mann vom Mars

Vor langer Zeit ging Christine durch den Park. Sie hatte noch ihr Tenniskleid an, sie hatte keine Zeit zum Duschen und Umziehen gehabt, und ihr Haar war hinten mit einem Gummiband zusammengebunden. Ihr breites, gerötetes Gesicht, so entblößt, ohne ein paar auflockernde Strähnen, glich dem einer russischen Bäuerin, aber ohne das Gummiband fielen ihr die Haare in die Augen. Der Nachmittag war zu heiß; die Hallenplätze hatten gedampft, ihre Haut fühlte sich aufgeweicht an.

Die Sonne hatte die alten Männer von überall dort hervorgelockt, wo sie den Winter verbrachten: Christine hatte kürzlich von einem gelesen, der drei Jahre lang in einem Kanalschacht gewohnt hatte. Sie saßen wie Unkraut auf den Bänken oder lagen im Gras, den Kopf auf einem alten Stück Zeitung. Als Christine vorbeiging, strebten die runzligen Pilzgesichter, von der Bewegung ihres Körpers angezogen, in ihre Richtung und glitten dann wieder fort, uninteressiert.

Auch die Eichhörnchen waren draußen, auf Nahrungssuche; zwei oder drei kamen hüpfend und wieder verharrend auf sie zu, die Augen erwartungsvoll auf sie geheftet, das Maul mit dem rattenartig fliehenden Kinn offen, so daß die vergilbten Vorderzähne sichtbar wurden. Christine ging schneller, sie hatte nichts zum Füttern dabei. Man sollte ihnen nichts geben, dachte sie; sie werden nur aufdringlich und räudig davon.

Auf halbem Weg blieb sie stehen, um die Strickjacke auszuziehen. Als sie sich bückte, um den Tennisschläger wieder aufzuheben, berührte jemand ihren eben entblößten Arm. Christine schrie nicht so leicht; sie richtete sich jäh auf, wobei sie den Griff ihres Schlägers umklammerte. Es war jedoch keiner der alten Männer; es war ein dunkelhaariger Junge von etwa zwölf Jahren.

»Entschuldigung«, sagte er, »ich suche Institut für Volkswirtschaft. Ist es da?« Er zeigte nach Westen.

Christine sah ihn genauer an. Sie hatte sich getäuscht: Er war nicht jung, nur klein. Er reichte ihr bis knapp über die Schulter, aber sie war schließlich überdurchschnittlich groß; »stattlich« nannte ihre Mutter das, wenn sie es nett meinte. Er war, wie man in ihrer Familie sagte, »aus einem anderen Kulturkreis«: fernöstlicher Herkunft zweifellos, aber wohl kein Chinese. Christine nahm an, daß er ein ausländischer Student war, und schenkte ihm ihr offizielles Begrüßungslächeln. In der High School war sie Präsidentin des Clubs der Vereinten Nationen gewesen; ihre Schule war in jenem Jahr dazu bestimmt worden, bei der Modellvollversammlung die ägyptische Delegation darzustellen. Es war eine undankbare Aufgabe gewesen – keiner wollte Araber sein –, aber sie hatte es durchgezogen. Sie hatte eine recht gute Rede über die palästinensischen Flüchtlinge gehalten.

»Ja«, sagte sie, »das ist da drüben. Das Haus mit dem flachen Dach. Sehen Sie?«

Der Mann hatte sie die ganze Zeit über ängstlich angelächelt. Er trug eine Brille mit durchsichtigen Plastikrändern, durch die seine Augen sich zu ihr hochwölbten wie durch ein Goldfischglas. Er hatte nicht in die Richtung gesehen, in die sie zeigte. Statt dessen streckte er ihr einen kleinen Block mit grünem Papier und einem Kugelschreiber hin.

»Sie machen Plan«, sagte er.

Christine legte ihren Tennisschläger hin und zeichnete sorgfältig einen Plan. »Wir sind hier«, sagte sie sehr deutlich. »Sie gehen diesen Weg. Das Gebäude ist hier.« Sie zeichnete den Weg mit einer gepunkteten Linie und einem X ein. Der Mann beugte sich dicht zu ihr und beobachtete das Entstehen der Zeichnung aufmerksam; er roch nach gekochtem Blumenkohl und einer ungewöhnlichen Haarpomade. Als Christine fertig war, reichte sie ihm Papier und Stift mit einem abschließenden Lächeln zurück.

»Sie warten«, sagte der Mann. Er riß das Papier mit dem Plan vom Block, faltete es sorgfältig und steckte es in seine Jackentasche; die Ärmel reichten bis über seine Handgelenke, und an den Enden hingen Fäden heraus. Er fing an, etwas zu schreiben; sie bemerkte mit leichtem Abscheu, daß seine Nägel und Fingerkuppen so schlimm abgekaut waren, daß sie fast deformiert schienen. Mehrere Finger waren von dem auslaufenden Kugelschreiber blau.

»Hier ist mein Name«, sagte er und hielt ihr den Block hin. Christine las eine sonderbare Ansammlung von Gs, Ys und Ns, in säuberlichen Blockbuchstaben geschrieben. »Danke«, sagte sie.

»Sie jetzt schreiben Ihren Namen«, sagte er und streckte ihr den Stift hin.

Christine zögerte. Wenn dies jemand aus ihrem Kulturkreis gewesen wäre, hätte sie gedacht, dies sei ein Annäherungsversuch. Allerdings machten Leute aus ihrem Kulturkreis nie Annäherungsversuche; sie war zu groß. Der einzige, der es versucht hatte, war der marokkanische Kellner in der Bierkneipe, in die sie manchmal nach den Sitzungen gingen, und der war ganz direkt gewesen. Er hatte sie einfach auf dem Weg zur Toilette abgefangen und gefragt, und sie hatte nein gesagt; das war's gewesen. Dieser Mann war kein Kellner, sondern Student; sie wollte ihn nicht vor den Kopf stoßen. In seinem Kulturkreis, welcher das auch sein mochte, war das Austauschen von Namen auf kleinen Zetteln vielleicht eine formelle Höflichkeit, so wie man danke sagt. Sie nahm seinen Stift.

»Das ist ein sehr angenehmer Name«, sagte er. Er faltete den Zettel und steckte ihn mit dem Plan in die Jackentasche.

Christine fand, daß sie ihre Pflicht getan hatte. »Also, auf Wiedersehen«, sagte sie. »Ich habe mich gefreut, Sie kennenzulernen.« Sie bückte sich nach ihrem Tennisschläger, aber er hatte sich schon hinuntergebeugt und ihn aufgehoben und hielt ihn mit beiden Händen fest wie ein erbeutetes Banner.

»Ich trage das für Sie.«

»Ach, bitte nicht. Machen Sie sich keine Mühe, ich habe es eilig«, sagte sie, deutlich artikulierend. Ihres Tennisschlägers beraubt, fühlte sie sich schutzlos. Er fing an, den Weg entlangzuschlendern; er war jetzt überhaupt nicht mehr ängstlich; er schien völlig entspannt.

»*Vous parlez français?*« fragte er im Plauderton.

»*Oui, un petit peu*«, sagte sie. »Nicht sehr gut.« Wie nehme ich ihm meinen Schläger ab, ohne unhöflich zu sein? überlegte sie.

»*Mais vous avez un bel accent.*« Seine Augen glotzten sie durch die Brille an: Wollte er ihr schmeicheln? Ihr war völlig klar, daß ihr Akzent entsetzlich war.

»Hören Sie«, sagte sie und zeigte zum erstenmal ihre Ungeduld. »Ich muß wirklich gehen. Geben Sie mir bitte meinen Schläger.«

Er beschleunigte den Schritt, machte aber keine Anstalten, den Schläger zurückzugeben. »Wo Sie hingehen?«

»Heim«, sagte sie. »Zu meinem Haus.«

»Ich gehe mit Ihnen jetzt«, sagte er hoffnungsvoll.

»*Nein*«, sagte sie. Sie würde bestimmt sein müssen. Sie machte einen Satz nach vorn und bekam ihren Schläger zu fassen; nach kurzem Tauziehen war er frei.

»Auf Wiedersehen«, sagte sie, wandte sich von seinem verwirrten Gesicht ab und fiel in einen, wie sie hoffte, abweisenden Trab. Es war, wie wenn man sich vor einem knurrenden Hund davonmacht, man darf nicht zeigen, daß man Angst hat. Und warum sollte sie auch Angst haben? Er war halb so groß wie sie, und sie hatte den Tennisschläger, er konnte ihr nichts tun.

Obwohl sie nicht zurückschaute, merkte sie, daß er ihr noch folgte. Hoffentlich ist eine Straßenbahn da! dachte sie, und da war eine, aber noch ein weites Stück weg, sie saß hinter einer roten Ampel fest. Er tauchte an ihrer Seite auf, hörbar atmend, einen Augenblick nachdem sie die Haltestelle erreichte. Sie schaute starr geradeaus.

»Sie sind mein Freund«, sagte er zaghaft.

Christine ließ sich erweichen. Es war doch kein Annäherungsversuch gewesen, er war Ausländer, er wollte nur jemanden von hier kennenlernen. An seiner Stelle hätte sie das auch gewollt.

»Ja«, sagte sie und schenkte ihm ein Lächeln.

»Das ist gut«, sagte er. »Mein Land ist sehr weit.«

Christine fiel keine passende Antwort ein. »Wie interessant«, sagte sie. »*Très intéressant.*« Endlich kam die Straßenbahn. Sie machte ihre Tasche auf und nahm einen Fahrschein heraus.

»Ich gehe mit Ihnen jetzt«, sagte er. Seine Hand klammerte sich über dem Ellbogen um ihren Arm.

»Sie – bleiben – *hier*«, sagte Christine, wobei sie dem Drang zu schreien widerstand, aber zwischen jedem Wort innehielt wie bei einem Schwerhörigen. Sie machte sich aus seiner Hand los – sein Griff war schwach und hielt ihrem Tennisbizeps nicht stand –, sprang vom Bürgersteig und auf die Straßenbahnstufen und hörte erleichtert die Tür hinter sich zuknirschen. Im Wagen und eine Straße weiter erlaubte sie sich einen Blick aus einem Seitenfenster. Er stand noch, wo sie ihn verlassen hatte; er schien etwas auf seinen kleinen Block zu schreiben.

Als sie nach Hause kam, hatte sie nur noch Zeit für ein paar Bissen und kam dennoch fast zu spät zum Debattierclub. Das Thema lautete: »Krieg ist eine veraltete Form der Auseinandersetzung.« Ihr Team vertrat die Pro-Seite und siegte.

Christine kam niedergeschlagen aus ihrer letzten Prüfung. Es war nicht die Prüfung, die sie bedrückte, sondern die Tatsache, daß es die letzte war; das bedeutete Semesterende. Sie schaute wie gewöhnlich in der Cafeteria vorbei und ging dann früh nach Hause, weil ihr nichts anderes einfiel.

»Bist du das, Liebes?« rief ihre Mutter aus dem Wohnzimmer. Sie mußte die Haustür zuschlagen gehört haben. Christine ging hinein und ließ sich aufs Sofa plumpsen, womit sie die ordentlich ausgerichteten Kissen durcheinanderbrachte.

»Wie war die Prüfung, Liebes?« fragte ihre Mutter.

»Gut«, sagte Christine lustlos. Die Prüfung war gut gewesen, sie hatte bestanden. Sie war keine glänzende Studentin, das wußte sie, aber sie war gewissenhaft. Ihre Professoren schrieben meist Bemerkungen wie »Sehr bemüht« und »Nicht schlecht angelegt, doch fehlt ein wenig Schwung« unter ihre Arbeiten. Sie benoteten sie mit B, gelegentlich mit B+. Sie studierte politische Wissenschaft und Volkswirtschaft und hoffte nach dem Abschlußexamen auf eine Stelle bei der Regierung. Bei den Beziehungen ihres Vaters hatte sie eine gute Chance.

»Wie schön.«

Christine stellte verdrießlich fest, daß ihre Mutter nur eine verschwommene Vorstellung davon hatte, was eine Prüfung war. Sie ordnete Gladiolen in eine Vase. Sie hatte Gummihandschuhe an, um ihre Hände zu schützen, wie immer, wenn sie sich mit dem beschäftigte, was sie »Hausarbeit« nannte. Soweit Christine sah, bestand ihre Hausarbeit darin, Blumen in Vasen anzuordnen, von Osterglocken, Tulpen und Hyazinthen über Gladiolen, Iris und Rosen bis hin zu Astern und Chrysanthemen. Manchmal kochte sie, elegant und mit vielen Rechauds, aber sie betrachtete das als Hobby. Alles andere machte das Mädchen. Christine fand es eine Spur anrüchig, ein Mädchen zu haben. Die einzigen, die man noch kriegen konnte, waren aus dem Ausland oder schwanger. Ihr Gesichtsausdruck gab gewöhnlich zu verstehen, daß sie irgendwie ausgenutzt wurden. Doch Christines Mutter fragte sich, was ihnen denn anderes übrigbliebe, entweder müßten sie in ein Heim gehen oder zu Hause in ihrem Land bleiben, und Christine mußte zugeben, daß dies wahrscheinlich stimmte. Es war ohnehin schwer, sich mit ihrer Mutter zu streiten. Sie war so zerbrechlich, sah so behütet aus, schon ein rauher Atemzug würde ihren Lack zerkratzen.

»Ein interessanter junger Mann hat heute angerufen«, sagte ihre Mutter. Sie war fertig mit den Gladiolen und zog die Gummihandschuhe aus. »Er wollte dich sprechen, und als ich sagte, du wärst nicht da, haben wir ein klein wenig geplaudert. Du hast mir gar nicht von ihm erzählt, Liebes.« Sie setzte die Brille auf, die sie an einer dekorativen Kette um den Hals trug, ein Signal dafür, daß sie in ihrer aufgeschlossenen, intelligenten Stimmung war, nicht in ihrer altmodisch-launischen.

»Hat er seinen Namen gesagt?« fragte Christine. Sie kannte viele junge Männer, aber sie riefen nicht oft an. Sie besprachen ihre Angelegenheiten in der Cafeteria oder nach den Sitzungen.

»Er ist jemand aus einem anderen Kulturkreis. Er sagte, er würde später noch einmal anrufen.«

Christine mußte einen Augenblick überlegen. Sie war entfernt bekannt mit mehreren Menschen aus anderen Kulturkreisen, vor allem mit Engländern. Sie waren Mitglieder im Debattierclub.

»Er studiert Philosophie in Montreal«, half ihre Mutter weiter. »Er hörte sich an wie ein Franzose.«

Christine fiel der Mann im Park ein. »Ich glaube nicht, daß er wirklich Franzose ist«, sagte sie.

Ihre Mutter hatte die Brille wieder abgenommen und klopfte geistesabwesend gegen eine gebogene Gladiole. »Er hörte sich jedenfalls an wie ein Franzose.« Sie meditierte, das Blumenzepter in der Hand. »Ich finde, es wäre nett, wenn du ihn zum Tee einladen würdest.«

Christines Mutter tat ihr Bestes. Sie hatte zwei weitere Töchter, die beide ihr nachschlugen. Sie waren hübsch.

Die eine hatte schon eine gute Partie gemacht, der anderen würde es nicht schwerfallen. Ihre Freundinnen trösteten sie wegen Christine, indem sie sagten: »Sie ist nicht dick, sie hat eben schwere Knochen, das ist die väterliche Linie.« Und: »Christine ist ja so gesund.« Ihre anderen Töchter hatten sich in der Schule nie für etwas engagiert, aber da Christine niemals hübsch sein würde, selbst wenn sie abnähme, war es ganz gut, daß sie so sportlich und politisch aktiv war, es war eine gute Sache, daß sie Interessen hatte. Ihre Mutter versuchte, Christines Interessen zu unterstützen, wo sie nur konnte. Christine merkte, wenn sie sich besondere Mühe gab, in ihrer Stimme war dann etwas Vorwurfsvolles.

Sie wußte, daß ihre Mutter Begeisterung erwartete, konnte aber keine aufbringen. »Ich weiß nicht, muß mal sehen«, sagte sie unbestimmt.

»Du siehst müde aus, Schatz«, sagte ihre Mutter. »Möchtest du vielleicht ein Glas Milch?«

Christine saß in der Badewanne, als das Telefon klingelte. Sie war nicht sehr phantasiebegabt, aber wenn sie in der Badewanne lag, stellte sie sich oft vor, sie wäre ein Delphin, ein Spiel, das von einem der Mädchen übriggeblieben war, das sie gebadet hatte, als sie klein war. Ihre Mutter war in der Diele charmant und glockenstimmig; dann klopfte es an die Tür.

»Es ist der nette französische Student, Christine«, sagte ihre Mutter.

»Sag ihm, daß ich in der Badewanne sitze«, sagte Christine lauter als nötig. »Er ist kein Franzose.«

Sie konnte hören, wie ihre Mutter die Stirn runzelte. »Das wäre nicht sehr höflich, Christine. Ich glaube nicht, daß er das verstehen könnte.«

»Na gut«, sagte Christine. Sie stemmte sich aus der Badewanne, wickelte ihre rosige Masse in ein Badetuch und platschte zum Telefon.

»Hallo«, sagte sie barsch. Auf diese Entfernung war er nicht bemitleidenswert, sondern lästig. Sie konnte sich nicht denken, wie er sie ausfindig gemacht hatte. Wahrscheinlich war er das Telefonbuch durchgegangen und hatte alle Nummern mit ihrem Nachnamen angerufen, bis er die richtige traf.

»Hier ist Ihr Freund«, sagte er.

»Ich weiß«, sagte sie. »Wie geht's?«

»Mir geht es sehr ausgezeichnet.« Eine lange Pause folgte, während der Christine einen boshaften Drang spürte, »Na, dann auf Wiedersehen« zu sagen und aufzulegen; aber sie war sich ihrer Mutter bewußt, die statuettengleich an der Tür ihres Schlafzimmers lehnte. Dann sagte er: »Ich hoffe, es geht Ihnen auch sehr ausgezeichnet.«

»Ja«, sagte Christine. Sie hatte nicht vor mitzuspielen.

»Ich komme zum Tee«, sagte er.

Das überraschte Christine. »So?«

»Ihre freundliche Mutter fragen mich. Ich komme Donnerstag, vier Uhr.«

»Oh«, sagte Christine ungnädig.

»Also bis dann«, sagte er mit dem bewußten Stolz dessen, der einen schweren Ausdruck gemeistert hat.

Christine legte den Hörer auf und ging durch die Diele. Ihre Mutter war in ihrem Arbeitszimmer und saß unschuldig am Schreibtisch.

»Hast du ihn für Donnerstag zum Tee eingeladen?«

»Nicht ganz, Liebes«, sagte ihre Mutter. »Ich habe allerdings erwähnt, er könnte *irgendwann* zum Tee kommen.«

»Also, er kommt am Donnerstag. Vier Uhr.«

»Und was ist daran auszusetzen?« sagte ihre Mutter heiter. »Ich finde, das ist eine sehr nette Geste, die wir machen können. Ich finde wirklich, du könntest versuchen, ein bißchen aufgeschlossener zu sein.« Sie war mit sich zufrieden.

»Wenn du ihn schon eingeladen hast«, sagte Christine, »dann bleib gefälligst dabei und hilf mir, ihn zu unterhalten. Ich habe keine Lust, ganz allein nette Gesten zu machen.«

»Christine, *Liebes*«, sagte ihre Mutter, erhaben darüber, schockiert zu sein.

»Du solltest deinen Morgenmantel anziehen, du wirst dich erkälten.«

Nach einer Stunde schlechter Laune versuchte Christine den Tee als eine Mischung aus Prüfung und dienstlicher Verpflichtung zu sehen: gewiß kein Vergnügen, aber mit möglichst viel Feingefühl zu bewältigen. Und es war wirklich eine nette Geste. Als am Donnerstagmorgen die Kuchen geliefert wurden, die ihre Mutter bei der *Patisserie* bestellt hatte, überkam sie ein Anflug festlicher Stimmung. Sie beschloß sogar, ein Kleid anzuziehen, ein gutes, anstelle von Rock und Bluse. Schließlich hatte sie nichts gegen ihn, außer der Erinnerung daran, wie er ihren Tennisschläger und dann ihren Arm gepackt hatte. Sie unterdrückte eine kurze, unmögliche Vision: sie, von ihm durchs Wohnzimmer verfolgt, ihn mit geworfenen Sofakissen und Gladiolenvasen abwehrend. Nichtsdestoweniger sagte sie dem Mädchen, daß sie im Garten Tee trinken würden. Für ihn würde es etwas Besonderes sein, und draußen war mehr Platz.

Sie hatte schon vermutet, daß ihre Mutter sich vor dem Tee drücken, es so einrichten würde, daß sie gerade fortging, wenn er kam: So konnte sie ihn taxieren und die beiden dann allein lassen. Sie hatte Christine schon öfter ähnliches angetan. Als Entschuldigung diente diesmal das Symphoniekomitee. Und richtig, ihre Mutter verlegte sorgfältig ihre Handschuhe und machte sie mit einem gekünstelten Freudengemurmel ausfindig, gerade als die Türglocke läutete. Noch wochenlang genoß Christine die Erinnerung an den herunterklappenden Unterkiefer ihrer Mutter und ihre vollendet wiederkehrende Fassung, als er ihr vorgestellt wurde: Das war nicht ganz der fremde Potentat, den ihr optimistisches, schleierzartes Gemüt sich ausgemalt hatte.

Er war für eine Festlichkeit gerüstet. Er hatte sich so viel Pomade aufs Haar geschmiert, daß es wie mit einer engen schwarzen Kunstlederkappe bedeckt schien, und er hatte die Fäden an den Jackenärmeln abgeschnitten. Seine orangefarbene Krawatte war überwältigend prächtig. Als er ihrer Mutter die plötzlich weiß behandschuhte Hand schüttelte, stellte Christine allerdings fest, daß die Kugelschreibertinte an seinen Fingern anscheinend unlöschbar war. Sein Gesicht war rot angelaufen, womöglich in Erwartung der Wonnen, die ihm bevorstanden. Er hatte eine winzige Kamera über der Schulter hängen und rauchte eine exotisch riechende Zigarette.

Christine führte ihn durch das kühle, blumige, weich ausgelegte Wohnzimmer und durch die Glastür in den Garten. »Setzen Sie sich dahin«, sagte sie. »Ich werde mich darum kümmern, daß das Mädchen den Tee bringt.«

Das Mädchen kam von den Westindischen Inseln. Christines Eltern waren entzückt von ihr gewesen, als sie an Weihnachten dort unten waren, und hatten sie von dort mitgebracht. Inzwischen war sie schwanger geworden, aber Christines Mutter hatte sie nicht entlassen. Sie sagte, sie sei ein wenig enttäuscht, aber was könne man schon erwarten, und sie sehe eigentlich keinen Unterschied zwischen einem Mädchen, das schon schwanger war, bevor man es anstellte, und einem, das es danach wurde. Sie sonnte sich in ihrer Toleranz; außerdem waren Hausmädchen knapp. Erstaunlicherweise wurde es zunehmend schwieriger, mit dem Mädchen auszukommen. Entweder teilte sie Christines Mutters Ansicht über die ihr erwiesene Großzügigkeit nicht, oder sie hatte das Gefühl, ungestraft mit etwas davongekommen zu sein und sich deshalb Verachtung leisten zu können. Zuerst hatte Christine versucht, sie wie ihresgleichen zu behandeln. »Nenn mich nicht Miss Christine«, hatte sie mit einem künstlich leichten, kameradschaftlichen Lachen gesagt. »Und wie soll ich zu Ihnen sagen?« hatte das Mädchen finster gefragt. Sie hatten begonnen, in der Küche kurze, verdrießliche Auseinandersetzungen zu führen, die den Auseinandersetzungen zwischen zwei Dienstboten glichen, fand Christine. Die Haltung ihrer Mutter ihnen beiden gegenüber war ähnlich: Beide waren nicht ganz zur Zufriedenheit ausgefallen, aber man mußte sich eben mit ihnen abfinden.

Die Kuchen, auf denen der Guß glänzte, waren auf einer Platte angeordnet, und die Teekanne stand bereit. Auf dem Herd kochte der elektrische Kessel. Christine ging darauf zu, aber das Mädchen, das bis dahin, die Ellbogen auf den Küchentisch gestützt, dagesessen und sie ausdruckslos beobachtet hatte, sprang auf und kam ihr zuvor. Christine wartete, bis sie das Wasser in die Kanne gegossen hatte. Dann sagte sie: »Ich trag' das hinaus, Elvira.« Sie hatte eben beschlossen, daß sie das Mädchen die orangerote Krawatte ihres Besuchers nicht sehen lassen wollte; schon jetzt, das wußte sie, hatte ihr Ansehen in den Augen des Mädchens gelitten, weil bisher noch kein Mann versucht hatte, sie zu schwängern.

»Wofür werd' ich denn bezahlt, Miss Christine?« sagte das Mädchen patzig. Sie schwenkte mit dem Tablett in Richtung Garten. Christine tappte hinterher und kam sich plump und ungelenk vor. Das Mädchen war mindestens so füllig wie sie, aber auf ganz andere Art.

»Danke, Elvira«, sagte Christine, als das Tablett am Platz stand. Das Mädchen trat ohne ein Wort ab, wobei sie einen verächtlichen Blick auf die fransigen Jackenärmel, die fleckigen Finger warf. Christine war jetzt fest entschlossen, besonders freundlich zu ihm zu sein.

»Sie sind sehr reich«, sagte er.

»Nein«, protestierte Christine kopfschüttelnd, »das sind wir nicht.« Sie hatte ihre Familie nie als reich betrachtet. Einer der Sprüche ihres Vaters war, daß es beim Staat nun mal keine Reichtümer zu holen gäbe.

»Doch«, wiederholte er. »Sie sind sehr reich.« Er lehnte sich in seinen Liegestuhl zurück und sah sich wie geblendet um.

Christine stellte seine Teetasse vor ihn hin. Sie war es nicht gewohnt, dem Haus oder dem Garten viel Aufmerksamkeit zu schenken. Sie waren nicht auffallend und bei weitem nicht die größten in der Straße. Andere Leute hielten sie instand. Aber jetzt schaute sie hin, wo er hinschaute, und sah alles wie von einer anderen Ebene, die weiten Flächen, die Rabattenblumen, die im Licht der Frühsommersonne leuchteten, den gefliesten Innenhof und die Plattenwege, die hohen Mauern und die Stille.

Er kehrte mit einem leichten Seufzer zu ihrem Gesicht

zurück. »Mein Englisch ist nicht gut«, sagte er, »aber ich bessere mich.«

»Ja, wirklich«, sagte Christine und nickte ermutigend.

Er trank seinen Tee, schnell und vorsichtig, als hätte er Angst, die Tasse zu beschädigen. »Ich bleibe gerne hier.«

Christine reichte ihm den Kuchen. Er nahm nur ein Stückchen und verzog leicht das Gesicht, als er es aß. Aber er trank noch mehrere Tassen Tee, während sie den Kuchen aufaß. Es gelang ihr herauszufinden, daß er mit einem kirchlichen Stipendium herübergekommen war – welcher Religion, konnte sie nicht entschlüsseln – und Philosophie oder Theologie oder möglicherweise beides studierte. Sie fühlte Wohlwollen ihm gegenüber: Er hatte sich gut benommen, er hatte ihr keine Unannehmlichkeiten gemacht.

Endlich war die Teekanne leer. Wie von einem lautlosen Gong aufgeschreckt, setzte er sich in seinem Stuhl hoch. »Sie sehen hierher, bitte«, sagte er. Christine sah, daß er seine winzige Kamera auf die steinerne Sonnenuhr gestellt hatte, die ihre Mutter vor zwei Jahren mit dem Schiff aus England herübergebracht hatte. Er wollte sie fotografieren. Sie war geschmeichelt und setzte sich mit einem ebenmäßigen Lächeln in Pose.

Er nahm die Brille ab und legte sie neben seinen Teller. Einen Moment lang sah sie seine kurzsichtigen, schutzlosen Augen auf sich gerichtet, mit etwas Bebendem, Vertrauensvollem darin, gegen dessen Wahrnehmung sie sich lieber verschlossen hätte. Dann ging er hinüber und machte mit dem Rücken zu ihr etwas an der Kamera. Im nächsten Augenblick kauerte er neben ihr, seinen Arm um ihre Taille, soweit er reichen konnte, die andere Hand auf ihre Hände gelegt, die sie im Schoß gefaltet hatte, seine Wange an ihre gepreßt. Sie war zu bestürzt, um sich zu rühren. Die Kamera klickte.

Er stand sofort auf und setzte die Brille wieder auf, die jetzt in traurigem Triumph funkelte. »Danke, Miss«, sagte er zu ihr. »Ich gehe jetzt.« Er hängte die Kamera wieder über die Schulter und hielt die Hand darüber, wie um den Deckel festzuhalten und ein Entrinnen zu verhindern. »Ich schicke meiner Familie. Ihnen wird gefallen.«

Er war zum Tor hinaus und fort, bevor Christine zu sich kam. Dann lachte sie. Sie hatte Angst gehabt, daß er sie angreifen würde, das konnte sie jetzt zugeben, und er hatte es getan. Aber nicht in der üblichen Weise. Er hatte sie vergewaltigt, sie gewaltsam genommen, nicht ihren Körper, aber ihr Abbild in Zelluloid und nebenbei das des silbernen Teeservices, das sie spöttisch anblinkte, als das Mädchen es in königlicher Haltung forttrug – die Insignien, die Kronjuwelen.

Christine verbrachte den Sommer wie in den vergangenen drei Jahren: Sie gab Segelunterricht in einem teuren Ferienlager für Mädchen in der Nähe des Algonquin-Parks. Sie war selbst schon als Feriengast dort gewesen, alles war ihr vertraut; sie segelte fast noch besser, als sie Tennis spielte.

In der zweiten Woche bekam sie einen Brief von ihm, in Montreal abgestempelt und von zu Hause nachgeschickt. Er war in Blockbuchstaben auf ein Stück des grünen Papiers geschrieben, zwei oder drei Sätze. Er fing an: »Ich hoffe, es geht Ihnen gut«, beschrieb dann in einsilbigen Worten das Wetter und endete: »Mir geht es gut.« Er war mit »Ihr Freund« unterschrieben. Jede Woche bekam sie einen weiteren dieser Briefe, mehr oder weniger identisch. Einem war ein Farbfoto beigelegt: er, eine Spur schielend und mit fröhlichem Grinsen, neben ihrem wogenden Faltenwurf noch spindeldürrer, als sie ihn in Erinnerung hatte, um sie herum Blumen, die wie Raketen explodierten, eine seiner Hände ein zweideutiger Fleck in ihrem Schoß, die andere außer Sichtweite; auf ihrem eigenen Gesicht Überraschung und Entrüstung, als bohre er seinen versteckten Daumen in ihr Gesäß.

Sie beantwortete den ersten Brief, aber dann trainierten die Älteren für die Regatta. Am Ende des Sommers beim Packen für die Heimfahrt warf sie alle Briefe weg.

Als sie schon mehrere Wochen wieder zurück war, bekam sie einen weiteren grünen Brief. Diesmal war oben in Druckschrift ein Absender angegeben, eine Adresse in ihrer eigenen Stadt, wie Christine mit bösen Vorahnungen feststellte. Jeden Tag wartete sie auf das Klingeln des Telefons. Sie war so sicher, daß sein erster Kontaktversuch eine körperlose Stimme sein würde, daß sie, als er mitten auf dem Campus unvermittelt auf sie zutrat, unvorbereitet war.

»Wie geht es Ihnen?«

Sein Lächeln war das gleiche, aber alles andere an ihm war noch erbärmlicher geworden. Er war womöglich noch dünner, aus seinen Jackenärmeln war ein neuer üppiger Fadenwuchs gesprossen, wie um die Hände zu verbergen, die jetzt so schlimm abgekaut waren, daß sie wie von Nagetieren angeknabbert schienen. Das Haar fiel ihm über die Augen, ungeschnitten, ohne Pomade. Seine Augen in dem hohlwangigen Gesicht, einem zerbrechlichen Dreieck aus Haut, das sich über Knochen spannte, sprangen hinter seiner Brille wie Fische am Angelhaken. Er hatte das Ende einer Zigarette im Mundwinkel, und während sie gingen, zündete er eine neue daran an.

»Mir geht es gut«, sagte Christine. Ich lasse mich nicht noch einmal auf ihn ein, dachte sie, genug ist genug, ich habe meinen Beitrag zur internationalen Verständigung geleistet. »Wie geht es Ihnen?«

»Ich lebe hier jetzt«, sagte er. »Vielleicht ich studiere Volkswirtschaft.«

»Wie schön.« Es klang nicht, als sei er irgendwo eingeschrieben.

»Ich komme, Sie zu sehen.«

Christine wußte nicht, ob er meinte, daß er Montreal verlassen hatte, um in ihrer Nähe zu sein, oder ob er sie zu Hause besuchen wollte, wie im Frühling; auf jeden Fall lehnte sie ab, in etwas hineingezogen zu werden. Sie standen vor dem Gebäude der Politikwissenschaft. »Ich habe hier eine Vorlesung«, sagte sie. »Auf Wiedersehen.« Sie benahm sich herzlos, das war ihr klar, aber ein kurzer, harter Schlag war letzten Endes barmherziger, pflegten ihre schönen Schwestern zu sagen.

Später fand sie, daß es dumm von ihr gewesen war, ihn wissen zu lassen, wo ihr Kurs stattfand. Dabei war in allen Colleges ein Stundenplan angeheftet: Er brauchte nur noch ihren Namen zu suchen und jede ihrer möglichen Bewegungen in Blockbuchstaben auf seinem grünen Notizblock festzuhalten. Von diesem Tag an ließ er sie nicht mehr in Ruhe.

Anfangs wartete er vor den Seminarräumen, bis sie herauskam. Sie grüßte ihn zuerst kurz und ging weiter, aber das funktionierte nicht; er folgte ihr in einiger Entfernung und lächelte sein ewig gleiches Lächeln. Dann hörte sie ganz auf, etwas zu ihm zu sagen, und gab vor, ihn nicht zu beachten, aber das änderte nichts, er folgte ihr trotzdem. Die Tatsache, daß sie irgendwie Angst vor ihm hatte – oder war es nur Verlegenheit? –, schien ihn noch zu ermutigen. Ihren Freunden begann es aufzufallen, sie fragten, wer er sei und warum er ihr nachsteige. Sie konnte kaum etwas antworten, weil sie kaum etwas wußte.

Als die Wochentage vergingen und er keine Anstalten machte aufzugeben, fing sie an, von einem Kurs zum andern zu traben und schließlich zu rennen. Er war unermüdlich und hatte einen erstaunlich langen Atem für einen so starken Raucher: Er spurtete hinter ihr her, den Abstand zwischen ihnen immer gleich haltend, als sei er ein Nachziehspielzeug, das mit einer Schnur an ihr befestigt war. Sie war sich des lächerlichen Anblicks bewußt, den sie bieten mußten, wenn sie so über den Campus galoppierten, wie aus einem Zeichentrickfilm, ein schwerfälliger Elefant in wilder Flucht vor einer lächelnden, abgezehrten Maus, beide gefangen im klassischen Muster der komischen Verfolgungsjagd. Aber sie fand, daß das Rennen sie weniger nervös machte, als ruhig dahinzugehen und die Haut im Nacken unter seinem Blick kribbeln zu spüren. Zumindest konnte sie ihre Muskeln einsetzen. Sie dachte sich neue Gewohnheiten, Fluchtwege aus. Sie stürzte zur vorderen Tür in die Damentoilette der Cafeteria und zur Hintertür wieder heraus, und er verlor ihre Spur, bis er den anderen Eingang entdeckte. Sie versuchte, ihn auf Umwegen durch täuschende Torwege und Korridore abzuschütteln, aber er schien mit den architektonischen Irrgärten genauso vertraut wie sie selbst. Als letzte Zuflucht konnte sie das Studentinnenwohnheim ansteuern und aus sicherem Abstand zusehen, wie er von der strengen Stimme der Pförtnerin zum

Stillstand gebracht wurde: Männer durften nicht weiter als bis zum Eingang.

Das Mittagessen wurde schwierig. Sie saß gerade da, gewöhnlich zusammen mit anderen Mitgliedern des Debattierclubs, und biß in ein schönes Sandwich, da tauchte er auf, wie durch einen unsichtbaren Schacht heraufgestiegen. Dann hatte sie die Wahl, sich entweder mit halbgegessenem Sandwich durch die volle Cafeteria nach draußen zu drängeln oder fertig zu essen, während er hinter ihrem Stuhl stand, alle am Tisch sich seiner Gegenwart eindringlich bewußt waren und die Unterhaltung gespreizter wurde und dann verstummte. Ihre Freunde lernten, ihn schon aus der Ferne zu erspähen, sie stellten Posten auf. »Da kommt er«, flüsterten sie und halfen ihr, ihre Habe für den Sprint, der folgen würde, zusammenzuklauben.

Mehrmals verlor sie die Lust am Wegrennen, drehte sich um und stellte sich vor ihn. »Was wollen Sie?« fragte sie dann und stierte feindselig auf ihn hinunter, fast mit geballten Fäusten. Sie hatte Lust, ihn zu schütteln, ihn zu schlagen.

»Ich wünsche, mit Ihnen zu reden.«

»Gut, hier bin ich«, sagte sie. »Worüber wollen Sie reden?«

Aber er sagte nichts. Er stand vor ihr, trat von einem Fuß auf den anderen, lächelte vielleicht entschuldigend (obwohl sie die genaue Bedeutung dieses Lächelns nicht ergründen konnte: zerkaute Lippen, über den nikotingelben Zähnen auseinandergezogen, an den Mundwinkeln ansteigend, Fleisch, das für einen unsichtbaren Fotografen angespannt stillgehalten wurde), wobei seine Augen von einem Teil ihres Gesichts zum anderen ruckten, als sähe er sie in Bruchstücken.

So ärgerlich und ermüdend sie waren, hatten seine Nachstellungen doch ein seltsames Ergebnis: Rätselhaft an sich, verliehen sie auch Christine etwas Rätselhaftes. Keiner hatte Christine je rätselhaft gefunden. Für ihre Eltern war sie ein fleischiges Schwergewicht, ein Arbeitstier, dem es an Spürsinn fehlte, etwas Gewöhnliches wie Brot. Für ihre Schwestern war sie die Unansehnliche, die mit einer Nachsicht behandelt wurde, die sie einander nicht entgegenbrachten: Sie brauchten keine Rivalin in ihr zu fürchten. Für ihre männlichen Freunde war sie jemand, auf den man sich verlassen konnte. Sie war hilfsbereit, arbeitswillig, immer für ein Tennisspiel mit den Sportlern unter ihnen zu haben. Sie luden sie ein, mit ihnen Bier zu trinken, damit sie Zugang zu der sauberen und attraktiveren Seite für »Damen in Begleitung« in der Bierkneipe hatten, wobei sie davon ausgingen, daß sie ihren Anteil an den Runden zahlen würde. In Augenblicken der Anspannung vertrauten sie ihr ihre Probleme mit Frauen an. An ihr war nichts Unaufrichtiges und nichts Interessantes.

Christine hatte diese Einschätzung ihrer selbst immer akzeptiert. In ihrer Kindheit hatte sie sich mit der falschen Braut oder der häßlichen Schwester identifiziert. Immer, wenn ein Märchen so begonnen hatte: »Es war einmal ein Mädchen, das war so schön, wie es gut war«, hatte sie gewußt, daß das nicht sie war. So war es eben, aber schlimm war es eigentlich nicht. Ihre Eltern hatten niemals blendende Erfolge im Gesellschaftsleben von ihr erwartet und waren nicht übermäßig enttäuscht, als keine eintraten. Ihr blieben die Intrigen und Ängste erspart, die sie an anderen Mädchen ihres Alters beobachtete, und sie hatte sogar bei Männern eine Art Sonderstellung: Sie war eine Ausnahme, sie paßte in keine der Kategorien, die sie gewöhnlich benutzten, wenn sie über Mädchen sprachen, sie war weder zickig noch ein Betthäschen, weder Eiszapfen noch Kratzbürste. Sie war jemand, den man ernst nahm. Sie war sogar dazu übergegangen, die männliche Verachtung für die meisten Frauen zu teilen.

Jetzt jedoch hatte sie etwas an sich, was sich nicht erklären ließ. Ein Mann lief ihr hinterher. Ein absonderlicher Typ von Mann, zugegeben, aber doch ein Mann, und zweifellos fühlte er sich von ihr angezogen, er konnte nicht von ihr ablassen. Andere Männer schauten sie so genau an wie nie zuvor, taxierten sie, versuchten zu finden, was es war, was diese zwinkernden, bebrillten Augen in ihr sahen. Sie begannen, mit ihr auszugehen, obwohl sie von diesen Ausflügen zurückkamen, ohne daß ihre Neugier befriedigt, das Geheimnis ihres Zaubers gelüftet worden wäre. Ihr glanzloses Mopsgesicht, ihr stabiler, bärengleicher Körper wurden für sie Teile eines Rätsels, das keiner lösen konnte. Christine spürte es. In der Badewanne stellte sie sich nicht mehr vor, sie sei ein Delphin; statt dessen malte sie sich aus, sie sei eine ungreifbare Wassernixe oder manchmal, in Augenblicken der Waghalsigkeit, Marilyn Monroe. Die tägliche Jagd wurde Gewohnheit, sie freute sich sogar darauf. Zusätzlich zu den sonstigen Vorteilen nahm sie dabei auch noch ab.

Die ganzen Wochen über hatte er nie angerufen und war nie bei ihr zu Hause aufgekreuzt. Er mußte jedoch entschieden haben, daß seine Taktik nicht den gewünschten Erfolg hatte, oder vielleicht spürte er, daß es ihr allmählich langweilig wurde. Das Telefon fing an, früh am Morgen oder spät nachts zu klingeln, wenn er sicher sein konnte, daß sie da war. Manchmal atmete er nur (sie erkannte seine Art zu atmen oder glaubte sie zu erkennen), dann legte sie auf. Gelegentlich sagte er wieder, daß er mit ihr sprechen wolle, aber auch wenn sie ihm viel Zeit ließ, kam nichts mehr. Dann dehnte er sein Jagdgebiet aus. Sie sah ihn in ihrer Straßenbahn, stumm herüberlächelnd von einem Platz, der immer mindestens drei Reihen entfernt war. Sie fühlte, daß er ihr in ihrer eigenen Straße folgte, aber wenn sie ihren Vorsatz, nicht darauf zu achten, brach und sich umschaute, war er unsichtbar oder gerade dabei, sich hinter einem Baum oder einer Hecke zu verstecken.

In Menschenmengen und bei Tageslicht hatte sie eigentlich keine Angst vor ihm gehabt. Sie war stärker als er, und er hatte in letzter Zeit keinen Versuch gemacht, sie zu berühren. Aber die Tage wurden kürzer und kälter, es war fast November, oft kam sie in der Dämmerung zu Hause an oder in einer Dunkelheit, die nur von den schwachen, orangefarbenen Straßenlaternen gebrochen wurde. Sie dachte an etwaige Rasierklingen, Messer, Pistolen. Im Besitz einer Waffe könnte er die Chancen leicht umkehren. Sie vermied es, Schals zu tragen, eingedenk der Zeitungsnotizen über Mädchen, die damit erdrosselt worden waren. Sie hatte ein komisches Gefühl, wenn sie morgens ihre Nylonstrümpfe anzog. Ihr Körper schien geschrumpft, kleiner als seiner geworden zu sein.

War er verhaltensgestört, war er ein Triebtäter? Er schien so harmlos, und doch war er von der Sorte, die oft am Schluß durchdrehte. Sie stellte sich seine abgekauten Fingernägel an ihrer Kehle vor, an ihren Kleidern reißend, doch konnte sie sich nicht vorstellen, wie sie selbst schrie. Geparkte Autos, das Buschwerk in der Nähe ihres Hauses, die Einfahrten zu beiden Seiten verwandelten sich, wenn sie daran vorbeiging, vom unbemerkten Hintergrund zu unheimlich schattigem Vordergrund, jede Einzelheit scharf und hart: Es waren Stellen, hinter denen ein Mann kauern, hervorspringen konnte. Doch jedesmal, wenn sie ihn im klaren Licht des Morgens oder Nachmittags sah (denn er setzte seine alten Verfolgungsmethoden fort), überzeugten seine alternde Jacke und seine nervös zuckenden Augen sie, daß sie selbst der Peiniger, der Verfolger war. Sie war in gewissem Sinn verantwortlich. Aus den Poren und Tiefen ihres Körpers, den sie so lange wie eine zuverlässige Maschine behandelt hatte, strömte, gegen ihren Willen, ein mächtiger, unsichtbarer Geruch, wie der einer läufigen Hündin oder einer weiblichen Motte, der ihn unfähig machte, von der Verfolgung abzulassen.

Ihre Mutter, die mit den unvermeidlichen herbstlichen Einladungen zu sehr beschäftigt gewesen war, um der Anzahl von Telefongesprächen, die Christine bekam, oder den Klagen des Hausmädchens über einen Mann, der auflegte, ohne zu sprechen, viel Aufmerksamkeit zu schenken, kündigte an, daß sie übers Wochenende nach New York fliegen wolle. Ihr Vater beschloß mitzukommen. Christine geriet in Panik. Sie sah sich selbst in der Badewanne, mit aufgeschlitzter Kehle, sah Blut aus ihrem Hals tropfen und in einer kleinen Spirale in den Abfluß sickern (denn inzwischen glaubte sie, er könnte durch Wände gehen, überall gleichzeitig sein). Das Mädchen würde nichts tun, um ihr zu helfen, es stünde vielleicht sogar in der Badezimmertür, mit verschränkten Armen zuschauend. Christine vereinbarte mit ihrer verheirateten Schwester, das Wochenende bei ihr zu verbringen.

Als sie am Sonntagabend zurückkam, fand sie das

Mädchen der Hysterie nahe. Sie sagte, sie hätte am Sonnabend, als es dämmerte, die Vorhänge vor die Glastüren ziehen wollen und dabei ein merkwürdig verzerrtes Gesicht, ein Männergesicht, an die Scheibe gepreßt gesehen, das sie aus dem Garten anstarrte. Sie behauptete, sie sei ohnmächtig geworden und hätte um ein Haar ihr Kind um einen Monat zu früh dort auf dem Wohnzimmerteppich gekriegt. Dann hatte sie die Polizei angerufen. Er war fort, als die Polizisten kamen, aber sie hatte ihn erkannt, von dem Teenachmittag her; sie hatte ihnen mitgeteilt, daß er ein Freund von Christine sei.

Sie kamen am Montagabend vorbei, um der Sache nachzugehen, zwei Mann. Sie waren sehr höflich, sie wußten, wer Christines Vater war. Ihr Vater begrüßte sie herzlich. Ihre Mutter flatterte im Hintergrund, rang die Porzellanhände, ließ sie sehen, wie zerbrechlich und bekümmert sie war. Sie litt sie nicht gern in ihrem Wohnzimmer, aber es war notwendig.

Christine mußte zugeben, daß er ihr nachgestiegen war. Sie war erleichtert, daß er entdeckt worden war, erleichtert auch, daß nicht sie es war, die ihn angezeigt hatte, obwohl sie, wenn er ein Bürger des Landes gewesen wäre, schon längst die Polizei alarmiert hätte. Sie beharrte darauf, daß er nicht gefährlich sei, daß er ihr niemals ein Haar gekrümmt habe.

»Die Sorte tut einem nicht weh«, sagte einer der Polizisten. »Die legen einen einfach um. Sie können von Glück sagen, daß Sie nicht tot sind.«

»Solche sind reif fürs Irrenhaus«, sagte der andere.

Ihre Mutter erlaubte sich die Bemerkung, mit Menschen aus anderen Kulturkreisen sei es so, daß man ja nie sagen könne, ob sie normal seien oder nicht, weil sie so anders seien. Der Polizist stimmte ihr zu, respektvoll und gleichzeitig herablassend, als sei sie ein königlicher Trottel, der mit Nachsicht behandelt werden müsse.

»Wissen Sie, wo er wohnt?« fragte der erste Polizist. Christine hatte den Brief mit seinem Absender vor langer Zeit zerrissen. Sie schüttelte den Kopf.

»Dann müssen wir ihn morgen schnappen«, sagte er. »Meinen Sie, Sie können ihn vor dem Hörsaal in ein Gespräch verwickeln, wenn er auf Sie wartet?«

Nach ihrer Befragung führten sie in der Diele ein gedämpftes Gespräch mit ihrem Vater. Das Mädchen, das die Kaffeetassen wegräumte, sagte, wenn sie ihn nicht einsperren würden, ginge sie. Sie würde sich nicht noch einmal so zu Tode erschrecken lassen.

Als Christine am nächsten Tag aus ihrer Vorlesung über die Geschichte der Moderne kam, stand er da, wie bestellt. Er schien erstaunt, als sie nicht anfing zu rennen. Sie ging auf ihn zu, ihr Herz klopfte im Bewußtsein des Verrats und bei der Aussicht auf Befreiung. Ihr Körper hatte wieder seine ursprüngliche Größe erreicht. Sie fühlte sich wie eine Riesin, beherrscht, unverwundbar.

»Wie geht es Ihnen?« fragte sie mit strahlendem Lächeln. Er sah sie mißtrauisch an.

»Wie ist es Ihnen ergangen?« versuchte sie es noch einmal. Sein eigenes immerwährendes Lächeln schwand. Er wich einen Schritt von ihr zurück.

»Ist er das?« sagte der Polizist, der hinter einem Schwarzen Brett hervorschoß wie in einem Gangsterfilm und eine kompetente Hand auf die abgewetzte Jackenschulter legte. Der andere Polizist hielt sich im Hintergrund. Gewalt war nicht nötig.

»*Tun* Sie ihm nichts!« flehte sie, als sie ihn abführten.

Sie nickten und grinsten, respektvoll, verächtlich. Er schien sehr genau zu wissen, wer sie waren und was sie wollten.

Der erste Polizist rief abends an, um seinen Bericht zu geben. Ihr Vater sprach mit ihm, jovial und geschäftsmäßig. Sie selbst war jetzt weg von der Bildfläche. Sie war beschützt worden, sie hatte ihre Rolle ausgespielt.

»Was haben sie mit ihm *getan?*« fragte sie unruhig, als er zurück ins Wohnzimmer kam. Sie hatte keine Ahnung, was auf Polizeiwachen passierte.

»Sie haben ihm nichts getan«, sagte er, belustigt über ihre Betroffenheit. »Sie hätten ihn wegen unsittlicher Belästigung belangen können. Sie wollten wissen, ob ich ihn verklagen will. Aber es lohnt sich nicht, vor Gericht zu gehen. Er hat ein Visum, mit dem er nur so lange im Land bleiben darf, wie er in Montreal studiert, deshalb habe ich gesagt, sie sollen ihn dorthin verfrachten. Wenn er hier noch mal auftaucht, weisen sie ihn aus. Sie waren auch in dem Haus, in dem er wohnt, er ist mit zwei Wochen Miete im Rückstand. Seine Wirtin hat gesagt, sie sei drauf und dran gewesen, ihn rauszuwerfen. Anscheinend ist er überglücklich, daß er die ausstehende Miete und eine Fahrkarte nach Montreal bezahlt bekommt.« Er machte eine Pause.

»Sie haben allerdings nichts aus ihm rausgekriegt.«

»Aus ihm *rausgekriegt?*« fragte Christine.

»Sie haben versucht herauszufinden, warum er es getan hat; dich zu verfolgen, meine ich.« Die Augen ihres Vaters glitten über sie hin, als sei es auch für ihn ein Rätsel. »Sie haben gesagt, als sie ihn danach fragten, hätte er den Mund nicht mehr aufgemacht. Getan, als verstünde er kein Englisch. Er hat ganz gut verstanden, aber nicht geantwortet.«

Christine dachte, damit wäre Schluß, aber irgendwie gelang es ihm, sich zwischen der Festnahme und der Abfahrt des Zuges seiner Begleitung für die Dauer eines weiteren Anrufs zu entziehen.

»Ich sehe Sie wieder«, sagte er. Er wartete nicht, bis sie auflegte.

Nun, da er keine peinlich gegenwärtige Wirklichkeit mehr war, konnte darüber gesprochen werden, konnte er eine amüsante Geschichte werden. Es war im Grunde die einzige amüsante Geschichte, die Christine zu erzählen hatte, und die Erzählung bewirkte, daß ihr vor ihr selbst und anderen jener Anflug von eigenartigem Reiz erhalten blieb. Ihre Freunde und die Männer, die weiter mit ihr ausgingen, stellten Vermutungen über seine Motive an. Einer meinte, er habe sie heiraten wollen, um im Land bleiben zu können. Ein anderer sagte, Ostasiaten hätten etwas übrig für üppige Frauen, »deine Rubensschen Kurven«.

Christine dachte viel über ihn nach. Sie hatte ihn nicht attraktiv gefunden, eher im Gegenteil, aber als bloße Idee war er eine romantische Figur, der einzige Mann, der sie unwiderstehlich gefunden hatte. Obwohl sie sich, wenn sie ihr unverändert rotes Gesicht und ihren mächtigen Körper in ihrem hohen Spiegel betrachtete, oft fragte, was an ihr dies wohl bewirkt hatte. Die Theorie, er sei geistesgestört gewesen, lehnte sie jedesmal ab, wenn sie geäußert wurde; es gab eben mehr als eine Art, bei geistiger Gesundheit zu sein.

Ein neuer Bekannter hatte allerdings, als er die Geschichte zum erstenmal hörte, eine andere Erklärung.

»Ach, dich hat er auch erwischt«, sagte er lachend. »Das muß derselbe Typ sein, der sich im Sommer vor einem Jahr immer um unser Tagescamp herumgetrieben hat. Allen Mädchen hat der nachgestellt. Ein kleiner Typ, Japaner oder so, Brille, die ganze Zeit dieses Lächeln.«

»Vielleicht war es jemand anders«, sagte Christine.

»Das gibt es nicht zweimal. Alles paßt. Das war ein ganz schön verrückter Typ.«

»Was ... was für Mädchen ist er nachgelaufen?« fragte Christine.

»Ach, allen, die gerade da waren. Aber wenn jemand ihn am Anfang beachtet hat und nett war oder so, war er nicht mehr abzuschütteln. Eine Nervensäge, aber harmlos.«

Christine hörte auf, ihre amüsante Geschichte zu erzählen. Sie war also nur eine unter vielen gewesen. Sie nahm das Tennisspielen wieder auf, sie hatte ihren Sport vernachlässigt.

Ein paar Monate später rief der Polizist, der den Fall bearbeitet hatte, sie wieder an.

»Wollte Ihnen nur mitteilen, Miss, daß der Bursche, mit dem Sie da Schwierigkeiten hatten, nach Haus geschickt worden ist. Ausgewiesen.«

»Weshalb?« fragte Christine. »Hat er versucht, wieder hierherzukommen?« Vielleicht war sie doch etwas Besonderes gewesen, vielleicht hatte er alles für sie aufs Spiel gesetzt.

»Ganz und gar nicht«, sagte der Polizist. »Er hat in Montreal die gleiche Tour versucht, aber diesmal hat er sich wirklich die Falsche ausgesucht – die Äbtissin von einem Nonnenkloster. Für so was haben die in Quebec keinen Sinn – er war draußen, bevor er wußte, wie ihm geschah. Ich nehme an, zu Hause hat er es besser.«

»Wie alt war sie?« fragte Christine nach einer Pause.

»Na, so um die Sechzig, denk' ich.«

»Herzlichen Dank für die Mitteilung«, sagte Christine in möglichst förmlichem Ton. »Das erleichtert mich richtig.« Sie fragte sich, ob der Polizist sie angerufen hatte, um sich über sie lustig zu machen.

Sie weinte fast, als sie den Hörer auflegte. Was *hatte* er denn von ihr gewollt? Eine Äbtissin! Sah sie wirklich wie sechzig aus, sah sie mütterlich aus? Was bedeuteten Klöster? Trost, Mildtätigkeit? Zuflucht? War es so, daß ihm etwas zugestoßen war, ein unerträglicher Druck, einfach dadurch, daß er in diesem Land lebte? Ihr Tenniskleid und die entblößten Beine zuviel für ihn, Fleisch und Geld scheinbar überall zu haben, nur ihm vorenthalten, wohin er sich auch wandte, die Nonne Symbol einer endgültigen Verzerrung, Gewand und Schleier seinen kurzsichtigen Augen Erinnerung an die Frauen seiner Heimat, die er verstehen konnte? Aber er war wieder in seinem eigenen Land, so entfernt von ihr wie ein anderer Planet. Sie würde es nie wissen.

Er hatte sie jedoch nicht vergessen. Im Frühjahr bekam sie eine Postkarte mit einer ausländischen Briefmarke und der vertrauten Blockschrift. Auf der Vorderseite war das Bild eines Tempels. Es gehe ihm gut, er hoffe, es gehe ihr auch gut, er sei ihr Freund. Einen Monat später kam ein weiterer Abzug des Fotos, das er im Garten gemacht hatte, in einem verschlossenen, braunen Umschlag, der sonst leer war.

Christines Aura des Geheimnisvollen schwand schnell; sie glaubte selbst auch nicht mehr daran. Das Leben wurde wieder so, wie sie es immer erwartet hatte. Sie machte ein

mittelmäßiges Examen und trat eine Stelle im Gesund-
heitsministerium an. Sie leistete gute Arbeit und wurde
selten als Frau diskriminiert, weil keiner sie als solche sah.
Sie konnte sich ein Apartment von angenehmer Größe
leisten, verwandte aber nicht viel Energie darauf, es
wohnlich zu machen. Sie spielte immer weniger Tennis.
Was Muskeln mit einer dünnen Fettschicht gewesen waren, verwandelte sich allmählich in Fett mit einer dünnen
Muskelunterlage. Sie wurde anfällig für Kopfschmerzen.

Im Lauf der Jahre und als dann der Krieg Zeitungen
und Illustrierte zu füllen begann, wurde ihr klar, aus welchem östlichen Land er gewesen war. Sie hatte den Namen gekannt, aber damals nicht geschaltet, es war so ein
unbedeutendes Fleckchen Erde; sie konnte diese Länder
nie auseinanderhalten.

Obwohl sie es versuchte, konnte sie sich nicht mehr an
den Namen der Stadt erinnern, und die Postkarte war
lange weg. War er aus dem Norden oder aus dem Süden,
war er in der Nähe des Kampfgebietes oder in sicherer
Entfernung davon? Zwanghaft kaufte sie Illustrierte und
brütete über den verfügbaren Fotos: tote Dorfbewohner,
Soldaten auf dem Marsch, bunte Vergrößerungen von erschrockenen oder wütenden Gesichtern, Spione bei der
Hinrichtung. Sie studierte Karten, sie sah sich die Spät-
nachrichten an, und das ferne Land und Terrain wurde
ihr dabei fast vertrauter als ihr eigenes. Ein- oder zweimal
glaubte sie, ihn zu erkennen, aber es hatte keinen Zweck,
sie sahen alle aus wie er.

Schließlich mußte sie aufhören, die Bilder anzusehen.
Es beunruhigte sie zu sehr, es war schlecht für sie; sie fing
an, Alpträume zu haben, in denen er durch die Glastüren
des Hauses ihrer Mutter kam, in seiner schäbigen Jacke,

mit Rucksack und Gewehr und einem riesigen Strauß leuchtendbunter Blumen. Er lächelte auf dieselbe Art, aber mit Blutspuren im Gesicht, die seine Züge teilweise verwischten. Sie verschenkte ihren Fernsehapparat und ging dazu über, statt dessen Romane des neunzehnten Jahrhunderts zu lesen. Trollope und Galsworthy waren ihre Lieblingsautoren. Wenn sie trotzdem noch an ihn dachte, sagte sie sich, daß er ja schlau und agil genug gewesen war, in ihrem Land recht und schlecht zu überleben, und deshalb sicher auch in seinem eigenen Land dazu fähig sei, wo er die Sprache kannte. Sie konnte ihn sich nicht in der Armee vorstellen, auf keiner Seite. Er war nicht der Typ. Und ihres Wissens hatte er an keine bestimmte Ideologie geglaubt. Er war wohl etwas Undefinierbares, etwas im Hintergrund, wie sie selbst. Vielleicht war er Dolmetscher geworden.

Doris Dörrie

Trinidad

Liebe Kathy,

stell Dir vor, jetzt bin ich im Jodelland gelandet, wo dicke blonde Männer mit roten Backen tatsächlich am hellichten Tag Lederhosen tragen, Frauen im Dirndl auf dem Fahrrad herumsausen, Kühe auf der Straße herumrennen wie andernorts Hunde und die Fliegen direkt von der Kuhscheiße auf deinem Kuchen landen.

Solange wir in der Stadt waren, war es noch erträglich. Das kleine Ungeheuer ging bis drei Uhr in den Kindergarten. Ich mußte sie abholen, mit ihr auf den Spielplatz gehen, wo lauter gehirnamputierte, aber teuflisch schicke, schlanke Mütter Frauenzeitschriften lesen und, ohne aufzublicken, brüllen: Stefanie, schmeiß nicht mit Sand! Hau nicht den Sascha! Lauf nicht vor die Schaukel! Und wenn ihre Erpel auf die Schnauze zu fallen drohen, wollen sie auf keinen Fall, daß man sie vielleicht vor dem Tod oder schweren Verletzungen bewahrt. Anfangs bin ich immer aufgesprungen und hingerannt, aber die Mütter sahen mich nur beleidigt an und sagten: Danke, aber das muß das Kind schon selbst in den Griff bekommen, es stärkt seine Selbständigkeit. Was? Ein Loch im Kopf? Du kannst dir nicht vorstellen, wie deprimierend es ist, diesen Frauen dabei zuzusehen, wie sie sich, ihre Kinder und ihr Leben hassen.

Neulich saß ich neben einer Frau mit goldenen Turnschu-

hen und trainiertem braungebrannten Körperchen im weißen Stretchkleid, die überhaupt nicht aussah wie eine Mutter –, aber das scheint hier der allgemeine Ehrgeiz zu sein –
ihr Erpel war noch winzig, saß im Sand und fraß Steine, was
seine Mutter nicht weiter kümmerte. Sie sagte zu ihrer
Freundin: Dieses Kind nimmt mir alles, was ich einmal war.
Ich bin niemand mehr. Alles, was ich war – futsch. Und
dann fing sie auch noch an zu heulen.

Du willst wissen, wie ich Deutschland finde? Keine Ahnung. Alle sprechen die Sprache meiner Mutter, anfangs bin
ich manchmal richtig zusammengezuckt, weil ich dachte,
meine Mutter ist wieder da und spricht mit mir. Es ist wie
ein pawlowscher Reflex, ich möchte auf den Schoß und meine Milchflasche haben. Manchmal fing ich unvermutet an
zu flennen. Inzwischen habe ich mich dran gewöhnt.

Ich hoffe, Du putzt ihren Grabstein, wie Du es mir versprochen hast. Und nicht einfach so husch, husch, sondern
schön gründlich, wie ich es Dir gezeigt habe. Es stimmt, was
sie immer gesagt hat: Deutschland ist sauber. Und soooo
weiß. Ich komme mir manchmal vor wie eine Fliege in der
Milch. Und so sehen mich manche auch an. Angeekelt.
Schmutz. Bäh.

Ansonsten verstehen die Deutschen sich darauf, sich das
Leben gründlich zu vermiesen. Die Geschäfte sind fast immer geschlossen, die Waschmaschinen brauchen drei Jahre,
bis sie fertig sind, die Kühlschränke sind winzig, es passen
etwa fünf Eiswürfel rein, und die nimmt man offensichtlich
nur an hohen Feiertagen, ansonsten trinkt man das Cola
warm, das deutsche Klopapier ist so hart wie Schmirgelpa-
pier, daß man sich einen wunden Hintern holt. Das erklärt
auch, warum alle so mißmutig wirken und wenig lachen.

Aber: es gibt einen genauen Fahrplan für die U-Bahn mit

Minutenangabe, und tatsächlich kommen die Züge auch auf die Sekunde genau an.

Alle schweigen. Es ist überall mucksmäuschenstill. In der U-Bahn sah ich ein Schild, man solle seinen Walkman leiser stellen, um den Nachbarn nicht zu stören. Stell Dir mal so ein Schild bei uns in New York vor!

Und kein Mensch hat Geld. Sie steigen aus ihren fetten Mercedessen, wohnen in riesigen Apartments, tragen teure Designerklamotten, aber mit wem du auch sprichst – sie behaupten alle steif und fest, sie hätten überhaupt kein Geld, als schämten sie sich.

Ungewöhnliche Gemeinheiten habe ich noch nicht erlebt. Sie reden mit mir wie mit einem Vollidioten, weil sie sich nicht vorstellen können, daß ich deutsch kann. An der Kasse vom Supermarkt nimmt mir die Kassiererin das Geld aus der Hand, weil sie mich für zu blöd hält, es selbst abzuzählen, viele brüllen, als sei ich taub, na ja. In der Straßenbahn hat mir eine alte Frau von hinten in die Haare gefaßt – es ist ein bißchen so wie in diesen alten Expeditionsfilmen: Eingeborene sehen zum erstenmal weißen Mann, nur umgedreht, und für Gott hält mich hier eher niemand.

Wirklich nervig ist eigentlich nur Charlotte, die mir dauernd erzählt, sie fände schwarze Haut so viel schöööööner als weiße, ehrlich, so viel ästhetischer, und die mich behandelt, als wäre ich krank, oder behindert, als müsse man besonders vorsichtig mit mir umgehen. Aus purer Bosheit, weil sie mir damit so auf den Wecker ging, habe ich ihr erzählt, ich sei Moslemin. Das war ziemlich unklug, denn seitdem fragt sie mich über den Koran aus und hält Vorträge, wie weise und zivilisiert es sei, auf Schweinefleisch und Alkohol zu verzichten.

Zu fressen gibt es in ihrem Haushalt fast nichts, sie kocht nach irgendwelchen komplizierten Yin-Yang-Rezepten, das Kind bekommt nur Sojamilch und Reiswaffeln mit Gomasin oder so ähnlich – das schmeckt wie Pappkarton mit Klebstoff. Also gehe ich mit Lena heimlich zu McDonald's, was für sie der Himmel auf Erden zu sein scheint – sie hat nämlich noch nie in ihrem Leben Fleisch gegessen! Ich habe sie mit Schwüren dazu verdonnert, ihrer Mutter kein Sterbenswörtchen davon zu verraten, aber Charlotte bemängelt, daß neuerdings die Scheiße ihres Kindes anders stinkt, und sie kann sich überhaupt nicht erklären warum. Sie selbst wirkt trotz all ihrer gesunden Ernährung blaß, nervös und immer ein wenig deprimiert, obwohl ich beim besten Willen keinen Grund dafür entdecken kann. Sie seufzt sehr viel, ich nenne sie deshalb ›die Seufzerbrücke‹, das ist diese Brücke zum Knast in Venedig.

Es gibt ein Foto von meinen Eltern auf ihrer Hochzeitsreise, wie sie auf dieser Brücke stehen, zwei Gesichtslose, denn das Gesicht meines Vaters ist so dunkel, daß man es nicht erkennt, und ihres ist so weiß, daß es aussieht wie ausgebrannt. Ein paar Monate später gab's genug für sie zu seufzen, da war er schon über alle Berge, vielleicht war es ein Fehler, sich mit ihm auf diese Brücke zu stellen.

Ohne jede Warnung fing also Charlotte, die Seufzerbrücke, eines Tages an, die Koffer zu packen, und zwei Stunden später fand ich mich in einem zweihundert Jahre alten Bauernhaus wieder ohne Kühlschrank, ohne Fernseher, ohne Heizung, aber mit Kuhscheiße vor der Tür.

Das Haus gehört ihnen, und sie finden es wahrscheinlich schrecklich urig und natürlich, ihre Lebensmittel in einer lauwarmen Speisekammer aufzubewahren, sich den Hintern abzufrieren, wenn es regnet, mit zehntausend Insekten kämpfen zu müssen, die man natürlich nicht einfach besprühen darf, damit man seine Ruhe hat, weil jede Mücke

Natur ist und deshalb fast so heilig wie eine Kuh in Indien. Sie scheinen den Ehrgeiz zu haben, es sich mit all ihrem Geld so unbequem wie möglich zu machen. Hurra, hier werden wir sechs Wochen lang bleiben!

Jetzt habe ich Lena den ganzen Tag am Hals, soll mit ihr basteln und spielen – aber bitte mit natürlichen Materialien! Wir könnten ja Aschenbecher aus Kuhscheiße formen, wie wäre es damit? Natürlich raucht hier niemand – daß ich Nichtraucherin bin, war ja auch Bedingung für den Job. Nach allem hat sie mich gelöchert in ihren endlosen Briefen, nur nach meiner Hautfarbe hat sie mich nie gefragt. Den Moment, als ich aus dem Flughafen kam und auf diese dünne blonde Frau zuging mit dem Schild ›Jeannie Bowles‹ in der Hand, den hätte ich gern auf Video. Den könnte ich glatt einschicken zu der Sendung ›Der komischste Moment Ihres Lebens‹.

Die Barbiepuppe, die ich dem Erpel für teures Geld mitgebracht hatte, wurde sofort eingezogen, denn Plastikspielzeug ist bei den Eltern so verpönt wie bei den Moslems Schweinefleisch. Das Kind heulte den ganzen Nachmittag, und Charlotte erklärte mir mit hochrotem Kopf, sie halte Barbiepuppen für ein falsches weibliches Vorbild, ich solle es ihr bitte, bitte nicht übelnehmen. Für alles entschuldigt sie sich.

Kurz darauf aß ich nichtsahnend einen Oreo-Keks aus meinem Vorrat, der jetzt leider ziemlich zur Neige geht (dabei rationiere ich schon so eisern, als befände ich mich im Krieg!), sie sah das, schloß sofort die Tür vor Lena, so daß wir uns allein im Zimmer befanden, und flüsterte mir beschwörend zu, ich soll Lena niemals Zucker geben oder Schokolade, denn davon würde sie high wie von einer Droge. Hm. Sie kennt wohl wenig wirkliche Drogen. Sie ver-

sucht, locker und hip zu erscheinen, ist aber pingeliger, als meine Mutter jemals war. Nichts kann ich ihr recht machen. Fege ich die Küche, fegt sie hinterher. Mache ich die Betten, streicht sie gleich noch einmal die Laken glatt. Decke ich den Tisch, rückt sie das Besteck gerade. Schickt sie mich zum Brotholen, bemängelt sie, daß es das falsche Brot ist. Ziemlich neurotisch, wenn Du mich fragst. Kein Wunder, daß ihr Alter ständig auf Reisen ist.

Seit wir hier im Lederhosenparadies sind, ist er allerdings wieder da, er heißt Robert, sieht nicht übel aus und fällt nicht weiter unangenehm auf. Er spielt sogar manchmal Musik, Steel, die er aus Trinidad mitgebracht hat, gar nicht mal so schlecht, aber Charlotte verläßt dann immer sofort das Zimmer.

Ich muß Schluß machen, ich hör sie keifen, ich solle Milch holen gehen. Direkt von der Kuh beim Bauern nebenan, ob Du es glaubst oder nicht. Wie im Mittelalter. Aber die Bauern haben eine Satellitenschüssel neben der Scheune stehen, vielleicht frage ich sie mal, ob ich bei ihnen ein bißchen fernsehen darf. Ja, ich komme ja schon! Mein Gott, diese Frau macht mich noch krank mit ihrer Hektik.

Alles Liebe, Deine Jeannie.

Sie steht nicht auf. Sie steht einfach nicht auf. Sie behauptet, sie habe keinen Wecker. Ich könnte ihr einen kaufen, aber ich will mich nicht zur Idiotin machen. Es ist ihr verdammter Job, auf mein Kind aufzupassen! Einmal nur, ein einziges Mal nur möchte auch ich ausschlafen dürfen! Warum darf ich nicht? Warum immer nur Robert? Wutschnaubend stehe ich im Flur vor Jeannies Zimmer, Lena an der Hand, aber ich werde sie nicht wecken, nein. Ich will nicht die verbitterte Alte sein, die sie mit falscher

Fröhlichkeit aus ihrem süßen, juvenilen Tiefschlaf reißt. Ich will nicht sein wie meine eigene Mutter.

Geh in ihr Zimmer und weck sie, fordere ich Lena auf. Sie schüttelt den Kopf.

Ich traue mich nicht, flüstert sie.

Wir gehen barfuß zusammen die warme Holztreppe hinunter, dann über den kalten Steinfußboden hinaus in den Garten, es riecht nach Kühen, nach Heu, nach Blumen. In der Sonne ist es schon heiß, obwohl es noch so früh ist. Im Nachthemd sitzen wir auf der Gartenbank hinter der riesigen Satellitenschüssel unserer Nachbarn, der Freisingers, den Bauern von nebenan. Sie haben einen neunjährigen verstockt wirkenden Sohn, Frau Freisinger ist noch jung, bestimmt vier, fünf Jahre jünger als ich, aber ihre Haut sieht aus wie ein alter Lederhandschuh. Sie ackern den ganzen Tag, um dann mit dem Geld, was sie so mühsam verdienen, ihren wunderschönen alten Hof mit Glasbausteinen und Alufenstern zu verschandeln. Die Satellitenschüssel und eine betonierte Terrasse haben sie sich erst kürzlich zugelegt und dafür kaltlächelnd ihren alten Kräutergarten geopfert. Kein einziges Mal habe ich sie bisher auf dieser Terrasse sitzen sehen, denn sie arbeiten ja den ganzen Tag. Pünktlich um halb sechs Uhr früh springt die Melkmaschine an, und abends laden sie immer noch Heu ab, wenn es bereits dunkel ist. Wenn sie mich im Garten sitzen sehen, lächeln sie mir zu in einer Mischung aus Amüsement und leichter Verachtung, und ich schäme mich meines luxuriösen, nutzlosen Lebens. Vielleicht hassen sie uns.

Lena drückt mir ihre Puppe in die Hand. Spiel! befiehlt sie. Ich mag nicht spielen. Ich eigne mich nicht zum Spielen, ich möchte Ergebnisse sehen.

Spiel, wiederholt Lena und sieht mich mitleidig an. Sie weiß, daß ich es nicht kann.

Oh, bitte, Lena, flehe ich, laß mich noch ein bißchen in Ruhe.

Warum?

Ich schließe die Augen. Ich werde mir Mühe geben, dieser Tag wird schön werden, ein wunderschöner Sommertag in der Erinnerung aller, o ja.

Drei Stunden später poltert Jeannie die Treppe hinunter. Lena und ich haben dreimal *Peter und der Wolf* angehört, wir haben zweimal Hochzeit gespielt, geschaukelt, Sandkuchen und Blumenpizzas gebacken, wir haben Bilder gemalt und einen ganzen Zoo aus Knetgummi geformt, wir haben frisches Vollkornbrot geholt, Honig und Butter. Drei lange Stunden haben wir uns verkniffen, davon zu essen, alle sollen zusammen an einem Tisch frühstücken, so sollte es doch sein, wenigstens in den Ferien, obwohl der Mann von den Frauen der Karibik träumt und das Kind von seinen Freunden in der Stadt.

Jeannie kommt in lila Radlerhosen und einem goldenen Lurex-BH in die Küche gestolpert. Ihr dunkles Fleisch quillt üppig hervor, ihren Mut möchte ich haben, wie kann man nur so selbstbewußt sein?

Sie wirft im Vorbeigehen ihre verbrauchten Walkmanbatterien in den Abfalleimer für Kunststoffe und Folien und läßt sich auf den ersten besten Stuhl fallen. Diese verdammten geilen Katzen, seufzt sie, die ganze Nacht. Sie macht sie nach, jault in den höchsten Tönen. Lena kichert. Kein Auge habe sie zugetan, jammert Jeannie.

Ihr Deutsch hat einen leichten, undefinierbaren Akzent

und macht mich nervös. Ich fange innerlich an zu beben, als sei ich schnell gelaufen.

Es ist heiß, stöhnt sie.

Ja, sage ich und klaube ihre Batterien aus dem Abfalleimer.

Geiler Bikini, sagt Lena.

Ich höre, wie Robert ins Badezimmer geht.

Laß uns den Tisch decken, sage ich zu Jeannie.

Sie steht ächzend auf und holt drei Teller aus dem Schrank.

Wir sind doch vier, lache ich und möchte schreien. Sie denkt nicht von hier bis an die Wand. Alles muß ich erklären, alles vormachen, alles sagen. Da mache ich es lieber selbst. Wenn sie die Betten macht, zieht sie nicht die Laken glatt, wenn sie den Tisch abwischt, vergißt sie regelmäßig die obere Ecke, für die man sich ein wenig strecken müßte, lasse ich sie staubsaugen, vergißt sie, unter dem Sofa zu saugen. Und wenn ich es ihr dann sage, fühle ich mich wie eine alte, spießige Ziege, die nur meckert.

Sie holt einen vierten Teller, knallt ihn auf den Tisch, setzt sich wieder.

Wie wär's mit Messern, frage ich in scherzhaftem Ton.

Wieder steht sie schwerfällig auf, geht zur Schublade, holt ein Messer heraus – ein einziges Messer! –, legt das Messer neben ihren Teller und setzt sich hin.

Ich warte, sage nichts. Jeannie nimmt sich eine Scheibe Brot und beschmiert sie seelenruhig mit Butter. Überrascht höre ich mich kreischen, spüre, wie sich mein Gesicht verkrampft, wie ich häßlich und verkniffen aussehe. Interessiert betrachten mich Jeannie und Lena, als säßen sie im Zirkus. Und da trabe ich auch schon in die Arena, Robert sitzt auf meinen Schultern, er liest die Zeitung, Lena steht in einem rosa Tütü in meiner Handfläche und lächelt albern in die Runde, die fette Jeannie sitzt auf meinem Kopf und tritt mir zum Takt der Musik aus ihrem Walkman die Hacken ins Kreuz. Ich drehe Runde um Runde, meine Knie zittern, meine Muskeln schmerzen, in Strömen läuft mir der Schweiß herunter, keiner darf mir herunterfallen, keiner. Das Publikum applaudiert müde, da geht der Vorhang hinter mir auf, und eine andere Frau kommt in die Arena galoppiert, sie trägt vier Kinder auf ihren Hüften, ihren Ehemann und seine Geliebte auf den Schultern, ihre alte Mutter im Nachthemd auf dem Kopf, zwei Hunde machen Männchen auf ihren Handflächen, und zu allem Überfluß hat sie auch noch eine knackige Figur, ein strahlendes Lächeln und wache Augen. Das Publikum tobt, beschämt trabe ich hinaus, was will ich hier überhaupt mit meinem erbärmlichen Akt? Ein Beispiel sollte ich mir nehmen.

Ich erwarte doch wirklich nicht viel, wirklich nicht! schreie ich. Hast du noch nie in deinem Leben einen Tisch gedeckt? Muß ich denn alles selber machen? Siehst du denn nicht, was getan werden muß? Bist du blind? Ich kann nicht mehr! Ich kann auch mal nicht mehr!

Ich fange an zu heulen. Lena streckt die Hand nach mir aus. Jeannie steht wortlos auf und holt drei weitere Messer.

Lena bekommt doch kein Messer, wie oft soll ich das noch sagen? schluchze ich.

Jeannie legt ein Messer wieder in die Schublade.

Entschuldige, sage ich zu Lena.

Was ist? fragt sie.

Ich weiß nicht, sage ich, gleich ist es wieder vorbei. Sie sieht mich besorgt an, ich stehe auf und laufe aus der Küche zum Bücherregal im Wohnzimmer, dort steht ein Buch mit Visualisierungsübungen gegen Angst und Depressionen, das habe ich meiner Schwester geklaut, als ich sie vor einer Woche besucht habe, kurz nachdem Robert aus Trinidad zurückgekehrt war und im Wohnzimmer anfing zu tanzen wie ein Verrückter.

Davon erzählte ich meiner Schwester nichts. Wir hassen uns, aber unser Haß fühlt sich an wie die ganz normale Liebe in einer Familie, und wenn ich sie länger nicht sehe, werde ich unruhig.

Oh, là là, sagte meine Schwester, als sie Jeannie sah, todschick, ein schwarzes Kindermädchen.

Sie spricht deutsch, erwiderte ich.

Hey, prima, sagte meine Schwester und ergriff Jeannies Hand, dann kannst du ja wenigstens in der Zeitung nachlesen, was dir in diesem Scheißland irgendwann passieren wird. Irgendwo hinten im Lokalteil: FARBIGE AMERIKANERIN VON SKINHEADS …

Afroamerikanerin, korrigierte Jeannie.

Hast du gar keine Angst? fragte meine Schwester.

Nö, murmelte Jeannie und sah sich in der chaotischen Wohnung meiner einundvierzigjährigen Schwester um, die immer noch aussieht wie eine Studentenbude. Lena darf dort an die Wände malen und mit Schuhen auf dem stets ungemachten Bett herumspringen, meiner Schwester ist alles egal. Auf dem Stuhl, auf den ich mich setzen wollte, lag unter Schichten von Unterwäsche und verfärbten T-Shirts dieses Buch.

Hat sie gewußt, daß du Afroamerikanerin bist? fragte meine Schwester Jeannie und deutete mit dem Kopf in meine Richtung.

Nö, sagte Jeannie und grinste.

Meine Schwester lachte schallend.

Worüber lacht ihr? fragte Lena streng.

Über deine Mutter, sagte meine Schwester, wir lachen nur über deine Mutter, und da kicherte auch Lena.

Im Inhaltsverzeichnis finde ich *Lebensangst,* schlage mit zitternden Fingern das Kapitel auf, lese: *die Mumie.* Stellen Sie sich vor, Sie seien gestorben, werden einbalsamiert und mit Bandagen umwickelt, bis kein Zentimeter Ihrer Haut mehr zu sehen ist. Sie werden in einen Sarg gelegt, in eine dunkle Höhle geschoben. Jetzt richten Sie sich auf, lösen Ihre Bandagen, eine nach der anderen, Sie werfen sie hinter sich, steigen aus dem Sarg und gehen hinaus aus der Höhle ins Freie. Dort scheint die Sonne, der Himmel ist blau, Sie haben keine Angst mehr.

Musik erklingt. Eine zwölfköpfige Steelband spielt in der Küche. Lena kreischt vor Vergnügen. Guten Morgen, kleine Schnecke, höre ich Robert sagen, und dann: guten Morgen, wunderbare Jeannie!

Wissen Robert und Charlotte wirklich nicht, daß ich in meinem Dachkämmerchen jedes Wort genau verstehen kann, das sie in ihrem Schlafzimmer sprechen? Es dringt durch den Kamin wie durch einen Lautsprecher direkt an mein Ohr. Hier ist ein Dialog von gestern nacht, den ich aus purer Langeweile mitgeschrieben habe.

Er: Wofür willst du dich rächen, hm?

Sie: Bist du so naiv?

Er: Jetzt komm schon …

Sie: Mach den Test, dann reden wir weiter.

Er: Das ist doch lächerlich.

Sie: Meinst du, ich weiß nicht, warum du dauernd diese

Musik hörst, warum du von Trinidad schwärmst, als sei es das Paradies auf Erden?

Er: Es ist das Paradies auf Erden.

Sie: Ach, Scheiße. Und faß mich nicht an.

Er: Heißt das, du verlangst von mir …

Sie: Genau.

Er: Du bist doch verrückt.

Sie: Ach ja?

Er: Woher nimmst du das?

Sie: Ich sehe es dir an.

Er: Gut. Ich war glücklich da. Ja.

Sie: Ohne uns.

Er: Ja.

Sie: Warum?

Er: Die Menschen sind anders.

Sie: Die Frauen, meinst du.

Er: Auch die Frauen.

Sie: Wie?

Er: Das willst du doch gar nicht wissen.

Sie: Doch.

Er: Wenn ich es dir sage, drehst du durch, das weiß ich doch.

Sie: Tue ich nicht.

Er: Tust du doch.

Sie: Sag es mir.

Er: Was?

Sie: Was so toll ist an den Frauen in Trinidad.

Er: O Gott.

Sie: Was?

Er: Sie führen keine Gespräche wie dieses.

Sie: Weiter.

Er: Sie sind lockerer.

Sie: Und?

Er: Freier.

Sie: Toll. Und weiter?

Er: Sie leben einfach.

Sie: O ja, die tollen, lockeren Frauen der Karibik. Sie wiegen sich in den Hüften, hören den ganzen Tag nur Musik und lieben das Leben. Sag mal, wie blöd bist du eigentlich?

Er: Du hast mich gefragt.

Sie: Meinst du, ich möchte so sein, wie ich jetzt bin?

Er: Ich weiß nicht, wovon du sprichst.

Sie: Ich würde mich auch lieber in den Hüften wiegen, das kann ich dir sagen. Aber zufällig habe ich ein Kind und einen Beruf, und ich bin müde, verdammt müde. Zu müde, um die Hüften zu schwingen!

Er: Ja, ich weiß.

Sie: Was soll das heißen?

Er: Ich weiß, daß du es schwer hast.

Sie: Wie du das sagst! Du bist ein richtiges Arschloch.

(Er schweigt.)

Sie: Für dich hat sich doch nichts geändert durch das Kind, gar nichts. Du fährst weiterhin in der Weltgeschichte rum, machst, was du willst, und darüber hinaus hast du eine Familie. Prima.

Er: Was willst du ?

(Die Seufzerbrücke seufzt.)

Sie: Warum verbringst du nie mehr Zeit mit mir?

Er: Weil du müde bist. Weil du schlecht gelaunt bist. Weil du deine Ruhe haben willst.

Sie: Wenn ich den ganzen Tag mit dem Kind unterwegs war ...

Er: Du hast doch immer einen Babysitter gehabt.

Sie: Den ich organisieren muß. Wie ich alles organisieren

muß. Wieso habe ich ein Problem, wenn ich arbeiten gehen will, und du nicht?

Er: Ich verstehe nicht, was du meinst.

Sie: Genau das ist das Problem. Selbst wenn wir vögeln wollten – was wir ja nicht tun –, selbst wenn, müßte ich es ORGANISIEREN.

Er: Das ist das Problem. Daß du alles organisieren willst.

Sie: Ich verstehe. Ich bin an allem schuld. – War's wenigstens schön?

Er: macht eine spannende Pause.

Er: Ich weigere mich, so zu reden.

Sie: Du mußt einen Aids-Test machen, das ist dir doch hoffentlich klar.

Er: Das ist doch absurd.

Sie: Wieso?

Er. Weil da nichts war.

Sie: Ich glaube dir nicht.

Er: Das ist dein Problem.

Sie. Nein, deins. Denn ohne Test …

Er: Hast du denn gar kein Vertrauen zu mir? (Sie schweigt.) Wenn ich da irgendwas gehabt hätte, nur mal hypothetisch, dann hätte ich doch aufgepaßt.

Sie: Ich habe es gewußt.

(Pause.)

Er: Es tut mir leid …

Sie: Ich hasse dich.

Er: Es tut mir leid.

Sie: Warum? Erklär mir, warum!

Er: Ich weiß es nicht.

Sie: Erklär es mir!

(Sie heult, schlägt ihn, glaube ich, an dieser Stelle, auf jeden Fall klatscht es mehrmals, aber vielleicht erlegt sie auch

nur ein paar Fliegen, du glaubst nicht, wieviel Fliegen es hier gibt!)

Sie: (schreit) Warum?

Er: Ich habe gerade versucht, es dir zu erklären.

(Sie schluchzt.)

Er: Ich habe mich dort lebendig gefühlt.

Sie: O Gott.

Es geht die Tür, ich höre Schritte auf der Treppe, sie geht wohl ins Wohnzimmer und schläft auf der Couch. Ende. Musik. Reklame.

Ist das nicht wunderbar? Fast so schön wie Fernsehen.

Es ist ein wunderschöner Tag, der Himmel klar, eine leichte Brise geht, die Vögel zwitschern, das Au-pair-Mädchen schläft, Mutter und Kind machen Obst ein, Vater mäht den Rasen. Es könnte ein wunderschöner Tag sein. Robert sitzt auf seinem brandneuen Rasenmäher und fährt Achten um Jeannie, die mit geschlossenen Augen in ihrem goldenen Bikini im Liegestuhl liegt. Sie hat ein Bein aufgestellt, ein schmaler Streifen Gold bedeckt notdürftig ihre Scham. Breit und gemütlich liegt ihr dikker Leib da. Weißer Speck ist ekelhaft, schwarzer dagegen irgendwie schön. Einen kurzen Augenblick lang verstehe ich, wie man sich sehnlichst wünschen kann, sich auf dieses Fleisch zu werfen, es zu walken, zu kneten, zu unterwerfen, in ihm zu versinken.

Lena und ich halten beim Johannisbeerenpflücken inne, wir starren Jeannie und Robert an. Wie lächerlich er aussieht, wie ein Affe auf dem Schleifstein hockt er auf dem Mäher, sein weißer, behaarter Bauch hängt über den Gürtel seiner Bermudas, seine Basketballmütze hat er mit dem Schirm nach hinten aufgesetzt, weil er hip sein möchte, jung, lebendig. Wie sehr ich ihn in diesem Augenblick dafür hasse. Prügeln könnte ich ihn, windelweich schlagen, seinen erbärmlichen Körper grün und blau hauen.

Lena legt die Finger auf die Lippen, leise schleichen wir um Jeannie herum auf die andere Seite zu den schwarzen Johannisbeeren, wir alle bewegen uns um sie herum, als sei sie das Zentrum und wir die Satelliten.

Keiner in der Familie mag Johannisbeeren, aber ich pflücke sie, wasche sie, koche Saft, Gelee, mache Kuchen, ich bekomme einen steifen Rücken und rote Finger wie in Blut getaucht, ich hasse diese Arbeit, und in ein paar Monaten werde ich die meisten Gläser Gelee wegwerfen, weil sie verschimmelt sind, aber ich tue es, weil es so schrecklich sinnlos und traurig wäre, wenn die Büsche ihre Früchte nur deshalb trügen, um sie vergammeln zu lassen. Ich schwitze, meine Haare kleben an meiner Stirn, meine Achseln sind feucht, mein Fleisch hängt schwer und träge an meinen Knochen, meine Arme sind von dikken roten Quaddeln übersät.

Zu meinen Füßen kriechen fette braune Nacktschnekken aus dem feuchten Gebüsch. Lena holt den Salzstreuer und streut Salz über sie. Fasziniert sieht sie zu, wie sich die Schnecken vor ihren Augen auflösen in einen schleimigen, bräunlichen Brei. Ich höre ein leises, kaum vernehmbares Zischen.

Laß das, Lena.

Papa macht es auch.

Ja, ich weiß. Robert ist der Meinung, dies sei die ökologisch vertretbarste Lösung, Schnecken umzubringen. Grausam, aber ökologisch vertretbar. Ich habe gesagt, du sollst es lassen.

Ich reiße ihr den Salzstreuer aus der Hand, sie fängt an zu brüllen. Jeannie richtet sich auf und gähnt.

Wer hat die Zitronen auf den Kompost geworfen? brüllt Robert aus der Entfernung.

Das war Jeannie, heult Lena.

Robert sitzt vom Rasenmäher ab wie von einem Pferd und kommt auf Jeannie zu.

Komm mal mit, sagt er zu ihr, ich erkläre dir mal was.

Seufzend steht Jeannie auf und folgt ihm mit wiegenden Hüften zum Kompost. Er faßt sie am Oberarm, beugt sich mit ihr über den Kompost. Jeannie wirft den Kopf in den Nacken und lacht laut auf. Lena vergißt ihr Gebrüll und läuft zu den beiden. Robert gestikuliert mit beiden Händen, lächelt. Ich sehe, wie er den Bauch einzieht, das Gewicht auf das eine Bein verlegt, sich aufbläst wie ein Frosch.

Ich schließe die Augen. Ich bin tot, da liege ich, hübsch, jung, nackt und dünn. Zwei Frauen, die aussehen wie Kaufhauskosmetikerinnen, umwickeln meinen Körper mit Bandagen, so fest, daß ich kaum noch Luft bekomme, ich fange an zu keuchen, dann fällt mir ein, daß ich ja keine Luft mehr brauche, weil ich schon gestorben bin, ich höre also auf zu keuchen, die beiden Frauen unterhalten sich über Laser-Lifting, sie binden mir die Augen zu, die Ohren, ich höre sie nur noch undeutlich. Das Ganze für noch nicht mal fünftausend Mark, und du siehst aus wie neu, verstehe ich noch, dann ist es still. Steif und stumm liege ich da. Ich weiß nicht, ob ich die Energie habe, mich aufzurichten und meine Bandagen abzunehmen. Eigentlich ist es ganz nett so. Dunkel, still und friedlich.

Es klingelt an der Haustür. Widerstrebend öffne ich die Augen erst beim dritten Mal.

Jeannie, Lena und Robert sehen mich erwartungsvoll an. Mit der Schale voller Johannisbeeren im Arm gehe ich durch den Flur zur Tür.

Zwei junge Männer mit ernsthaften, blassen Gesichtern stehen da, der eine trägt seine Haare in einem Pferdeschwanz, der andere hat eine Bandana um den Kopf gebunden, beide haben symmetrisch genau angebrachte Schnitte in ihren Jeans, durch die ich ihre knochigen Knie sehen kann.

Sie halten mir ein rotes Flugblatt entgegen: »Aktion gegen Haß«.

Bitte bringen Sie Luftballons mit, sagt der mit dem Pferdeschwanz, wir lassen Luftballons steigen gegen den Haß!

Prima Idee, lächele ich charmant und strecke die Hand nach ihnen aus, bitte, bitte, laßt mich nicht allein mit meinem Mann und meinem Babysitter, aber da gehen sie schon weiter zu den Freisingers.

Möchten Sie vielleicht einen Kaffee? rufe ich mit angstvoller Stimme, oder Johannisbeerkompott? Oder beides?

Sie setzen sich stumm an den großen Eßtisch in der Küche, ich weiß, sie betrachten meinen Hintern unter dem dünnen Sommerkleid, ich spüre, wie sich meine Pobacken bewegen, mit wiegenden Hüften gehe ich zur Kaffeemaschine, zurück zum Filter, ich hole Filterpapier, dann den Kaffee, gehe zur Spüle, lasse Wasser in den Kessel laufen, gehe zum Herd. Auf und ab und auf und ab. Jeden Handgriff erledige ich mit größtmöglicher Konzentration. Nur die Gegenwart gilt. Ich strecke den Busen raus und wiege, wiege, wiege meine Hüften. Im Flur höre ich Robert. Er erklärt Jeannie das duale Abfallkonzept.

Und jetzt die Stichfrage, sagt er, in welchen Abfalleimer gehört Pergamentpapier?

Gelber Wertstoffsack, antwortet Jeannie gelangweilt.

Falsch, triumphiert Robert. Falsch, wiederholt Lena.

Graue Tonne, graue Tonne, singt Robert.

Hintereinander marschieren sie in die Küche, Robert hört auf zu singen.

Wer ist denn das? ruft Lena empört.

Die beiden Jungen stehen auf und starren Jeannie an. Äh, sagt der eine. Wir, murmelt der andere, wir …

Sie lassen Luftballons steigen gegen den Haß, erkläre ich.

Ach so, sagt Robert und reibt sich seinen nackten, haarigen Bauch.

Lena rührt in ihrer Kompottschale, bis die sauren Johannisbeeren die Milch flockig werden lassen. Sie verzieht das Gesicht. Muß ich das essen? fragt sie. Jeannie nickt. Nein, muß ich nicht, brüllt Lena.

Ich habe geglaubt, in den letzten zwanzig Jahren sei dieses Land doch ganz nett liberal geworden, sagt Robert.

Pustekuchen, sagt der mit der Bandana um den Kopf.

Tja, seufzt Robert.

Muß ich das aufessen? fragt Lena Robert.

Nein, sagt Robert. Ich glaube, ich möchte hier nicht mehr leben. Ich glaube, ich kann hier bald nicht mehr leben, in diesem Land.

Ich schaufle sieben rote Beeren auf meinen Löffel. Wo würdest du denn lieber leben? frage ich nett und freundlich. Auf Trinidad vielleicht?

Jeannie sieht auf.

Warum nicht? sagt Robert langsam, warum eigentlich nicht?

Mein Mann, erkläre ich, war gerade auf Trinidad, und es hat ihm dort anscheinend sehr gut gefallen.

Hätten Sie vielleicht ein bißchen Zucker? fragt der Junge mit dem Pferdeschwanz.

Nein, sagt Jeannie, Zucker gibt es hier nicht. Zucker ist Gift. Es führt zu einem Stimmungshoch mit anschließender Depression.

Die beiden Jungen sehen sie verblüfft an. Jeannie grinst.

Trinidad hat meinem Mann ausnehmend gut gefallen, wiederhole ich störrisch.

Warum? fragt der Junge mit der Bandana, ohne den Blick von Jeannie zu wenden.

Robert nimmt Lenas Kompottschale und ißt ihre Johannisbeeren auf. Er vermeidet meinen Blick. Auf dem Hinflug nach Trinidad, sagt er, saß eine etwa vierzigjährige Amerikanerin neben mir. Sie trug eine weiße Bluse und einen Hosenanzug, hohe Schuhe, ihre Haare waren perfekt frisiert, ihre Nägel lackiert – sie sah aus wie eine Barbiepuppe, perfekt gestylt und völlig steril. Plastik, alles Plastik.

Barbiepuppen sind blöd, sagt Lena.

Robert nickt ihr zustimmend zu, während er weiterredet. Diese Frau habe ihm erzählt, daß sie auf Trinidad geboren sei, ihre Eltern seien in die USA ausgewandert, als sie noch ein Kind war, und als sie in Port of Spain landeten, fragte sie Robert, ob er mit ihr ein Taxi teilen wolle, es sei sündhaft teuer. Er willigte ein und wurde Zeuge einer wundersamen Verwandlung. Kaum betrat diese Frau den Boden ihrer Heimat, wurde aus der perfekt gepflegten, steifen Barbiepuppe ein lebendiges, kicherndes, zu lauter Unsinn aufgelegtes Wesen. Sie tauschte mit dem Taxifahrer leicht anzügliche Witze aus, fing laut an zu singen, hielt ihren Kopf aus dem Fenster, daß ihre Frisur zerstört wurde und die Haare im Wind nur so flatterten. Der Taxifahrer holte eine Flasche Rum unter dem Sitz hervor, die teilten sie sich, dann beschlossen die beiden, Robert den Urwald zu zeigen … na ja … Robert räuspert sich, es endete damit, daß ich drei Tage mit den beiden unterwegs war. Er verstummt.

Und? fragt Jeannie. Die beiden Jungen wenden die Köpfe von Robert zu ihr und schnell wieder zurück.

Oh, nichts weiter, sagt Robert leichthin, ich wollte damit nur sagen, daß …

War die Frau schwarz oder weiß? fragt Jeannie.

Hellbraun, antwortet Robert blöde grinsend.

Also schwarz, sagt Jeannie kühl. Schweigen. Alle außer Jeannie senken den Blick.

Wenn man in die Sonne geht und sich nicht einschmiert, dann wird man ganz häßlich braun, erklärt Lena den beiden Jungen.

Ich wollte damit nur sagen, daß das Leben anderswo menschlicher ist, offener, spontaner, sagt Robert entschlossen, wir sind hier doch alle verhaltensgestört. Voller Haß und Neid, tausend Regeln für alles und jedes …

Der Junge mit dem Pferdeschwanz beginnt, unruhig auf seinem Stuhl herumzurutschen, schließlich gibt er dem anderen ein Zeichen.

Wir wollen Sie nicht länger aufhalten, sagt er und steht auf. Der Junge mit der Bandana kann den Blick nicht von Jeannie wenden, bis zum letzten Schritt an der Tür kostet er ihn aus.

Also, es wäre toll, wenn Sie alle zusammen … sagt er in Jeannies Richtung.

Natürlich, fällt ihm Robert ins Wort, natürlich kommen wir, gar keine Frage, gegen Ausländerhaß muß man doch etwas tun.

Robert ist abgehauen und hat das Auto mitgenommen.

An einem dieser tödlichen, verregneten Nachmittage, an denen ich fast aus der Haut fahren könnte vor Langeweile, lag ich mit Lena auf dem Teppich und spielte mit ihrem handgeschnitzten, ungiftig bemalten, hundertprozentigen Ökospielzeug, als Robert plötzlich wie angestochen aus der Scheune schrie. Wir stürzten alle hinzu, weil es klang, als habe er sich mindestens die Hand abgesägt. Er stand vor den Holzscheiten und deutete mit zitternder Hand auf einen Schuhkarton, der halb unter dem Holz versteckt war. Was ist denn das? brüllte er. Charlotte und ich beugten uns vor, ich war schon drauf gefaßt, irgendein ekliges, halbangeknabbertes, totes Tier zu erblicken – aber was war's?

Eine Kiste voller Müll. Ein leerer Plastikbehälter von McDonald's, ein Barbiepuppenbein, drei Kaugummikugeln, vier Stück Würfelzucker, zwei alte Filzstifte, ein winziges Stück goldener Lurexstoff, der mir irgendwie bekannt vorkam – (das kleine Ungeheuer hat tatsächlich ein Stück aus meinem Bikini rausgeschnitten!) –, ein Trolli mit giftgrünen Haaren und ein Plastikdinosaurier.

Lena brach in Tränen aus und lief heulend zurück ins Haus, ihr Vater rannte mit ihrer Schatzkiste im Arm hinter ihr her und führte sich auf, als habe das Kind ein widerliches Verbrechen begangen. Er schrie und tobte, faselte von Luftverschmutzung durch Plastikherstellung, vom Treibhauseffekt, Kernenergie, der allgemeinen Verwüstung der Erde und der Verarmung der Dritten Welt, bis Charlotte ihm die heulende Lena schließlich entriß und ihn ein verlogenes Arschloch nannte.

Daraufhin rannte er ins Schlafzimmer und kam wenige Minuten später mit einer Reisetasche in der Hand die Treppe runtergepoltert, Charlotte stellte sich ihm in den Weg, jetzt heulte auch sie, er schob sie einfach zur Seite wie eine Schiebetür, rannte aus dem Haus, sprang ins Auto und ließ den Motor an. Charlotte warf sich dramatisch vor das Auto, aber er setzte zurück und fuhr rückwärts mit quietschenden Reifen davon.

Im selben Augenblick kam die Bäuerin von nebenan auf ihrem Trecker vorbei und grüßte die am Boden liegende und heulende Charlotte, als sei das das Normalste von der Welt.

Ich mußte Charlotte in den Arm nehmen, weil sie sich einfach an meine Brust warf und wir beide umgefallen wären, wenn ich nicht meine Arme um sie gelegt hätte. Sie faßt sich an wie ein Bücherregal, eckig und hart. Was mache ich denn falsch? schluchzte sie.

Ich wollte ihr schon vorschlagen, mal so richtig radikal zu werden und eine Zitrone auf den Kompost zu werfen oder ein Wiener Würstchen zu essen, statt dessen hörte ich mir, wie eine alte Großmutter, stumm nickend den ganzen Jammer ihrer Ehe an bis morgens früh um zwei. Irgendwie machte es mich traurig, daß man anscheinend nicht glücklicher wird, je älter man wird, ich konnte nicht einschlafen, und als ich dann Charlotte im Schlafzimmer durch den Kamin vor sich hinschluchzen hörte, fing ich tatsächlich auch noch an zu flennen. So heulten wir im Duett, und ich fing an, immer kleiner zu werden, ich schrumpfte förmlich in meinem Bett, bis ich meine Mutter in der Küche weinen hörte, wie sie es so oft getan hat, weil sie sich nach Deutschland sehnte und einsam und unglücklich war in Amerika, und ich lag auf der alten Couch nebenan und konnte nichts, nichts, nichts für sie tun, ich war nur ein kleines Mädchen und sah ihr noch nicht einmal ähnlich.

Ich liege auf dem Bauch auf einem Handtuch. Kindergeschrei und Wasserplanschen umbranden mich, nackte Füße gehen um mich herum, Kinderfüße, dicke Füße, sehnige Füße, alte Füße, Schwimmtiere werden an mir vorbeigezogen, Eiscreme tropft ins Gras, Babys kriechen heulend herum und werden von ihren Müttern wieder eingefangen. Mein Handtuch riecht nach Sonnenöl und altem, verschüttetem Cola, die Sonne brennt mir auf den Rücken, als stünde jemand mit einem Schweißbrenner hinter mir, um mich aufzulösen, einzuschmelzen. Meine Haut schreit um Hilfe, aber ich werde ihr nicht zu Hilfe kommen, ich möchte verbrennen, in der Hitze verpuffen, nicht mehr da sein, für nichts mehr zuständig sein, weg sein, weg sein, zusammenschnurren möchte ich zu einem klitzekleinen Häutchen, ein Kind wird es auf den Befehl seiner Mutter aufheben, um es wegzuwerfen – in welchen Abfall gehört das Häutchen? Die Mutter hält mich in der Hand, dreht mich hin und her, graue Tonne, sagt sie schließlich, Restmüll.

Charlotte sieht aus wie ein gekochter Hummer. Sie, die andauernd über das Ozonloch redet und krebserzeugende UV-Strahlen! Am Abend fing sie an mit den Zähnen zu klappern, als hätte sie Schüttelfrost, kurz darauf mußte sie sich übergeben, sie ging hinauf in ihr Schlafzimmer und ließ sich nicht mehr blicken. Ich aß mit Lena allein zu Abend, wir sprachen wenig, sie seufzte ein wenig, schon ganz wie ihre Mutter. Nimm die Ellenbogen vom Tisch, sagte sie zu mir, und spiel nicht mit deinem Essen.

Als ich dann selbst zu Bett gehen wollte und an Charlottes Schlafzimmertür vorbeikam, rief Charlotte mich mit schwachem Stimmchen, wie ein Kind. Splitterfasernackt lag sie im Bett, ihre Haut rot wie Johannisbeerkompott, nur ihr Po und ihr Busen milchweiß, wie Teile, die zu einem anderen Menschen gehörten.

Hilfe, wimmerte sie, ich verbrenne. Dicke Tränen liefen ihr über das rotglühende Gesicht.

Ich bestreute sie mit Babypuder, so wie man Puderzucker auf einen Kuchen streut, bis sie aussah wie ein großer Zukkerkringel. Sie wirkte so empfindlich und verletzlich, ihre Haut seltsam weich und jung, als habe sie noch überhaupt nichts erlebt und sei aus Versehen in die Sonne geraten wie in Feindesland. Sie tat mir unendlich leid. Niemals, so kam es mir vor, wird sie lernen, das Leben zu ertragen. Ihre Haut ist nicht dafür gemacht.

Ich holte den Fön aus dem Badezimmer, stellte ihn auf kalt und richtete den kühlen Wind auf ihren Körper, ließ ihn vom Kopf langsam über ihre runden Kleinmädchenbrüste über ihren flachen Bauch blasen, über ihre nicht vorhandenen Hüften, die dünnen Beine entlang bis zu ihren knochigen Füßen und zurück. Wie oft ich mir früher einen solchen Körper erträumt habe! Dünn, weiß, makellos, wie aus einer Zeitschrift.

Stundenlang fuhr ich mit dem Wind über Charlottes Körper hinweg wie über einen Golfrasen, etwas sehr Empfindliches und Luxuriöses, für das man Eintritt bezahlen muß, und ich war froh, nicht so zu sein wie sie.

Ich habe von dir geträumt, sagte ich zu ihr, aber das stimmte gar nicht. Ich habe geträumt, daß du mir die Haare abgeschnitten hast und mit meinen Haaren haben wir eine Stoffpuppe für Lena gestopft. Du siehst sowieso viel besser aus ohne Haare, hast du zu mir gesagt, wirklich.

Lena mochte die Puppe nicht, sie pikt, sagte sie, wenn wir tot sind, kommen wir dann auch auf den Kompost?

Das ist ja ein furchtbarer Traum, stöhnte Charlotte, und
ich lachte und fönte, fönte, fönte.

Es sind nur etwa fünfzehn Menschen gekommen, verloren stehen sie auf dem Marktplatz herum, ich kenne keinen von ihnen. Die meisten sind junge Familien in den Sommerferien, die sich von der Aktion irgendeine Art von Unterhaltung für ihre Kinder an einem trüben Sonntag erhoffen, ein paar Jugendliche, ein alter Mann, der neugierig stehengeblieben ist. Sie alle starren Jeannie an wie eine Erscheinung. Sie trägt einen feuerroten Turban, eine verspiegelte Sonnenbrille, ein giftgrünes Leibchen, das ihr nur bis knapp unter den Busen reicht, und einen orangeroten Minirock, der einen guten Meter über ihren dicken Knien endet.

An den Füßen trägt sie ihre neuen schweren Springer-Stiefel, die sie vor wenigen Tagen auf einem Flohmarkt im nächsten Dorf erworben hat, obwohl ich ihr erklärt habe, daß nur Skinheads und Neonazis diese Schuhe tragen. Sie nennt sie lachend ihre Nazi-Boots und putzt sie hingebungsvoll jeden Tag.

Der Junge mit der Bandana, die er diesmal wie ein kleines Kopftuch auf dem Kopf trägt, kommt auf uns zugelaufen und führt uns zu einem kleinen Stand mit Flugblättern und einer Gasflasche, mit der er unsere mitgebrachten Luftballons aufbläst. Er drückt uns ein paar Postkarten mit der Luftansicht unseres Dorfes in die Hand und fordert uns auf, ein paar Zeilen gegen den Haß zu formulieren. Die Luftballons werden eure Botschaften ins ganze Land tragen, erklärt er begeistert und verschlingt dabei Jeannie mit seinen Blicken. Ich sehe seinen doppelt gespiegelten kleinen Kopf mit dem Kopftuch in ihrer Sonnenbrille. Jeannie zieht die Augenbrauen hoch und richtet sich auf. Ich sehe, wie ein leichtes und höchst empfindliches Gefühl zwischen den beiden aufsteigt wie eine schillernde, wacklige Luftblase, und Neid schießt durch meinen Körper.

Jeder kritzelt also etwas auf seine Postkarte, Lena malt eine Prinzessin, ich schreibe hinter vorgehaltener Hand: Lieber Gott. Hilf mir. Ich weiß nicht, wie ich leben soll.

Wir binden die Postkarten an die Ballons, dann fordert uns der Junge mit dem Pferdeschwanz auf, uns in einem Kreis an den Händen zu fassen und auf ein Zeichen hin die Ballons gleichzeitig fliegen zu lassen.

Mit gesenktem Blick und leicht peinlich berührt, bewegen wir uns aufeinander zu, die Kinder betrachten verwundert die schüchternen Erwachsenen, ein kleiner Junge ergreift Lenas Hand.

Ich strecke meine nach Jeannie aus, sie legt ihre kühle, schlaffe Hand hinein, es ist das zweite Mal seit ihrer Ankunft am Flughafen, daß ich ihre Hand halte.

Der Junge mit der Bandana hat dafür gesorgt, daß er direkt neben Jeannie steht, der Kreis schließt sich.

Der Junge mit dem Pferdeschwanz räuspert sich. Schüchtern murmelt er: Wir sind gegen Haß, gegen Haß gegen Ausländer, gegen Behinderte, gegen Benachteiligte. Wir sind gegen Haß, wiederholt er etwas lauter, und der Junge neben Jeannie wiederholt es, und dann sollen wir es wohl alle wiederholen, also murmeln wir ›wir sind gegen Haß‹ wie in einer seltsamen Beschwörungszeremonie, Jeannie kichert. Irritiert sieht der Junge mit dem Pferdeschwanz sie an. Jeannie lacht. Ist das blöd, sagt sie laut.

Einige in der Runde fangen verlegen an zu lächeln. Wir sind gegen Haß, trällert Jeannie und grinst, bis wir alle grinsen. Es entsteht eine Pause, in der keiner weiß, was er tun soll, schließlich rufen die beiden Jungen: Jetzt!, und wir lassen die Ballons los.

Zögernd trudeln sie nach oben, alle legen die Köpfe in den Nacken, ein kleines Kind heult ihnen hinterher, die Ballons gewinnen an Fahrt, entfernen sich jetzt schneller von uns. Ich behalte meinen im Auge, so lange ich kann, bis er wie eine bunte Stecknadel in den hellblauen Himmel gepikst erscheint. Ein Arm legt sich schwer auf meine Schulter, ich fahre zusammen und verliere meinen Ballon aus den Augen. Jeannie steht dicht neben mir. Ich lehne mich an sie wie an eine Wand. Sie riecht nach Schweiß und Schminke. Okay, sagt sie, das war das. Und was machen wir jetzt?

Jeffrey Eugenides

Die Bratenspritze

Das Rezept kam per Post:

Samen von drei Männern mischen.
Kräftig verrühren.
In die Bratenspritze füllen.
Sich zurücklegen.
Tülle einführen.
Zusammendrücken.

Zutaten:

1 Prise Stu Wadsworth
1 Prise Jim Freeson
1 Prise Wally Mars

Zwar stand kein Absender drauf, doch Tomasina wusste, wer es geschickt hatte: Diane, ihre beste Freundin und – seit neuestem – Fruchtbarkeitsexpertin. Seit Tomasinas jüngster, desaströser Trennung betrieb Diane den gemeinsamen, von ihnen so genannten Plan B. An Plan A arbeiteten sie schon eine ganze Weile. Er beinhaltete Liebe und eine Hochzeit. Gute acht Jahre hatten sie schon an Plan A gearbeitet. Doch unterm Strich – und darauf wollte Diane hinaus – hatte sich Plan A als viel zu idealistisch erwiesen. Und deshalb sahen sie sich jetzt Plan B genauer an.

Plan B war abwegiger und phantasievoller, weniger romantisch, einsamer, trauriger, aber auch kühner. Er erforderte das Ausleihen eines Mannes mit ordentlichem Gebiss, Körper und Hirn, der keine bösen Krankheiten hatte und gewillt war, sich mittels intimer Phantasien (in denen es nicht um Tomasina zu gehen brauchte) so in Fahrt zu bringen, dass er den winzigen Spritzer zustande brachte, der für die grandiose Errungenschaft, ein Baby zu bekommen, unabdingbar war. Wie zwei Golfkriegsgeneräle erkannten die beiden Freundinnen, dass sich das Schlachtfeld in letzter Zeit verändert hatte: Verringerung ihrer Artillerie (sie waren beide gerade vierzig geworden), zunehmende Guerillataktiken des Gegners (Männer traten nicht einmal mehr aus ihrer Deckung heraus) und vollständige Auflösung des Ehrenkodex. Der letzte Mann, der Tomasina geschwängert hatte – nicht der Boutiquen-Anlageberater, sondern sein Vorgänger, der Psychoanalyse-Dozent –, hatte ihr nicht mal pro forma einen Heiratsantrag gemacht. Seine Auffassung von Ehre bestand darin, sich die Abtreibungskosten mit ihr zu teilen. Leugnen hatte keinen Sinn: die besten Soldaten hatten das Feld verlassen und sich in den friedlichen Hafen der Ehe begeben. Übrig blieb ein zusammengewürfelter Haufen von Ehebrechern und Versagern, Drückebergern und Brandstiftern. Tomasina musste die Vorstellung aufgeben, jemandem zu begegnen, mit dem sie ihr Leben verbringen konnte, und stattdessen jemanden zur Welt bringen, der sein Leben mit ihr verbringen würde.

Doch erst als sie das Rezept bekam, wurde Tomasina klar, dass sie verzweifelt genug war, die Sache durchzuziehen. Noch bevor sie aufgehört hatte zu lachen, wusste sie es. Sie wusste es, als sie sich bei dem Gedanken ertappte: Stu Wadsworth könnte ich mir eventuell vorstellen. Aber Wally Mars?

Tomasina – ich wiederhole, wie eine tickende Uhr – war vierzig. Sie hatte so ziemlich alles im Leben, was sie wollte. Sie hatte einen tollen Job als stellvertretende Produzentin der CBS Evening News mit Dan Rather. Sie hatte ein sagenhaftes, großzügiges Apartment an der Hudson Street. Sie verfügte über gutes, größtenteils intaktes Aussehen. Ihre Brüste waren vom Lauf der Zeit zwar nicht unberührt geblieben, hielten jedoch tapfer die Stellung. Außerdem hatte sie neue Zähne. Einen ganzen Satz nagelneuer, blitzender, hübsch beieinander stehender Zähne. Zuerst, bevor sie sich an sie gewöhnt hatte, hatten sie gepfiffen, aber inzwischen waren sie in Ordnung. Und Bizeps hatte sie. Auf ihrem privaten Rentenkonto hatten sich stattliche einhundertfünfundsiebzigtausend Dollar angesammelt. Doch ein Baby hatte sie nicht. Keinen Ehemann zu haben, konnte sie aushalten. Keinen Ehemann zu haben, war in mancher Hinsicht sogar besser. Aber ein Baby wollte sie.

»Jenseits der fünfunddreißig«, hieß es in der Zeitschrift, »wird die Empfängnis für eine Frau immer schwieriger.« Tomasina konnte es nicht fassen. Gerade als sie anfing durchzublicken, begann ihr Körper auseinander zu fallen. Der Natur war ihr Reifegrad scheißegal. Die Natur wollte, dass sie ihren Freund aus der Collegezeit heiratete. Und rein vom Gesichtspunkt der Fortpflanzung her gesehen, wäre es der Natur im Grunde lieber gewesen, sie hätte ihren *Schul*freund geheiratet. Während

Tomasina so vor sich hin gelebt hatte, war ihr gar nicht aufgefallen: Monat für Monat katapultierten sich die Eier hinaus ins große Vergessen. Jetzt sah sie alles vor sich. Während sie im College in Rhode Island für Bürgerinitiativen um Stimmen geworben hatte, waren ihre Gebärmutterwände dünner geworden. Während sie ihren Abschluss in Journalismus gemacht hatte, hatten ihre Eierstöcke die Östrogenproduktion gedrosselt. Und während sie mit Unmengen von Männern geschlafen hatte, waren ihre Eileiter allmählich enger geworden und hatten sich verstopft. *In ihren Zwanzigern.* Jener zeitlichen Erweiterung der amerikanischen Kindheit. Der Zeit, in der sie – ausgebildet und mit Anstellung – sich endlich ein bisschen amüsieren konnte. Geparkt in der Gansevoort Street, hatte Tomasina mit einem Taxifahrer namens Ignacio Veranes einmal fünf Orgasmen gehabt. Er hatte einen gebogenen Penis europäischen Stils und roch nach Crème Caramel. Tomasina war damals fünfundzwanzig gewesen. Sie würde es zwar nicht noch mal machen, war aber froh, dass sie es damals gemacht hatte. Um später nicht bereuen zu müssen. Doch während man Dinge vermeidet, die man bereuen könnte, beschwört man andere herauf. Sie war damals erst Mitte zwanzig gewesen. Sie hatte bloß rumgespielt, mehr nicht. Aber aus den Zwanzigern werden die Dreißiger, und nach ein paar gescheiterten Beziehungen ist man fünfunddreißig, und eines Tages holt man sich *Mirabella* und liest: »Nach fünfunddreißig beginnt die weibliche Fruchtbarkeit zu sinken. Mit jedem weiteren Jahr steigt der Anteil an Fehlgeburten und Geburtsfehlern.«

Seit fünf Jahren stieg der nun schon. Tomasina war vierzig Jahre, einen Monat und vierzehn Tage alt. Und mal in Panik und manchmal nicht. Manchmal vollkommen ruhig und schicksalsergeben.

Sie dachte über sie nach, über die Kinder, die sie nie bekommen hatte. Sie waren an den Fenstern eines gespenstischen Schulbusses aufgereiht, die Gesichter an die Scheibe gepresst, mit riesigen Augen und feuchten Wimpern. Sie sahen heraus und riefen: »Wir verstehen dich. Es war nicht der richtige Zeitpunkt. Wir verstehen dich. *Wirklich.*«

Der Bus fuhr ruckelnd davon, und sie sah den Fahrer. Er hob eine knochige Hand an die Gangschaltung, während er sich Tomasina zuwandte und sein Gesicht sich zu einem breiten Lächeln verzog.

In der Zeitschrift stand auch, dass Fehlgeburten dauernd vorkamen, sogar ohne dass eine Frau es überhaupt merkte. Winzige Bläschen schabten an den Wänden des Unterleibs und purzelten – wenn sie keinen Halt fanden – abwärts durch die menschlichen und anderweitigen Rohrleitungen. Vielleicht blieben sie in der Kloschüssel noch ein paar Sekunden am Leben, wie Goldfische. Sie wusste es nicht. Doch nach drei Abtreibungen, einer offiziellen Fehlgeburt und wer weiß wie vielen inoffiziellen war Tomasinas Schulbus voll besetzt. Wenn sie nachts aufwachte, sah sie ihn langsam vom Randstein losfahren und hörte die auf ihren Sitzen zusammengepferchten Kinder lärmen, jenes Kindergeschrei, bei dem zwischen Gelächter und Angstschreien nicht zu unterscheiden ist.

Jeder weiß, dass Männer in Frauen nur Objekte sehen. Unser abschätzendes Taxieren von Brüsten und Beinen lässt sich jedoch nicht vergleichen mit der kaltblütigen Berechnung einer Frau auf Samenschau. Tomasina war selbst ein wenig verblüfft darüber, konnte jedoch nicht anders: nachdem ihre Entscheidung erst einmal getroffen war, begann sie Männer als wandelnde Spermatozoen zu betrachten. Auf Partys, über Gläser mit Barolo hinweg (da sie es bald aufgeben würde, soff sie wie ein Loch), begutachtete Tomasina jedes einzelne Exemplar, das aus der Küche kam, im Flur herumstand oder sich im Sessel sitzend wortreich ausließ. Und manchmal, während sich ihre Augen verschleierten, spürte sie, dass sie bei jedem Mann die Qualität des Genmaterials beurteilen konnte. Manch eine Samenaura glühte gönnerhaft, andere waren zerfetzt, mit Löchern roher, lockender Wildheit, wieder andere flackerten und leuchteten mangels ausreichender Voltspannung schwächer. Anhand von Geruch und Gesichtsfarbe konnte Tomasina den Gesundheitszustand eines Kerls feststellen. Einmal hatte sie Diane eine Freude machen wollen und jedem männlichen Partygast befohlen, die Zunge rauszustrecken. Die Männer hatten es wie verlangt getan und keine Fragen gestellt. Männer tun immer, was von ihnen verlangt wird. Männer lassen sich gern zum Objekt machen. Sie glaubten, ihre Zungen würden auf Flinkheit begutachtet, auf ihre oralen Fähigkeiten hin. »Aufmachen und ah sagen«, befahl Tomasina immer wieder, den ganzen Abend lang. Und die Zungen entrollten sich zur Beschau. Manche hatten gelbe Flecken oder entzündete Geschmacksknospen, andere waren blau wie verdorbenes Rindfleisch. Manche vollführten anzügliche Verrenkungen, indem sie auf und ab schnellten oder sich emporkrümmten und dabei kleine Dornfortsätze offenbarten, die wie Fühler bei Tiefseefischen an ihrer Unterseite hingen. Und dann gab es zwei oder drei, die perfekt aussahen, wie Austern schimmernd und verlockend rundlich. Es waren die Zungen verheirateter Männer, die ihren Samen bereits – im Überfluss – den glücklichen Frauen gespendet hatten, die überall im Raum schwergewichtig auf den Kissen lagerten. Den Ehefrauen und Müttern, die inzwischen Beschwerden von nicht ausreichendem Schlaf und abgewürgten Karrieren hegten – Beschwerden, die für Tomasina sehnliche Wünsche waren.

An diesem Punkt sollte ich mich vielleicht vorstellen. Ich heiße Wally Mars. Ich bin ein alter Freund von Tomasina. Genauer gesagt, eine alte Beziehung von ihr. Wir sind im Frühjahr 1985 drei Monate und sieben Tage lang miteinander gegangen. Die meisten von Tomasinas Freundinnen und Freunden wunderten sich damals, dass sie was mit mir hatte. Sie sagten das Gleiche wie sie, als sie meinen Namen auf der Zutatenliste sah. Sie sagten: »Wally Mars?« Sie fanden mich zu kurz geraten (ich bin bloß eins zweiundsechzig) und nicht sportlich genug. Doch Tomasina liebte mich. Eine Zeit lang war sie ganz verrückt nach mir. Irgendein dunkler Haken in unseren Hirnen, den niemand sehen konnte, verband uns miteinander. Oft saß sie mir gegenüber, trommelte auf den Tisch und sagte: »Und – wie weiter?« Sie hörte mich gerne reden.

Das tat sie immer noch. Alle paar Wochen rief sie an und lud mich zum Mittagessen ein. Und ich ging immer hin. Als sich besagte Geschichte zutrug, verabredeten wir uns für einen Freitag. Als ich im Restaurant eintraf, war Tomasina bereits dort. Ich blieb einen Augenblick hinter dem Empfangspult stehen und betrachtete sie aus der Entfernung, während ich mich wappnete. Sie hatte sich bequem in ihren Stuhl zurückgelehnt und saugte gierig an der ersten von drei Zigaretten, die sie sich zum Mittagessen genehmigte. Auf einem Sims über ihrem Kopf stand ein riesiges Blumenarrangement in voller Blüte. Ist Ihnen das mal aufgefallen? Blumen sind auch schon ganz multikulturell geworden. Keine einzige Rose, Tulpe oder Narzisse reckte ihr Köpflein aus der Vase. Stattdessen ein Ausbund an Dschungelflora: Amazonas-Orchideen und Sumatra-Fliegenfallen. Einer Fliegenfalle bebten die Kieferklappen, angeregt von Tomasinas Parfum.

Ihr Haar hatte sie über die bloßen Schultern zurückgeworfen. Sie trug kein Oberteil – doch, sie trug eins. Es war fleischfarben und hauteng. Tomasina kleidet sich nicht gerade firmengerecht, außer man bezeichnet ein Bordell als eine Art Firma. Was sie zur Schau zu stellen hatte, wurde zur Schau gestellt. (Allmorgendlich zur Schau gestellt für Dan Rather, der für Tomasina eine Reihe von Spitznamen hatte, die alle mit Tabasco-Sauce zu tun hatten.) Doch irgendwie konnte Tomasina sich ihre Revuetänzerinnen-Garderobe leisten. Sie milderte sie mit ihren mütterlichen Eigenschaften: ihrer selbst gemachten Lasagne, ihren Umarmungen und Küssen, ihren Schnupfenmittelchen.

Am Tisch bekam ich sowohl eine Umarmung wie einen Kuss. »Hi, Schatzi!«, sagte sie und presste sich an mich. Ihr Gesicht leuchtete förmlich. Ihr linkes Ohr, nur wenige Zentimeter von meiner Backe entfernt, war flammend pinkrosa. Ich konnte die Hitze direkt spüren. Sie machte sich los und wir sahen uns an.

»Also«, sagte ich. »Große Neuigkeiten.«

»Ich werd's tun, Wally. Ich werde ein Baby bekommen.«

Wir setzten uns. Tomasina nahm einen Zug von ihrer Zigarette und verzog die Lippen seitlich zum Trichter, um den Rauch auszustoßen.

»Ich hab mir gedacht, scheiß was drauf«, sagte sie. »Ich

bin vierzig. Ich bin erwachsen. Ich krieg das hin.« An ihre neuen Zähne war ich nicht gewöhnt. Sooft sie den Mund aufmachte, war es, als flammte ein Blitzlicht auf. Sie sahen aber gut aus, ihre neuen Zähne. »Mir egal, was die Leute denken. Entweder sie kapieren es oder eben nicht. Ich zieh es ja nicht allein auf. Meine Schwester hilft mir. Und Diane. Du kannst auch babysitten, wenn du willst, Wally.«

»Ich?«

»Du kannst Onkel sein.« Sie langte über den Tisch und drückte meine Hand. Ich erwiderte den Druck.

»Ich hab gehört, du hast ein Rezept mit Kandidatenliste«, sagte ich.

»Was?«

»Diane sagte, sie hätte dir ein Rezept geschickt.«

»Ach so, das.« Sie inhalierte. Ihre Wangen wurden hohl. »Und dass ich drauf wäre oder so?«

»Alte Beziehungen.« Tomasina blies den Rauch nach oben. »Alles meine alten Beziehungen.«

In dem Moment kam der Kellner, um unsere Getränkebestellung aufzunehmen.

Tomasina starrte immer noch versonnen zu ihrem verfliegenden Rauch empor. »Martini an zwei supertrockenen Oliven«, sagte sie. Dann musterte sie den Kellner. Unverwandt. »Heute ist Freitag«, erläuterte sie. Sie fuhr sich mit der Hand durchs Haar, schnippte es ruckartig zurück. Der Kellner lächelte.

»Ich nehme auch einen Martini«, sagte ich.

Der Kellner drehte sich um und sah mich an. Seine Brauen hoben sich erstaunt, dann wandte er sich erneut Tomasina zu. Er lächelte wieder und ging.

Sobald er weg war, beugte sich Tomasina über den Tisch, um mir etwas ins Ohr zu flüstern. Ich beugte mich ihr entgegen. Unsere Gesichter berührten sich. Und dann sagte sie: »Wie wär's mit ihm?«

»Mit wem?«

»Ihm.«

Sie deutete mit dem Kopf hinüber. Auf der anderen Seite des Restaurants, auf und nieder wippend und seitlich ausschwenkend, verschwanden die straffen Hinterbacken des Kellners.

»Das ist ein *Kellner.*«

»Ich will ihn ja nicht heiraten, Wally. Ich will bloß sein Sperma.«

»Vielleicht bringt er welches als Beilage.«

Tomasina lehnte sich zurück und drückte ihre Zigarette aus. Aus einigem Abstand betrachtete sie mich nachdenklich und griff dann nach Zigarette Nummer zwei. »Wirst du jetzt schon wieder gehässig?«

»Ich bin doch nicht gehässig.«

»Doch, bist du. Du warst gehässig, als ich dir davon erzählt hab, und jetzt reagierst du wieder gehässig.«

»Mir ist eben schleierhaft, wie du ausgerechnet auf den Kellner kommst.«

Sie zuckte die Achseln. »Er ist süß.«

»Du kannst aber doch was Besseres kriegen.«

»Wo?«

»Keine Ahnung. Es gibt eine Menge Möglichkeiten.« Ich nahm meinen Suppenlöffel. Ich sah mein Gesicht darin, verzerrt und winzig. »Geh doch auf eine Samenbank. Hol dir einen Nobelpreisträger.«

»Bloß was Schlaues will ich nicht. Köpfchen ist auch nicht alles.« Tomasina blinzelte, sog den Rauch ein, dann schaute sie verträumt weg. »Ich will das ganze Drum und Dran.«

Eine Weile sagte ich nichts. Ich nahm meine Speisekarte und las neunmal die Wörter »Fricassée de Lapereau«. Was mich plagte, war: das System der Natur. Mir wurde allmählich klar – klarer denn je –, welchen Status ich im System der Natur einnahm: einen niedrigen. Irgendwas nicht weit entfernt von Hyäne. Aber so etwas gibt es meines Wissens nicht in der menschlichen Zivilisation. Praktisch gesehen bin ich eine gute Partie. Zunächst einmal verdiene ich viel Geld. *Meine* private Pensionskasse ist auf stolze zweihundertvierundfünfzigtausend Dollar angewachsen. Bei der Samenauswahl zählt Geld aber offenbar nicht. Die straffen Arschbacken des Kellners zählten mehr.

»Du bist gegen die Idee, stimmt's?«, meinte Tomasina.

»Ich bin nicht *dagegen*. Ich finde bloß, wenn du schon ein Baby willst, dann doch lieber mit jemand anderem. Jemand, in den du verliebt bist.« Ich sah zu ihr hoch. »Und der dich liebt.«

»Das wär toll. Ist aber nicht drin.«

»Woher willst du das wissen?«, sagte ich. »Du könntest dich morgen in jemanden verlieben. Du könntest dich in einem halben Jahr in jemanden verlieben.« Ich sah weg und kratzte mich an der Backe. »Vielleicht bist du der Liebe deines Lebens schon begegnet und weißt es nicht einmal.« Ich blickte ihr wieder in die Augen. »Und dann begreifst du's. Und es ist zu spät. Du sitzt da. Mit dem Kind von irgendeinem Fremden.«

Tomasina schüttelte den Kopf. »Ich bin vierzig, Wally. Ich hab nicht mehr viel Zeit.«

»Ich bin auch vierzig«, sagte ich. »Was ist mit mir?«

Sie sah mich genau an, als entdeckte sie irgendetwas in meinem Tonfall, dann wischte sie es lässig beiseite. »Du bist ein Mann. Du hast noch Zeit.«

Nach dem Mittagessen schlenderte ich durch die Straßen. Die Glastür des Restaurants entließ mich in den nahenden Freitagabend. Es war halb fünf, und in den Höhlen Manhattans dunkelte es bereits. Aus einem in den Asphalt eingelassenen, gestreiften Schlot schoss Dampf empor. Ein paar Touristen standen um ihn herum und stießen leise schwedische Laute aus, voller Staunen über unsere vulkanischen Straßen. Ich blieb ebenfalls stehen, um den Dampf zu beobachten. Ich musste sowieso an Auspuffgase denken, an Rauch und Auspuffgase. Der Schulbus von Tomasina? Aus einem der Fenster schaute auch das Gesicht meines Kindes. Unseres Kindes. Als wir drei Monate zusammen gewesen waren, wurde Tomasina schwanger. Sie fuhr nach Hause nach New Jersey, um die Sache mit ihren Eltern zu besprechen, und kam drei Tage später wieder, nach einer Abtreibung. Kurz darauf trennten wir uns. Deshalb musste ich manchmal an ihn – oder sie – denken, meinen einzigen echten, abgemurksten Sprössling. Gerade in diesem Moment dachte ich an ihn. Wie hätte das Kind wohl ausgesehen? Wie ich, mit Glubschaugen und Knollennase? Oder wie Tomasina? Wie sie, entschied ich. Wenn es Glück hätte, würde es wie sie aussehen.

Die nächsten Wochen hörte ich weiter nichts. Ich versuchte, mir das ganze Thema aus dem Kopf zu schlagen. Aber die Stadt ließ mich nicht. Stattdessen begann sie sich mit Babys zu füllen. Ich sah sie in Aufzügen und Empfangshallen und draußen auf dem Bürgersteig. Ich sah sie sabbernd und tobend, in Autositze gezwängt. Ich sah Babys im Park, an der Leine. Ich sah sie in der U-Bahn, wie sie mich über die Schultern von dominikanischen Kindermädchen hinweg mit süßen, verklebten Augen anblickten. New York war doch kein passender Ort für Babys. Wieso hatten dann alle eines? Jeder fünfte Mensch auf der Straße schleppte so einen Beutelsack mit bemützter Larve vor sich her. Sie sahen alle aus, als müssten sie noch mal zurück in den Bauch.

Meist sah man sie mit ihren Müttern. Ich fragte mich immer, wer eigentlich die Väter waren. Wie sahen sie aus? Waren sie groß und stattlich? Wieso hatten die ein Kind und ich nicht? Eines Abends sah ich, wie sich eine komplette mexikanische Familie in einem U-Bahnwagen ausbreitete. Zwei kleine Kinder zupften die Mutter an der Trainingshose, während der jüngste Neuankömmling, eine in ein Blatt gewickelte Raupe, am Weinschlauch ihrer Brust nuckelte. Und gegenüber, mit Bettzeug und Windelbeutel bepackt, saß breitbeinig der Erzeuger. Nicht älter als dreißig, klein, gedrungen, farbbespritzt, mit dem breiten, flächigen Gesicht eines Azteken. Ein altertümliches Gesicht, ein Gesicht aus Stein, durch die Jahrhunderte hindurchgereist in diesen Overall, diesen dahinsausenden Zug, diesen Augenblick.

Die Einladung kam fünf Tage später. Still lag sie in meinem Briefkasten inmitten von Rechnungen und Werbeprospekten. Ich sah als Absender Tomasinas Adresse und riss den Umschlag auf.

Auf der Vorderseite der Einladung schäumten aus einer Champagnerflasche die Worte:

ger!

schwan

de

wer

Ich

Innen verkündeten fröhliche grüne Lettern: »Am Samstag, dem 13. April. Kommt und feiert das Leben!«

Das Datum, erfuhr ich später, war genau berechnet. Tomasina hatte ein Basalthermometer benutzt, um den Zeitpunkt ihres Eisprungs festzustellen. Jeden Morgen vor dem Aufstehen maß sie ihre Ruhetemperatur und notierte die Ergebnisse in einer Tabelle. Außerdem inspizierte sie täglich ihre Unterhosen. Klarer, eiweißartiger Ausfluss bedeutete, dass ihr Ei sich gelöst hatte. Am Kühlschrank hatte sie einen Kalender, mit roten Sternchen besetzt. Sie überließ nichts dem Zufall.

Ich überlegte, ob ich absagen sollte. Ich spielte mit dem Gedanken an fiktive Geschäftsreisen und tropische Krankheiten. Ich wollte nicht hin. Ich wünschte mir, es gäbe keine solchen Partys. Ich fragte mich, ob ich vielleicht eifersüchtig war oder nur konservativ, und entschied, ich war beides. Am Ende ging ich natürlich doch. Um nicht zu Hause zu sitzen und darüber nachzugrübeln.

Tomasina wohnte schon seit elf Jahren in der gleichen Wohnung. Doch als ich an diesem Abend hinkam, sah es dort vollkommen anders aus. Der vertraute, rosa gesprenkelte Läufer, der an Mortadella mit Olivenstückchen erinnerte, führte aus der Eingangshalle hinauf, vorbei an der sterbenden Pflanze auf dem Treppenabsatz bis zu der gelben Tür, zu der ich einmal einen Schlüssel besessen hatte. Die gleiche Mesusa, von den ehemaligen jüdischen Mietern vergessen, haftete noch am Türrahmen. Wie auf dem Messingschildchen vermerkt, war 2-A immer noch das Apartment, in dem ich vor fast zehn Jahren achtundneunzig aufeinander folgende Nächte verbracht hatte. Doch als ich klopfte und dann die Tür aufstieß, erkannte ich es nicht wieder. Das Licht kam ausschließlich von Kerzen, die überall im Wohnzimmer verteilt standen. Während meine Augen sich daran gewöhnten, tastete ich mich an der Wand entlang zum Garderobenschrank – er war genau da, wo er immer gewesen war – und hängte meinen Mantel auf. Auf einer Kommode daneben brannte eine Kerze, und als ich sie mir genauer ansah, ahnte ich allmählich, was Tomasina und Diane bei der Auswahl der Partydekoration vorgeschwebt hatte. Obwohl von übermenschlichen Ausmaßen, stellte die Kerze die exakte Replik eines stolz erigierten männlichen Gliedes dar, in fast überrealistisch gezeichneten Einzelheiten bis hin zu den verzweigten Venen und dem sandbankartigen Skrotum. Die feurige Spitze des Phallus beleuchtete zwei weitere Gegenstände auf dem Tisch: die tönerne Nachbildung einer uralten kanaanitischen Fruchtbarkeitsgöttin von der Art, wie sie in feministischen Buchläden und New-Age-Kaufhäusern angeboten werden, mit gewölbtem Leib und prallen Brüsten; und eine Packung Räucherstäbchen Marke *Love*, die die schemenhafte Darstellung eines ineinander verschlungenen Paares trug.

Ich blieb stehen, und meine Pupillen weiteten sich. Allmählich nahm der Raum Gestalt an. Es waren eine Menge Leute da, vielleicht fünfundsiebzig. Es sah aus wie eine Halloween-Party. Frauen, die sich das ganze Jahr über insgeheim gern sexy anziehen würden, *hatten* sich sexy angezogen. Sie trugen tief ausgeschnittene Playboy-Oberteile oder seitlich geschlitzte Hexengewänder. Nicht wenige streichelten provokativ die Kerzen oder fummelten an dem heißen Wachs herum. Sie waren nicht jung. Niemand war jung. Die Männer sahen aus, wie Männer in den letzten zwanzig Jahren immer ausgesehen haben: verlegen, aber liebenswürdig ergeben. Sie sahen aus wie ich.

Champagnerkorken knallten, genau wie auf der Einladungskarte. Nach jedem Knall schrie eine Frau: »Huch, ich bin schwanger!«, und alle lachten. Dann erkannte ich aber doch etwas wieder: die Musik. Es war Jackson Browne. Was ich an Tomasina immer so liebenswert gefunden hatte, war unter anderem ihre veraltete, sentimentale Plattensammlung. Die hatte sie immer noch. Ich erinnerte mich, einmal zu genau diesem Album mit ihr getanzt zu haben. Spätabends hatten wir uns einfach ausgezogen und angefangen, ganz allein zu tanzen. Es war einer von diesen spontanen Wohnzimmertänzen, wie man sie am Anfang einer Beziehung erlebt. Auf einem Hanfteppich wirbelten wir umeinander herum, nackt, ungraziös, verstohlen, und es kam nie wieder vor. Ich stand da und erinnerte mich, als von hinten jemand auf mich zutrat.

»He, Wally.«

Ich blinzelte. Es war Diane.

»Versprich mir nur«, sagte ich, »dass wir nicht dabei zuschauen müssen.«

»Reg dich ab. Es ist total jugendfrei. Tomasina macht es später. Wenn alle gegangen sind.«

»Ich kann nicht lange bleiben«, sagte ich und sah mich unruhig im Raum um.

»Du solltest die Bratenspritze sehen, die wir besorgt haben. Vier Dollar fünfundneunzig, Sonderangebot bei Macy's.«

»Ich bin später auf einen Drink verabredet.«

»Da haben wir auch den Spenderbecher her. Mit Deckel konnten wir nichts finden. Deshalb haben wir so einen Kinderbecher aus Plastik genommen. Roland hat ihn schon gefüllt.«

In meinem Hals war irgendwas. Ich schluckte.

»Roland?«

»Er war schon früh da. Er durfte zwischen *Hustler* und *Penthouse* wählen.«

»Ich werd aufpassen, was ich aus dem Kühlschrank trinke.«

»Es ist nicht im Kühlschrank, sondern im Bad unterm Waschbecken. Weil ich Angst hatte, jemand würde es *tatsächlich* trinken.«

»Muss das denn nicht tiefgekühlt werden?«

»Wir verwenden es doch in einer Stunde. Das hält sich.«

Unerfindlicherweise nickte ich. Allmählich sah ich etwas klarer. Ich konnte sämtliche Familienfotos auf dem Kaminsims erkennen. Tomasina mit ihrem Vater. Tomasina mit ihrer Mutter. Der ganze Genovese-Clan in einer Eiche droben. Und dann sagte ich: »Du kannst mich jetzt ruhig für altmodisch halten, aber ...« Meine Stimme erstarb.

»Reg dich ab, Wally. Trink ein bisschen Champagner. Es ist doch eine Party.«

An der Bar gab es sogar eine Barkeeperin. Bei Champagner winkte ich dankend ab und bat um ein Glas Scotch, pur. Während ich wartete, glitt mein Blick auf der Suche nach Tomasina durch den Raum. Deutlich, wenn auch ziemlich leise, sagte ich mit heftigem Sarkasmus: »Roland.« Genau so ein Name hatte es ja wohl sein müssen. Aus einem mittelalterlichen Heldenepos. »Das Sperma des Roland.« Das fand ich einigermaßen spaßig, als plötzlich irgendwo über mir eine tiefe Stimme ertönte: »Sprechen Sie mit mir?« Ich blickte auf, nicht direkt in die Sonne, sondern in deren anthropomorphische Verkörperung. Er war gleichermaßen blond und orangegelb und sehr groß, und die Kerze auf dem Bücherregal hinter ihm ließ seine Mähne wie einen Heiligenschein aufleuchten.

»Kennen wir uns? Ich heiße Roland DeMarchelier.«

»Wally Mars«, erwiderte ich. »Dachte ich mir schon, dass Sie das sind. Diane hat mich auf Sie aufmerksam gemacht.«

»Alle machen einander auf mich aufmerksam. Ich komme mir langsam vor wie eine Art Zuchteber«, sagte er lächelnd. »Meine Frau teilte mir gerade mit, dass wir gehen. Einen letzten Drink konnte ich noch rausschlagen.«

»Sie sind verheiratet?«

»Seit sieben Jahren.«

»Macht es ihr denn nichts aus?«

»Na, *bisher* nicht. Inzwischen bin ich mir nicht mehr so sicher.«

Was soll ich über sein Gesicht sagen? Es war offen. Es war ein Gesicht, das es gewöhnt ist, betrachtet, angestarrt zu werden, ohne zurückzuweichen. Seine Haut hatte eine gesunde Aprikosenfarbe. Seine Augenbrauen, ebenfalls aprikosenfarben, waren struppig wie bei einem alten Dichter. Sie bewahrten sein Gesicht davor, allzu jungenhaft zu wirken. In dieses Gesicht hatte Tomasina also gesehen. Sie hatte es angesehen und gesagt: »Sie sind engagiert.«

»Meine Frau und ich haben zwei Kinder. Beim ersten Mal hatten wir mit dem Schwangerwerden allerdings Probleme. Wir wissen also, wie das sein kann. Die Anspannung, das Timing und das alles.«

»Ihre Frau muss ja wirklich sehr aufgeschlossen sein«, sagte ich. Roland kniff die Augen zusammen, um meine Aufrichtigkeit zu prüfen – dumm war er offensichtlich nicht (wahrscheinlich hatte Tomasina irgendwie seine Abschlussnoten ausfindig gemacht). Dann entschied er zu meinen Gunsten. »Sie sagt, sie fühlt sich geschmeichelt. Ich bin's jedenfalls.«

»Ich hatte mal was mit Tomasina«, sagte ich. »Wir haben mal zusammengelebt.«

»Tatsächlich?«

»Jetzt sind wir bloß befreundet.«

»Gut, wenn es so läuft.«

»Als wir eine Beziehung hatten, dachte sie überhaupt nicht an Babys«, sagte ich.

»So geht das eben. Man denkt, man hat alle Zeit der Welt. Und bumm – stellt man fest, dass es nicht so ist.«

»Vielleicht wäre alles anders gekommen«, sagte ich. Roland sah mich erneut an, nicht ganz sicher, wie er meine Bemerkung auffassen sollte, und blickte dann ans andere Ende des Raumes hinüber. Er lächelte jemanden an und hielt seinen Drink in die Höhe. Dann wandte er sich wieder mir zu. »Das hat nicht geklappt. Meine Frau will aufbrechen.« Er stellte sein Glas ab und wandte sich zum Gehen. »Hat mich gefreut, Wally.«

»Immer schön obenauf bleiben«, sagte ich, aber er hörte mich nicht oder tat jedenfalls so.

Ich hatte meinen Drink geleert und holte mir Nachschub. Dann machte ich mich auf die Suche nach Tomasina. Ich bahnte mir einen Weg quer durchs Zimmer und quetschte mich durch den Flur. Ich hielt mich aufrecht, um meinen Anzug bewundern zu lassen. Ein paar Frauen musterten mich und wandten sich dann ab. Tomasinas Schlafzimmertür war zwar geschlossen, doch fühlte ich mich berechtigt, sie zu öffnen.

Sie stand rauchend am Fenster und sah hinaus. Sie hatte mich nicht hereinkommen hören, und ich sagte nichts. Ich blieb einfach stehen und sah sie an. Was für ein Kleid soll ein Mädchen zu seiner Befruchtungsparty tragen? Antwort: Das, das Tomasina anhatte. Es war genau genommen nicht direkt knapp. Es begann an ihrem Hals und endete an ihren Fesseln. Dazwischen jedoch waren sehr gekonnt eine Reihe von Gucklöchern in den Stoff geschnitten, der auf diese Weise ein Fleckchen Schenkel hier, eine schimmernde Hüfte da offenbarte und weiter oben die weiße Schwellung einer Brust. Der Anblick ließ einen an geheime Öffnungen und dunkle Kanäle denken. Ich zählte die aufblitzenden Hautpartien. Ich hatte zwei Herzen, eins oben, eins in der Hose, beide pochten.

Und dann sagte ich: »Ich hab gerade Secretariat gesehen, den Superhengst.«

Sie wirbelte herum. Sie lächelte, wenn auch nicht ganz überzeugend. »Ist er nicht sagenhaft?«

»Ich finde trotzdem, du hättest Isaac Asimov nehmen sollen.« Sie kam herüber, und wir küssten uns auf die Wange. Jedenfalls küsste ich ihre. Tomasina küsste größtenteils Luft. Sie küsste meine Samenaura.

»Diane meint, ich soll die Bratenspritze vergessen und einfach mit ihm schlafen.«

»Er ist verheiratet.«

»Das sind sie alle.« Sie machte eine Pause. »Du weißt schon, was ich meine.«

Ich gab nichts dergleichen zu erkennen. »Was machst du eigentlich hier drin?«, fragte ich.

Sie nahm zwei hastige Züge von ihrer Zigarette, wie um Mut zu fassen. Dann antwortete sie: »Ausrasten.«

»Was ist los?«

Sie schlug eine Hand vors Gesicht. »Es ist deprimierend, Wally. So wollte ich kein Baby. Ich dachte, mit so einer Party würde es Spaß machen, dabei ist es bloß deprimierend.« Sie ließ die Hand sinken und sah mir in die Augen. »Glaubst du, ich spinne? Das glaubst du, stimmt's?«

Ihre Augenbrauen hoben sich flehend. Habe ich Ihnen eigentlich von Tomasinas Sommersprosse erzählt? Sie hat da so eine Sommersprosse auf der Unterlippe, wie ein Stückchen Schokolade. Alle versuchen ständig, sie ihr abzuwischen.

»Ich glaube nicht, dass du spinnst, Tom«, sagte ich.

»Echt?«

»Nein.«

»Ich vertraue dir, Wally. Du bist gemein, deshalb vertrau ich dir.«

»Was meinst du damit, ich bin gemein?«

»Nicht schlimm gemein. Gut gemein. Ich spinne also nicht?«

»Du willst ein Baby. Das ist ganz natürlich.«

Plötzlich beugte sich Tomasina vor und legte den Kopf an meine Brust. Dazu musste sie sich herunterbeugen. Sie schloss die Augen und stieß einen gedehnten Seufzer aus. Ich legte meine Hand auf ihren Rücken. Meine Finger fanden ein Guckloch, und ich streichelte ihre bloße Haut. Mit warmer, durch und durch dankbarer Stimme sagte sie: »Du kapierst es, Wally. Du kapierst es total.«

Sie richtete sich auf und lächelte. Sie blickte an ihrem Kleid hinunter, rückte es so zurecht, dass ihr Nabel zu sehen war, und nahm mich dann beim Arm.

»Komm«, sagte sie. »Gehen wir wieder rüber zur Party.«

Was als Nächstes geschah, hatte ich nicht erwartet. Als wir herauskamen, schrien alle Beifall. Tomasina hielt sich an meinem Arm fest, und wir fingen an, der Menge zuzuwinken wie ein königliches Paar. Eine Weile vergaß ich Sinn und Zweck der Party und blieb einfach Arm in Arm mit Tomasina stehen und nahm den Applaus entgegen. Als die Jubelschreie verebbten, merkte ich, dass Jackson

Browne immer noch lief. Ich lehnte mich zu Tomasina hinüber und flüsterte ihr zu: »Weißt du noch, wie wir zu diesem Song getanzt haben?«

»Haben wir dazu getanzt?«

»Das weißt du nicht mehr?«

»Das Album hab ich schon ewig. Ich hab wahrscheinlich schon tausendmal dazu getanzt.« Sie brach ab und ließ meinen Arm los.

Mein Glas war wieder leer.

»Kann ich dich was fragen, Tomasina?«

»Was?«

»Denkst du manchmal an dich und mich?«

»Wally, bitte nicht.« Sie wandte sich ab und sah zu Boden. Nach einer Weile sagte sie mit dünner, nervöser Stimme: »Damals war ich total am Arsch. Ich glaub, ich hätte es mit niemand ausgehalten.«

Ich nickte. Ich schluckte. Ich befahl mir, den nächsten Satz nicht zu sagen. Ich sah zum Kamin hinüber, als interessierte er mich, und dann sagte ich es doch: »Denkst du eigentlich manchmal an unser Kind?«

Der einzige Hinweis darauf, dass sie mich gehört hatte, war ein Zucken neben ihrem linken Auge. Sie atmete tief ein, stieß die Luft wieder aus. »Das ist lang her.«

»Ich weiß. Es ist bloß – wenn ich sehe, wie du dir diese ganze Mühe machst, denke ich, es hätte auch anders sein können.«

»Das glaub ich nicht, Wally.« Stirnrunzelnd entfernte sie einen Fussel von der Schulter meines Jacketts. Dann ließ sie ihn fallen. »Ach! Manchmal wünsch ich mir, ich wäre Benazir Bhutto oder so jemand.«

»Du willst Premierministerin von Pakistan sein?«

»Ich will eine schöne, schlichte Zweckehe. Wenn mein

Mann und ich dann miteinander geschlafen haben, kann er Polo spielen gehen.«

»Das würde dir gefallen?«

»Natürlich nicht. Das wäre doch entsetzlich.« Als ihr eine Strähne in die Augen fiel, strich sie sie mit dem Handrücken zurück. Sie sah sich im Zimmer um. Dann straffte sie sich und sagte: »Ich sollte mich ein bisschen unter die Leute mischen.«

Ich hob mein Glas. »Seid fruchtbar und mehret euch«, sagte ich. Tomasina drückte meinen Arm und verschwand.

Ich blieb, wo ich war, und trank aus meinem leeren Glas, um wenigstens etwas zu tun zu haben. Ich sah mich nach Frauen um, die ich noch nicht kennen gelernt hatte. Es gab keine. An der Bar stieg ich auf Champagner um. Ich ließ mir von der Barkeeperin dreimal das Glas füllen. Sie hieß Julie und studierte im Hauptfach Kunstgeschichte an der Columbia University. Während ich dort stand, trat Diane mitten in den Raum und tippte vernehmlich an ihr Glas. Andere taten es ihr nach, und es wurde still.

»Als Erstes«, hob Diane an, »bevor wir hier alle rausschmeißen, möchte ich ein Hoch ausbringen auf den ach so großzügigen Spender des heutigen Abends, Roland. Wir haben eine landesweite Suchaktion veranstaltet, und – ich kann euch sagen – die Vorsprechproben waren ein Schlauch.« Allgemeines Gelächter. Jemand schrie: »Roland ist schon gegangen.«

»Schon gegangen? Na, dann ein Hoch auf seinen Samen. Den haben wir nämlich noch.« Noch mehr Gelächter, einzelne trunkene Hurrarufe. Ein paar Leute, inzwischen sowohl Männer wie Frauen, nahmen sich Kerzen und schwenkten sie herum.

»Und schließlich«, fuhr Diane fort, »schließlich möchte ich unsere zukünftige – toi, toi, toi – werdende Mutter hochleben lassen. Ihr Mut zur Beschaffung von Produktionsmitteln ist uns allen eine Inspiration.« Sie zerrte Tomasina neben sich. Die Leute johlten. Tomasina fiel das Haar ins Gesicht. Sie war puterrot und lächelte. Ich tippte Julie auf den Arm und hielt ihr mein Glas hin. Alles starrte auf Tomasina, als ich mich umdrehte und ins Bad huschte.

Nachdem ich die Tür zugemacht hatte, tat ich etwas, was ich normalerweise nicht tue. Ich blieb stehen und betrachtete mich lange im Spiegel. Damit hatte ich schon vor mindestens zwanzig Jahren aufgehört. In Spiegel starrt man am besten so etwa mit dreizehn. An diesem Abend aber tat ich es wieder. In Tomasinas Badezimmer, wo wir einst gemeinsam geduscht und unsere Zähne mit Zahnseide gereinigt hatten, in dieser freundlichen, hell gekachelten Grotte präsentierte ich mich mir selbst. Wissen Sie, woran ich dachte? An die Natur dachte ich. Ich dachte wieder an Hyänen. Die Hyäne, fiel mir ein, ist ein wildes, grimmiges Raubtier. Gelegentlich greifen Hyänen sogar Löwen an. Besonders ansehnlich sind sie nicht, die Hyänen, schlagen sich aber recht gut durch. Und so erhob ich mein Glas. Ich erhob mein Glas und prostete mir selbst zu: »Seid fruchtbar und mehret euch.«

Der Becher war genau da, wo Diane gesagt hatte. Roland hatte ihn mit priesterlicher Sorgfalt auf einem Beutel mit Wattebäuschchen abgestellt. Der Kinderbecher thronte auf einem Wölkchen. Ich öffnete ihn und inspizierte seine Gabe. Sie bedeckte kaum den Becherboden, eine gelbliche, schaumige Masse. Es sah aus wie Gummilösung. Eigentlich schrecklich, wenn man es sich genau überlegt. Schrecklich, dass Frauen dieses Zeug brauchen.

Es ist *erbärmlich*. Es muss sie wahnsinnig machen, alles zu haben, was sie zur Schaffung von Leben benötigen, bis auf dieses eine mickrige Treibmittel.

Ich spülte Rolands Zeug unter dem laufenden Wasserhahn fort. Dann vergewisserte ich mich, dass die Tür abgeschlossen war. Ich wollte nicht, dass jemand einfach hereinplatzte.

Das war vor zehn Monaten. Kurz darauf war Tomasina schwanger. Sie schwoll zu enormen Ausmaßen an. Ich befand mich gerade auf einer Geschäftsreise, als sie unter Obhut einer Hebamme im St. Vincent's Hospital niederkam. Ich war jedoch rechtzeitig wieder da, um die Anzeige zu erhalten:

Voller Stolz gibt Tomasina Genovese bekannt:
die Geburt ihres Sohnes
Joseph Mario Genovese
am 15. Januar 1996.
2360 g.

Die Winzigkeit allein genügte, um den Verdacht zu bestätigen. Trotzdem entschied sich für mich die Sache erst, als ich dem kleinen Stammhalter neulich einen Tiffany-Löffel mitbrachte und in seine Wiege spähte. Die Knollennase. Die Glubschaugen. Ich hatte zehn Jahre gewartet, um dieses Gesicht in einem Schulbusfenster sehen zu können. Jetzt, wo es so weit war, konnte ich ihm zum Abschied nur zuwinken.

Milena Moser

Der Ausflug

Der grüne Streifen Wald am Horizont verschwamm vor ihren Augen. Die Sonne brannte auf ihre nackten Schultern, der Asphalt schien zu schmelzen, ihre Füße sanken millimetertief darin ein. Mit zusammengebissenen Zähnen schob sie das alte Fahrrad den Hügel hinauf, wo Heinz im Schatten des Waldrands auf sie wartete. Das hoffte sie jedenfalls. Sie atmete schmerzhaft und keuchend durch den Mund, es mußte bis an den Waldrand zu hören sein. Schweiß rann in Strömen zwischen ihren Brüsten hinab, unter ihrem Haaransatz pochte es.

Sie kniff die Augen zusammen. Zerquetschte Tränen im Augenwinkel, vielleicht nur Schweiß. Sie war nahe daran, das Rad fallen zu lassen, sich seitlich in den Abgrund zu werfen und die trockenen Sommerwiesenhänge hinunterzukugeln bis auf die Eisenbahnschienen ganz unten im Tal, wo sie einfach liegenbleiben würde, bis sie der nächste Bummelzug barmherzig überrollte ... Statt dessen zwang sie sich weiter. Schritt für Schritt. Heinz würde so etwas überhaupt nicht lustig finden.

Sie kannte ihn erst seit drei Wochen. Das war nicht besonders lange. Sie wußte nicht viel über ihn, aber sie liebte ihn und hatte deshalb die Einladung zur Radtour am Wochenende erfreut angenommen.

Sie hatte dabei an schattige Wege gedacht, an einen eiskalten Bach, in den sie die Zehenspitzen tauchen würden, an verschlafene Dörfer, an Liebe auf einer Wiese, an Mückenstiche, Vanilleeis mit heißer Schokolade unter breiten, grünen Blättern. Auf die Sportlichkeit, den Ehrgeiz und die Unerbittlichkeit von Heinz war sie nicht vorbereitet gewesen. In keiner Weise.

Sie hatten sich morgens in aller Frühe auf einem kleinen Landbahnhof getroffen. Der Tag war noch frisch. Sie fröstelte ein bißchen in ihrem kurzen, engen Rock. An der Lenkstange ihres Fahrrades hatte sie eine Plastikrose befestigt. Sie freute sich auf den Tag. Dann sah sie ihn.

Er trug eine knallbunte Mütze, Handschuhe, Trikothosen und aufwärts gebogene Schuhe. Mit einer Hand hielt er ein federleicht aussehendes Rennrad, mit der anderen hob er eine graue Plastikflasche an die Lippen. Sie hätte ihn beinahe nicht erkannt. Als er sie kommen sah, ließ er die Flasche sinken. Er starrte sie an. So willst du fahren??

Er deutete auf ihren kurzen, ausgewaschenen, roten Rock.

Sie lächelte unsicher. Sie wußte nicht, was sie sagen sollte. Es war ganz offensichtlich, daß sie sich unter Radfahren etwas anderes vorstellte als er.

Er schüttelte den Kopf, murmelte etwas von Zeitplan und wann er die erste Etappe erreicht haben wollte, schwang sich in den Sattel und flitzte davon. In kürzester Zeit hatte sie ihn aus den Augen verloren.

Unterdessen war es früher Nachmittag geworden. Das Mittagessen hatte aus Trockenfleisch und diesem lauwarmen Sportgetränk bestanden, hastig an einem Straßenrand eingenommen. Jede volle Stunde wartete Heinz auf sie, den Blick auf die Uhr geheftet. Kaum sah er sie kommen, fuhr er auch schon wieder davon. Beim dritten Mal hatte sie ihn außer Atem und den Tränen nahe gebeten, sich doch bitte nicht weiter um sie zu kümmern. Ernsthaft hatte er ihr erklärt, er tue das nicht ihretwegen, sondern wegen seiner Kondition. Es erhöhe den Trainingseffekt ungemein, wenn man den Puls sich regelmäßig beruhigen lasse, bevor man ihn um so härter wieder hinaufjage. Darauf hatte sie keine Antwort gewußt.

Er war sowieso schon wieder außer Hörweite.

Während sie ihr Rad zu dem Wäldchen hinaufschob, fragte sie sich, warum sie bis jetzt nichts von der gnadenlosen Sportlichkeit ihres Freundes gemerkt hatte. Dann fiel ihr ein, daß es die letzten drei Wochen beinahe ununterbrochen geregnet hatte. Heinz war ab und zu abends in ein Fitnesscenter verschwunden, aber das taten schließlich viele Menschen, sogar manche ihrer besten Freunde. Obwohl jeder Atemzug in der Lunge stach, brach sie in keuchendes Gelächter aus. Sie blieb einen Augenblick stehen, legte die Hand auf die schmerzende Seite und lachte bitter beim Gedanken daran, daß der regnerische Frühsommer an allem schuld war. In der Zeitung wurde das ungewöhnlich schlechte Wetter – das schlechteste seit Jahrzehnten – für Krankheiten, Todesfälle, Depressionen und sogar Selbstmorde verantwortlich gemacht. Was war dagegen eine unglückliche Liebesgeschichte?

Ihre Fußsohlen begannen zu glühen, sie setzte sich mühevoll wieder in Bewegung. Täuschte sie sich, oder wich der Waldrand immer weiter zurück, je länger sie sich darauf zu schleppte?

Ich habe die Nase voll, dachte sie trotzig.

Sie kam oben an und sah, daß der Wald nur aus einem schmalen Streifen von Bäumen bestand und daß es gleich dahinter in der prallen Sonne weiter bergauf ging. In endlosen Schleifen bergauf. Und von Heinz keine Spur. Sie warf das Fahrrad hin und brach in Tränen aus.

Ein Sportwagen kam neben ihr zum Stehen, ein junges, feistes, schnurrbärtiges Gesicht beugte sich aus dem offenen Fenster und bot an, sie bis zur nächsten Ortschaft mitzunehmen. Sie zog die Nase hoch, fuhr sich mit der Hand über das Gesicht und stand auf.

Und das Rad?

Das Rad lasse ich da, sagte sie unbekümmert.

Im Wagen hämmerte Musik. Achthundert Watt und Megabaß, erklärte der junge Mann. Sie fuhren mit quietschenden Reifen los. Ließen den Baumstreifen hinter sich. Der Mann hieß Albi. Er schielte begehrlich auf ihre langen braunen Beine. Mit näselnder Stimme wies er sie auf all die kleinen Extras hin, die er in seinen Wagen eingebaut hatte, ganz allein übrigens, mit diesen beiden Händen. Sie drehte den Kopf zum Fenster. Er fragte sie, ob sie aus der Stadt sei, und als sie nickte, fand er, sie sei erstaunlich hübsch für eine aus der Stadt.

Er räusperte sich.

Ich bin bei meiner Mutter zum Kaffee eingeladen. Wie jeden ersten Sonntag im Monat.

Aha.

Sie, hm, Sie wollen nicht zufällig mitkommen?

Sie drehte den Kopf und sah, daß er jetzt stark schwitzte.

Nein danke, sagte sie knapp und sah wieder geradeaus.

Ja, die Sache ist die, sagte er verlegen, ich wollte ihr meine neue Freundin vorstellen, und jetzt haben wir uns gestern gestritten, was heißt gestritten, davongelaufen ist sie, und wie soll ich das meiner Mutter erklären, sie hat sich so gefreut ...

Das ist doch nicht Ihr Ernst! Gegen ihren Willen mußte sie lachen.

Meine Mutter hat Ines nie gesehen, fuhr er fort, es käme also gar nicht darauf an. Abgesehen davon würden Sie ihr bestimmt besser gefallen, Sie haben so etwas Natürliches.

Albi zuckte mit den Schultern und entspannte sich ein bißchen. Immerhin hatte sie ihn nicht gleich geohrfeigt. Sie legte den Kopf zurück und blinzelte in die Sonne. In hohem Tempo fuhren sie um die nächste Kurve. Da sah sie Heinz, verbissen, gebückt auf seinem Fahrrad. Rechts von der Straße immer noch der Abgrund, der ihr vor kurzem noch so verlockend erschienen war, der Abgrund, der steil und steinig war und erst sehr viel tiefer auf den Eisenbahnschienen endete. Sie streckte ihre Hand aus und faßte zwischen Albis dickliche, weiche Beine.

Er ließ das Steuerrad los. Schnappte nach Luft. Schloß die Augen. Der Wagen schlingerte nach rechts. Einen Augenblick später hatte er sich wieder gefangen, aber dieser Augenblick hatte gereicht. Sie nahm ihre Hand weg.

Entschuldige, murmelte sie, ich wollte dich nicht erschrecken.

Das ... das ... was war das? Er bremste und brachte den Wagen zum Stehen.

Meine Hand?

Nein ... da war ... ein Stoß.

Sie blickte über ihre Schulter zurück. Von Heinz keine Spur.

Da war nichts, sagte sie sanft, es tut mir wirklich leid, wenn ich dich erschreckt habe.

Sie kuschelte sich in den Sitz zurück.

Deine Mutter, fragte sie, macht sie Kuchen zum Kaffee?

In weiter Ferne hörte sie das Pfeifen des Zuges. Ich liebe Kuchen, murmelte sie träge.

Martin Grzimek

Ein Meer ohne Klippen

Ein Meer ohne Klippen, sagen Freunde von mir, sei langweilig. Das war auch immer meine Meinung. Erst seit ich die Strände der Karibik kennenlernte, hat sich meine Einstellung geändert. Natürlich hängt das auch damit zusammen, daß ich älter geworden bin und die Annehmlichkeiten eines leichten Wellenschlags der rauhen See und die tropische Wärme einem steifen Nordwind vorziehe.

Seit einiger Zeit verbringe ich meinen Urlaub am liebsten auf einer Karibikinsel, die noch nicht vom Tourismus heimgesucht ist. Es gibt dort eine Hotelanlage, das *Caribbean Sun,* dessen Besitzerin eine Deutsche ist, die von allen nur Mama Jo genannt wird. Die Bungalows stehen direkt am Strand. Jedes Haus hat eine überdachte Terrasse, ansonsten gibt es nichts als den Strand und das Meer. Tag und Nacht laufen leichte Wellen in den hellen, stets saubergehaltenen Sand aus, und ständig weht ein angenehm warmer Wind.

Ich bin Geschäftsmann, gehe auf die Fünfundfünfzig zu und habe immer öfter das Bedürfnis nach Erholungspausen. Wenn ich verreise, dann mit Christina, meiner Frau. Sie ist gebürtige Schwedin, fällt überall wegen ihrer weißblonden, wie gebleicht aussehenden Haare auf, und ich möchte mit niemand anderem mein Leben teilen. Unsere Kinder heißen Julian, Heike und Jörn.

Jörn ist gerade neunzehn geworden und hat angefangen, Medizin zu studieren. Julian hat die militärische Laufbahn eingeschlagen, ist verheiratet und hat zwei Kinder. Auch Heike, die das zeichnerische Talent meiner Frau geerbt hat, ist voll eingespannt in ihren Beruf. Christina und ich sind stolz darauf, daß unsere Kinder erfolgreich sind. Wir brauchen uns nicht mehr viel um sie zu kümmern. Jörn wäre der einzige gewesen, der uns während seiner Semesterferien ins Caribbean Sun hätte begleiten können. Aber er findet diese Art von »Ansichtskartenurlaub« langweilig.

Ich kann ihn ja verstehen. Die Wochen, die wir dort verbringen, bieten nicht viel Abwechslung. Christina sieht das ein bißchen anders, weil sie ihren Aquarellblock dabeihat und malen kann. Während ich am Ende der Ferien immer nur eine tiefgebräunte Haut und eine gewisse Ausgeglichenheit vorweisen kann (um nichts anderes geht es mir), kann Christina neben die obligatorischen Palmen-Strand-Liegestuhl-Fotos doch immerhin ihre eigenen Bilder oder Skizzen legen: auch der arme alte Mann, der für das Hotel arbeitet und morgens den Strand säubert, gehört zur Karibik, zu unserem Luxus, zu unseren Selbstverständlichkeiten.

Wie recht du hast, Christina, sage ich mir. Du nutzt die Zeit, während ich sie im Liegestuhl verschlafe, lese, döse und zuschaue, wie der Wind mit den Palmblättern spielt. Dann ziehe ich mich sogar von dir zurück. Ich weiß, wie wenig dir das gefällt, aber ich brauche diese völlige Entspannung, weil es danach für Monate wieder nur noch meine Arbeit gibt.

Paradoxerweise geht mein Erholungsbedürfnis so weit, daß ich während des Urlaubs nur selten mit Christina

322

schlafe. Stecke ich hingegen zu Hause bis über beide Ohren in der Arbeit, bin gestreßt und angespannt, gebe ich ihr um so mehr von der Bestätigung ab, die mir erfolgreich abgeschlossene Geschäfte verschaffen. Ja, es ist mir bewußt, daß ich Christina dann manchmal regelrecht »benutze«, während ich im Urlaub in dieser Hinsicht träge und froh darüber bin, daß unser Bungalow im Caribbean Sun nur Zimmer mit getrennten Betten hat.

Hinzu kommt, daß Mama Jo uns während der letzten drei Aufenthalte so vertraut wurde, daß ihr Hotel für uns zu einer Art Familienpension geworden ist. Dieses Familiäre schaltet in mir das Gefühl für Liebe gleichsam aus, weil es von vornherein garantiert scheint. Ich fühle mich geborgen und muß nichts beweisen. Und Christina, dieser Engel, nimmt meine Passivität hin und unterstützt sie noch, indem sie sich ebenfalls ganz auf sich bezieht, sich ihren Neigungen hingibt und mich weder kritisiert noch irgendwie zu reizen versucht.

Als wir das letzte Mal im Caribbean Sun waren, bekam ich unglücklicherweise nach der ersten Woche so starke Zahnschmerzen, daß ich noch am selben Abend in der Inselhauptstadt einen Arzt aufsuchen mußte. Am nächsten Vormittag lag ich mit einer geschwollenen Backe in der Sonne, und in meinem Kiefer pochte und zog es so stark, daß ich mein Buch weglegen mußte und verärgert über den Strand schaute.

Dabei verharrte mein Blick auf einem jungen Paar. Es waren Deutsche, das Mädchen eine Nichte von Mama Jo, der Mann ihr Freund. Sie waren zum ersten Mal hier, am Vortag angekommen und uns von Mama Jo als Sabine und Klaus vorgestellt worden. Wegen meiner Zahnschmerzen hatte ich die beiden während der Begrüßung kaum beachtet. Jetzt, da ich zu ihnen hinüberschaute, sah ich Christina bei ihnen sitzen und sich mit ihnen unterhalten, und plötzlich schauten alle drei zu mir her, als hätte meine Frau gerade gesagt: Seht, da liegt mein Mann – er hat eine dicke Backe und leidet.

Christina hob den Arm und winkte mir zu. Mit einer müden Bewegung erwiderte ich die Geste, überlegte, ob ich nicht zu ihnen hingehen sollte, ließ aber von dem Gedanken ab, als es in meinem Kiefer noch stärker zu pochen begann. Da wandten sich Christina und Klaus auch schon wieder einander zu, während Mama Jos Nichte weiterhin zu mir herüberschaute.

Ich schreibe es meinen Schmerzen zu, daß ich diesem neugierigen Blick standhielt und zugleich verunsichert dachte: warum schaut sie so frech her, ist irgendwas mit mir? Ich sah verwirrt an mir hinunter, bemerkte nichts Ungewöhnliches, schaute wieder auf und konnte sehen, daß sie mich nun sogar mit einem spöttischen Lächeln um den Mund beobachtete. Verstört nahm ich mein Buch und tat so, als würde ich lesen.

Beim Mittagessen saßen wir zusammen: Sabine und Klaus, Christina und ich. Christina fand die jungen Leute »prima«. Mit diesem Wort hatte sie mir gegenüber die bevorstehende Zusammenkunft begründet, als wir uns zum Essen umzogen.

»Ich hoffe nur«, hatte ich erwidert, »daß es bei diesem einen gemeinsamen Mittagstisch bleibt. Ich möchte mich niemandem anschließen, sondern vor allem meine Ruhe haben.«

»Es sind Verwandte von Mama Jo«, sagte sie.

»Das interessiert mich nicht.«

»Hast du denn immer noch Zahnschmerzen?«

»Leider ja.«

Christina unterhielt sich beim Essen sehr angeregt. Ich war nicht besonders gesprächig. Klaus erzählte Christina etwas über sein Physikstudium, und ich hörte mir Sabines Berufsvorstellungen an. Sie wollte Journalistin werden und studierte deshalb Germanistik und Geschichte.

»Haben Sie denn schon mal bei einer Zeitung gearbeitet?« fragte ich.

Sie schüttelte den Kopf.

Während unserer Konversation hatte ich Zeit, ihr Gesicht zu betrachten. Es war nicht besonders hübsch und hatte etwas Unausgeglichenes. Schuld daran mochten die für meinen Geschmack zu auffällig geschminkten Augen und Lippen sein, denn die Stupsnase, das fliehende Kinn, die rundlichen Wangen und die leicht gelockten, blonden Haare ließen sie kindlich erscheinen. Dazu paßte, mit welcher Unbekümmertheit sie über ihre Zukunft sprach.

Aber ich nahm das alles nur mit Zerstreutheit wahr und drängte gleich nach dem Dessert zum Aufbruch. Auf dem Weg zum Bungalow bat ich Christina nochmals, nicht mehr als nötig auf die beiden einzugehen, wobei ich ausdrücklich betonte, nichts gegen sie zu haben. Aber kaum lag ich am Nachmittag wieder am Strand und las in meinem Krimi (die Zahnschmerzen waren schwächer geworden), merkte ich, daß Sabine und Klaus näher an unseren Stammplatz herangerückt waren, unter eine Gruppe niedriger Strandtraubenbäume, etwa fünfzehn Meter von uns entfernt.

Christina spürte meine Verärgerung und versuchte leise, mich zu beschwichtigen. Ich aber fürchtete prinzipiell um meine wohlverdiente Ruhe. Warum sonst stand ich jeden Morgen kurz nach Tagesanbruch auf und zog zwei der vielen Liegen, die am Abend auf einen Platz hinter den Bambusbüschen gebracht wurden, ganz an den Rand des Strandes, wo mehrere Palmen einen angenehmen Halbschatten warfen?

Am späten Nachmittag begann mich wieder mein Zahn zu quälen. Ich legte das Buch weg und bemerkte Christina auf einem Felsvorsprung mit ihrem Aquarellblock. Dann sah ich zur anderen Seite und entdeckte Sabine und Klaus in einer heftigen Umarmung. Wahrscheinlich hätte ich gleich wieder weggeschaut, hätte ich nicht zu meinem Erstaunen wahrgenommen, daß mich Sabine, während Klaus ihren Hals küßte, anblickte, und zwar so direkt, als wollte sie mir sagen: Siehst du, das könntest du auch haben, aber du willst ja nicht! Sie sah auch nicht weg, als ich sie anstarrte, sondern tat nun erst recht so, als ließe sie ihren Freund lediglich gewähren, während sie, mich fixierend, die rechte Hand vom Oberschenkel aufwärts über die Hüften bis hinauf zum Busen wandern ließ, den sie spielend mit den Fingern umkreiste, und zwar so auffällig und bewußt, daß ihre Absicht, die ich ihr insgeheim unterstellt hatte, nicht deutlicher sein konnte.

Irritiert blickte ich in mein Buch. Aber ich konnte nicht glauben, was ich eben gesehen hatte, und wandte den Kopf daher wieder zu ihr hin: sie lächelte mir immer noch zu, während ihr Freund auf sie einsprach und ihr irgend etwas zu erklären schien.

Die ganze Situation war mir äußerst peinlich, und ich war froh, Christina in ihre Malerei vertieft zu wissen, denn ich hatte das Buch immer tiefer sinken lassen, so daß es schließlich meinen Schoß berührte, ich aber nicht erst dadurch spürte, wie sehr mich der Blick und das Verhalten des Mädchens erregt hatten.

Als Christina zurückkam und mir strahlend verkündete, sie habe zum ersten Mal versucht, »Wasser, nichts als Wasser« zu malen, und mir stolz das Aquarell zeigte, waren, wie ich aus den Augenwinkeln heraus beobachtet hatte, Sabine und Klaus gegangen. Unter den dickblättrigen Bäumen standen nur noch die verlassenen Liegen.

»Das wäre auch ein Motiv«, sagte ich zu Christina. »Die Strandliegen ohne Menschen, die leeren Colaflaschen, ein vergessenes Badetuch, die untergehende Sonne.«

»Das auch«, sagte sie ein wenig verärgert, da ich ihre Wasserstudie kaum beachtet hatte. »Sind sie schon gegangen?«

»Wen meinst du?«

»Die beiden natürlich.«

»Ach, die! Ja, gerade eben erst«, sagte ich und fügte hinzu: »Aber, bitte, nicht daß wir heute wieder mit ihnen an einem Tisch sitzen!«

»Hast du Angst vor ihnen?« fragte Christina, nun wieder lachend, und ging zum Bungalow.

Das Abendessen nahmen wir wie immer an dem für uns reservierten Tisch ein. Ich genoß die gedämpfte Atmosphäre in dem nur wenig besetzten Restaurant, das im spanischen Stil eingerichtet war. Mama Jo kam und erkundigte sich, ob alles in Ordnung sei. Ich bestellte eine zweite Flasche Wein. Kurz darauf gingen Sabine und Klaus an unserem Tisch vorbei und setzten sich in den hinteren Teil des Raumes. Christina kehrte ihnen den Rücken zu, während ich Sabine genau in meinem Blickfeld hatte.

»Hübsch hat sie sich gemacht«, sagte Christina, und ich mußte ihr recht geben.

Sabine hatte einen engen Lederrock an und eine Seidenbluse, durch deren dünnes Gewebe man ihren Körper schimmern sah. Ich vermutete sofort, daß sie sich wegen mir so angezogen hatte. Wenn ich wie unabsichtlich zu ihr hinschaute, fixierte sie mich.

Als ich nachts im Bett lag, trat mir immer wieder das aufreizende Verhalten Sabines vor Augen. Was hatte sie vor? Wollte sie einen ›älteren Herrn‹ verführen? Ich mußte mir jedenfalls eingestehen, daß das Mädchen mich reizte. Und plötzlich kam mir der erschreckende Gedanke, daß ich durchaus die Möglichkeit haben könnte, Christina mit Sabine zu betrügen. Mit diesem jungen Ding? Und dann dieser nichtssagende Freund, den sie mitgebracht hatte! Er setzte um die Hüften herum bereits Fett an und hatte einen stumpfen Blick. Wie selbstverständlich schien er anzunehmen, daß Sabine nur ihm gehörte und niemand sie ihm wegnehmen könnte. Deshalb auch beachtete er mich kaum. Ich war kein Konkurrent für ihn! Daß du dich da nur nicht täuschst, dachte ich – und wurde unruhig. War ich nicht gerade dabei, ihn als Nebenbuhler zu empfinden, was doch nichts anderes bedeutete, als daß wiederum Sabine im Begriff war, mich zu verführen?

Ich schlief schlecht in dieser Nacht. Die ganze Situation mißfiel mir und verwirrte mich. Mit Christina konnte ich darüber wohl kaum sprechen. Doch warum eigentlich nicht? Zu wem sonst hätte ich blindes Vertrauen haben können? Wahrscheinlich würde sie sagen: Ach, laß sie doch! Sie will dich ein bißchen provozieren, sehen, wie sie auf gutaussehende, reife Männer wirkt. Schau einfach nicht hin, dann hört sie von ganz allein auf! Aber vielleicht würde Christina mich auch nur auslachen und vermuten, daß ich jetzt wohl das Alter erreicht hätte, in dem man beginnt, jungen Mädchen nachzulaufen.

Am nächsten Morgen tauchte Sabine am Strand in einem rotgeblümten Badeanzug auf.

»Klaus pennt noch«, sagte sie.

»Ist es denn gestern abend bei euch so spät geworden?« wollte Christina wissen.

»Das nicht«, sagte Sabine verlegen, »aber Klaus ist ein Langschläfer.«

Christina zog die Brauen hoch. Ich sagte nichts. Sabine holte sich eine Liege, zog sie weit nach vorn ans Meer und rekelte sich in der Sonne. Es gab nicht die geringsten Anzeichen, daß sie ihr Spiel von gestern fortsetzen würde. Jedenfalls nicht, solange Christina neben mir lag. Denn kaum war sie aufgestanden, um ihre Malutensilien zu holen, wand sich Sabine von rechts nach links, zupfte und zog an ihrem Badeanzug und brachte mich so in Aufregung, daß ich mir wie unabsichtlich ein Handtuch über den Schoß legen mußte.

Als sich Klaus später am Strand einfand, ein wenig verkatert, wie mir schien, änderte sich ihr Verhalten nur insofern, als sie mich noch offensichtlicher fixierte. Verdammtes Luder! dachte ich und reagierte gleichwohl verärgert, als ich sah, wie sie mit gespielter Hingabe die Küsse von Klaus erwiderte. Wie um meine aufglimmende Eifersucht noch mehr zu schüren, blickte sie mich einige Male über seine Schulter hinweg so an, als wünschte sie sich mich in ihren Armen und nicht ihn.

In diesem Moment kam Christina vom Bungalow zurück. Wie schön sie ist, mußte ich denken. Wie gut ich ihren Körper kenne. Nie hat er mich enttäuscht. Und nun bin ich im Begriff, sie zu betrügen. Mich zu betrügen. Denn trotz aller Vorbehalte spürte ich, daß ich der Versuchung erliegen wollte. Also fragte ich Christina, ob es nicht doch angebracht sei, »die beiden Studenten« zum Mittagessen einzuladen.

»Eine gute Idee!«

»Sagst du's ihnen?«

»Gern! Soll ich gleich einen Tisch reservieren? Ich muß ohnehin bei Mama Jo vorbei. Ich will heute draußen an der Auffahrt die Palmen malen.«

Nachdem Christina mit den beiden gesprochen hatte, rief sie mir zu: »Heute geht's nicht, Georg. Sie wollen in die Stadt. Aber dafür morgen. Einverstanden?«

Ich nickte nur und schaute in mein Buch, aus Angst, man könnte mir meine Enttäuschung ansehen, die sich noch steigerte, als die beiden ihre Badetücher nahmen und Christina in Richtung Haupthaus begleiteten.

Plötzlich fühlte ich mich sehr allein, obwohl noch andere Hotelgäste am Strand waren. Alles um mich herum war genau so, wie ich es liebte und worauf ich mich jeden Tag freute. Nun, auf einmal, fehlte mir etwas, machte die Ruhe mich unruhig, verspürte ich Langeweile, interessierte das Buch mich nicht mehr. Es ärgerte mich, daß Sabine und Klaus weggegangen waren, und zwar genau in dem Augenblick, da Christina malen gehen wollte und ich ungestört das Spielchen mit Sabine hätte fortsetzen können. Und ich schämte mich nicht einmal!

Beim Mittagessen erzählte mir Christina, daß sich Sabine in der Stadt einen Bikini kaufen wollte. »Sie hat wirklich ziemlich altmodische Badeanzüge«, sagte sie.

»Ist mir gar nicht aufgefallen.«

»Du schaust vielleicht nicht mehr nach so was, aber Klaus.«

An diesem Tag verzichtete ich auf meinen Nachmittagsschlaf und ging gleich nach dem Essen an den Strand.

Ich wartete darauf, daß die beiden aus der Stadt zurück-
kämen, und dachte an Sabine und daran, was es bedeuten
könnte, wenn sie von nun an einen Bikini tragen würde.

Ich mußte eingenickt sein, denn plötzlich schreckte
mich lautes Lachen auf. »Wir haben sooo viel gekauft!«
hörte ich Sabine sagen. Ich drehte mich auf den Rücken,
war erst geblendet vom Sonnenlicht und sah dann Sabine
und Klaus vor Christinas Liege stehen. Er hatte ein neues
T-Shirt an, auf dem der dicke Kopf einer Comic-Figur abgebildet war, die die Zunge herausstreckte. Genauso sieht
er auch aus, dachte ich.

»Zum Schießen!« sagte Christina lachend.

Sabine trug einen Kimono, aus dem die nicht ganz
schlanken Beine hervorschauten. »Es war super!« sagte sie
und begrüßte mich mit einem »Gut geschlafen?«.

»Haben Sie denn was gefunden?« fragte Christina.

»Diesen Kimono und zwei Bikinis, einen in Silber und
einen in Gold. Kleine Modenschau gefällig? Aber bitte
nicht lachen!«

Nach einem aufmunternden Zuspruch von Christina
zog Sabine die Schleife des Kimonogürtels auf, öffnete
den leichten Mantel, ließ ihn über Schultern und Rücken
zu Boden gleiten und stellte sich vor uns in Positur.

Während dieser Enthüllung hatte Sabine immer nur
Christina angeschaut, die dann auch gleich in die Hände
klatschte und den Bikini mit einem »Fabelhaft!« beurteil-
te. Mir war sofort klar, daß sie ihn geschmacklos fand.
Ober- und Unterteil bestanden aus nichts als äußerst
knapp sitzenden, goldenen Stoffdreiecken, die jeweils
durch mit Schleifen verknüpfte Bänder zusammengehal-
ten wurden, so daß Pobacken und Brüste in ihren Ansät-
zen freilagen. Besonders unvorteilhaft aber wirkte nun

der Sonnenbrand, den sich das Mädchen geholt hatte, da sich die Form ihres Badeanzugs blaß-bleich gegen die geröteten Schultern, Arme und Beine wie eine zweite, kränkliche Haut deutlich abzeichnete.

Klaus hatte die Szene, wie mir schien, mit einiger Mißbilligung verfolgt.

»Gefällt's Ihnen?« fragte Sabine mich, nachdem sie mit Christina über den »Superpreis« gesprochen hatte.

»Sehr hübsch«, sagte ich.

»Der silberne ist genauso geschnitten«, redete Sabine, nun wieder an Christina gewandt, weiter. »Ich finde die Dinger jedenfalls scharf. Wenn ich die zu Hause im Freibad anziehe, flippen die Leute aus.«

Besonders die letzte Bemerkung schien Klaus geärgert zu haben. Er nahm Sabines Kimono und sagte: »Komm, wir legen uns noch ein bißchen in die Sonne, bevor sie weg ist.«

Das erinnerte Christina daran, daß sie ihr Malzeug vorbereiten und Papier aufspannen mußte, da sie heute ein Strandbild mit Abendstimmung malen wollte. Auch ich stand auf und ging ins Haus.

»Na, was meinst du dazu?« fragte ich sie.

»Zum Bikini?«

»Ja.«

»Ein bißchen sehr gewagt. Die allerbeste Figur, um so was zu tragen, hat sie nicht gerade. Und wenn sie sich schon für etwas derart Knappes entscheidet, sollte sie sich wenigstens an den Beinen oben rasieren.«

»Das ist ihr wahrscheinlich gar nicht bewußt.« – Mit diesem Satz drückte ich ungewollt aus, daß *mir* das gar nicht bewußt geworden war.

»Soll ich's ihr etwa sagen?«

»Sie ist noch ziemlich jung und unerfahren«, versuchte ich der Frage auszuweichen.

»Glaub das ja nicht. Sie spielt nur die Naive.«

Am Abend setzten die beiden sich wieder ein paar Tische hinter uns. Sabine löffelte ihre Suppe und fixierte mich dabei. Ich hatte sie genau im Blickfeld und sah einige Male mitten im Gespräch mit Christina an deren Kopf vorbei. Christina mußte etwas gemerkt haben, sagte aber nichts.

Am nächsten Vormittag trug Sabine ihren silbernen Bikini und setzte sich unter den Baum neben Klaus. Kaum war Christina zum Haus gegangen, begann Sabine mit dem Spiel ihrer Hände. Ich zwang mich, die Augen zu schließen. Dann ging ich schwimmen.

Zu Mittag trafen wir vier uns wie verabredet im Restaurant. Sabine hatte Jeans und eine Bluse an, die den Bauchnabel freiließ. Unter der Bluse trug sie ihr Bikinioberteil aus Goldstoff. Sie saß mir, Klaus saß Christina gegenüber. Unsere Unterhaltung war belanglos. Plötzlich merkte ich, daß Sabine mich unter dem Tisch mit dem Fuß am Bein berührte. Ich erschrak und entschuldigte mich. Sie entschuldigte sich ihrerseits und blickte sogar kurz unter den Tisch. Das Gespräch war dadurch kaum unterbrochen worden, aber gleich darauf spürte ich wieder eine Berührung, sah Sabine an, die sich jedoch Klaus zugewandt hatte und ihm zuhörte. Ihr Fuß strich über meine Hose und mein Bein hinauf, während Christina etwas sagte, Sabine zu ihr hinschaute und mich dabei mit einem Seitenblick streifte, der eindeutig ausdrücken sollte: Jetzt hab' ich dich!

Ich legte meine Serviette weg, entschuldigte mich und verließ den Tisch. Auf der Toilette betrachtete ich mich im Spiegel. Meine Haare waren sorgfältig gescheitelt, ich trug ein weißes Hemd, mein Gesicht war gebräunt und glatt – aber in mir war alles durcheinander.

Als ich wieder am Tisch saß, eröffnete mir Christina, daß wir nun endlich das »Sie« sein lassen sollten, was ihr als Schwedin ohnehin immer fremd vorkomme. Also stießen wir auf das »Du« an, und Sabine grinste dabei so unverschämt, daß mich ihre Dreistigkeit fast aufregte. Während die Langusten gebracht wurden und ich die Serviette über meinen Schoß breitete, spürte ich wieder ihren Fuß an meinen Beinen.

Christina war ausgesprochen fröhlich, erzählte von Schweden und vergaß sich in ihrer guten Stimmung so sehr, daß sie Sabine und Klaus einlud, ihre nächsten Ferien in unserem Sommerhaus zu verbringen. Ich versuchte, durch ein paar scherzhafte Worte von meinem Ärger und meiner Verlegenheit abzulenken. Als wir schließlich vom Tisch aufstanden, küßte, um unsere Ferienfreundschaft zu besiegeln, Christina erst Klaus, dann Sabine auf die Wange, während Klaus mir die Hand gab und ich mich daraufhin unbeholfen mit meinem Gesicht Sabine näherte, als hätte ich dergleichen noch nie getan.

Aus dem Nachmittagsschlaf erwachte ich mit Kopfschmerzen.

»Am Wein kann es nicht liegen«, sagte Christine. »Er war hervorragend.«

»Nein, nein«, jammerte ich, »es liegt wohl an mir.«

Es war auch nur ein Ziehen im Kopf, das ich zu »Schmerzen« aufgebauscht hatte, um nicht mit an den Strand zu müssen. Statt dessen blieb ich im Bett, las endlich den Krimi zu Ende und bestellte am Abend ein Taxi, das Christina und mich zu einem kleinen Restaurant am Hafen brachte.

Am anderen Morgen weckte mich Christina und sagte, es sei schon fast neun, ich solle mich beeilen.

»Warum denn?«

»Wir haben doch gestern beim Mittagessen ausgemacht, daß wir in die Stadt fahren, um auf dem Markt Gewürze zu kaufen.«

»Davon weiß ich nichts.«

»Aber Liebling, du hast selbst gesagt, du würdest gern mitkommen.«

Wenn Christina mich Liebling nennt, ist sie meistens ungehalten.

»Möglich«, sagte ich beschwichtigend. »Ich muß es vergessen haben. Aber um ehrlich zu sein, habe ich im Moment eigentlich keine rechte Lust auf Ausflüge.« Plötzlich war mir die Verabredung wieder eingefallen und auch, daß Sabine gesagt hatte, sie würde lieber die letzten Tage auf der Insel ausnutzen, um sich zu sonnen.

»Dann bleibst du also hier?«

»Wenn es dir nichts ausmacht?«

Eine halbe Stunde später lag ich an meinem Platz am Strand – und nicht weit entfernt von mir Sabine, jeder vertieft in sein Buch.

Als ich schwimmen gehen wollte, rief sie mir zu, ob sie mich begleiten könne, sie schwimme nicht gerne allein.

»Selbstverständlich«, gab ich zurück und sagte mir: Paß auf, Georg, jetzt kommt ein Anschlag auf dich – unter Wasser wird sie dich kneifen!

Doch es geschah nichts. Wir schwammen nebeneinander her, und sie sprach unentwegt über ihr Studium. Am Strand erst kam die Annäherung, auf die ich gewartet hatte.

»Kannst du mir bitte den Rücken eincremen?« bat sie.

Merkwürdigerweise verspürte ich nicht den geringsten Reiz dabei, als ich sie berührte. Auch sie verhielt sich völlig unbeteiligt, als wäre ich ihr großer Bruder oder ihr Onkel, und es war nichts mehr von dem zu spüren, was mich die Tage zuvor so aus dem Gleichgewicht gebracht hatte.

Gegen Mittag kamen Christina und Klaus zurück mit Tüten voller Gewürze.

»Laß uns wieder zusammen essen«, bat sie. »Er ist wirklich ein netter Kerl, genau wie Sabine.«

Hier hätte ich aufmerksam werden sollen, aber ich sagte nur: »Schick ihn gleich einen Tisch reservieren.«

Christina gab mir einen Kuß auf die Stirn, und ich freute mich darauf, daß mir Sabine unterm Tisch wieder das Bein massieren würde. Genau das geschah dann auch.

So gingen die Tage dahin. Sabine und Klaus reisten ab, und wir begleiteten sie zum Flughafen. Die kleine Maschine, die sie zur Nachbarinsel bringen sollte, hatte Verspätung. Klaus wollte noch sein restliches Geld in der Inselwährung ausgeben. Ob er uns etwas schenken oder wenigstens zu einem Kaffee einladen könne?

Ich lehnte ab. Sabine saß müde in ihrem Sessel.

»Irgend etwas werden wir schon finden«, sagte meine immer fröhliche Frau und ging mit Klaus los.

Der Zwang, eine Toilette aufzusuchen, ließ mich ihnen wenig später folgen. Als ich um die Ecke einer Ladengalerie bog, sah ich sie dastehen: Christina und Klaus, eng umschlungen. Sie küßten sich. Ich konnte gerade noch erkennen, daß Christina ihre Augen dabei geschlossen hatte, so wie sie auch mich immer küßte.

Christina und Klaus! dachte ich auf dem Rückweg zur Wartehalle. Das kann nicht möglich sein! Dieser dickliche

Physikstudent mit meiner Frau, deren zweitältester Sohn im Alter dessen ist, den sie gerade küßt!

Sabine saß zusammengesunken in ihrem Sessel. Es war früh am Morgen, für uns alle eine Anstrengung. Ich setzte mich neben sie und sagte: »Deine Bikinis werden einigen Leuten bei dir zu Hause den Atem rauben.«

»Das glaube ich kaum.«

»Warum nicht?«

»Die sind alle so abgebrüht.«

»So wie du.«

»Wie ich?«

»Aber hör mal! Wie willst du jemanden, der solche Spielchen treibt wie du, sonst bezeichnen?«

»Jedenfalls nicht ›abgebrüht‹.« Sie schwieg eine Weile, dann setzte sie leise hinzu: »Und außerdem kann ich dir nur den Rat geben …«

In diesem Moment kamen Christina und Klaus zurück. Sie hatten »nichts gefunden«.

»Euer Flieger ist inzwischen gelandet«, sagte ich.

Eine halbe Stunde später standen meine Frau und ich auf der Flughafenterrasse und winkten der startenden Maschine nach. Wir hatten einander die Arme um die Hüfte gelegt. Als das Flugzeug in der Luft war, küßten wir uns. Dieser Teil des Abschieds war nicht anders, als hätten wir zwei unserer Kinder nach Hause geschickt. Doch mir war alles andere als wohl dabei.

Als wir ins Caribbean Sun zurückkehrten, übergab uns Mama Jo ein Päckchen.

»Ich weiß nicht, was drin ist«, sagte sie. »Sabine und Klaus haben es im Zimmer liegenlassen. Es ist wohl das einfachste, wenn Sie es ihnen von Deutschland aus nachschicken.«

»Kein Problem«, sagte Christina sofort und nahm das Päckchen an sich, noch bevor ich die Hand danach ausstrecken konnte.

Wir gingen zu unserem Bungalow. Ich hatte mir geschworen, nichts zu sagen, gar nichts. Die uns verbleibenden Tage auf der Insel wollte ich genießen, zog mir die Badehose an, nahm mir einen neuen Krimi und streckte mich schon bald auf der Liege am Strand in der Sonne aus, als plötzlich Christina neben mir stand, bekleidet mit Sabines goldenem Bikini!

»Gehen wir schwimmen?« fragte sie.

Einen Moment lang war ich sprachlos. Dann stand ich auf und sagte: »Nichts lieber als das!«

T. C. Boyle

Großwildjagd

The way to hunt is for as long as you live against
as long as there is such and such an animal.
Ernest Hemingway, *Green Hills of Africa*

Wenn der Preis stimmte, durften die Leute abschießen,
was sie wollten, sogar den Elefanten, aber Bernard hielt
seine Gäste lieber etwas zurück. Einerseits gab es immer
eine Riesenschweinerei, und außerdem verliehen die großen Viecher – Elefant, Nashorn, Wasserbüffel, Giraffe –
dem Laden ja letzten Endes seine Glaubwürdigkeit, ganz
zu schweigen vom Lokalkolorit. Und dann waren sie auch
ziemlich schwer aufzutreiben. Noch heute tat es ihm leid,
daß er diesem Bubi aus der Heavy-Metal-Band erlaubt
hatte, eine seiner Giraffen abzuknallen – auch wenn er für
die Aktion locker zwölftausend Dollar auf sein Konto hatte einzahlen können. Oder dieser Idiot von MGM, der auf
eine Zebraherde losballert und dabei gleich noch zwei
Strauße geköpft und den nubischen Wildesel verstüm-
melt hatte. Na ja, so etwas konnte vorkommen – und immerhin war er bei den großen Tieren hoch genug versichert, um den halben Zoo von Los Angeles aufkaufen zu

können, wenn es sein mußte. Zum Glück hatte sich wenigstens noch keiner in den Fuß geschossen. Oder in den Kopf. Natürlich war er auch dagegen versichert.

Bernard Puff erhob sich von dem schweren Mahagonitisch und kippte seinen Kaffeesatz in den Ausguß. Er war nicht direkt nervös, aber doch etwas unruhig; sein Magen rumorte und verkrampfte sich um den unverdaulichen Klumpen eines Frühstückshörnchens, seine Hände zuckten und zitterten vom Kaffee. Er zündete sich eine Zigarette an, um ruhiger zu werden, und starrte durch das Küchenfenster auf den Pferch der Dromedare, in dem eines dieser mottenzerfressenen arabischen Viecher systematisch die Rinde einer Ulme abnagte. Er betrachtete es voller Staunen, als hätte er es noch nie gesehen – die flexiblen Lippen und dieser bescheuerte Blick, die blöde malmenden Kiefer –, und nahm sich insgeheim vor, für die Kamele einen Sonderpreis anzubieten. Die Zigarette schmeckte nach Blech, nach Tod. Irgendwo stieß eine Spottdrossel ihren gellenden, wimmernden Schrei aus.

Die neuen Gäste mußten jeden Moment eintreffen, und bei der Aussicht auf neue Gäste wurde ihm jedesmal ganz anders – es konnten einfach zu viele Dinge schiefgehen. Die Hälfte von ihnen konnte das eine Ende des Gewehrs nicht vom anderen unterscheiden, sie wollten den Brunch zu Mittag und anschließend eine Massage, und sie meckerten über alles und jedes, angefangen bei der Hitze über die Fliegen bis zum Brüllen der Löwen in der Nacht. Schlimmer noch, die meisten wußten offenbar nichts mit ihm anzufangen: die Männer sahen in ihm meist eine Art guten Kumpel im Blaumann und bedachten ihn pausenlos mit lüsternem Grinsen, dreckigen Witzen und verkehrter Grammatik, und die Frauen behandelten ihn wie eine Kreuzung zwischen Oberkellner und Wasserträger. Anfänger und Greenhorns, alle miteinander. Emporkömmlinge. Raffkes. Die Sorte Leute, die Klasse nicht einmal erkannten, wenn sie sie in die Nase biß.

Bernard drückte die Zigarette grimmig in der Kaffeetasse aus, wirbelte auf den Fußballen herum und stürmte durch die Schwingtür hinaus in den hohen dunklen Korridor, der in die Eingangshalle führte. Schon jetzt war es drückend heiß, die Deckenventilatoren rührten vergeblich in der toten Luft rund um seine Ohren, und auf seinen frischrasierten Backenknochen juckte der Schweiß. Er trampelte den Korridor entlang, ein wuchtiger Mann in Wüstenstiefeln und Khakishorts mit zuviel Bauch und einem etwas übereifrigen, tölpelhaften Gang. In der Halle war niemand, auch die Rezeption war unbesetzt. (Espinoza fütterte gerade die Tiere – Bernard konnte von weitem das Kreischen der Hyänen hören –, und das neue Mädchen – wie hieß sie gleich? – war bisher noch nie pünktlich zur Arbeit erschienen. Kein einziges Mal.) Das Haus wirkte menschenleer, obwohl er wußte, daß Orbalina oben die Betten machte und Roland sich irgendwo heimlich einen hinter die Binde goß – aber vermutlich draußen hinter den Löwenkäfigen.

Eine Weile blieb Bernard reglos in der Halle stehen, vor dem martialischen Hintergrund von Kudu- und Oryxantilopenschädeln, und las zum zehntenmal an diesem Morgen die Karte mit der Reservierung:

Mike und Nicole Bender
Bender-Immobilien
15125 Ventura Blvd.
Encino, California

Maklertypen. Du liebe Güte. Ihm waren die Leute vom Film allemal lieber – oder sogar die Rock-'n'-Roll-Freaks mit ihren Nietenarmbändern und den tuntigen Frisuren. Die waren zumindest bereit, sich auf die Illusion einzulassen, »Puffs Afrika Großwildranch«, die auf einem tausend Hektar großen Grundstück gleich vor den Toren von Bakersfield lag, sei der wahre Jakob – die Etoscha-Pfanne, der Ngorongoro-Krater, die Serengeti –, aber diese Maklertypen sahen jeden Sprung im Verputz. Immer wollten sie nur wissen, wieviel er für das Grundstück gezahlt hatte und ob es auch parzelliert werden durfte.

Er blickte zu den grinsenden gelben Zähnen der Rappenantilope hinauf, die an der Wand hinter ihm hing – jener Antilope, die sein Vater in Britisch-Ostafrika erlegt hatte, damals in den Dreißigern –, und stieß einen Seufzer aus. Geschäft war Geschäft, und letzten Endes war es ja auch schnurzegal, wer seine Löwen und Gazellen durchlöcherte – solange sie dafür zahlten. Und das taten sie immer, den vollen Betrag, und zwar in bar. Dafür sorgte Bernard.

»Vor sechs Monaten waren wir doch bei Gino Parducci essen, Nik, oder? Sechs Monate ist das her, oder? Und hab ich damals nicht gesagt, wir würden diese Afrikageschichte in sechs Monaten durchziehen? Stimmt's?«

Nicole Bender saß entspannt auf dem Beifahrersitz des weißen Jaguar XJS, den ihr Mann ihr zum Valentinstag geschenkt hatte. Auf ihrem Schoß verstreut lag ein Stapel Handarbeitszeitschriften, darauf zwei Bambusstricknadeln, an denen das Embryonalstadium eines Kleidungsstücks hing, so blaß, daß sich die Farbe kaum definieren ließ. Sie war siebenundzwanzig, blond und früher Schauspielerin/Dichterin/Fotomodell/Sängerin gewesen; ihr Trainer hatte ihr vor zwei Tagen erst gesagt, sie habe von allen Frauen, mit denen er jemals gearbeitet habe, wohl die vollkommenste Figur. Natürlich wurde er dafür bezahlt, solche Dinge zu sagen, doch tief im Herzen ahnte sie, daß es die Wahrheit war, und sie mußte es immer wieder hören. Sie wandte sich an ihren Mann. »Ja«, sagte sie, »allerdings. Aber ich hab dabei eher an Kenia oder Tansania gedacht, um ehrlich zu sein.«

»Ja, ja«, gab er ungeduldig zurück, »ja, ja, ja.« Er stieß die Worte hervor wie Kugeln aus einem der brandneuen schimmernden großkalibrigen Jagdgewehre, die im Kofferraum lagen. »Aber du weißt genau, ich kann mir keine sechs Wochen Urlaub nehmen, nicht jetzt, wo wir gerade das neue Büro in Beverly Hills aufmachen und das Montemoretto-Geschäft so gut wie in der Tasche haben ... Außerdem, da drüben ist es ziemlich gefährlich, alle sechs Minuten bricht dort eine Revolution oder ein Bürgerkrieg oder sonstwas aus, und was glaubst du, wem geben sie die Schuld, wenn alles drunter und drüber geht? Den Weißen, logisch. Und jetzt sag mal: wo wärst du dann am liebsten?«

Mike Bender war ein nur mühsam gezügeltes Energiebündel, eine Dampfwalze von Mann, der es innerhalb von nur zwölf kurzen Jahren vom Empfangssekretär zum König und Despoten seines eigenen Maklerimperiums gebracht hatte. Er hörte sich gerne reden, die kostbaren Wörter kullerten ihm von den Lippen wie Münzen aus einem Spielautomaten, beim Sprechen berührte er mit den Fingerspitzen flüchtig die Zunge, die Haare, die Ohren, die Ellenbogen und den Schritt seiner Hose, wand sich geradezu in der rastlosen Dynamik, die ihn reich gemacht hatte. »Und dann gibt's da Tsetsefliegen, schwarze Mambas, Beriberi, Beulenpest und weiß Gott was sonst noch alles – ich meine, stell dir Mexiko vor, nur hundertmal schlimmer. Nein, wirklich, glaub mir – Gino hat mir geschworen, daß diese Ranch fast hundertprozentig an die Realität rankommt, nur eben ohne den Streß.« Er schob die Sonnenbrille vor und sah sie über den Rand hinweg prüfend an. »Willst du etwa sagen, du würdest dir lieber den Arsch abfressen lassen, in irgendeinem windschiefen Zelt in, in …« – ihm fiel einfach kein hinreichend ungemütlicher Ort ein, deshalb improvisierte er – »in Sambesiland?«

Nicole zuckte die Achseln und schenkte ihm eine Andeutung des Schmollmundlächelns, das sie für die Fotografen aufgesetzt hatte, als sie mit neunzehn in der Sommergarderobe für den J.-C.-Penney-Katalog posierte.

»Du kriegst deinen Zebrafellvorleger schon noch, wart's nur ab«, beruhigte Mike sie, »und dazu noch ein paar Köpfe von Löwen oder Gazellen, oder was sich eben an der Wand im Arbeitszimmer gut machen würde, okay?«

Der Jaguar schoß durch die Wüste wie ein Lichtstrahl. Nicole nahm ihr Strickzeug vom Schoß, überlegte es sich anders und legte es wieder zurück. »Okay«, flüsterte sie heiser, »aber ich hoffe bloß, diese Ranch ist nicht allzu, du weißt schon, *spießig*.«

Ein rauhes Lachen erklang vom Rücksitz, wo Mike Benders zwölfjährige Tochter Jasmine Honeysuckle Rose Bender es sich mit den letzten zehn Ausgaben von *Bop* und einem Sechserpack Selters bequem gemacht hatte. »Jetzt macht mal halblang! Ich meine, Löwen abknallen in Bakersfield? Das ist ja wohl das Allerspießigste. Spießig, spießig, spießig!«

Mike Bender saß hinter dem Lenkrad, den Hintern in das geschmeidige Ziegenleder des Sitzes geschmiegt, vor seinem inneren Auge Visionen von springenden Buntböckchen, und war leicht verärgert. Löwen und Elefanten und Nashörner hatte er schon seit seiner Kindheit jagen wollen, seitdem er zum erstenmal Henry Rider Haggards *Allan Quatermain, der weiße Jäger* und die klassische Comic-Version von *König Salomos Schatzkammer* gelesen hatte. Und dies war nun seine Chance. Gut, es war vielleicht nicht Afrika, aber wer hatte schon Zeit für Safaris? Drei freie Tage am Stück waren für ihn schon ein Glücksfall. Und da drüben durfte man ja sowieso nichts abschießen. Jedenfalls nicht mehr. Das waren jetzt alles Schutzgebiete, Wildparks und Reservate. Es gab dort keine weißen Jäger mehr. Nur noch Fotografen.

Eigentlich wollte er ihr in seinem schärfsten Tonfall antworten: »Jetzt hör schon auf!«, mit der Stimme, die sein Verkäuferteam in Deckung gehen und seine Konkurrenten erstarren ließ, aber er bewahrte Ruhe. Nichts sollte ihm dieses Abenteuer kaputtmachen. Gar nichts.

Es war nach Mittag. Die Sonne hing über ihnen wie ein Ei im Glas. Das Thermometer im Schuppen stand auf über fünfundvierzig Grad, draußen regte sich nichts außer den Geiern, die hoch oben in der ausgebleichten Leere des Himmels kreisten, und die ganze Welt schien ein Schläfchen zu halten. Bis auf Bernard Puff. Bernard war außer sich – die Benders hatten sich für zehn Uhr morgens angesagt, jetzt war es Viertel nach zwei, und sie waren immer noch nicht da. Er hatte Espinoza die Thomson-Gazellen und die Elenantilopen um neun aus dem Pferch treiben lassen, aber weil er fürchtete, sie würden sich in der Hitze zu tief im Unterholz verstecken, hatte er ihn mittags losgeschickt, um sie wieder zurückzuholen. Die Giraffen waren nirgends zu sehen, und der Elefant war an der Eiche angeleint, die Bernard so gestutzt hatte, daß sie an eine Schirmakazie erinnerte, und sah so zerzaust und verstaubt aus wie ein Haufen taiwanesischer Reisetaschen, die jemand auf dem Flughafen vergessen hatte.

Bernard stand in der Hitze auf dem ausgetrockneten Vorplatz und blinzelte zu der Wand aus Elefantengras und Euphorbien hinüber, die er gepflanzt hatte, um den Ölförderkran zu verdecken (nur wenn man wußte, daß er da war, ahnte man die Bewegung des großen Stahlauslegers, der sich hob und senkte und wieder hob und senkte). Er war verzweifelt. Sosehr er sich auch angestrengt hatte, das Gelände sah immer noch aus wie ein Zirkuslager, die Überreste eines ausgebombten Zoos, eine platte, staubige, ausgeglühte ehemalige Mandelplantage in der sengend heißen Südostecke des San Joaquin Valley – und genau das war es ja. Was würden die Benders davon halten? Und, wichtiger noch: was würden sie von sechshundert Dollar pro Tag halten, zahlbar im voraus, zuzüglich Gebühren von einem Tausender pro abgeschossene Gazelle, über zwölftausend für einen Löwen und »Preis nach Vereinbarung« für den Elefanten? Immobilienmakler hatten sich schon öfter dagegen gesträubt, und das Geschäft boomte in letzter Zeit keineswegs.

Am Himmel zogen die Geier ihre Kreise. Ihm lief der Schweiß herunter. Die Sonne kam ihm vor wie eine feste Hand, die ihn in die kühle Küche lenkte, zu einem großen Glas Chininwasser (das er eher aus Effekthascherei als wegen des therapeutischen Wertes trank: innerhalb von tausend Kilometern gab es keine einzige Malariamücke). Er wollte es gerade aufgeben, da erspähte er das ferne Aufblitzen einer Glasscheibe und sah den Wagen der Benders auf der Einfahrt Staubwolken aufwirbeln.

»Roland!« brüllte er, und auf einmal war jedes sterbliche Gramm an ihm in Bewegung. »Scheuch die Affen raus in die Bäume! Und die Papageien!« Plötzlich joggte er über den staubigen Platz und den Fußweg entlang, an dessen Ende die Elefantenkuh lag, unter dem Baum zusammengesackt. Bernard nestelte an dem Ledergurt, um sie loszubinden, und fragte sich, ob Roland wohl so schlau sein würde, der Geräuscheffekte wegen die Löwen und Hyänen ein wenig aufzuscheuchen, als sie ganz unerwartet mit einem gewaltigen Prusten auf die Beine kam und leise trompetete.

Na bitte. Das war doch was – wenigstens mußte er sie jetzt nicht mit dem Elfenbeinstock anstacheln.

Bernard betrachtete das Tier erstaunt – hatte also doch noch ein bißchen Showtalent in sich, das betagte Mädchen. Entweder das, oder es war der Altersschwachsinn. Alt war sie – Bernard wußte nicht genau, wie alt, aber immerhin war diese Veteranin achtunddreißig Jahre lang mit den Ringling Brothers und dem Barnum & Bailey Circus herumgezogen und unter dem Namen »Bessie Bee« aufgetreten, aber gehört hatte sie immer nur auf »Shamba« – jedenfalls wenn man den Stock benutzte. Bernard sah kurz zur Einfahrt, wo jetzt ein weißer Jaguar aus den gewaltigen Staubschwaden auftauchte, dann hörte er die Affen kreischend aus ihren Käfigen stieben und auf die Bäume klettern. Er sammelte sich, rang sich ein Grinsen ab, rote Backen und viel Gebiß, zog den Leopardenfellgürtel fester, schob sich den Tropenhelm in den Nacken und marschierte los, um seine Gäste zu begrüßen.

Als die Benders dann vor der Veranda zum Stehen kamen, saßen die Papageien in den Bäumen, der Marabu hackte auf einen Haufen Gedärme ein, und die Löwen brüllten markerschütternd in ihren nicht einsehbaren Ställen hinter dem Haus. Roland, in Massaitoga und mit Löwenzahnkette, sprang behende die Treppe hinunter, um Bender die Autotür zu öffnen, während Bessie Bee ganz in der Nähe herumtappte, mit den Ohren schlenkerte und Staub in die Luft prustete. »Mr. Bender«, rief Bernard und streckte einem etwa Vierzigjährigen im Polohemd und mit Sonnenbrille die Hand entgegen, »willkommen in Afrika.«

Bender hüpfte aus dem Wagen wie ein Kind im Zoo. Er war groß, schlank, braungebrannt – warum mußten sie nur immer alle wie Profi-Tennisspieler aussehen? fragte sich Bernard und blieb kurz in der Hitze stehen. Er schüttelte Bernard geschäftsmäßig die Hand und setzte dann, in den Mundwinkeln zuckend, an den Ohren zupfend und mit den Füßen scharrend, zu einer Entschuldigung an: »Tut mir leid, daß wir so spät dran sind, Bernard, aber meine Frau – darf ich Ihnen meine Frau vorstellen? –, die wollte noch ein paar Filme haben, und am Ende haben wir bei Reynoso, diesem Fotoshop in Bakersfield – kennen Sie den? –, den halben Laden leergekauft. Günstige Preise, wirklich günstig. Was soll's, wir haben ja sowieso 'ne neue Videokamera gebraucht, schon für« – er machte eine Geste, die das Haus, die Nebengebäude, den Elefanten, die Affen auf den Bäumen und die Ebene in der sengenden Sonne ringsherum umfaßte – »all das hier.«

Bernard nickte, lächelte, murmelte zustimmend, aber er hatte auf Autopilot geschaltet – seine Aufmerksamkeit galt voll der Ehefrau, der Roland jetzt auf der anderen Seite des Wagens eilfertig die Tür aufhielt. Sie hob die reizenden blassen Arme, um sich das Haar zu zerwuscheln und die Augen hinter einer Sonnenbrille zu verstecken, und Bernard hieß sie mit seinem besten britisch-kolonialen Akzent willkommen (auch wenn er allenfalls englische Vorfahren hatte und nie im Leben weiter östlich als Reno gewesen war). Zweite Ehe, keine Frage, dachte er, während sie seinen Gruß mit einem kaum merklichen Lächeln ihres Schmollmundes erwiderte.

»Ja, ja, sicher doch«, sagte Bernard als Antwort auf eine weitere Idiotie aus dem Mund des Ehemanns, und seine wasserblauen Augen erfaßten nun die Tochter – schwarzes Haar wie eine Indianerin und fast so dunkelhäutig –, und er wußte sofort, daß sie Ärger bedeutete: sie war die Sorte Kind, die ihre Häßlichkeit wie eine Waffe pflegte.

Nicole Bender musterte ihn lange und ausgiebig über die Motorhaube hinweg, und im nächsten Moment stand er neben ihr und drückte ihr die Hand, als probierte er einen Handschuh an. »Heiß heute, Teufel auch«, sagte er, stolz auf seine britische Ausdrucksweise, dann geleitete er sie die breiten Steinstufen hinauf ins Haus, während ihr Mann mit einem ganzen Stapel Gewehre herumhantierte. Die Tochter schlurfte hinterdrein und beschwerte sich bereits über irgend etwas mit einer hohen nörgelnden Quengelstimme.

»Das hab ich nicht gesagt, Mike – du hörst mir eben nie zu. Ich finde die Gazellen ja *wirklich* sehr hübsch, und ins Büro passen sie bestimmt perfekt, aber ich dachte an etwas ... na ja, *Größeres* für die Eingangshalle, und dann noch mindestens drei von diesen Zebras – zwei für dein Zimmer, würde ich sagen, und eins werden wir noch für

die Skihütte brauchen ... um diese häßliche Holzverklei-
dung hinter der Bar zu verdecken.«

Mike Bender war längst bei seinem vierten Gin Tonic.
Schon verflog allmählich das Hochgefühl, das er bei seinem ersten Abschuß verspürt hatte, und wich nagender
Frustration und Wut – wieso konnte Nikki nicht endlich
den Mund halten, wenigstens eine Sekunde lang? Kaum
hatten sie sich umgezogen und waren in die Savanne oder
Steppe rausgefahren, oder wie das nun hieß, da hatte sie
damit angefangen. Mit einem sauberen Schuß hatte er
eine Thomson-Gazelle aus zweihundert Meter Entfernung umgenietet, und noch bevor das Vieh am Boden lag,
machte sie es madig. *Huch,* sagte sie, als hätte sie jemand
auf der Toilette überrascht, *aber die ist ja ganz klein.* Und
dann warf sie sich in Pose für Bernard Puff und den farbigen Kerl, der die Gewehre schleppte und die Kadaver häu-
tete. *Fast wie ein Karnickel mit Hörnern.*

Und jetzt beugte sich der große weiße Jäger über den
Tisch, um sie zu besänftigen; sein Khakisafarihemd
spannte über dem Bauch, und sein Akzent klang so un-
echt, als hätte er ihn aus einer Monty-Python-Nummer.
»Mrs. Bender, Nicole«, begann er und wischte sich sein
Gesicht, diese ekelhafte Blutblase, mit einem großen karierten Taschentuch ab, »die Zebras holen wir uns morgen früh, wenn es noch kühl ist, und wenn Sie drei wollen,
werden es drei sein, kein Problem. Oder vier, wenn Sie
möchten. Fünf. Wer die Munition mitbringt, für den haben wir auch das Wild.«

Mike sah zu, wie der Kurzhaarschädel zu ihm herum-
fuhr. »Und, Mike«, fügte Puff hinzu, jovial wie ein Frem-
denführer, aber mit genau der richtigen Andeutung von
Dramatik in der Stimme, »am Abend ist es dann Zeit für

die großen Viecher, die Männer aus uns machen, für den alten Simba höchstpersönlich.«

Wie zur Antwort ertönte irgendwo hinter den dunklen Fenstern ein Fauchen und ein Brüllen, und Mike Bender spürte die Wildheit, die in der dünnen Nachtluft zu ihnen herüberwehte – Löwen, die Löwen, von denen er geträumt hatte, seit er als Kind mit seiner Tante im Zoo des Central Park gewesen war und das Gebrüll der großen, zottligen Tiere mit den gelben Augen ihn bis in seine urtümlichsten Wurzeln aufgerüttelt hatte. In der Wildnis zu sein, in dieser afrikanischen Nacht, in der es von Raubtieren nur so wimmelte, großköpfig und dickhäutig, der Sprung, das Zupacken, das Reißen von Sehnen und das Brechen von Knochen – es war furchterregend und wunderschön zugleich. Aber warum roch es so nach Öl?

»Was meinen Sie, altes Haus? Sind Sie dabei?« Puff grinste jetzt, und hinter seiner massigen, löwenartigen Gestalt sah Mike, aufgereiht wie Stammesmasken, die Gesichter seiner Frau und seiner Tochter.

Nichts brachte Mike Bender, den König von Encino, aus der Fassung. Kein Verkäufer konnte ihm standhalten, kein Käufer konnte ihn herunterhandeln. Seine Verträge waren wie Schraubstöcke, seine Kampagnen wie Dampfhämmer, seine Anlagen so solide wie ein Berg aus Eisenerz. »Ich bin dabei«, sagte er, berührte die Lippen, wühlte mit den Fingern im Haar, schlug sich in einem metabolischen Exzeß auf Ellenbogen und Unterarme. »Ölen Sie mir nur schön meine H & H Magnum, und zeigen Sie mir, wohin ich zielen soll; das habe ich mir mein Leben lang gewünscht ...«

Es herrschte Schweigen, und seine Worte hingen in der Luft, als würde er selbst nicht daran glauben. Die Tochter wand sich über ihrem Teller und sah aus, als hätte sie etwas Verfaultes im Mund; seine Frau hatte diesen wachen Gehen-wir-einkaufen-Blick in den glitzernden Äuglein. »Wirklich. Ich meine, seit meiner Kindheit – wie viele haben Sie übrigens da draußen? Zählen Sie Ihre Löwen überhaupt?«

Bernard Puff kratzte sich die ergrauten Haarstoppeln. Wieder ertönte das Gebrüll, diesmal gedämpft und dicht gefolgt vom Kreischen einer Hyäne, das klang, als hätte ihr jemand ein Messer in den Bauch gerammt. »Nun ja, wir haben da eine ganz ordentliche Großfamilie – zwölf oder vierzehn, würde ich sagen, und dazu noch ein paar junge Einzelgänger.«

»Auch richtig große, mit Mähnen? Auf so was sind wir nämlich aus.« Er richtete den Blick auf Nicole. »Vielleicht so ein ganzes Vieh, ausgestopft, wie es sich gerade auf den Hinterbeinen aufbäumt, was meinst du, Nik? Zum Beispiel für den Empfangsraum im Büro in Beverly Hills?« Dann machte er einen Witz daraus: »Na ja, wenn Prudential-Immobilien so was abziehen ...«

Nicole wirkte zufrieden. Puff auch. Aber seine Tochter wollte ihn nicht so leicht davonkommen lassen. Sie schnaubte verächtlich, so daß die drei anderen sich ihr zuwandten. »Aha, ihr wollt also einen armen Löwen umbringen, der niemandem etwas zuleide tut – und was wollt ihr damit beweisen?«

Puff wechselte einen Blick mit Bender, wie um zu sagen: *Ist sie nicht bezaubernd?*

Jasmine Honeysuckle Rose schob ihren Salatteller weg. Das Haar hing ihr in fettigen schwarzen Locken in die Augen. Sie hatte ihr Essen nicht angerührt, nur getrennt: die Tomaten vom Kopfsalat, den Kopfsalat von den Croutons und die Croutons von den Kichererbsen. »Sting«, stieß sie hervor, »Brigitte Bardot, die New Kids – die sagen alle, das ist wie ein Konzentrationslager für Tiere, wie Hitler, und zur Rettung der Tiere machen sie so ein Benefizkonzert in Frankreich, in Paris ...«

»Aber ein Löwe mehr oder weniger tut doch niemandem weh«, unterbrach Nicole das Mädchen und kniff die üppigen kollagenverstärkten Lippen zusammen. »Ich finde die Idee deines Vaters echt super. Ein aufrechter Löwe, gleich beim Eingang, wo die Leute reinkommen – das ist doch, symbolisch ist das, genau das ist es.«

Mike Bender wußte nicht genau, ob sie sich lustig über ihn machte. »Hör mal, Jasmine«, fing er an, und unter dem Tisch begann er mit dem Fuß zu wippen, während er sich am Ohr zupfte und mit dem Besteck herumfummelte.

»Jasmine Honeysuckle Rose«, fauchte sie.

Mike wußte, daß sie ihren Namen haßte; er war ein Einfall ihrer Mutter gewesen – seiner schwachsinnigen Exfrau, die im Sonnenuntergang immer Gespenster gesehen und ihn für die Reinkarnation von John D. Rockefeller gehalten hatte. Um ihm etwas entgegenzuknallen, um ihn an sein Leben und an alle Fehler zu erinnern, die er je gemacht oder nur beabsichtigt hatte, bestand seine Tochter auf ihrem vollen Namen. Immer.

»Okay: Jasmine Honeysuckle Rose«, sagte er, »jetzt hör mir gut zu: Dieser ganze Hippieschnippie-Scheiß mit Rettet-die-Umwelt mag ja ganz nett sein, wenn man zwölf ist, aber dir muß doch mal klarwerden, daß Jagen etwas ganz Natürliches für den Menschen ist, so wie, wie ...«

»Essen und Trinken«, half Puff nach und sprach die Verben sehr gestelzt aus, um sie britischer klingen zu lassen.

»*Klar!*« schrie Jasmine. Sie war jetzt auf den Beinen,

ihre Augen waren wie Senkgruben, ihre Mundwinkel zuckten. »Genau wie Scheißen, Furzen und, und *Ficken!*« Und dann war sie weg, stampfte durch den trophäenbehängten Korridor in ihr Zimmer, dessen Tür sie mit donnerndem Krachen zuschlug.

Ein Augenblick der Stille legte sich über den Tisch. Puffs Blick blieb an Nicole haften, als diese die Arme hob, um sich zu räkeln, und dabei ihre Brüste und die pedantisch weißen Flächen glattrasierter Haut in den Achseln zur Schau stellte. »Süß, die Kleine, was?« bemerkte er. Diesmal war der Sarkasmus unüberhörbar.

»Echt süß«, sagte Nicole, und damit waren sie im Bunde.

Puff wandte sich zu Mike, während der farbige Bursche mit einem Servierteller voll Gazellensteaks und auf Mesquitegras gerösteten Maiskolben zur Tür hereinkam, und ließ seine Stimme warm und vertraulich klingen: »Also morgen früh erst mal die Zebras, Mike«, sagte er, »das wird Ihnen gefallen.« Er sah ihn aus seinen wäßrigen Augen direkt an. »Und dann« – die Gazellensteaks landeten auf dem Tisch, kleine Klumpen bluttriefendes Fleisch –, »und dann nehmen wir uns die Löwen vor.«

Nicht daß er tatsächlich davonrannte – da hatte Bernard schon Schlimmeres gesehen, viel Schlimmeres –, aber er war doch nahe dran. Entweder das, oder er stand kurz vor einer Ohnmacht. So oder so war es eine ziemlich haarige Situation, ein Aufeinandertreffen, bei dem Bernard sich wünschte, er hätte nie im Leben von Afrika, Löwen und Wildparks oder Grundstücksmaklern gehört.

Sie hatten den Löwen im alten Mandelbaumhain aufgestöbert. Die Bäume dort sahen aus wie verdrehte Geweihe, tot und ohne Laub, in Reihen stehend, so weit das Auge reichte, und der Boden war mit abgefallenen Ästen übersät. »Nicht zu nah ran«, hatte Bernard gewarnt, aber Bender wollte nicht danebenschießen und geriet in Schwulitäten. Ehe er sich's versah, stand er knietief in dem Verhau aus Ästen, zappelnd und zuckend wie ein Spastiker, das Gewehr im Anschlag, aber ohne jede Rückzugsmöglichkeit, und der Löwe ging auf ihn los – mit so unverfälschter Bosheit, wie es Bernard in seinen vierzehn Jahren als Eigentümer von »Puffs Afrika-Großwildranch« noch nicht erlebt hatte. Und während Bernard noch überlegte, ob er eingreifen sollte – so etwas machte danach immer böses Blut –, war Mrs. Bender nur einen Herzschlag davon entfernt, zur trauernden Witwe zu werden, und die Versicherungsprämien für die Ranch wären ins Unendliche explodiert, ganz abgesehen von den Schadenersatzklagen. Es war ein schicksalhafter Moment, kein Zweifel.

Am Abend vorher, nachdem die Benders zu Bett gegangen waren, hatte Bernard Espinoza losgeschickt, um die Löwen ein wenig aufzustacheln und sie freizulassen – ohne ihr Abendessen. Das brachte sie immer in Rage, ganz egal, wie alt, zahnlos und verkalkt sie sein mochten. Eine Nacht ohne Pferdefleisch, und sie wurden wild wie sonstwas. Für Bernard war das reine Routine. Die Gäste sollen was kriegen für ihr Geld, war sein Motto. Falls sie ahnten, daß die Löwen neunundneunzig Prozent der Zeit im Käfig hockten, ließen sie sich jedenfalls nichts anmerken – ihres Wissens lebte das Wild draußen im Freien, zwischen den dürregeplagten Mandelbäumen und den getarnten Ölpumpen. Und außerdem konnten sie ja nirgendwohin – das gesamte Gelände war von einem sechs Meter tiefen Graben umschlossen, hinter dem sich ein vier Meter hoher Elektrozaun erhob. Also kehrten diejenigen, die seine Gäste nicht durchlöcherten, nach ein oder zwei Tagen in ihre Käfige zurück und brüllten sich die leeren Bäuche nach Pferdefleisch und Innereien aus dem Leib.

Am Morgen, nach einem Frühstück aus geräucherten Heringen und Ei – die Tochter schlief noch fest –, war Bernard mit seinen Gästen auf Zebrajagd gegangen. Sie waren zum Wasserloch rausgefahren – ein ehemaliger Swimmingpool mit Olympiaabmessungen, den Bernard bepflanzt hatte, damit er schön natürlich aussah –, und nach einigen Debatten über den Preis hatte sich Bender – beziehungsweise seine Frau – für fünf Stück entschieden. Das war schon eine, diese Nicole Bender. Gutaussehende Frau, wie Bernard noch selten eine gesehen hatte – und ein besserer Schütze als ihr Mann. Sie erwischte zwei Zebras aus hundertvierzig Meter Entfernung und ließ dabei die Felle fast unversehrt. »Na, Sie können vielleicht schießen, Lady«, sagte Bernard, während sie auf das erste der erlegten Zebras zuschlenderten.

Das Zebra lag unter der stechenden Sonne auf der Seite, und schon sammelten sich die ersten Fliegen. Bender kauerte nicht weit von ihnen über einem anderen Kadaver und untersuchte ihn nach Einschußlöchern, Roland schärfte im Jeep das Messer zum Abhäuten. In den Hügeln stieß einer der hungrigen Löwen ein grimmiges Gebrüll aus.

Nicole lächelte ihn an. Sie war hübsch – verdammt hübsch in ihrer Shorts von Banana Republic und der Safaribluse. »Ich tu mein Bestes«, sagte sie und knöpfte sich dabei die Bluse auf, um ihm das Schmuckstück an ihrem pfirsichfarbenen Bustier zu zeigen: eine goldene Brosche in Form eines Gewehrs. Er mußte sich dicht heranbeugen, um die Gravur zu lesen: *Nicole Bender, Scharfschützenpreis der National Rifle Association 1989.*

Danach gab es das Mittagessen, anschließend machten sie eine Siesta, gefolgt von Gin Tonics und ein paar Runden Canasta, um die Nachmittagsstunden totzuschlagen. Bernard tat, was er konnte, um die Lady bei Laune zu halten, und das nicht nur aus Geschäftsinteresse: da war etwas – etwas, das heiß und heftig unter ihrer Maske aus Rouge und Eyeliner und den üppigen Kollagenlippen pulsierte, und dieser Kraft konnte er sich einfach nicht entziehen. Es war hart gewesen, seit Stella Rae ihn verlassen hatte, und er nahm alles mit, was sich so bot – so etwas konnte in dem Job eben auch vorkommen.

Auf jeden Fall nahmen sie den Jeep Wrangler, packten eine Kühlbox mit Bier, Benders 9,5-Millimeter-Gewehr von Holland & Holland und die 11,65-Millimeter-Winchester Magnum der Lady ein, dazu Bernards eigenen Bärentöter – die Fünfzehneinviertel-Nitro –, und fuhren hinaus, wo die knorrigen dunklen Äste des toten Obstgartens am Ende der Ranch die Hügel bedeckten. Dorthin zogen sich die Löwen immer zurück, wenn man sie freiließ. Es gab da einen kleinen Flußlauf – zeitweise ein reißender Wildbach, momentan kaum mehr als ein Rinnsal. Aber sie konnten dort trinken, sich im Gras wälzen und unter den nackten Ästen der Bäume ein paar Schattenstreifen finden.

Von Anfang an, schon als sie noch bei Gin Tonics auf das Nachlassen der Hitze gewartet hatten, war Bender merklich nervös gewesen. Der Mann konnte nicht stillsitzen, plapperte die ganze Zeit von notariellen Vereinbarungen, Besitztiteln und solchen Sachen, dabei zupfte er sich ständig an den Lippen, den Ohren und der Zunge, wie beim Baseball der Trainer am dritten Mal, der Zeichen von der Bank bekommt. Es waren die Nerven, keine Frage: Bernard hatte schon genug Freizeitcowboys hier herausgebracht, und er merkte sofort, wenn ein Typ im Geiste seine Männlichkeit an diesem großen gelbbraunen Vieh maß, das durch seine Phantasie pirschte. Der eine damals – Fernsehschauspieler; schwul vermutlich auch – war derartig aufgekratzt gewesen, daß er zuviel Gin erwischte und sich anpißte, bevor sie auch nur den Jeep angelassen hatten. Bernard hatte ihn seitdem hundertmal in der Glotze gesehen, so ein hünenhafter, muskulöser Typ mit gespaltenem Kinn und blitzenden Augen, der ständig Gangstern die Fresse polierte und Frauen den Arm um die Hüfte schlang, aber er würde nie vergessen, wie diesem Typ die Augen in die Höhlen gerutscht waren, als der Pissefleck sich vom Schritt auf die Oberschenkel und noch weiter ausgebreitet hatte. Er warf einen Blick auf Bender und wußte: da war Ärger im Busch.

Sie hatten sich auf elfeinhalbtausend Dollar für ein großes Männchen mit Mähne geeinigt; fünfhundert hatte Bernard ihnen nachgelassen, für die beiden Extrazebras und weil er ihnen ein bißchen entgegenkommen wollte. An Männchen von nennenswerter Größe hatte er nur Claude, der seinerzeit eine beachtliche Erscheinung gewesen sein mochte, aber inzwischen war er das, was bei Löwen einem Neunzigjährigen entsprach, der sich in einem Pflegeheim von Breikost ernährte. Bernard hatte ihn für einen Pappenstiel von einem verflohten Zirkus in Guadalajara abgestaubt, und schon damals mußte er fünfundzwanzig Jahre alt gewesen sein, wenn nicht älter. Jetzt war er halb blind, stank wie ein lebender Leichnam, und die Backenzähne in seinem linken Unterkiefer waren so verfault, daß er beim Fressen laut aufheulte. Aber das Aussehen stimmte, vor allem von weitem; er hatte noch etwas von dem Fleisch auf den Knochen, das er in besseren Jahren zugelegt hatte – und die Zahnschmerzen machten ihn launisch, ja jähzornig. Er wäre eine gute Wahl, hatte Bernard gefunden. Eine hervorragende Wahl.

Und Bender? Der stand in einem Morast aus toten schwarzen Ästen, stocksteif und am ganzen Leibe bibbernd, als ob er in Eiswasser badete, und der Löwe ging auf ihn los. Der erste Schuß prallte in etwa siebzig Meter Entfernung vom Boden ab und zerfetzte Claudes linke Hinterpfote, und darauf ertönte ein Gebrüll von dermaßen purer, wilder, Eingeweide zerreißender, Knochen zermalmender Wut, daß Bender, dieser Idiot, beinahe sein Gewehr fallen ließ. Zumindest sah es von dort so aus, wo Bernard mit der Ehefrau und Roland stand, fünfzehn Meter weiter hinten und etwas rechts. Claude war eine echte Überraschung. Anstatt in sich zusammenzusinken und durchs Gebüsch davonzuschleichen, griff er an, wirbelte die Erde auf und brüllte dabei, als stünde er in Flammen – und Bender zuckte und zappelte und zitterte so stark, daß er nicht mal die Längsseite eines Bierwagens getroffen hätte. Bernard spürte das eigene Herz pochen, als er die Nitro an die Schulter hob, dann krachte es ohrenbetäubend, und der alte Claude sah plötzlich wie ein zusammengeknüllter Teppich aus, über den jemand einen Eimer voll Hackfleisch geschüttet hatte.

Bender wandte sich mit bleichem Gesicht um. »Was zum ... ?« stammelte er, und dabei zog er an seinen Fingergelenken und fuchtelte mit den Händen herum. »Was glauben Sie eigentlich, was Sie da tun?«

Das war Bernards Moment. Hoch über ihnen zog ein Düsenflieger vorbei, Richtung Nordwesten, eine silberne Niete am Himmel. Es herrschte absolute, unsägliche Stille. Die Ehefrau sparte sich jeden Kommentar, die übrigen Löwen kauerten irgendwo im Gras, und jeder Vogel auf der Ranch hielt im ersterbenden Nachhall dieser grollenden Kanonade den Atem an. »Ihnen verdammt noch mal das Leben retten«, knurrte Bernard, schwitzend, angewidert und stocksauer, aber – wie immer – stolz auf seine britische Ausdrucksweise.

Mike Bender war wütend – zu wütend, um sein geräuchertes Sonstwas, den Toast aus der Pfanne und die schlabbrigen Eier zu essen. Und gab's hier keinen Kaffee, zum Teufel? Schließlich waren sie in Bakersfield, nicht in irgendeinem Safarizelt in Uganda. Er blaffte den Farbigen an – der hatte sich mit allen Mitteln auf Stammeskrieger getrimmt, aber sein Akzent klang unverwechselbar nach L.A. – und sagte ihm, er wolle sofort Kaffee, schwarz und stark, und wenn er dafür bis nach Oildale fahren müsse. Nicole saß ihm gegenüber und beobachtete ihn mit spöttischer Miene. *Ihre* Zebras waren perfekt, aber zwei von den dreien, die er erlegt hatte, waren total ramponiert. *Aber Mike,* hatte sie gesagt, *die können wir unmöglich aufhängen – die sehen ja aus wie Salatsiebe.* Und dann die Sache mit dem Löwen. Da hatte er ziemlich alt ausgesehen, und was noch schlimmer war: er hatte elfeinhalbtausend Dollar abgedrückt, ohne daß er irgendwas dafür herzeigen konnte. Nicht nachdem Puff das Vieh weggepustet hatte. Außer Fleisch und Knochen war nichts mehr übrig. Scheiße, das Ding hatte überhaupt keinen Kopf mehr gehabt, als der große weiße Jäger mit ihm fertig war.

»Komm schon, Mike«, sagte Nicole und wollte ihm die Hand tätscheln, doch er zog sie wutentbrannt weg. »Komm schon, Baby, ist doch nicht das Ende der Welt.« Er musterte sie kurz, sah den Triumph in ihren Augen aufblitzen, und er hätte sie am liebsten geohrfeigt, erdrosselt, wollte vom Tisch aufspringen, eine Flinte aus dem Regal nehmen und ihr eine Ladung reinjagen.

Er setzte gerade zu einer Antwort an, als die Schwingtüren zur Küche aufgingen und der farbige Kerl eine Kanne Kaffee hereinbrachte und auf den Tisch knallte. Roland, so hieß er. Bender war erstaunt, daß sie ihn nicht Zulu oder Jambo oder so ähnlich nannten, was besser zu den albernen Röckchen passen würde, mit denen er wie ein Eingeborener aussehen sollte. Verflucht, im Grunde hatte er gute Lust, aufzustehen und dem Burschen auch eine Kugel zu verpassen. So ziemlich der einzige positive Aspekt der Sache war, daß Jasmine Honeysuckle Rose sich angewöhnt hatte, jeden Tag bis Mittag zu schlafen.

»Mike«, bat Nicole, aber er hörte nicht hin. Innerlich brütend und brennend, auf Rache an jedem Geldverleiher, Laden- und Eigenheimbesitzer zwischen dem San Fernando Valley und Hancock Park sinnend, nippte Mike Bender mürrisch an seinem lauwarmen Instantkaffee und wartete auf den großen weißen Jäger.

Puff kam zu spät zum Frühstück, wirkte jedoch verjüngt – hatte er sich das Haar gefärbt, oder was? –, er strahlte, ein Quell der Energie, als hätte er dem König von Encino persönlich das Feuer geraubt. »Schönen guten Morgen«, dröhnte er in seinem falschen West-End-Akzent, inhalierte dabei fast seinen Schnurrbart, dann bedachte er Nicole mit einem unmißverständlichen Blick, und Mike spürte, wie es aus ihm herausfloß wie Lava aus einem Vulkan.

»Also keine Löwen mehr?« Mike sprach leise und gepreßt.

»Leider nicht«, erwiderte Puff, während er sich ans Kopfende des Tisches setzte und eine Scheibe Toast mit Marmite beschmierte. »Wie ich gestern schon sagte, wir haben so viele Weibchen, wie Sie wollen, aber die Männchen sind alle noch jung, nennenswerte Mähnen haben die nicht.«

»Schöne Scheiße.«

Bernard musterte Bender eine Zeitlang und sah den Jungen, der nie erwachsen geworden war, das reiche Kind, den ewigen Herumhänger, die typische Niete, den Emporkömmling, der eins draufgekriegt hatte. Er blickte von Bender zu dessen Frau und wieder zurück – was tat sie eigentlich mit diesem Clown? – und hatte eine flüchtige, aber eindrucksvolle Vision davon, wie sie neben ihm im Bett lag, Brüste, Oberschenkel, üppige Lippen und so weiter. »Hören Sie, Mike«, sagte er, »vergessen Sie's. So was passiert jedem mal. Heute, dachte ich, könnten wir Elenantilopen jagen …«

»Elenantilopen. Scheiß auf Elenantilopen.«

»Na gut, dann – Wasserbüffel. Viele Leute sagen, der Mbogo ist das gefährlichste Tier in Afrika.«

Die hellen Augen wurden dunkel vor Wut. »Das hier ist nicht Afrika«, spuckte Bender. »Sondern Bakersfield.«

Bernard gab sich jedenfalls große Mühe, und er wurde immer sauer, wenn sie das machten: wenn sie die Illusion platzen ließen, die er so gewissenhaft am Leben hielt. Schließlich verkaufte er diese Illusion – mach die Augen zu und du bist in Afrika –, und er wollte ja wirklich, daß seine Ranch Afrika *war*, wollte die alten Geschichten wieder zum Leben erwecken, den Gästen den Kitzel der großen Zeiten vorführen, wenn auch nur für kurze Augenblicke. Aber es war noch mehr als das: »Puffs Afrika-Großwildranch« war zugleich auch Andenken an und Denkmal für die mächtige Gestalt von Bernards Vater.

Bernard Puff senior war einer der letzten großen weißen Jäger Ostafrikas gewesen – Freund und Landsmann von Percival und Ionides, Safariführer für ein paar der berühmtesten Namen Hollywoods und der europäischen Aristokratie. Er heiratete eine reiche Amerikanerin, und sie bauten eine Lodge im Hochland von Kenia, dinierten mit Tania Blixen und aßen das ganze Jahr hindurch Wild. Dann aber stellte der Krieg alles auf den Kopf, und er suchte Zuflucht in den USA, wo er sich in der endlosen Weite des Südwestens und den Taschen seiner angeheirateten Verwandtschaft verlor. Als Kind hatte Bernard junior gespannt den Geschichten von den alten Zeiten gelauscht, dabei fasziniert die gezackte weiße Narbe betastet, die der Hauer eines Warzenschweins auf dem Unterarm seines Vaters hinterlassen hatte, hingebungsvoll die betagten Waffen geölt und gereinigt, von denen Nashorn und Elefant, Löwe und Leopard niedergestreckt worden waren, und stundenlang in die schimmernden Glasaugen der Trophäen gestarrt, die im Zimmer des Vaters an der Wand hingen und deren Namen – Antilope, Kudu, Buschbock, Gnu – wie Zauberformeln in seinem Kopf widerhallten. Er hatte versucht, dem Erbe gerecht zu werden, hatte ihm sein Leben verschrieben, und hier saß dieser Stoffel, dieser Reihenhauskrämer und machte alles herunter.

»Schon gut«, sagte er. »Geschenkt. Also, was soll ich tun? Ende des Monats kriege ich wieder Löwen rein, erstklassige Katzen, die man im Tsavo-Nationalpark gefangen hat und jetzt hierher umsiedelt ...« (Hier bluffte er: in

Wahrheit hatte er ein ausgemergeltes Skelett aus dem Zoo von San Francisco organisiert, ein so altes Vieh, daß es die Leute nicht mehr sehen wollten, dazu ein zweites Tier von einem westdeutschen Zirkus, das sich beim Sprung durch den brennenden Reifen einen dreifachen Beinbruch zugezogen hatte.) »Was wir momentan dahaben, sind Elenantilopen, Wasserbüffel, Oryx, Gazellen, Hyänen – ich könnte sogar mit einem Straußenpaar dienen. Aber keinen Löwen, wenn Ihnen Weibchen nicht gut genug sind. Tut mir leid.«

Und dann, wie ein Licht, das aus der Tiefe emporscheint, kehrte das Glitzern zurück in die Augen des gewieften Maklers; sein Lächeln wurde breiter, hinter der Maske des quengeligen Immobilien-Wunderknaben trat der Tenniscrack und Langstreckenschwimmer hervor. Bender grinste. Er beugte sich vor. »Was ist mit dem Elefanten?«

»Was soll damit sein?« Bernard hob seinen Toast an die Lippen und legte ihn dann behutsam wieder auf den Tellerrand zurück. Benders Frau beobachtete ihn jetzt, und auch Roland, der gerade Kaffee nachschenkte, warf ihm einen Blick zu.

»Den will ich haben.«

Bernard starrte auf seinen Teller und beschäftigte sich einen Moment lang mit Kaffeetasse, Zucker und Sahne. Er trennte sich nur ungern von Bessie Bee, doch war er ziemlich sicher, daß sie sich ersetzen ließe – und die Kosten für ihr Futter brachten ihn ohnehin um. Selbst in ihrem hohen Alter konnte die Elefantenkuh an einem Nachmittag mehr verputzen als eine Herde Guernsey-Rinder in einem ganzen Winter. Er warf der Ehefrau einen kühlen Blick zu, dann sah er Bender direkt an. »Achtzehn Mille«, sagte er.

Bender wirkte unentschlossen, seine Augen glitzerten noch, waren aber etwas eingesunken, als hätten sie Respekt vor der Gewaltigkeit dieses Geschäfts. »Dafür krieg ich den Kopf, ausgestopft und präpariert«, sagte er schließlich, »das ganze Trumm – ja ja, ich weiß, wie groß es ist, aber das ist kein Problem, den Platz dafür hab ich, glauben Sie mir ... Und die Füße, die will ich auch, als ... äh, wie nennt man die gleich, Schirmständer?«

Sie trieben Bessie Bee in einer gestrüppreichen Senke auf, gleich hinter dem Swimmingpool-Wasserloch. Sie nahm gerade ein Bad im Staub, besprühte ihre runzlige Lederhaut mit feiner heller Erde, so daß sie aussah wie ein gewaltiger in Mehl gerollter Teigklumpen. Sie hatte, das sah Bernard jetzt, das hohe Gras zertrampelt, unter dem die blaue Einfassung des Pools verborgen war, außerdem eine halbe Tonne Wasserlilien und Rohrkolben aus dem Schlick gerissen und das stinkende Wurzelgewirr auf dem Beckenrand angehäuft. Er fluchte leise vor sich hin angesichts der bis auf ein paar Stümpfe aufgefressenen Eukalyptusgruppe und des importierten Chinarindenbaums, den sie völlig abgeschält hatte. Normalerweise war sie angebunden – um großflächige Zerstörungen genau dieser Art zu verhindern –, aber wenn Gäste auf der Ranch waren, ließ er sie frei herumlaufen. Das bereute er jetzt, und er dachte daran, daß Espinoza am nächsten Tag als erstes die Landschaftsgestaltungsfirma anrufen mußte, als Benders Stimme ihn in die Gegenwart zurückholte. Die Stimme war schneidend, gereizt, ein hohes aufbegehrendes Quäken: »Aber der hat ja nur einen Stoßzahn!«

Bernard seufzte. Es stimmte ja – irgendwann einmal war die Hälfte ihres linken Stoßzahns abgebrochen, aber er war so daran gewöhnt, daß es ihm kaum noch auffiel. Doch hier saß Bender neben ihm im Jeep, seine Frau auf dem Rücksitz, die Gewehre waren einsatzfähig, die Kühlbox war gefüllt, und Bender würde versuchen, den Preis zu drücken, das sah er kommen.

»Als wir achtzehntausend ausgemacht haben, bin ich natürlich von einem Tier ausgegangen, das sich als Trophäe eignet«, sagte Bender, und als sich Bernard zu ihm umdrehte: »Aber jetzt, also, ich weiß nicht.«

Bernard wollte die Sache einfach nur hinter sich bringen. Irgend etwas sagte ihm, daß es ein Fehler war, Bessie aufs Korn zu nehmen – ohne sie wäre die Ranch nicht mehr, was sie war –, andererseits hatte er sich verpflichtet und keine Lust auf Streit. »Na gut«, sagte er seufzend und schob seinen massigen Bauch von links nach rechts. »Siebzehn.«

»Sechzehn.«

»Sechzehnfünf, weiter gehe ich nicht runter. Sie haben ja keine Ahnung, wieviel Arbeit das ist, so ein Ding zu häuten, ganz zu schweigen davon, daß man den Kadaver irgendwie loswerden muß.«

»Abgemacht«, sagte Bender, drehte sich triumphierend zu seiner Frau um, und schon waren sie aus dem Jeep und prüften ihre Waffen. Bender hatte eine 12-Millimeter-Rigby-Elefantenbüchse dabei, Bernard wieder die Nitro – für den Fall, daß der Morgen eine Reprise des Löwenfiaskos brächte. Nicole Bender, die heute ohne Gewehr antrat, hatte eine Videokamera dabei. Roland war beim Haus und wartete mit Laster, Kettensäge und einem Trupp Mexikaner, um die Schweinerei wegzuräumen, sobald die Tat vollbracht war.

Es war früh, die Hitze erträglich – etwas unter dreißig

Grad, schätzte Bernard –, aber trotzdem schwitzte er schon. Auf der Jagd war er immer leicht nervös – besonders wenn ein Clown wie Bender direkt neben ihm herumfuchtelte, und ganz besonders nach der Sache mit dem Löwen. Bender trampelte herum und wirbelte Staubwolken auf, aber sein Blick war kalt und ruhig, als sie jetzt durch das Mesquitegras und das Gestrüpp in die Senke hinabgingen.

Bessie Bee war weiß vom Staub; sie blies große Wolken davon aus dem Rüssel in die Luft und schlenkerte mit den Ohren. Aus hundert Meter Entfernung sah man nicht viel mehr als umherfliegenden Dreck, als wäre ein Tornado am Werk; nach fünfzig Metern nahm allmählich der runzlige, zerfurchte Kopf des alten Elefanten Gestalt an. Auch wenn die Sache kaum riskanter war als das Abknallen einer Kuh im Stall, war Bernard aus Gewohnheit vorsichtig und bedeutete Bender stehenzubleiben, fünfzig Meter vom Ziel entfernt. Zwei Geier kreisten über ihnen, angelockt durch den Jeep, den sie als Vorboten von blutigem Fleisch und Aas kannten. Der Elefant nieste. Irgendwo hinter ihnen schrie eine Krähe. »Näher ran gehen wir nicht«, stellte Bernard fest.

Bender glotzte ihn an, knackte mit den Fingerknöcheln und rollte die Augen, wie ein Student im ersten Semester, dem der Türsteher vor einer Bar voll knackiger Kommilitoninnen den Eintritt verwehrt. »Aber ich seh nichts als Staub«, sagte er.

Bernard ruhte jetzt ganz in sich. Er prüfte das Schloß des schweren Gewehrs und entsicherte den Abzug. »Warten Sie ab«, sagte er. »Suchen Sie sich einen Platz – hier, gleich hier bei dem Felsen, da können Sie sich aufstützen beim Zielen. Es wird nicht lange dauern, in ein paar Minuten hat sie es satt, und wenn der Staub sich legt, kriegen Sie Ihren Abschuß.«

Und so kauerten sie im Dreck, der Jäger und der Jagdführer, stützten ihre Gewehre auf einer rauhen roten Sandsteinplatte ab und warteten darauf, daß der Staub sich verzog und die Hitze sich steigerte und die Geier in mächtigen Spiralen aus dem Himmel herabsanken.

Bessie Bee ihrerseits war mehr als nur argwöhnisch. Obwohl sie ziemlich schlecht sah, erkannte sie doch den Jeep, und diese Menschen konnte sie auf Hunderte von Metern riechen. Eigentlich hätte sie die Matriarchin einer stolzen wilden Elefantenherde sein sollen, im Amboseli- oder im Tsavo-Reservat, oder im großen Bahi-Sumpf, aber statt dessen hatte sie ihre ganzen zweiundfünfzig Jahre auf diesem fremden, unnatürlichen Erdteil verbracht, mitten im Gestank und im Chaos der Menschen. Man hatte sie gefesselt, mit Stöcken getrieben und geschlagen, ihr beigebracht, zu tanzen und auf einem Bein zu stehen und mit dem Rüssel die klägliche Schwanzquaste zu packen, die zwischen den kläglichen Flanken eines anderen kläglichen Elefanten herabhing, während sie vor wuselnden Affenhorden durch eine scheußliche Zirkusmanege nach der anderen paradierten. Und dann das hier: eine Gegend, in der es nach den öligen Ausflüssen der Erde stank, und wieder angebunden und wieder Menschen. Sie hatte das Krachen der Gewehre gehört, das Blut in der Luft gewittert, und sie wußte, daß hier gemordet wurde. Und sie wußte auch, daß der Jeep ihretwegen gekommen war.

Der Staub ringsherum legte sich, sank in einem Mahlstrom aus feinen weißen Teilchen nieder. Sie stellte die

Ohren auf, trompetete und hob den massigen Zylinder ihres rechten Vorderfußes vom Boden und schwenkte ihn vor sich. Sie hatte es satt, die Stachelstöcke und die Strikke, das fade, trockene Stroh, das nach nichts schmeckte, und das Viehfutter, die Sonne und die Luft und die Nacht und die Tage. Sie griff an.

Sie ließ sich von der Witterung leiten, bis die Gewehre krachten, einmal, zweimal, dreimal, und eine neue Sorte Stachelstock in sie hineinfuhr, durchschlagend und heiß, aber das machte sie nur wütend, trieb sie um so wilder voran, unaufhaltsam und unbesiegbar, dreieinhalb Meter Schulterhöhe und gut sieben Tonnen Gewicht, Schluß mit den Zirkussen, Palankins, Stachelstöcken. Und dann sah sie die zwei lächerlichen Strichmännchen hinter einem Fels hervorspringen – die konnte sie dreimal schlukken und wieder ausspucken.

Es war nicht direkt Panik, am Anfang noch nicht. Bender schoß daneben, und vom heftigen Rückschlag des Gewehrs schien er wie benommen. Bessie Bee kam direkt auf sie zu, nahm sie genau aufs Korn, und Bernard biß sich auf den Schnurrbart und brüllte: »Schieß! Schieß doch, du Idiot!«

Sein Wunsch wurde erfüllt. Endlich feuerte Bender noch einmal – richtete aber nicht viel mehr aus, als dem Vieh ein paar Borsten vom Rücken zu putzen. Da übernahm Bernard, die Nitro im Anschlag, und obwohl er sich an den Löwen erinnerte und bereits Benders jammerndes, meckerndes Genörgel hören konnte, wie er sich beim Mittagessen beschwerte, daß ihm auch *diese* Trophäe verweigert worden sei, war die Situation eindeutig brenzlig, ja bedrohlich – wer hätte das von Bessie Bee gedacht? –, deshalb drückte er auf den Abzug des großen Gewehrs, daß es mit einem donnernden Ruck losging.

Nichts. Hatte er sie verfehlt? Dann aber wurde er mit einem Mal von einem Erdrutsch erfaßt, er spürte einen Windstoß, roch den strengen Geruch nach Elefant, und dann flog er, wirklich, er flog hoch über die Ebene in den blauen Himmel hinein.

Als er wieder landete, setzte er sich auf und stellte fest, daß seine Schulter aus dem Gelenk gesprungen war, und daß ihm irgendeine Flüssigkeit – Blut, sein eigenes Blut – die Sicht im rechten Auge verdunkelte. Er hatte einen Schock, dachte er und sprach es laut vor sich hin, wieder und wieder: »Ich habe einen Schock, ich habe einen Schock.« Alles schien wie im Nebel, der Arm tat gar nicht sehr weh, obwohl er eigentlich hätte weh tun müssen, ebensowenig die Platzwunde am Kopf. Aber hatte er nicht ein Gewehr gehabt? Wo war das jetzt?

Auf das Geräusch hin, ein energisches Trompeten, blickte er auf und sah, wie Bessie Bee nachdenklich, beinahe zärtlich, ihren Fuß auf Mike Benders dahingestreckter Gestalt rieb. Bender schien nackt zu sein – oder nein, er schien nicht einmal mehr die Haut auf dem Leib zu haben –, und sein Kopf war gewaltig verändert, wirkte auf einmal viel kompakter. Aber noch etwas anderes ging vor, etwas, das die Versicherung niemals wiedergutmachen konnte, da war er sich sicher, wenn auch nur auf vage Weise – »Ich habe einen Schock«, wiederholte er. Dieses Etwas war auch ein Schrei, zweifellos ein menschlicher, doch er wuchs an und packte den vorigen Schrei am Schwanz und kletterte auf ihn drauf, und ehe das Vakuum der Stille sich ganz schließen konnte, erklang ein zweiter Schrei, und dann noch einer, bis sogar das Trompeten des Elefanten dagegen wie ein Flüstern klang.

Es war Mrs. Bender, die Ehefrau, Nicole, eins der hübschesten Exemplare ihrer Art, die da jetzt vom Jeep wegrannte und dabei ihre Lungen trainierte. Der Jeep war offenbar umgekippt – er bot sich jedenfalls aus einem sehr merkwürdigen Winkel dar –, und Mrs. Benders schmächtige Gestalt wurde in diesem Moment von einer sich bewegenden Mauer aus Fleisch überrannt, ein breites graues Hinterteil verdeckte den Blick auf die Szene, und all dieses stürmende Gewicht zermalmte die kleine Arie aus Schreien in einem endgültigen Elefantentrommelwirbel.

Es hätte wenige Sekunden oder eine Stunde später sein können – Bernard hatte keine Ahnung. Er saß auf dem Boden – sein einer Arm baumelte lose von der Schulter – und wischte sich mit der unverletzten Hand das Blut aus dem Auge, während die schwarzen Geier mit professionellem Interesse zu ihm herabsegelten. Und dann, auf einmal, sehr seltsam, war die Sonne weg, ebenso die Geier, und ein großer dunkler Schatten fiel auf ihn. Er blinzelte zu dem kolossalen Gesicht empor, das von wild schlenkernden Ohren eingerahmt war. »Bessie Bee?« sagte er. »Bessie Bee? Shamba?«

Knapp einen Kilometer entfernt lag, umweht vom sanften Zugwind der Klimaanlage, Jasmine Honeysuckle Rose Bender im Bett, zwei Monate vor ihrem dreizehnten Geburtstag, gesättigt mit Schokolade und Träumen von schlanken Halbstarken mit Gitarre, Stachelfrisur und Lederjacke. Sie drehte den Kopf auf dem Kissen und schlug die Augen auf. In diesem Moment war sie die Alleinerbin des Benderschen Immobilienimperiums, sämtlicher Eigentumswohnungen und Häuser, aller Aktien, Anleihen und sonstigen Vermögenswerte, die dazugehörten, ganz abgesehen von dem Haus am Strand und dem Ferrari Testarossa, nur wußte sie es noch nicht. Etwas hatte sie aufgeweckt, ein Kräuseln auf dem großen Teich des Lebens. Einen Augenblick lang hatte sie geglaubt, durch das Surren der Klimaanlage einen Schrei gehört zu haben.

Aber nein. Wahrscheinlich war das nur irgendein Pfau oder Pavian oder sonstwas gewesen. Oder diese alberne Attrappe von Elefant. Sie setzte sich auf, nahm ein Ginger Ale aus der Kühlbox und schüttelte den Kopf. Total spießig, dachte sie. Spießig, spießig, spießig.

Herbert Rosendorfer

Gehehe, der sehr große Vogel

Unter den vielen tausend Inseln des indonesischen Reiches hat es in den fünfziger Jahren unseres Jahrhunderts einige gegeben (vielleicht gibt es heute noch welche), die noch unberührt waren. Ihre Bevölkerung war noch nie mit der übrigen Welt in Berührung gekommen, war isoliert, lebte so wie seit Jahrtausenden, ohne Geschichte, ohne Erinnerung, wie ihre Ahnen auf die Insel gekommen waren. Sie hielten ihre Insel für die Welt, das Meer für das Weltall.

Eine dieser Inseln hieß *Tam*, was in der Inselsprache (einem polynesischen Unterdialekt) soviel wie: *die bewohnte Erde* bedeutete. Auf Tam lebten etwa vierhundert Menschen. Die Sterblichkeit glich die Geburtenrate immer ungefähr aus: manchmal gab es vierhundertzehn Tamesen, manchmal dreihundertneunzig; fünfhundert nie, weniger als dreihundert auch nie. Im übrigen wußten sie selber nicht, wie viele sie waren, denn sie konnten nicht weiter als bis drei zählen: *hom* = eins, *gom* = zwei, *mom* = viele.

Sie lebten von den vielen Früchten, die auf der Insel wuchsen, und vom Fischfang. Ihre Boote waren so einfach, daß sie nicht wagen konnten, weiter als auf Sichtweite der Insel aufs Meer hinauszufahren. Wenn die Kuppe des Inselberges unter der Kimm zu verschwinden drohte, kehrten sie um. Auch war ihnen Navigation unbekannt. Sie sahen auch keinen Grund, weiter hinauszufahren, denn das Wasser um die Insel war ausnehmend fischreich – mehr als man brauchte –, und ihrer Meinung nach war außerhalb ohnedies nichts. Genauere Vorstellungen von diesem *Nichts* zu machen, lag den Tamesen fern.

Sie lebten in Familienverbänden. Ansatzweise waren politische Strukturen vorhanden: jede Familie hatte einen Ältesten, die Ältesten kamen ab und zu zusammen und losten einen Häuptling aus, der dann auf Lebenszeit amtierte und eine gewisse Autorität hatte. Er schlichtete die Streitigkeiten.

Die Religion war sehr einfach: Naturphänomene galten als gute oder böse Gottheiten. Die Menschenseele wird nach dem Tod ein nicht-eßbarer Fisch.

Vor mehr als zwei, also vor vielen Jahren, trat ein Phänomen auf, das bei allen solchen und ähnlichen Gemeinwesen ein religiöses Umdenken bewirkte, und das in der Ethnologie unter dem Begriff *Cargo-Kult* bekannt ist. Die Tamesen, deren Insel weitab von allen Schiffsrouten lag, hatten nie ein fremdes Schiff, auch nicht am Horizont, gesehen. Als aber der amerikanisch-japanische Pazifik-Krieg ausbrach, sahen sie Flugzeuge. Die Auswirkung war klar: sie hielten diese dröhnenden, in der Sonne blitzenden Vögel für neue Gottheiten. Binnen weniger Jahre etablierte sich eine neue Religion, die Anbetung der Flugzeuge. *Flugzeug* hieß auf Tamesisch: Gehehe (= sehr großer Vogel). Da das Flugzeug am Himmel als Kreuz erscheint, verehrten die Tamesen von da ab das Kreuz-Zeichen. Sonst lief alles seinen gewohnten Gang weiter.

Zu der Zeit, als *Demong* aus der Familie der *Nede* zum Häuptling ausgelost wurde (nach dem Tod des Häuptlings *Heng*), und zwar, als *Demong* schon mehr als zwei Jahre regiert hatte, ereignete sich etwas, was das Weltbild der Tamesen völlig umkrempelte. Am Horizont tauchte ein *Gehehe* auf. Demongs Hauptfrau, eine von Natur aus neugierige Person, die alles scharf beobachtete, saß gerade am Strand und weichte Palmwedel ein. Sie stellte sofort fest, daß dieses Gehehe weit niedriger flog als üblich. Sie schrie. Die anderen Frauen kamen gelaufen, dann auch die Männer. Demong beschattete seine Augen mit der Hand. »Das Gehehe berührt mit dem Bauch das Wasser«, schrie die Hauptfrau des Häuptlings (sie hieß Atma). »Unsinn«, sagte Demong. Da spritzte weit draußen das Wasser auf, es gab einen bis auf die Insel hörbaren Knall, ein Feuerpilz war zu sehen, Rauch stieg auf – und das Gehehe war verschwunden.

Am Abend kehrten Fischer zurück und brachten einen nassen Menschen mit, wie die Tamesen noch keinen gesehen hatten.

Es handelte sich um den Doktor der Botanik Malcolm S. Bolling aus Denville, Iowa, Professor an der University of Kansas, der mit vierzehn Kollegen zu einem Kongreß nach Bangkok fliegen wollte. Da auch in Sydney ein Kongreß war, flogen die fünfzehn zunächst nach Sydney, hörten oder hielten Vorträge über wichtige botanische Probleme und stellten dann fest, daß sie einen guten Schnitt mit ihren Reise- und Tagegeldern machen würden, wenn sie zu dem weiteren Kongreß nach Bangkok nicht mit einer Linienmaschine, sondern mit einem gecharterten Flugzeug reisen würden. Das rechnete ein Botaniker aus Vernon aus, ein smarter Mittvierziger namens Burfried F. Beyle. Es war so ziemlich das letzte, was er in seinem Leben ausrechnete, denn das gecharterte Flugzeug, ein offenbar älteres Modell, verlor nach drei Stunden Flug aus ungeklärten Gründen an Höhe, ein Triebwerk fiel aus. Die Botaniker erbleichten. Der Pilot sagte über Bordlautsprecher: »Nur Ruhe, es kann nichts passie …«, da blatschte das Flugzeug auf dem Meer auf und explodierte.

Malcolm S. Bolling fand sich – nach wie langer Zeit, wußte er nicht – im Meer schwimmend, seine Hand umklammerte ein hölzernes Servierbrett, auf dem ihm die Stewardess kurz vor dem Absturz Kaffee serviert hatte. Es beruhigte Bolling ganz erheblich, daß er am Horizont die Kuppe eines Berges sah. Er versuchte seine Schwimmweste aufzublasen. Es ging nicht. Mit einiger Mühe gelang es ihm, die Schwimmweste wenigstens auszuziehen. Sie verschwand wie ein Stein in der Tiefe. Nach einer Stunde vielleicht ruderte ein primitiver Katamaran auf Bolling zu und nahm ihn an Bord. Was die vier nackten Fischer zwitscherten, verstand Bolling nicht. Das Servierbrett hielt er immer noch fest umklammert.

Die Tamesen, oder besser gesagt, die Familie, der das Boot gehörte, dessen Besatzung den nassen Menschen im Meer gefunden hatte, diskutierte die Frage: soll dieser Fisch gebraten oder gesotten, oder kann er roh gegessen werden? Zunächst wurde er an einem Baum festgebunden. Das Servierbrett nahm der Familienhäuptling an sich. Bevor die kulinarische Frage aber ausdiskutiert war, drang die Nachricht von dem Fund zum Inselhäuptling, und der verfügte, daß der Mensch-Fisch unverzüglich, möglichst noch lebend, zu ihm zu bringen sei. Die Angehörigen der Familie, die ihn gefunden hatte, meuterten zwar, fügten sich aber dem Gebot, banden Dr. Bolling an Händen und Füßen an eine Stange, tauchten ihn ein paarmal ins Wasser, damit der naß bleibt, und trugen ihn ins – wenn man so sagen kann – »Hauptdorf«. (Schon als Dr. Bolling noch am Baum festgebunden war, hatten sie ihn, um ihn feucht zu halten, in regelmäßigen Abständen mit Wasser überschüttet.)

Demong ließ den Mensch-Fisch in einen kleinen Bach legen oder besser gesagt: hängen, indem die Stange, an der er festgebunden war, wie ein Steg über das Wasser gelegt wurde. Dem Häuptling fiel dabei auf, daß der Mensch-Fisch verzweifelt darauf achtete, seinen Kopf über Wasser zu halten. Demong machte sich seine Gedanken darüber.

Mit der Familie der Fisch-Mensch-Finder wurde folgendes vereinbart: falls der Fund gegessen würde, wird die Mahlzeit zwischen Häuptlings- und Finder-Familie geteilt. Das ohnedies Wertvollere (das Servierbrett) dürfe der Finder-Familienhäuptling behalten. Im übrigen hielt Häuptling Demong den Fisch-Mensch oder Mensch-Fisch auf Grund seiner seltsam faltigen Haut für nicht eßbar, weswegen er womöglich als Seele eines Verstorbenen zu betrachten wäre. (Was Demong für Haut hielt, war Dr. Bollings Anzug. Kleidung war auf der Insel Tam unbekannt.)

Demong setzte sich an den Bach und betrachtete den Fang, der da ins Wasser hing und seinen Kopf verrenkt aus dem Wasser reckte. »Er schaut fast wie ein Mensch«, sagte Demong zu seinem Freund und Vetter Gamong. »Mhm«, sagte Gamong. »Und ich habe auch noch nie einen Fisch so schreien hören«, sagte Demong. »Klingt fast so, als wolle er uns was sagen«, sagte Gamong. »Vielleicht ist er gar kein Fisch«, sagte Demong, »komm einmal, wir probieren's.« Sie standen auf und hoben die Stange mit

Dr. Bolling aus dem Bach, legten ihn – immer noch angebunden – in die Sonne. »Wenn er trocknet und doch nicht stirbt, ist er kein Fisch.« »Er lächelt, kommt mir fast vor«, sagte Gamong.

Als nach zwei Stunden der Mensch-Fisch ganz trocken und doch nicht tot war, verdichtete sich in Demong eine Vermutung. Er ließ seine Lieblingsfrau Atma und nochmals die Fischer kommen, die das Wesen aus dem Meer gefischt hatten, und befragte sie, begab sich auch mit ihnen an die Stelle am Strand, von wo aus Atma das Verschwinden des Gehehe im Meer beobachtet hatte. Es gab bald für Demong keinen Zweifel: die Fischer hatten das Wesen mit der faltigen Haut genau dort aus dem Meer gezogen, wo das Gehehe verschwunden war.

»Du meinst, erlauchter Häuptling und Vetter …?« fragte Gamong. »Ja«, sagte Demong, »wir müssen jedenfalls vorsichtig sein. Vielleicht geben wir ihm etwas zu essen.«

Dr. Bolling rieb sich die Handgelenke. Die Tortur im Bach hatte er kaum überlebt. Lang hätte er den Kopf nicht mehr über Wasser halten können. »Ihr Blödmänner – ich bin ein Mensch – Hilfe! Hilfe!« und dergleichen hatte er geschrien. Auch der große Kessel, den die Frauen mit Blättern auswischten und dabei immer zu ihm herüberschauten, entging ihm nicht. Es entging ihm allerdings auch nicht – obwohl die Beobachtung angesichts seiner Situation untergeordnet war –, daß die Frauen völlig nackt und sehr hübsch waren. Als er dann in der prallen Sonne lag, bekam er fast einen Sonnenstich und hatte schon Wahnvorstellungen. Er hörte sich schreien: »Gestatten, mein Name ist Malcolm S. Bolling«, und »ich bin aus Denville, Iowa und Bürger der Vereinigten Staaten«, und mußte dann selber darüber lachen, und mußte dann darüber lachen, daß er in dieser Lage lachen mußte ...

Aber dann wurde, schon eine ungemeine Beruhigung, der Kessel weggeräumt, und dann banden die nackten Wilden ihn los, nur den rechten Fuß banden sie nicht los, sondern ließen ihn angebunden und banden das andere Ende an einen Baum; wie man einen Hund anbindet. Sie gaben ihm zu essen: gekochtes Gemüse und ein paar Stückchen Fisch, gar nicht schlecht. Als eine der nackten Schönen – auch *gar* nicht schlecht, dachte Bolling – das Essen vor ihn hinstellte, merkte er, daß er Hunger hatte. Seit den drei Plätzchen, die neben dem Kaffee auf jenem Servierbrett lagen, das ihm die Stewardess serviert hatte, die jetzt mit vierzehn Botanikern und einem Piloten und einem Copiloten von Fischen angeknabbert wird, seit jenen Plätzchen hatte er nichts mehr gegessen.

Die Kanaken (so nannte sie Bolling für sich, nicht ganz falsch, ethnologisch gesehen, aber er meinte es als Schimpfwort) umsaßen ihn, während er aß, in einem Umkreis mit einem Durchmesser von respektvollen zehn Metern und gafften ihn an. Nur Männer saßen da. Die Frauen und Mädchen mit den Kindern hüpften weiter hinten hin und her und kicherten.

Als Bolling fertig gegessen hatte, stand einer der Wilden auf und kam zu ihm her. Auch Bolling stand auf. Der Wilde verbeugte sich, zog zweimal an seinem Penis und sagte: »Demong.« Bolling verbeugte sich nur und sagte: »Bolling.«

Demong verbeugte sich nochmals, zeigte auf Bolling und sagte: »Bolling?« Bolling verbeugte sich und sagte: »Bolling.« Dann zeigte er auf Demong und sagte: »Demong?« Demong lachte und sagte: »Demong.«

Als Demong sicher war, daß Bolling so, ohne Gehehe, nicht fliegen konnte, wurde er losgebunden. Er durfte in der Häuptlingshütte schlafen, merkte allerdings, daß stets eine Wache am Eingang saß, die Bolling nicht aus dem Auge ließ. Die Wachen wechselten sich natürlich ab.

Bolling wurde gut ernährt. Er nahm seine Mahlzeiten mit dem Häuptling, manchmal auch mit Vetter Gamong ein. In der dritten Nacht ließ Demong seine Lieblingsfrau Atma kommen und besprang sie unter lautem Gelächter. Als er fertig war, machte er eine höfliche Verbeugung und deutete auf Bolling. Atma kicherte weiter, kniete da mit offenen Beinen und reckte den goldbraunen Hintern in die Höhe.

Bolling zögerte. »Bolling! Bolling!« schrie Demong und lachte. Seit sich Bolling von seiner Frau – Mrs. Joyce Bolling – an einem Abend vor ... vor wieviel Tagen? Bolling war in der Zählung der Zeit durcheinandergekommen durch all das, was er erlebt hatte ... seit er sich da ehelich verabschiedet hatte, bevor er nach Sydney flog, hatte er in der Hinsicht enthaltsam gelebt. Als elf der Kollegen in Sydney ins Bordell gingen (das letzte Mal in ihrem Leben, was sie aber natürlich nicht wußten), war Bolling nicht mitgegangen. Was wohl Joyce jetzt gerade machte? Ob sie schon ... »Bolling! Bolling!« schrie Demong und lachte. Bolling zog seine Hose aus.

Bolling hielt es für Höflichkeit und Gastfreundschaft, daß ihm Demong seine Frau leihweise überließ. Das war es auch, aber nur zum Teil, zum Teil war es auch Neugier. Demong wollte sehen, ob Bolling einen Penis hatte. Nun sah er das, stellte gleichzeitig fest, daß Bolling unter der blauen, faltigen Haut noch eine etwas glattere, rosarote Haut hatte.

Als am nächsten Abend die erste Nebenfrau Demongs gerufen wurde – sie hieß Tatma –, ließ Demong schon höflich Bolling den Vortritt.

Nach wenigen Tagen hatte Bolling schon so viele Wörter in der Sprache dieser Wilden aufgeschnappt, daß er sich, was die einfachsten Bedürfnisse betraf, verständigen konnte. Nach vier Wochen war eine primitive Unterhaltung möglich, nach drei Monaten – beflügelt durch den Zwang – beherrschte Bolling die Tamesensprache fließend.

»Es gibt also«, sagte Demong, »außer uns auf dieser Insel noch andere Länder und Menschen?«

»Viele Tausende«, sagte Bolling. (Er sagte: »mom-mom, mal mom-mom mal mom-mom.)

»Hm«, sagte Demong. »Und die Gehehe sind keine Vögel, sondern Schiffe, die durch die Luft gleiten?«

»So ist es«, sagte Bolling, »und jeder kann in so ein Gehehe einsteigen – es sieht drin aus wie in einer eisernen Hütte, etwa mom-mom-mal so groß wie die hier – und damit übers Land oder übers Meer fliegen. Es ist völlig ungefährlich. Meistens«, fügte er schnell hinzu.

»Und die Menschen alle haben so eine zweite Haut an wie du?«

»Mehr oder weniger«, sagte Bolling.

»Ist das nicht scheußlich unbequem?«

»Man gewöhnt sich daran«, sagte Bolling.

Demong hatte einmal aus Jux Bollings Jacke probiert, hatte sich fast totgelacht. Er zeigte sich damit seinem Volk, drehte sich herum und stolzierte auf und ab. Auch das Volk lachte sich fast tot. »Ich weiß nicht, ob du das tun solltest«, hatte Bolling gesagt, »es schadet möglicherweise deiner Würde als Häuptling.« »Da hast du wahrscheinlich recht«, sagte Demong und ließ die rangniedrigste Nebenfrau – sie hieß Pip –, die besonders laut gelacht hatte, schlachten und braten. Zur Abschreckung. Bolling aß nicht mit. Noch nicht.

»Ich versteh' nicht«, sagte Bolling, »warum ihr Menschen eßt, nicht aber die nicht-eßbaren Fische?«

»Die nicht-eßbaren Fische sind die Seelen der Verstorbenen«, sagte Demong. »Wir essen nur Fleisch, keine Seelen.«

Übrigens war Bollings äußere, faltige Haut – ein dunkelblauer Flanell-Anzug – in einem sehr schlechten Zustand, wie man sich denken kann: das Salzwasser und überhaupt das feucht-heiße Klima; der Stoff war nach wenigen Monaten kurz davor, sich in Fäden aufzulösen. Nur das Seidenfutter hielt ihn vorerst noch zusammen, Schuhe hatte Bolling ohnedies keine mehr, die waren wohl, als er aus dem explodierenden Flugzeug geschleudert wurde, davongeflogen. Meistens ging Bolling in der Unterwäsche herum, die allerdings auch nicht mehr gut ausschaute. Das Hemd und die Socken, die noch am ehesten angingen, hob Bolling für alle Fälle auf. Was sollte für ein »Fall« auftreten? Bolling wußte es nicht.

Als wieder einmal – nach Bollings kursorischer Berechnung war Dezember – ein Gehehe hoch über der Insel vorbeiflog, veranlaßte Bolling die Tamesen, ein großes Feuer zu machen, und versuchte mittels Palmwedel Rauchsignale zu geben (Bolling war in seiner Jugend Pfadfinder gewesen), aber es passierte natürlich gar nichts. Ein paar Mal probierte Bolling Demong zu überreden, mit einem Boot weiter nach Westen zu fahren, dort – meinte Bolling – müsse die nächste Insel sein. Aber Demong zeigte überhaupt kein Entgegenkommen.

»Könnte auch *ich*«, fragte Demong, »in einem Gehehe mitfliegen?«

»Selbstverständlich«, sagte Bolling.

Demong dachte lang nach.

»Du müßtest es nur gestatten, daß wir mit einem Boot weiter nach Westen fahren«, sagte Bolling wieder einmal, »wir müßten vielleicht Proviant für längere Zeit mitnehmen, und Wasser. Vielleicht könnten wir ein festeres Boot bauen ...«

»Nein, nein«, sagte Demong, »das ist viel zu gefährlich. Das Meer ist viel zu unsicher. Und denke an die ganzen Seelen der Verstorbenen, die darin herumschwimmen. Verstorbene sind mißgünstig. In der Luft schwimmen keine Seelen.«

»Was meinst du damit?«

»Du könntest etwas anderes bauen. Ein Gehehe.«

Bolling lachte.

»Du findest das auch einen guten Plan?« sagte Demong und lachte auch.

»Das geht nicht«, sagte Bolling. »Gehehe sind aus *Metall*.« (Er benutzte das englische Wort.)

»Was ist das: Metall?«

Einer der wenigen Gegenstände, die Bolling geblieben waren, war ein Taschenmesser, das er in der Hosentasche bei sich gehabt hatte. Von Anfang an hatten die Tamesen dieses Messer verwundert. Bolling zog es heraus und machte es auf. »Das ist *Metall*.«

»Hm«, sagte Demong, »aber ich bin sicher, daß man ein Gehehe auch aus Holz machen kann.«

»Nein«, sagte Bolling.

»Doch«, sagte Demong, und Bolling glaubte einen Unterton zu hören, der etwas entfernt von der gewohnten

Freundlichkeit war. Abends – es war Vollmond – war dann zwar die alte Freundschaft wieder da. Demong rief zwei seiner Nebenfrauen in die Hütte, die sich sogleich auf alle viere niederließen, die Hintern hochreckten und die Schenkel öffneten. Unter großem Gelächter schoben sie Demong und Bolling ein paarmal durch die Hütte. Als sie dann auf dem Palmstroh lagen und sich von den Frauen mit Kokosöl einreiben ließen, sagte Demong:

»Es ist aber doch nicht so, daß du nur dein Geheimnis für dich behalten willst?«

»Welches Geheimnis?«

»Wie man ein Gehehe baut.«

»Bestimmt nicht. Wenn ich dir sage: es ist ungeheuer schwierig, ein Gehehe zu bauen, und es gibt nur wenige, die es können ...«

»Ich glaube aber doch, daß du nur dein Geheimnis für dich behalten willst«, sagte Demong, wieder sehr kühl.

»Ich *kann* es nicht«, sagte Bolling ärgerlich.

»Wenn du kein Gehehe baust«, sagte Demong, »dann bist du für uns von wenig Wert. Außer in gebratenem Zustand.«

Da fing Bolling am nächsten Tag damit an.

Selbstverständlich hatte Bolling für den Bau des Gehehe alle Vollmachten vom Häuptling. Bolling ließ dünne Bäume fällen. (Die Tamesen arbeiteten sehr geschickt mit Steinäxten.) Die so gewonnenen Stangen ließ er auf die Bergkuppe transportieren. Dort befahl er einen Abhang, der ihm geeignet erschien, zu roden. Das dauerte alles seine Zeit. Demong fragte jeden Tag, wann das Gehehe endlich fertig sei.

»Ein Gehehe zu bauen erfordert dort, wo sie dafür eingerichtet sind, schon ein *Jahr*«, sagte Bolling.

»Was ist ein *Jahr*?« fragte Demong.

»Mom-mom Tage, soviel Mondwechsel wie du Finger hast und zwei Zehen dazu«, sagte Bolling. Bolling war natürlich darauf aus, Zeit zu gewinnen. Wofür? Er hoffte –vielleicht unsinnigerweise, das sagte er sich selber – daß doch noch ein Schiff auftauchen würde, daß man ihn womöglich sogar suchen werde. Eine winzige Chance. Den Häuptling davon zu überzeugen, daß es nicht ging, ein Flugzeug zu bauen, war aussichtslos.

Demong schaute seine Finger und seine Zehen an. »Soviel Finger und zwei Zehen?«

»Ja«, sagte Bolling.

»Gut«, sagte Demong, er war nicht ganz ohne Vernunft in der Sache, »hier brauchst du natürlich länger. Mom (also: drei) Zehen.«

Die Arbeitsgeschwindigkeit der Tamesen kam der Intention Bollings auf Zeitgewinn stark entgegen. Mehr als höchstens zwei Stunden pro Tag bewegten sich die Tamesen nicht. Demong ließ sich von Atma aus getrockneten und gefärbten Blütenblättern dreizehn kleine Ringe flechten, die er nebeneinander ans Kopfende seiner Schlafmatte legte. Beim ersten Mondwechsel steckte er den ersten an: an den linken kleinen Finger. Beim zweiten Mondwechsel den zweiten an den linken Ringfinger. Um die Zeit, als Demong den dritten Ring an den linken Mittelfinger steckte, kamen im Harem des Häuptlings die ersten hellerhäutigen Kinder zur Welt. Einen besonders kräftigen Knaben nannte Demong: Obolling (= kleiner Bolling).

Bolling war nicht nur Pfadfinder gewesen, er hatte auch gebastelt. Er versuchte sich zu erinnern. Er experimentierte. Demong schaute interessiert zu. Aus kleinen Stäbchen, die er mit seinem Taschenmesser zurechtschnitzte, band er ein Segelfliegermodell zusammen. Er kletterte damit auf Bäume, warf es. Das vierte Modell flog. Demong war begeistert. Er schenkte Bolling zwei eigene Frauen und ließ ihm eine eigene Hütte bauen. Bolling durfte sich die Frauen aussuchen. Er wählte Keka, eine Tochter Demongs, die, soweit Bolling die Sachlage überblicken konnte, die schönsten Brüste hatte, und ein Mädchen namens Leng aus dem Nachbardorf, die besonders gern und ausdauernd lachte.

Als Demong den Ring an den rechten Daumen steckte, begann Bolling das Modell – oben auf dem gerodeten Abhang – maßstäblich ins Große zu übertragen. (Der Abhang mußte oft nachgerodet werden; es wucherte alles sehr schnell auf Tam.) Gegen Ende des Jahres war das Gestell fertig. Es war auch höchste Zeit, Demong trug schon einen Ring am linken kleinen Zeh. Bolling verfügte, daß die Weiber aus Palmblättern ganz leichte Matten flochten. Das konnten sie, denn mit solchen Matten deckten sie ihre Hütten. Es gab sogar eine Art Leim aus Fischknochen. Bolling klebte die zugeschnittenen Matten auf das Gestell. Es sah nicht schlecht aus. Aus der Entfernung glich das Gehehe einem Segelflugzeug. Demong streifte den letzten Ring über. Bolling ließ neuerlich Stämme fällen, diesmal dickere, und eine Art Geleise bauen: eine Startbahn, die Lichtung hinab und unten über den Abhang hinausragend; zwei Reihen Stämme knapp nebeneinander, in deren Zwischenraum, hoffte Bolling, das Gehehe gleiten sollte. Mißmutig gestand Demong auf verzweifelte Hinweise Bollings einen zusätzlichen Mondwechsel zu. (Einen weiteren Ring ließ er sich nicht flechten.) Bolling ließ die Stämme der Gleitbahn polieren und einfetten.

Der große Tag kam. Bolling schwankte zwischen Angst und Hoffnung. Demong ließ sich mit Blumen schmükken, fraß allein vier Pfund Fische, hielt eine Ansprache an sein Volk und ließ sich dann von vier Mann zur Rodung hinauftragen. Dort hatte Bolling bereits seine Mannschaft aufgestellt. (Aus den »Arbeitern« hatte er die acht geschicktesten ausgewählt und speziell gedrillt. Jeder Handgriff saß – so hoffte Bolling.) Dort, wo die Flügel den Rumpf kreuzten, war ein Sitz mit zwei Haltegriffen angebracht. Bolling wollte sich hineinsetzen – »Nein, nein«, sagte Demong, »das täte dir so passen. *Ich* fliege.«

Vier Tamesen hielten außen die Flügel und damit das Gehehe waagrecht. Demong stieg ein, klopfte sich an die Brust, hielt noch eine kurze Ansprache und befahl dann: »Los!«

Bolling gab seinen Leuten einen Wink, die anderen vier griffen auch an und schoben – immer schneller werdend, sie hatten es geübt, aber natürlich nie bis zum Abschnellen, unten mußte immer gebremst und dann das Gehehe wieder hinaufgetragen werden – und schoben das Flugzeug dem Abgrund zu. Es glitt vorzüglich, der Wind pfiff Demong um die Ohren, er lachte. »Auslassen!« schrie Bolling. Das Gehehe schoß über den Abgrund und – und segelte über den Busch hinaus. Von Luftströmungen und Thermodynamik und dergleichen hatte Bolling keine Ahnung. Vielleicht hatte er zufällig eine günstige Stelle gewählt. Bolling und die Tamesen standen am Abhang und schauten dem Gehehe nach. Es segelte – eine Minute, zwei Minuten, es segelte sogar aufwärts: drei Minuten, vier Minuten, dann ging es vorn steil in die Höhe, sackte über die linke Tragfläche ab und fiel wie ein Stein zur Erde. Demong war schwerer als das Gehehe, er fiel voraus. Man fand ihn nach mehreren Tagen. Er bestand nun aus zwei getrennten Teilen und war schon von Ameisen angefressen. Gamong wurde zum neuen Häuptling gewählt. Er ließ Bolling kochen und bei der zeremoniellen Häuptlingsweihe den Festgästen auftragen. Die Abmachung mit dem Dorf, dessen Männer seinerzeit Bolling aus dem Meer gefischt hatten, wurde nicht vergessen: sie bekamen die Hälfte. Der Dorfchef von dort war natürlich auch unter den Festgästen. Er ließ sich eine Wade Bollings – mit Fenchel garniert – auf dem Servierbrett vorsetzen.

Axel Hacke

Schnägg! Schnägg!

Eines Tages sprach der Herr zu mir: »Gehe hin und lege einen Garten an!«

Ich befand mich gerade in meiner reichbestuckten Schwabinger Altbauwohnung und wälzte mich auf dem Sofa. Draußen regnete es in Strömen, und ich sagte: »Ach, Herr, täte es nicht auch ein Geranienkasten auf dem Balkon?«

Aber der Herr sprach zu mir: »Ich will, daß du schaufelst und hackst und Wege ziehst und Hecken pflanzt und daß du dich erfreust an einem Bauerngarten mit einer duftenden Kletterrose über dem Eingangstor, an bunter Kapuzinerkresse am Rande gemüsestrotzender Beete, an den altmodischen Pomponkugeln karmesinroter Dahlien, an bunten Gladiolen mit schwertförmigen Blättern, an beerenschweren Sträuchern ...« Der Herr seufzte verträumt und sagte: »Nu mach schon!«

Also kaufte ich ein Haus mit Grundstück auf dem Land. Ich rodete eine Wiese, indem ich quadratische Soden ausstach, vom Erdboden löste und zu einem Hügel neben dem Komposthaufen türmte. Ich fand fette, braunschwarze Erde unter den Soden. Ich schaufelte und hackte und trennte Beete und Wege mit Reihen von Buchsbäumchen, die einmal zu einer dichten, rechteckig zu rasierenden Hecke zusammenwachsen sollten. Abends, wenn es kühl wurde, setzte ich mich auf eine Bank vor dem Haus und trank Bier. Einmal spürte ich, als ich den Krug ansetzte, an den Lippen statt des harten, kühlen Glases etwas Weiches, Feuchtes, Kaltes. »Wie die Lippen einer Toten«, dachte ich, aber dann fiel mir ein, daß die Lippen einer Leiche vielleicht nicht so voll und weich wären. Eine braune Wegschnecke war vom Bier angelockt worden, das Glas hochgeklettert und kurz davor gewesen, dessen Rand zu überqueren und sich ins Bier zu stürzen. Ich schleuderte den Krug von mir und erbrach mich.

Direkt neben dem Eingang zum Garten stand einer jener grauen Kästen, in denen die Bundespost irgendwelche Schaltvorgänge geschehen läßt. Weil das Gerät meiner Ansicht nach den Vorstellungen des Herrn von einem harmonischen Garten zuwiderlief, pflanzte ich daneben einen Knöterich, der den Kasten rasch überwuchern sollte, ein Auftrag, dem die Pflanze zügig nachkam. Ihre Geschwindigkeit imponierte mir um so mehr, als ich mich, ehrlich gesagt, ein bißchen daran störte, daß alles andere so langsam wuchs. Ich war ungeduldig. Ich wollte den Garten jetzt so, wie der Herr ihn sich erträumt hatte; es war ja nicht meine Idee gewesen. Jahrelang zu warten, bis aus nebeneinanderstehenden Sträuchern eine Hecke geworden war, aus niedrigen Gewächsen schattenspendende Büsche – o Gott! Wenn es überhaupt eine Pflanze gab, die mir gefiel, dann dieser Knöterich.

Die Schnecken hingegen lernte ich zu hassen. Ich setzte zwanzig junge Salatpflanzen in die Erde; sie waren am Morgen danach spurlos vernichtet wie Schokolade von einer Schar kleiner Kinder. Ich sah klaffende Wunden im Fleisch der Zucchini – Spuren getrockneten, in der Morgensonne glänzenden Schleims verrieten die Urheber. Die

Blätter des Kohlrabi waren übersät von Löchern, schließlich ragten ihre Stiele kahl in die Luft. Nur an die Tomaten gingen sie nicht, der einzige Punkt, an dem ich ein gewisses Verständnis aufbrachte. Ich mag auch keine Tomaten.

Aus dem Zwischenfall mit dem Bierglas hatte ich gelernt, daß Schnecken Bier lieben, und ich grub Joghurtbecher bis an den Rand in die Erde, welche ich mit »Wolnzacher Hopfenperle« füllte. Am nächsten Morgen lagen braune Bierleichen in der abgestandenen, uringelben Flüssigkeit. Ich schüttete alles auf den Kompost und füllte die Falle neu. Indes: In wenigen Tagen schmolz so mein Biervorrat dahin, ohne daß ich einmal richtig betrunken gewesen wäre. Ich haßte die Schnecken dafür noch mehr.

Unter einem Holzbrett, das ich auf einem der Wege vergessen hatte, fand ich ihre Leiber dichtgedrängt, fette alte Schnecken, so lang wie meine Hand, schmale Kinderschnecken, die sich an meinem Salat, meinen Zucchini, meinem Kohlrabi erst noch zu mästen beabsichtigten. Ich streute Salz auf ihre Leiber, das die Feuchtigkeit aus den mit der Biomasse meines Gartens gefüllten Körpern zog und ihnen einen qualvollen Tod bereitete. Ich kaufte Schneckenkorn, das sie von innen noch peinvoller zersetzte, streute die senfkorngroßen Kugeln aufs Beet, lockte meine Feinde damit zu Scharen und fand sie morgens sterbend zwischen den Pflanzen, während ihre Nachkommen schon damit beschäftigt waren, die Leichenteile zu fressen, denn Schnecken ist weder Kannibalismus noch Aasfresserei fremd.

Aber nie wurde ich der Plage Herr! Aus der den Garten umgebenden Wiese wanderten Heere von Schnecken zu, bedächtig in meinen Garten kriechend, nur eines im Sinn: mein Werk zu vernichten. Aber es waren nicht nur ihre

Zerstörungen, die mich erbosten. Es war ihre Langsamkeit, ihre nadolnymäßige Langsamkeit: Sie waren nicht nur selbst langsam, sie verlangsamten auch durch ihr Sabotagewerk den Aufbau des Gartens, machten mir neue Arbeit und verhinderten, daß ich mich auf dem Sofa wälzte.

Im Kampf mit ihnen stumpfte ich ab. Es machte mir nichts aus, sie mit kochendem Wasser zu übergießen. Ich konnte sie – nur letzte Spuren von Ekel verspürend – mit einer Schere mittendurch schneiden und zusehen, wie zäher, manchmal beigefarbener, manchmal grünlicher Schleim aus ihrem Inneren quoll. Ich hatte das Gefühl, etwas zu tun, das ich nicht tun dürfte. Aber ich wußte mir nicht anders zu helfen, und wenn ich meinen Garten betrat, dann nie in der Vorfreude dessen, der Ernte halten will, sondern weil die Opfer unter den Pflanzen gezählt und fürchterlich gerächt werden wollten. Dieser Garten hatte, wenn überhaupt, nur noch einen Sinn: Man konnte Schnecken darin töten.

»O Herr!« rief ich. »Hast Du auch diese schleimigen Monster geschaffen? Willst Du, daß sie Deinen Garten vernichten? Oder willst Du mich prüfen wie Hiob?« Ich blieb verzweifelt im Eingang stehen, so lange, daß sich ein Knöterich-Zweig um meine Hand ringeln konnte. Wie der Händedruck eines Komplizen war das, meines einzigen Freundes, des großartigen Vertreters der Schnelligkeit und des Tempos in einer Welt vernichtender Geduld.

Ich war nicht mehr fähig spazierenzugehen, ohne jedes Schnecklein, das meinen Weg kreuzte, zu zertreten – ob es Wegschnecken waren, die geräuschlos unter meinen Stiefeln starben, oder Weinbergschnecken, deren Häuser knackend zerbrachen, bevor auch ihre Körper auf dem Straßenasphalt zu Brei wurden. Ich achtete nicht mehr auf die Landschaft, sondern blickte nur noch starr nach unten und suchte Opfer. Wenn ich einmal eine Schnecke nicht zertrat, weil sie nicht unmittelbar auf dem Weg lag und ich für eine Sekunde zu bequem war für den Ausfallschritt nach links oder rechts, dann beschäftigte mich eine halbe Stunde lang nur der Gedanke, ob dieses Tier nicht hundert und aberhundert neue zeugen würde, die wiederum meinen Garten überfielen.

Irritiert verfolgte ich, daß die Schnecken nicht etwa weniger wurden, sondern an Zahl trotz meiner Feldzüge noch zuzunehmen schienen, ja, daß neben den früher dominierenden braunen Wegschnecken neue Arten auftauchten, Laubschnecken, Ackerschnecken, Schüsselschnecken, die ich alle anhand von Nachschlagewerken zu unterscheiden lernte. Ich las fast nur noch über Schnecken, zitierte mitten in Gesprächen mit fremden Leuten plötzlich den Mephisto, der auf dem Blocksberg sagte:

Siehst du die Schnecke da? sie kommt herangekrochen;
Mit ihrem tastenden Gesicht
Hat sie mir schon was abgerochen:
Wenn ich auch will, verleugn ich mich hier nicht.

Ich versuchte mein Letztes, huschte nachts im Garten umher, Zaubersprüche murmelnd, zwischen zerfressenen Kohlstrünken und leise an den Endivien raspelnden Schnecken:

Schnägg, Schnägg!
Streck dyni alli vieri Hörnli uus!
Oder i töt di, oder i mörd di, oder i ...

Das Ende kam samstagabends, als ich wieder einmal voller Melancholie in den Garten ging, in der Hand eine Bibel, lesend aus dem Buche Joel über eine Heuschreckenplage als Strafgericht Gottes: Wachet auf, ihr Trunkenen, und weinet; wehklagt, ihr Weinzecher alle um den Wein! Denn er ist euch vom Munde hinweggenommen. Denn ein Volk ist wider mein Land herangezogen, stark und ohne Zahl; es hat Zähne wie ein Löwe, ein Gebiß wie eine Löwin. Meinen Weinstock hat es verwüstet und meinen Feigenbaum zerknickt; es hat ihn abgeschält um und um und niedergeworfen, weiß sind geworden seine Schosse. Wehklage wie eine Jungfrau im Trauergewande um den Bräutigam ihrer Jugend.«

So ging ich dahin, achtete nicht auf den Weg und rutschte mitten im Garten auf einer träge dahingleitenden Ackerschnecke aus, stürzte rückwärts auf den Weg und zerkratzte mir die rechte Hand, mit der ich Halt suchte, an einem noch jungen Stachelbeerstrauch. Benommen blieb ich liegen. Ich war barfuß und trug eine kurze Hose. Als ich den Kopf hob, sah ich, wie eine schmutzig graugrüne, vielleicht zehn Zentimeter lange Spanische Wegschnecke auf meinen linken Fuß glitt, ja: floß, und spürte, wie sie in einer Reihenfolge wellenförmiger Hebungen und Senkungen über mein Bein kroch. Ich wollte sie mit der rechten Hand abstreifen und bemerkte, daß auf dieser Hand drei kleine, cremefarbene, grobgerunzelte Ackerschnecken saßen, »Genetzte Ackerschnecken«, wie mir, der ich das Bestimmungsbuch fast auswendig kannte, sofort einfiel.

Ich ließ die Hand sinken, spürte, daß auch die Linke schon schneckenschwer war, sah in der Nähe der Brustwarzen mehrere Mittelmeer-Ackerschnecken, kurze hellbraune Tiere, die in der Fachliteratur als angriffslustig bekannt sind und schon wütend mit den Schwänzen hin und her peitschten. Ich konnte mich nicht mehr bewegen. Immer mehr, immer länger werdende feucht-kühle Schleimstreifen zogen sich über meinen Körper, dann spürte ich eine Art Kitzeln, dann ein Gefühl, als schürfe sich Haut an einer rauhen Wand ab: »Radula«, dachte ich, »ein bewegliches Band Tausender kleiner horniger Zähnchen, das die Schnecken vorwärts/rückwärts über ihre Nahrung schleifen lassen.«

Sie schabten an mir wie an reifem Gemüse. Ich erinnerte mich, einmal etwas über fleischfressende Schnecken gelesen zu haben, die mit einem rasch vorschnellenden Saugrüssel Regenwürmer überfielen und ihre zappelnden, sich zerarbeitenden Opfer so lange festhielten, bis diese alle Kraft verloren hatten: Geduld versus Ungeduld, und die Schnecken siegten immer. Ich hatte nie herausbekommen, ob diese Würmer dann bei lebendigem Leib gefressen oder noch auf irgendeine geheimnisvolle Weise getötet wurden.

Fleischfressende Schnecken!

Waren Regenwürmer eigentlich Fleisch?

Als die erste Schnecke mein Kinn erreichte, dachte ich noch: »Sie haben sogar ein Gesicht, einen Mund und zwei Augen, auch wenn sie so kurzsichtig sind, daß sie erst bei Berührung einen Reiz verspüren, den man ›Sehen‹ nennen könnte.«

Ich wollte brüllen: »Schnägg! Schnägg!« Aber ich bekam keine Luft mehr, verlor das Bewußtsein und starb kurz darauf. Mit gesenktem Blick trat ich vor den Herrn, der sich auf einem Sofa wälzte, ein Glas 1990er Riesling d'Alsace trank und sich an einer Hamburger Wochenschrift erbaute.

»Herr, vergib mir, ich quälte Deine Geschöpfe«, sagte ich.

»Geht schon in Ordnung«, sagte der Herr, »Sie haben sich ja ganz schön gerächt, wie ich höre.« Er lächelte süffisant.

»Was kann ich hier oben tun?« fragte ich, »ich will etwas tun.«

Das war schon wieder geheuchelt, denn in Wirklichkeit neidete ich dem Alten sein Sofa.

»Echt?« sagte der Herr unendlich gedehnt und langsam. Ich sah ihn zum erstenmal wirklich an. Warum war er so schrecklich lang gestreckt und am Ende spitz zulaufend? Warum war sein Körper so tief gefurcht und gerunzelt? Warum troff Schleim von diesem Sofa ins Weinglas? Warum saßen die Augen des Herrn auf langen Stielen?

»Echt?« sagte der Herr nach einer langen Pause noch einmal. In seinem Mund sah ich kurz ein bewegliches Band Tausender kleiner horniger Zähnchen.

»Dann darfst du mein Gärtner sein«, sagte der Herr.

Quellenverzeichnis

Mario Adorf (geb. 1930), deutscher Schauspieler. »Das grüne Hemd« und »Die Untermieter« aus *Der Dieb von Trastevere*. Köln 1994. Mit freundlicher Genehmigung des Kiepenheuer & Witsch Verlags, Köln.

Isabel Allende (geb. 1942), chilenische Schriftstellerin. »Geschenk für eine Braut« aus *Geschichten der Eva Luna*. Frankfurt am Main 1990. Übers. Lieselotte Kolanoske. Mit freundlicher Genehmigung des Suhrkamp Verlags, Frankfurt am Main.

Jeffrey Archer (geb. 1940), englischer Schriftsteller. »Ein echter Gentleman« aus *Die chinesische Statue und andere Überraschungen*. Wien 1984. Übers. Alexandra Auer. Mit freundlicher Genehmigung des Paul Zsolnay Verlags, München – Wien.

Margaret Atwood (geb. 1939), kanadische Schriftstellerin. »Der Mann vom Mars« aus *Unter Glas*. Düsseldorf 1986. Übers. Helga Pfetsch. Mit freundlicher Genehmigung des Claassen Verlags, Düsseldorf.

T. C. Boyle (geb. 1949), amerikanischer Schriftsteller. »Großwildjagd« aus *Fleischeslust*. München 1999. Übers.

Werner Richter. Mit freundlicher Genehmigung des Carl Hanser Verlags, München – Wien.

Italo Calvino (1923–1985), italienischer Schriftsteller. »Der nackte Busen« aus *Herr Palomar*. München 1985. Übers. Burkhart Kroeber. Mit freundlicher Genehmigung des Carl Hanser Verlags, München – Wien.

Doris Dörrie (geb. 1955), deutsche Regisseurin und Schriftstellerin. »Trinidad« aus *Bin ich schön?*. Zürich 1995. Mit freundlicher Genehmigung des Diogenes Verlags, Zürich.

Umberto Eco (geb. 1932), italienischer Schriftsteller. »Wie man im Flugzeug speist« aus *Wie man mit einem Lachs verreist und andere nützliche Ratschläge*. München 1993. Übers. Burkhart Kroeber. Mit freundlicher Genehmigung des Carl Hanser Verlags, München – Wien.

Jeffrey Eugenides (geb. 1960), amerikanischer Schriftsteller. »Die Bratenspritze« aus *Air Mail*. Reinbek bei Hamburg 2003. Übers. Cornelia C. Walter. Mit freundlicher Genehmigung des Rowohlt Taschenbuch Verlags, Reinbek bei Hamburg.

Amelie Fried (geb. 1958), deutsche Moderatorin und Schriftstellerin. »Reisefieber« aus *Verborgene Laster*. München 2003. Mit freundlicher Genehmigung des Wilhelm Heyne Verlags, München.

Robert Gernhardt (geb. 1937), deutscher Schriftsteller. »Die Flucht in die Falle« aus *Kippfigur*. Zürich 1986. Mit freundlicher Genehmigung des S. Fischer Verlags, Frankfurt am Main.

Barbara Gowdy (geb. 1950), kanadische Schriftstellerin. »Dreiundneunzig Millionen Meilen weit weg« aus *Seltsam wie die Liebe*. München 1993. Übers. Sigrid Ruschmeier. Mit freundlicher Genehmigung des Antje Kunstmann Verlags, München.

Martin Grzimek (geb. 1950), deutscher Schriftsteller. »Ein Meer ohne Klippen« aus *Von einem, der verzweifelt versucht, sich zu verlieben*. München 1995. Mit freundlicher Genehmigung des Carl Hanser Verlags, München – Wien.

Axel Hacke (geb. 1956), deutscher Autor und Kolumnist. »Schnägg! Schnägg!« aus *Nächte mit Bosch*. München 1991. Mit freundlicher Genehmigung des Antje Kunstmann Verlags, München.

John Irving (geb. 1942), amerikanischer Schriftsteller. »Brennbars Fluch« aus *Rettungsversuch für Piggy Sneed*. Zürich 1995. Übers. Dirk van Gunsteren. Mit freundlicher Genehmigung des Diogenes Verlags, Zürich.

Marian Keyes (geb. 1963), irische Schriftstellerin. »Die glückliche Reisetasche« aus *Unter der Decke*. München 2002. Übers. Bärbel Radke. Mit freundlicher Genehmigung von Curtis Brown, London, und Agence Hoffman, München.

Binnie Kirshenbaum (geb. 1960), amerikanische Schriftstellerin. »Die Tortur« aus *Ich liebe dich nicht und andere* *wahre Abenteuer.* München 1994. Übers. Christine Groß. Mit freundlicher Genehmigung des Deutschen Taschenbuch Verlags, München.

Tessa de Loo (geb. 1942), niederländische Schriftstellerin. »Die Mädchen von der Süßwarenfabrik« aus: *Die Mädchen von der Süßwarenfabrik.* München 1994. Übers. Rosemarie Still. Mit freundlicher Genehmigung des Deutschen Taschenbuch Verlags, München.

Milena Moser (geb. 1963), schweizerische Schriftstellerin. »Der Ausflug« aus *Das Schlampenbuch.* Reinbek bei Hamburg 1993. Mit freundlicher Genehmigung der Literary Agency Michael Meller.

Ingrid Noll (geb. 1935), deutsche Kriminalschriftstellerin. »Die Sekretärin« aus *Die Sekretärin. Drei Rachegeschichten.* Zürich 2000. Mit freundlicher Genehmigung des Diogenes Verlags, Zürich.

Herbert Rosendorfer (geb. 1934), deutscher Schriftsteller. »Gehehe, der sehr große Vogel« aus *Über das Küssen der Erde.* München 1987. Mit freundlicher Genehmigung der Nymphenburger Verlagshandlung, München.

Rafik Schami (geb. 1946 in Damaskus), syrisch-deutscher Schriftsteller. »Kebab ist Kultur« aus *Der Fliegenmelker.* München 1997. Mit freundlicher Genehmigung des Carl Hanser Verlags, München – Wien.